옆집의
살인범

The girl in the dark

옆집의 살인범

마리온 포우 장편소설 | 김효정 옮김

BOOK PLAZA

1

이리나

오늘은 웬일인지 피터 베슘의 윗입술을 덮고 있던 덥수룩한 콧수염이 사라지고 없었다. 그래도 그 아니꼬운 미소만큼은 멀리서도 대번에 알아볼 수 있었다. 그는 창가 자리에 앉아 시가를 피우는 중이었다.

"이리나 변호사 님, 처음 뵙겠습니다." 그가 벌떡 일어서서 우렁찬 소리로 인사했다. 어찌나 목소리가 큰지 귀에 문제라도 있나 싶을 정도였다. 예상대로 그에게 잡힌 내 손은 금방이라도 으스러질 것 같았다.

피터는 다시 자리에 앉았다.

"담배 좀 피워도 될까요?"

나는 그의 엄지와 검지 사이에 끼인 큼지막한 쿠바 시가를 보았다.

"꺼 주셨으면 좋겠어요."

그는 새하얀 도자기 재떨이에 그것을 느릿느릿 비벼 끄더니 같잖다는 듯 나를 빤히 쳐다 보았다.

피터와의 점심 식사는 로펌 대표인 바텔스의 아이디어였다.

"그래야 빨리 안면을 트지. 우리 일은 인간관계가 전부잖아?"

웃는 얼굴로 하는 말이었지만 실은 강요나 다름없었다.

"맙소사."

나는 들으라는 듯 한숨을 푹 쉬었다. 그런 소심한 의사표현으로 바텔스가 마음을 돌릴 리 없다는 것쯤은 뻔히 알았지만. 그때까지도 나는 그가 이 일을 다른 변호사에게 넘길지도 모른다는 희망을 품고 있었다.

바텔스는 베숍에게 여자 변호사를 붙이는 게 묘수라고 판단한 모양이었다. 그런데 공교롭게도 로펌의 공동대표이자 그동안 피터 베숍의 담당 변호사였던 마르타는 눈코 뜰 새 없이 바빴다. 평소 베숍 일가의 일을 도맡아 처리한다는 데 대해 자부심이 대단한 여자였는데 말이다.

피터는 베숍 일가의 다른 구성원들에 비해 행실이 난잡한 인물로 알려져 있었다. 그 집안의 후손 중에서 유일하게 날로 번창하는 가업인 조선업에 발을 담그지 않고 의외의 직종을 선택하기도 했다. 하드코어 포르노 제작업이라고.

"피터가 '몸소' 당신을 만나고 싶대. 그 사람 입에서 그런 표현이 나오니까 좀 이상하게 들리지만." 바텔스는 내가 미소로 화답하기를 기다렸다가 말을 이었다. "12시 30분, 디키스야."

나는 전문가다. 적어도 매일 아침 전문가답게 처신하기로 마음을 다잡으며 하루를 시작한다. 비록 거기에 순진한 어린 아가씨들에게 추잡한 짓을 하면서 두둑하게 지갑까지 부풀리는 중년 남자들을 변호하는 일이 포함되어 있다 해도.

나는 핸드백을 의자 등받이에 걸치고 다소곳이 양손을 맞잡은 채 정중하게 물었다.

"피터 베숍 씨, 제가 어떻게 도와드릴까요?"

웨이터가 다가와 어떤 음료를 주문하겠냐고 물었다. 나는 신선한 오렌지 주스를 달라고 했다. 피터는 더블 에스프레소를 주문했다.

"제 사건은 이미 검토해보셨겠죠?"

"물론입니다. 원고 측 변호인이 보낸 고소장을 살펴봤어요."

"DVD는요?"

또 그 느끼한 미소라니.

"그것도 받아서 살펴봤습니다."

"어떻던가요?"

"제 취향은 아니었지만, 그건 아무래도 상관없겠죠. 어쨌든 법률적 관점에서 보면 여간 흥미로운 사건이 아니더군요."

"저를 변태라고 생각하시죠? 여자들을 괴롭히기 좋아하는 더러운 늙다리라고요."

"본인 스스로 그렇게 생각하시나 보죠?"

"아니, 당신이 나를 그렇게 보고 있겠죠."

나는 잠시 생각을 해 보았다. 그의 말이 맞았다. 하지만 나는 미소를 지으며 말했다. "그렇게 늙다리는 아니세요."

"이봐요, 솔직히 말해도 돼요. 날 보고 천박하기 짝이 없는 인간쓰레기라고 생각하잖아요. 그래도 여자들이 나한테 팬레터를 얼마나 보내는 줄 알아요? 죄다 당신처럼 먹물 깨나 먹은 똑똑한 여자들이라고요."

웨이터가 음료를 가져왔다. "메뉴판 갖다드릴까요?"

"전 낮에는 식사를 잘 안 해요." 피터가 말했다.

"저는 토마토 수프요." 내가 말했다.

"하지만 이번 한 번만 같이 먹도록 하지요. 클럽 샌드위치요. 감자튀김이랑 케첩도요. 마요네즈는 빼고."

웨이터는 싹싹하게 고개를 끄덕이며 물러났다.

나는 오렌지 주스를 한 모금 마셨다.

"세상에는 또라이가 널렸어요. 여자들도 예외는 아니에요. 당신이 받는다는 팬레터가 그 증거죠."

피터가 껄껄 웃었다.

"섹스를 좋아하면 다 또라이인가요, 이리나 변호사 님?"

"그건 아니지만 당신 취향이 워낙 과격하잖아요, 안 그래요?"

"알려나 모르겠는데, 여자들이 그런 걸 얼마나 좋아한다고요."

"제정신 박힌 여자들은 아니겠죠." 내가 말했다.

"그런 여자들은 인생을 즐길 권리도 없나요?"

나도 모르게 실소가 나왔다.

"그러니까 당신이 인류의 정신적 안녕을 걱정하는 박애주의자라도 된다, 이 말씀인가요?"

"그런 것 같습니다만."

"참 재밌는 분이네요."

"당신은요? 침대에 묶여 본 적 있어요?"

내 표정이 굳어졌다. "이제 남의 사생활까지 캐려고 드시네요."

"나를 도와줄 변호사가 어떤 사람인지 알 권리는 있잖아요?"

"늘 그런 식이라면 당신한텐 세상에서 가장 유능한 변호사를 붙여도 모자라겠어요."

"내가 변호사님에 대해 알고 싶어 하는 건 당연하잖아요. 포르노에 대한 당신 생각을 알아야 내 이익을 위해 애써줄 사람이 맞는지 판단할 수 있죠."

나는 심호흡을 하며 애써 표정관리를 했다.

"그렇다면 일단 사건 얘기부터 해봐요. X등급 영화에 미성년자 배우를 쓰는 게 불법인 줄은 알고 계시죠? 그런 영화를 일컫는 전문 용어도 있잖아요. '아동 포르노'라고."

"그 아가씨 신분증에는 열여덟이라고 돼 있었다고. 보지도 농익을 대로 농익었던데. 누가 봐도 빤한 년이더구먼."

제발 그가 목소리 좀 낮췄으면 싶었다.

"그 아가씨가 위조 여권을 갖고 있었단 말인가요? 그 여권 사본은 갖고 계시죠?"

"그래요."

"제가 그것을 빠른 시일 내에 확인했으면 하는데요?"

"쯧쯧, 어렵겠는데. 내 동업자가 갖고 있어서 말이에요."

"그렇다면 그분께 복사본을 좀 요청해 주실래요? 그 여자애가 위조 신분증을 제시한 것만 증명되면 당신은…."

"여자애라니, 아가씨지. 당신도 '아가씨'라 불러야 해요."

"그러죠, 뭐." 나는 짐짓 단호한 미소를 지었다. "그 아가씨가 위조 신분증으로 나이를 속였다는 사실만 증명하면 당신이 아동 포르노 제작으로 유죄 판결을 받을 가능성은 뚝 떨어질 거예요. 그 아가씨가 자기 의지로 제작에 참여했다는 의미도 될 테고요."

"내 동업자가 갑자기 사라졌어요. 계약서랑 내 투자금 일부까지 챙겨서." 베숍은 에스프레소를 후루룩 마시고는 큰 소리로 웃었다. "그래도 걱정 말아요. 당신 수임료 낼 형편은 되니까. 일이 잘 풀리면 사례금도 챙겨드리지. 바하마(쿠바 북동쪽 카리브해에 있는 영국 연방의 섬나라-옮긴이)에는 가 본 적 있어요?"

나는 목청을 가다듬었다.

"사건 얘기나 하시죠. 신분증 사본을 안 갖고 계시다니 일이 좀 까다로워지겠는데요. 그러니까 정리하자면…," '피해자'라는 단어가 목구멍까지 올라왔지만 간신히 억눌렀다. "여자애…, 죄송합니다, 아가씨가 계약서에 서명을 했단 말이죠. 자신이 앞으로 하게 될…," 나는 적절한 단어를 찾느라 잠시 말을 멈췄다. "…일의 성격에 대해 상세히 명시한 문서예요?"

내 호주머니 속 휴대폰이 윙윙거리기 시작했다. 테이블 밑에서 화면에 뜬 번호를 확인했다. 내가 세상에서 가장 두려워하는 번호였다. 어린이집 전화번호.

"한 번은 꼭 가 봐요. 바하마에요. 바다가 환상적이죠."

"실례합니다, 전화 좀 받을게요." 나는 일어서서 식당 밖으로 걸어 나갔다. "여보세요?"

"마이케인데요." 어린이집 교사였다. 신경질적인 목소리였다. 지금이 연민이나 품고 있을 때는 아니었지만 그녀의 기분이 어떤지 정확히 알 수 있었다. 그래도 지금은 안 돼. 제발 알아서 해결하라고. 나도 내 일 좀 해야지. 제발.

"애런이 제멋대로 날뛰고 있어요. 색칠놀이를 하고 있는데 어린 동생이 크레용을 뺏으니까 그 앨 사정없이 깨무는 거예요. 여자애 피부가 찢겨서 피가 철철 나더라니까요. 그래놓고 애런은 제 머리를 바닥에 쿵쿵 찧고 있어요. 도통 멈출 생각을 안 하네요. 페트라 선생님이 어머님께 당장 오셔서 애런을 데려가시라고 전하래요."

뭐라 따질 수도 없는 상황이 분명했다. 그럼에도 이런 말을 내뱉을 수밖에 없었다. "내 아이를 한 주에 사흘씩 당신한테 맡기려고 내 소득의 상당부분을 쓰고 있잖아요. 한 번만 좀 봐 줄 수 없어요?"

"지금 오셔야 해요, 어머님." 마이케는 내가 못 알아듣기라도 할까봐 같은 말을 반복했다. "진짜 급한 일이라고요. 지금 당장 오셔야 해요."

"최대한 빨리 갈게요."

나는 애 아빠에게 가장 먼저 연락을 했다. 별로 적절한 대상은 아니었지만, 우리가 공통으로 아는 지인으로부터 그가 아들을 자주 못 본다며 눈물 섞인 하소연을 하더라는 말을 전해들은 터였다. 하지만 역시나 음성 사서함으로 연결될 뿐이었다.

다음에는 친정 엄마에게 전화를 했다. 엄마는 발톱 관리를 받고 있는 중이었다. 발톱이 마르고 나면 우리 집으로 와서 애런을 데려가겠다고 약속했다.

"엄마! 좀 더 서두를 수 없어? 다음 번 페디큐어 비용은 내가 댈게. 샴페인에 발 마사지까지 쏠게, 응?"

"미안하다, 얘야. 그건 곤란하구나."

나도 엄마랑 똑같은 소리를 할 수 있다면 얼마나 좋을까 싶었다. '그건 곤란해.'라고 잘라 말할 수 있다면.

"엄마, 나 지금 고객을 만나고 있어. 내가 갑자기 일어나서 홱

가 버리면 그분이 얼마나 황당하겠냐고?"

"설마 내가 너 때문에 모든 걸 희생하기를 바라는 건 아니겠지? 나야 널 항상 기꺼이 돕고 싶은 사람이고, 잊어버렸나 본데 이미 충분히 도와주고 있잖아. 하지만 애런을 책임져야 할 사람은 너야. 물론 여간 무거운 책임이 아니지만 너는 걔 엄마잖아."

"누가 그딴 소리 듣고 싶대?" 내가 쏘아붙였다.

피터는 재밌어 죽겠다는 표정으로 나를 쳐다보고 있었다. 그는 '뭐가 그리 바빠?' 하는 표정으로 양손을 들어올렸다. 나는 그를 등지고 섰다.

그 순간 엄마는 코웃음을 쳤다. "그러면 알아서 해!"

"미안해." 엄마에게 사과하는 게 영 내키지 않았다. 하지만 불행히도 사과할 일은 심심찮게 일어났다. "좋아, 내가 애런을 집에 데려다 놓을게. 엄마도 냉큼 와서 애를 봐줘야 해, 알겠지?"

"노력하마." 엄마가 의기양양하게 대답했다.

나는 소리를 빽 지르면서, 벽돌을 식당 안으로 던져 피터의 짜증나는 낯짝에 맞추고픈 충동을 억누르려고 심호흡을 했다. 나는 부러 어깨를 쫙 펴고 당당하게 안으로 들어가 테이블에 앉았다. 그새 주문한 음식이 나와 있었다.

"식사를 먼저 시작했어요." 피터가 말했다. "어지간히 기다리게 하셨어야죠." 그의 윗입술에 아보카도 조각이 붙어 있었다.

"죄송합니다. 워낙 급한 일이어서요." 이 말을 내뱉는 순간 바텔스의 못마땅한 얼굴이 떠올랐다.

"보아하니, 아이 일이겠네요."

"이따가 오후에 연락드릴 테니 그때 다음 번 약속을 잡아요.

다시 한번 사과드립니다."

"싱글맘이시죠? 딱 보니까 알겠네요. 제가 여자들 심리엔 빠삭하거든요. 검정색 속옷을 좋아하실 것 같고, 책을 갖고 잠자리에 들지만 펼치기만 하면 바로 곯아떨어질 테고요."

나는 속에서 열불이 났지만 가까스로 참았다.

"계산은 제가 할게요."

그는 내 손목을 붙들었다.

"내 평생 여자가 밥값을 계산하게 놔둔 적은 한 번도 없어요. 지금도 예외가 아니고요."

"회사 방침이라서요." 나는 팔을 확 잡아 빼고 신용카드를 꺼냈다. "오늘 오후에 연락드릴게요."

2

레이

죄수 한 명을 호송하는 일은 돼지 떼를 이동시키는 것과 별반 다르지 않다. 둘 다 목적지까지 무사히 옮기면 된다. 그게 전부다.

내 손목에는 수갑이 채워졌다. 무지 불편하고 어색했다. 넘어지지 않고 승합차에 오르는 데만도 온 정신을 집중해야 했다. 내 호송을 맡은 각진 머리의 교도소 간수가 나를 떠밀었다. 일부러 난폭하게 굴었다기보다 몸에 밴 무심한 행동 같았다.

"빨랑빨랑 움직여."

교도소 간수가 나한테 딱 이 한 마디만 했다.

나는 비틀대다가 겨우 균형을 잡고 인조가죽 좌석에 앉았다.

열쇠 꾸러미 짤랑거리는 소리가 귀에 거슬렸다. 금속과 금속이 맞부딪히는 소리. 철창이 철커덩하고 닫혔다. 나는 호송차 안에서조차 철창에 갇힌 채 이동해야 했다.

나는 8년이나 철창신세를 졌다. 단조로운 생활 패턴은 마음에 들었지만 철창만큼은 결코 익숙해질 수 없었다.

승합차 창문에 짙게 썬팅이 되어 있었다. 얼마 만에 만나는 바깥세상인데 진회색 필름을 통해서만 내다봐야 하다니. 나는 이 여행을 손꼽아 기다렸다. 내 곁을 스쳐 지나는 자동차들, 나무들, 자전거를 타고 바람을 가르며 씽씽 달리는 십 대 아이들이 보고 싶었다. 어쩌면 고속도로 옆으로 질주하는 기차를 보게 될지도 몰랐다. 육교 위에 서서 밑으로 휙휙 지나가는 차들을 향해 고함을 치는 사내아이들을 볼지도. 너무 흔해빠져서 TV에서는 접할 수 없지만 바깥세상을 한층 더 그립게 하는 풍경들이었다.

승합차가 출발했다. 나는 아메르스의 감옥에서 하를렘에 있는 호퍼 치료감호소로 이송되는 중이었다.

나는 정신 병동으로 옮기게 된 것을 반겨야 할지 의문이었다. 그것에 대해 생각해볼 시간은 차고 넘쳤다. 내게 시간은 늘 펑펑 남아도니까. 잘된 일이다 싶을 때도 있었다. 규율도 덜 엄격하고, 방도 오롯이 혼자 쓸 수 있고, 일상도 조금은 다채로워진다. 자유에 한 발짝 다가간다고나 할까.

한편으로는 옮겨봤자 별로 나아질 건 없겠다는 생각에 괜히 속상하고 약이 오르기도 했다. 나는 물고기가 있는 내 집으로 돌아가고 싶은 생각이 간절했다. 물고기가 걱정돼 죽을 지경이었다. 밤만 되면 죄다 배가 뒤집힌 채 수면에 둥둥 떠 있는 물고기들의 모습이 머릿속을 떠나지 않았다. 악취를 풍기며 썩어가는 양쥐돔, 가시복, 흰동가리. 그럴 때면 나는 감방 동료들이 모조리 잠을 깰 때까지 고래고래 악을 쓰곤 했다.

"또 지랄이네."

"니미럴, 입 좀 다물지 못해!"

"두고 봐. 내일 아침에 해 뜨면 넌 죽을 줄 알아, 이 미친놈아."

그러나 내게 단 한 번이라도 진짜 해코지를 한 사람은 없었다. TV에 나오는 교도소랑은 사뭇 달랐다. 여기 죄수들은 하루 온종일 헛소리나 주고받으면서 시간을 죽일 뿐이다. 이따금씩 담배 한 갑이 없어진다든지 하는 자질구레한 일로 옥신각신하는 게 전부다. 동성간 강간에는 전혀 무관심하고, 자기 고추를 빨게 하려고 남의 이빨을 모조리 부러뜨리는 인간도 없다.

하지만 놈들은 나를 업신여기고 비웃었다. 한번은 내가 샤워를 하는 사이 옷을 몽땅 훔쳐갔다. 내 손에 들린 편지를 낚아채 휴게실에서 큰 소리로 낭독한 녀석도 있다. 내 밥에 침을 뱉기도 했다. 그래도 내 털끝 하나 건드린 놈은 아무도 없었다.

내가 계속 소리를 지르면 사람들은 알약을 먹여 나를 진정시켰다. 그러다 다음 날이 되면 다들 나를 투명 인간처럼 취급했다. 때로는 몇 달이 흘러도 식사시간에 내 옆에 앉으려는 녀석이 없었다. 그러거나 말거나 나는 전혀 개의치 않았다. 혼자 있기만을 바랄 뿐이었으니까.

A28과 A1 고속도로는 1999년 이후로 크게 변하지 않았다. 나는 차창에 코를 갖다 댄 채 바깥 풍경을 한껏 눈에 담았다. 특히 구름(감옥에서도 물리도록 봤지만), 초원, 바다를.

"이봐! 당장 창문에서 떨어져." 호송요원이 말했다. 기사 옆 조수석에 앉아 있던 그는 몸을 돌려 나를 노려봤다. "똑바로 앉아 있어."

나는 밖을 내다보고 싶었다. 이미 많은 걸 빼앗긴 마당에 저들한테 또 뭔가를 빼앗기고 싶진 않았다.

"시키는 대로 안 하면 족쇄를 찰 줄 알아." 호송요원은 다시 몸을 앞으로 돌렸다. "머저리." 입술을 보일락 말락 오물거리며 입 안에서 내는 소리였지만 내 귀에는 들렸다. 호송요원이 그런 말은 하면 당연히 안 된다. 규정집에 그렇게 쓰여 있다. 시간이 주체할 수 없이 많다보니 그런 것까지 꼼꼼히 읽게 된다. 죄수 호송요원은 '재소자가 호송 과정에서 스트레스를 받지 않도록' 배려해야 한다.

이제 나는 욕먹는 데는 이력이 났다. 훨씬 더한 일도 숱하게 겪었으니까. 그래서 '머저리' 정도의 표현이 뭐 그리 대수도 아니었다. 하지만 불만 신고를 할까 생각도 해 보았다. 치료감호소에 가도 시간이 주체할 수 없이 남아돌지는 알 수 없지만. 내가 그곳에 가는 이유는 법원에서 갱생 훈련 명령이 떨어졌기 때문이다. 조만간 사회로 복귀할 수 있게끔 미리 훈련을 받으라는 것이다. 어쨌거나 몇 주 전에 전해 받은 책자에는 그렇게 적혀 있었다.

"저 자식이 어떤 인간인지 알아?" 운전기사가 나를 흘끔 돌아보더니 호송요원에게 물었다.

나를 앞에 두고 저런 얘기를 해도 되나?

"기억하려나 모르겠는데 한때 신문에 떠들썩했잖아. 저 미치광이가 이웃에 사는 여자한테 차이고 나서 눈이 뒤집혔나 보더라구. 먼저 그 여자한테 분풀이를 하고나서는 겨우 여섯 살밖에 안 된 여자의 딸까지 참혹하게 도륙을 냈대. 실컷 난도질을 한 다음에는 아무렇지도 않은 듯이 앉아서 담배에 불을 붙였나봐. 그러곤 죽은 아이의 몸에 담배를 문질러 껐대. 어찌 그런 짓을 할 수 있지?"

호송요원은 나를 돌아봤다. "어때? 여자를 찔러 죽일 때 손맛이 짜릿했지? 거시기가 불끈 솟았겠네?"

나는 창문에 대고 코를 더 세게 눌렀다. 옆으로 SUV 한 대가 지나갔다. SUV란 차를 TV에서 본 적은 있어도 실제로는 처음이었다. 1999년만 해도 골프채나, 휴대용 아기 침대, 유모차를 실을 공간이 필요한 사람들은 왜건 차량을 탔다.

SUV 뒷좌석의 얼룩말무늬 카시트에 꼬마 둘이 묶여 있었다. 세 살쯤 돼 보이는 남자아이와 여자아이로, 딱 봐도 쌍둥이였다. 둘 다 금발 고수머리였는데 여자아이를 보니 우리 옆집에 살던 어린 안나가 떠올랐다. 나는 입 안에서 느껴지는 피비린내를 없애려고 침을 꿀꺽 삼켰다.

운전기사가 큰 소리로 말했다. "차를 강가로 몰고 갈까? 저 미친놈을 우리 채로 물에 던져 버리게."

"그래놓고 사고였다고 우기면 되겠지. 아이고, 미안해서 어쩌나!"

호송요원은 나더러 들으라는 듯 어깨 너머를 획 돌아봤다.

"그러고 나서 강둑에 앉아 담배나 한 대씩 피우자고."

"굵고 긴 궐련 말이지."

나는 SUV에 탄 꼬마 여자애한테서 눈을 떼지 못했다. 그 애랑 눈을 맞추고 있는 기분이었지만 당연히 그럴 리는 없었다. 썬팅 유리가 우리 사이를 가로막고 있었으니까. 그 애는 속눈썹이 기다란 눈을 동그랗게 뜨고 있었다. 꼭 인형 눈 같았다. 나를 뚫어져라 바라보다가 눕히면 눈을 감는 인형.

차는 철조망으로 뒤덮인 높다란 담벼락 쪽으로 다가갔다. 치료감호소 대문이 활짝 열리고 차는 흡사 선착장 같은 곳으로 들어갔다. 잠시 동안 우리는 형광등이 켜진 콘크리트 담장 안에 멈춰 섰다. 카메라가 사방에서 우리를 비추고 있었다.

"웃어!"

운전기사가 이렇게 말하며 낄낄거렸다.

이윽고 정문이 올라가고 우리는 안으로 들어갔다.

눈앞에 엷은 갈색의 말발굽 모양 건물이 보였다. 승합차는 건물 입구에 멈췄다. 경비원이 차에서 내리더니 철창 열쇠를 찾느라 한참이나 열쇠꾸러미를 짤랑거렸다. 마침내 철창이 끼익 열렸다.

"내려."

나는 어렵사리 땅에 발을 디뎠다. 수갑이 손목을 꽉 옥죄고 있어서 손이 얼얼했다. 나는 내리다가 앞으로 고꾸라질 뻔했다. 경비원이 나를 붙들었다가 쓰레기통을 만진 환경미화원처럼 얼른 손을 놓았다. 더러운 쓰레기를 무사히 처리하게 돼서 속이 후련한 모양이었다.

그는 계단 몇 칸 위로 나를 밀었다. 현기증이 나서 죽을 지경이었다.

자동문이 스르르 열렸다. 우리는 조그만 홀로 들어섰다. 선홍색 머리의 여자가 홀 한쪽의 안내데스크를 지키고 있었다. 그 여자는 눈을 치뜨고 우리를 힐끔 보더니 태연히 전화 통화를 계속했다. 누구랑 통화를 하고 있을까? 내 흉을 보고 있을까?

다른 경비원이 우리에게 다가오더니 한 마디 말도 없이 내 몸을 뒤적거리기 시작했다. 큼직한 손으로 몸 곳곳을 샅샅이 훑었다. 나를 만지는 게 싫었지만 그의 손은 어느새 내 사타구니와 허벅지 안쪽을 더듬고 있었다. 그런 다음 그 경비원은 나를 금속 탐지기 쪽으로 끌고 갔다.

빨간 티셔츠를 입은 남자가 반대편에서 나를 기다리고 있었다.

"어서 와요, 레이. 환영해요. 나는 모하메드라고 합니다. 레이 씨가 당분간 머무르게 될 오리엔테이션 병동에서 일하고 있는 담당 사회복지사예요. 그냥 메드라고 불러도 돼요."

"메드." 나는 반복했다.

나는 이런 녀석들을 잘 안다. 살갑게 굴며 친한 척하다가 뒤통수를 치는 놈들.

"우선 치료 센터에 가서 약물과 알코올 검사를 받아야 해요. 그 다음에 병동으로 안내해 드리죠."

"수갑 좀 풀어주면 안 되나요?" 내가 물었다.

"아직은 안 돼요."

"왜요?"

대답이 없었다.

"왜 안 되냐고요?" 내가 재차 물었다.

"서명 좀 해 줄래요?"

경비원이 메드라는 남자의 코밑에 서류를 들이밀었다.

메드는 자기 이름을 정자로 쓴 다음 서명을 했다.

"꼭 택배 받는 것 같네요. 그렇죠, 레이?"

메드가 나를 보고 한쪽 눈을 찡긋했다.

"됐네요, 그러면 다음에 봅시다."

나를 호송했던 경비원은 자동문 밖으로 나갔다.

"나랑 같이 갈래요?" 메드가 물었다.

마치 나한테 선택권이 있다는 듯한 말투였다.

3

이리나

아이가 생기면 감정이 풍부해진다는 말이 있다. 그 말에 분명 얼마간의 진실은 담겨 있다. 애런을 낳은 이후로 나는 툭하면 기분이 축 처졌고 욕을 입에 달고 싶게 됐다. 물론 아이 앞에서 상소리를 내뱉은 적은 한 번도 없다. 암, 절대 안 될 일이지. 또 매사에 불평불만만 늘어놓는 습관도 생겼다. 결국 엄마가 된다고 인격이 성숙해진다는 말은 못하겠다.

어린이집으로 가는 길 내내 나는 쌍욕을 구시렁거렸다. 애런이 사고를 쳐서 일찍 데리러 가는 게 이번 달만 벌써 세 번째다. 물론 말썽을 부린 건 그보다 훨씬 많지만 그때마다 친정 엄마가 대신 가서 처리해 주었다.

애런의 아빠가 원망스러웠다. 아들한테 시달리는 건 겨우 2주에 한 번이면서 스스로 흠잡을 데 없는 신사라고 착각하는 인간. 애런을 법적으로 자기 아들로 인지하고, 양육비로 한 달에 250유로씩 내놓으면 애비 노릇은 다하는 줄 알고 있다. 그걸로 내 입막음이나 하겠다는 수작인 걸 누가 모를까 봐? 애런을 만들 때는 우리 두 사람이 똑같이 기여를 했건만, 내 인생은 180도 바뀌어버린 반면 그 인간은 전과 다름없이 평온한 삶을 누리고 있다.

애런이 덜컥 들어서지 않았으면 내 인생의 골칫거리도 크게 줄었을 텐데. 하지만 임신 사실을 깨달았을 때는 이미 14주나

흐른 뒤였다. 일주일에 60시간이나 일하다 보니 어쩔 수 없이 그리 돼 버렸다. 월경 주기를 확인할 짬도 없었던 탓이다. 회의에, 보고서에, 소송에, 일거리가 끊임없이 밀려드는 통에 무슨 일부터 어떻게 처리해야 할지 막막하다가도 결국에는 어떻게든 꾸역꾸역 해내고 만다. 그것도 완벽하게.

초음파 검사를 받았다. 모니터에 조그만 팔다리가 꼼지락거리고 있었다. 심장도 팔딱거리고. 진짜 아기였다. 그걸 두 눈으로 직접 확인하고서 어찌 애를 지울 수 있었으랴?

그 인간은 아빠가 된다는 사실을 전혀 달가워하지 않았다. 오히려 자기 애가 아닐지도 모른다며 발뺌부터 하려 들었다. 나랑 잔 남자가 어디 한둘이겠냐면서. 나더러 낙태를 원하는 거 아니냐고 묻더니 비용은 자기가 대겠다고 선심 쓰듯 제안했다.

물론 하나마나 한 소리다. 네덜란드에서는 낙태시술이 무료가 아니던가. 설상가상으로 그 인간은 그날 밤의 섹스야말로 인생 최악이었다고 불평하며 내 기를 꺾으려 들었다. 내 경력, 내 몸매, 내 인생이 한꺼번에 나락으로 떨어졌는데 그런 기막힌 소리나 들어야 하다니⋯. 너무 유치해서 참고 들어줄 가치도 없는 말이었다. 결국 나는 그 인간에게 헛소리 말고 당장 꺼지라고 버럭 소리를 질렀다.

그 때만 해도 삶에 대한 의지가 충만했었나보다. 비록 혼자였지만 나는 젊고 굳세고 똑똑했다. 육아쯤은 얼마든지 자신 있었다. 나는 사랑스런 아이를 키우는 강인하고 독립적인 여성의 전형이 되리라 다짐했다. 엄마와 아빠 역할, 보호자와 부양자 역할을 모두 똑 소리 나게 해내리라. 점점 불러오는 배에 자부심마저 느꼈다. 애런을 처음으로 품에 안은 순간에는 기쁨의 눈물을 줄줄 흘렸다. 하지만 두 시간 이상 눈을 붙이지 못하는 피곤한 밤이 며칠이나 이어지자 절망의 눈물을 줄줄 흘려야 했다.

애런이 태어나고 한 달 뒤에 내게 편지 한 통이 도착했다. 아이가 격렬하게 보고 싶다는 애 아빠의 편지였다. 그가 애런을 만나는 걸 반대할 구실은 전혀 없었다.

그는 자기 어머니와 함께 우리 모자를 방문했다. 그 어머니의 눈빛을 보니 뭔가 단단히 작정하고 찾아온 게 틀림없었지만 그 인간은 별 생각 없이 졸졸 따라온 모양이었다. 나는 이 나라에서 남자아이가 태어났을 때 하는 풍습대로 하늘색과 흰색 설탕 알갱이를 뿌린 토스트를 내놓을 기분도 나지 않았다.

그 인간의 어머니란 사람은 내게 양해 한 마디 구하지 않고 유아용 침대에 누워있던 애런을 꺼내 애 아빠의 팔에 떠밀었다. 그 인간은 멀뚱히 서 있기만 했다. 애를 어찌 다루어야 할지 몰랐고 무슨 말을 해야 할지도 몰랐다. 하지만 그의 어머니는 알고 있었다.

미리 시나리오를 짜서 외워 온 듯 짐짓 진지한 목소리로 읊조렸다.

"네 아빠란다, '아'론."

아이 이름도 제대로 모르면서. 그럴 기운만 있었으면 나는 킥킥 웃었을 거다.

"'애'런이에요." 내가 정정했다.

"네 이름이 영 입에 붙질 않는구나." 그 여자는 아기에게 속살거렸다.

"엄마, 그런 소리 말아요." 애 아빠가 말했다. 그러더니 나를 돌아보며 이렇게 말했다. "애런이라, 난 그 이름 맘에 들어."

우리는 마주보고 슬쩍 미소를 지었다.

그때 이후로 애 아빠와 나는 타협점을 찾았다. 알고 보니 우리는 평범한 대화체로는 말이 제법 잘 통하는 편이었다. "애런이 제 손으로 젖병을 들고 우유를 먹기 시작했어." 또는 "애가 통잘 생각을 안 하더니 벽에 똥 칠갑을 했어." 우리는 가끔씩 만나 커피를 마시기도 했다. 비록 우리의 공통 친구에 따르면 애 아빠는 나한테 눈곱만큼도 헛된 희망을 줄 생각은 없다고 단언했다지만.

내가 그 남자한테 매력을 느낀 건 내 평생에 딱 한 번, 4년 전 송년 파티에서 칵테일을 왕창 들이마신 직후였다. 내가 자기랑 자고 싶어 환장하는 줄 아는 남자의 근거 없는 자신감에 잠시 이성의 끈을 놓치고 말았다. 그나마 나한테 손톱만큼도 희망을 줄 생각이 없다니 얼마나 다행인지 모른다. 안 그랬다면 내 인생은 훨씬 더 피곤해졌겠지.

어린이집에 들어갔더니 애런이 구석에 앉아 알록달록한 블록 더미를 갖고 놀고 있었다. 나를 보자마자 애런은 얼굴에 함박웃음을 지었다.

"엄마!"

그 앤 딱 세 살배기처럼 뒤뚱뒤뚱 달려와 내 목에 팔을 둘렀다. 나는 아이를 달랑 들어 올려 꼭 끌어안았다. 아이에게서 달콤한 냄새가 났다. 백만 명 가운데서도 그 냄새만으로 금방 내 아이를 찾아낼 수 있을 것 같다.

"우리 귀요미! 재밌게 놀았쩌요?"

애런은 쌓아올린 블록의 밑 칸을 빼면 탑이 어떻게 무너지는지 내게 보여주고 싶어 했다.

"아이 똑똑해라!"

애런은 금세 다시 놀이에 빠져서 내가 옆에 있든 말든 눈길도 주지 않았다. 페트라, 마이케, 에밀리는 방 한가운데 있는 아일랜드 주방에서 과일 간식을 준비하고 있었다.

"아무 문제 없는 것 같은데요."

나는 이곳의 보육교사들 사이에서 왕언니 격인 페트라에게 말했다.

배꼽에 피어싱을 한 스무 명 남짓의 나머지 보육교사들 중 왁자지껄한 세 살배기들을 데리고 점토 놀이를 하는 일을 진심으로 좋아하는 사람은 아무도 없어 보였다.

"네, 엄마가 오고 있다는 걸 눈치챘나 봐요." 그녀가 기어들어가는 목소리로 대답했다.

"페트라." 나는 한숨을 푹 쉬었다. "애런이 가끔씩 소동을 피운다는 건 잘 알아요. 선생님이 얼마나 고생하시는지도 알고, 이곳 운영에 최선을 다하고 계시다는 점에도 감사하고 있어요. 그래도 사소한 말썽이 생길 때마다 내가 만사를 내팽개치고 달려올 수는 없잖아요. 오늘만 해도 고객이랑 한창 상담을 하던 중이었다고요."

나는 최대한 사근사근한 목소리를 내려고 애썼다. 피차 다 큰 어른들이니 이런 일은 좀 합리적으로 해결할 수 있지 않을까?

그 여자가 나를 구제불능의 아들이 딸린 지구 최악의 엄마로 여기고 있다는 사실은 잘 알았지만. 내가 보기에 그 여자는 꼬맹이들뿐 아니라 그 부모들한테까지 갑질을 하며 으스대려고 어린이집을 운영하는 게 틀림없었다.

페트라는 허리에 양손을 얹었다.

"이리나 변호사님, 친구를 물어뜯는 건 사소한 말썽이 아니잖아요. 절대 용납이 안 되는 행동이라고요. 어른이 그런 짓을 하면 당장 쇠고랑을 차게 돼요. 말은 똑바로 하셔야죠."

"얘들은 어른이 아니잖아요."

"이봐요, 이 어린이집에서 꼬박 20년을 일하면서 그간 수많은 아이들을 가까이서 지켜봤어요. 애런은 보기 드문 말썽쟁이라고요. 정신과의사한테 한번 데려가 보시라고 권하고 싶네요."

"얘가 말썽을 많이 피우는 건 인정해요. 그리고 아시다시피 애런의 소아과의사가 이미 정신과로 가 보라는 소견서를 써줘서 대기자 명단에 올려놨잖아요."

"집에서부터 교육을 똑바로 시키면 뭔가 좀 달라지겠죠. 엄마가 조금만 신경을 써도 훨씬 나을 텐데 말이에요."

마이케와 에밀리가 과일을 내놓았다. 나는 애런이 의자를 타고 올라가 접시에서 사과를 집는 모습을 지켜봤다. 그 앤 만족스런 표정으로 사과를 우걱우걱 씹어 먹었다.

"내가 집에서 뭘 어떻게 하는지 당신이 알기나 해요?"

"상황파악이 잘 안 되시나본데, 우리가 애런을 계속 받아주는 것만으로도 감지덕지하셔야 하는 거 아닌가요? 그리고 대기자 명단 얘기가 나와서 하는 말인데, 지금 18개월짜리 하나가 우리 어린이집에 들어오려고 기다리고 있다는 걸 잘 아실 텐데요."

"그러믄요, 알다마다요. 황송해서 눈물이 날 지경이네요. 나한 테 이런 말을 듣고 싶었나 보죠, 페트라? 지금 당신 발 앞에 납 작 엎드려서 당신이야말로 테레사 수녀나 다름없는 성녀라고 치 켜세워주길 원하는 건가요?"

변호사로서 나는 의견을 절충하고 최고의 타협안을 찾고 적 절한 논리로 상대를 설득하는 훈련을 받을 만큼 받았다. 그러나 내 아들의 어린이집 교사 앞에서는 성질을 주체하지 못하고 꼭 지가 완전히 돌고 말았다.

"애런을 당장 집에 데려가시는 게 좋겠네요. 일단 이번 주 내 내 집에서 돌보셔야겠어요. 다음 주가 되면 다시 생각해보죠." 그녀는 적을 위협하는 원숭이처럼 앙다문 이를 드러냈다. "잘 해보세요."

나의 패배였다. 참담하고 완벽한 패배.

무슨 까닭인지 애런은 할머니 옆에 있을 땐 얌전한 순둥이가 되었다. 세상 사람들이 다 그렇듯 애런도 우리 엄마를 조금 어 려워하나보다. 딸인 나조차도 엄마 곁에 있으면 왠지 주눅이 들 때가 많으니까. 어찌 보면 엄마는 수수께끼 같은 인물이다. 주위 에 넘어서는 안 되는 선을 몇 겹이나 둘러쳐놓은 사람. 엄마가 어쩌다 그런 분위기를 풍기게 됐는지는 도저히 모르겠다. 때로 는 내가 자기 도움을 절실히 필요로 한다는 걸 은근히 즐기고 있다는 생각도 든다.

엄마는 흰 샌들 밖으로 눈부신 진홍색 발톱을 드러낸 채 집에 도착했다. 내 사정을 털어놨더니 짜증 섞인 목소리로 이틀 뒤에 휴가가 잡혀 있다고 다시 한번 못 박았다. "네가 언제 날 위해 뭘 해준 적 있었니? 생전 처음으로 내가 휴가 가 있는 동안 우리 집 한 번 봐주기로 약속해놓고 설마 잊은 건 아니겠지?"

친정 엄마는 애런을 안아들고 자기 차로 데려갔다. "너, 오늘 오후나 내일까지 애런을 위해 뭔가 대책을 세워야겠다. 안 그러면 남은 한 주 내내 휴가를 내는 수밖에 없잖아. 회사에 아프다고 둘러대든가."

엄마는 애런을 유아용 카시트에 앉혔다. 손자를 위해 애 엄마보다 번듯한 육아 장비를 더 많이 갖춰둔 걸 보면 우리 엄마는 제법 헌신적인 할머니다.

"회사에 며칠 결근한다고 하늘이 무너지는 거 아니잖아."

4

레이

나는 교도소 간수에 이끌려 작은 방에 들어섰다. 그곳엔 소변기 하나가 놓여 있었고 그 옆에는 커다란 거울이 붙어 있었다. 간수가 내 수갑을 끌러주었다. 나는 뻣뻣해진 손목의 긴장을 풀려고 팔을 털었다.

흰 가운을 입지 않은 데다 의료 전문가라는 티도 전혀 나지 않는 여자 간호사가 내게 이래라 저래라 명령을 하기 시작했다. 바지를 무릎까지 내리고 셔츠를 가슴께까지 걷어 올린 다음 지정된 컵에 오줌을 누라고 지시했다.

"안 보이는 데서 하면 안 될까요?"

"안 돼요." 그 여자는 내게 양해도 구하지 않았고 아무 설명도 해주지 않았다.

남들 앞에서 오줌 누는 것에는 익숙하지만, 여자 앞이라면 얘기가 다르다.

"좀 민망하겠지만 새 입소자들은 반드시 약물과 알코올 검사를 받아야 해요." 메드가 말했다.

"같은 말 되풀이하게 하지 말아요. 바지를 내리고 배가 드러나도록 셔츠를 올려요." 흰 가운은 걸치지 않았지만 그 여자의 목소리에는 잔뜩 힘이 들어가 있었다.

나는 바지와 팬티를 내리고 축 늘어진 허연 고추를 드러냈다. 진짜 미치고 팔짝 뛸 노릇이었다. 내가 왜 가운도 제대로 갖춰

입지 않은 이 여자 앞에서 오줌을 눠야 하지? 왜 다들 나를 못 잡아먹어서 안달일까?

"편하게 생각해요. 금방 끝날 거예요." 메드가 말했다.

"이제 컵에다 소변을 봐요." 여자가 말했다.

나는 간신히 분통을 억누르고 오줌을 내보내려 애썼지만 한 방울도 나오지 않았다.

"긴장 풀어요. 그래야 나오죠." 메드가 말했다.

머릿속이 하얘졌다. 거울을 보니 그 여자가 내 고추를 빤히 들여다보고 있었다.

"고개 좀 돌려줄래요?"

"안 돼요."

"속임수를 쓰는지 확인해야 하거든요. 당신이 컵에다 다른 사람 오줌을 슬쩍 담을지도 모르는 일이잖아요." 메드가 설명했다.

그런 일이 어떻게 가능한지 도저히 이해할 수 없었다. 남의 오줌이나 체액으로 장난칠 생각은 눈곱만치도 없는데.

"안 나와요. 저 여자분이 나가 있든가 아니면 고개라도 돌리고 있어야죠. 이런 식으로는 곤란해요."

"다른 분들은 다들 잘 하셨는데요." 여자는 말을 잘랐다. "그만 징징거리고 당장 해요."

메드가 싱글거리고 있었다. 역시 내 편이 아니었다.

"소변이 안 나오면 나올 때까지 징벌방에 들어가 있으면 되겠네." 간호사가 말했다.

교도소에도 독방으로 된 징벌방이 있었다. 까라면 까야 한다는 걸 잘 모르던 신참 때 딱 한 번 들어가 본 적이 있다. 3일 밤

낮을 징벌방에 혼자 갇혀 있었더니 내가 누군지, 거기가 어딘지, 내가 아직 세상에 존재하고 있는지조차 헷갈리기 시작했다.

나는 심호흡을 했다. 힘을 있는 대로 주고서야 간신히 몇 방울 짜낼 수 있었다.

"애 썼어요. 이제 바지 올려요."

옷을 다시 입고 나니 비로소 머리가 제대로 돌아가기 시작했다. 간호사에게 누구를 징벌방에 가두고 말고 할 권한이 있을 턱이 없다. 적어도 교도소에서는 그랬다. 기회만 되면 사실 여부를 꼭 확인하겠다고 별렀다.

나는 독방을 배정받았다. 끽해야 가로 2미터 세로 3미터가 될까 말까한 조그만 방이었지만 필요한 시설은 웬만큼 갖추고 있었다. 침대도 있고 글을 쓸 수 있는 책상도 있었다. 여기서도 시간이 주체할 수 없을 만큼 남아돌기는 바라지 않았다. 별도로 분리된 공간에 샤워기, 세면대, 변기도 설치돼 있었다. 그 입구엔 보통 문이 아니라 작은 여닫이문이 붙어 있었다. 그래도 은밀한 공간에서 샤워를 하고 똥오줌을 눌 수 있다는 뜻이다. 그것만 해도 어딘지.

어린 시절의 대부분을 보낸 메이슨 홈의 기숙학교에는 공동샤워실과 화장실 문이 터무니없이 작아서 똥을 눌 때마다 구경거리가 되곤 했다. 변기에 앉아서 방귀를 뀔라치면 모두들 환호성을 지르기 시작했다. 샤워실에서 하는 딸딸이 시합의 우승자는 열렬한 박수를 받았다. 내 고추는 남들 앞에서는 좀처럼 서질 않기 때문에 나는 한 번도 승리한 적이 없지만 그래도 방귀뀌

기만큼은 자신 있었다.

그 다음은 하르데벡 교도소였다. 거기서 나는 몇 년이나 감방과 화장실을 다른 녀석과 같이 써야 했다. 그 녀석은 남들이랑 똑같이 먹는데도 똥냄새는 기막히게 구렸다. 녀석은 하루에 두 번 변기에 앉을 때마다 상상을 초월하는 악취를 방출했다. 아무리 화장실 문을 꼭 닫아도 역겨운 냄새가 좁은 틈 사이사이로 스멀스멀 흘러나왔다. 물론 나는 누누이 불만을 토로했고 그에 대해 항의서를 쓰기도 했다. 녀석에게는 물론 교도소장과 심지어 네덜란드 여왕님에게도 편지를 보냈다. 여왕님은 TV에 나와서 모든 백성을 위한 여왕이 되고 싶댔고 나 역시 그녀의 백성이니까.

그러나 녀석은 나를 놀려대기만 했다.

"진짜 사나이의 똥은 원래 그런 법이야, 이 꼬맹아. 냄새 실컷 맡고 너도 좀 배워."

내가 투덜거릴수록 그는 한술 더 뜨더니 급기야 문을 아예 열어놓고 똥을 누기 시작했다. 나는 악취에 질식할 지경이 되었다. 교도소장은 내게 사람을 보내 우는 소리 좀 그만하라고 전할 뿐이었고 여왕님으로부터는 아무 답변도 듣지 못했다.

나는 꼬박 여섯 달 동안 날마다 아침저녁으로 두 번씩 꼼짝없이 그 냄새를 들이마셔야 했다. 그러자 몸에 이상이 생겼다. 날이 갈수록 변비가 심해졌다. 1일1똥이 한 주에 세 번으로 줄더니 결국 아예 나오질 않게 되었다. 나는 풍선처럼 부풀어 오른 배를 안고 고통에 몸부림쳐야 했다. 먹지도 마시지도 못했고 움직이는 것조차 힘들어졌다. 내가 침대에 맥없이 누워만 있는

데도 룸메이트는 문을 활짝 열어놓은 채 구린 똥을 계속 싸댔다.

나는 의무실로 옮겨져 관장을 받았다. 치욕과 고통을 견뎌야했지만 창자는 싹 비울 수 있었다. 녹색 타일이 붙은 의무실 변소 안은 내 룸메이트의 똥 냄새보다 더 고약한 썩은 내로 가득 찼다. 어쨌든 속은 시원했다.

감방으로 돌아가니 룸메이트가 사라지고 없어서 나머지 여섯달은 그럭저럭 맘 편히 지낼 수 있었다. 늘 그렇듯 시간이 너무 남아도는 게 문제였지만.

한때는 내 전용 변기를 소유한 적도 있다. 심지어 두 개나. 하나는 위층 욕실에, 하나는 아래층 현관 옆에 있었다. 나는 그 변기들을 아끼고 소중히 관리했다. 변기는 나만의 안식처였으니까.

"소지품은 오늘 오후에 도착할 거예요." 메드가 말했다. 나는 깜짝 놀라 벌떡 일어섰다. 메드가 아직 여기 있다는 걸 깜박 잊고 있었다. "그러면 방을 원하는 대로 정리하셔도 돼요. 개인 물품을 진열하거나 벽에 걸어도 되고요. 음란물에 대한 규정은 엄격한 편이에요. 가슴 사진은 괜찮은데 엉덩이 노출사진은 곤란해요. 그밖에 술, 마약, 휴대폰, 인터넷도 금지예요."

"물고기는요?"

"물고기가 있어요? 어떤 물고기죠?"

메드는 내 침대 끄트머리에 걸터앉았다. 잠자리에 들 시간에 십 대 자녀와 도란도란 얘기꽃을 피우려는 엄마처럼. 사실 그런 장면은 TV에서나 봤을 뿐이다. 우리 엄마는 감옥에 자주 면회를 오긴 했어도 늘 취침 시간 전에 집으로 돌아갔다.

"해수 수족관을 갖고 있어요."

메드는 이 사이로 휘파람 소리를 냈다.

"고급 취미네요."

뭐라 대꾸할 말이 없었다.

"어떤 물고기를 키워요?"

"이것저것이요. 닥터피시, 흰동가리, 청줄돔, 거북복어…."

"위층 간수들에게 얘기해볼게요. 수족관이 너무 크지만 않다면 허락할 거예요."

메드는 자기 허벅지를 찰싹 때리며 일어섰다.

"잠시 혼자서 쉬고 있어요. 여기까지 오느라 피곤할 테고 이방에 정붙일 시간도 필요할 테니까요. 그리고 이따가 20분 뒤에 같이 정신과의사를 만나러 갈 거예요."

"네."

"그 다음에는 여기 일과에 대해 설명해 드릴게요. 의사가 괜찮다고 하면 내일은 다른 수용자들을 소개해줄게요."

내 감방의 철문이 철커덕 닫혔다. 눈높이에 작은 뚜껑문이 나 있었다. 시시때때로 나를 감시하려는 것이다.

철문에서 벽까지는 정확히 다섯 걸음이었다. 보통 걸음걸이로. 나는 몇 번이나 왔다 갔다 하며 그 거리를 확인했다. 그런 다음 침대에 앉아 새로 칠한 흰 벽을 가만히 바라봤다.

5

이리나

"아, 여기 계셨네, 법조계의 샛별!"

접수처 앞에서 우편물을 기다리고 있는데 바텔스가 들어왔다. 바텔스는 이탈리아 장인의 양복점에서 맞춤 제작한 세련된 감색 트렌치코트를 입고 있었다. 그는 그 양복점의 정확한 위치를 철저히 비밀에 부쳤다. 숨겨진 보석이 세상에 알려져서 사람들이 그곳에 떼로 몰려들 것을 무척이나 꺼리는 모양이었다. 그는 마치 토크쇼 진행자처럼 내게로 팔을 쭉 뻗은 채 다가왔다.

"우리 이리나, 잠깐 내 사무실에서 보자고."

무슨 일이 나를 기다리고 있을지 걱정이었다. 틀림없이 피터가 나에 대한 불만을 한 보따리쯤 쏟아냈을 텐데. 고객을 두고 쌩하니 나가버린 행동은 변명의 여지가 없었다. 어린이집에 달려가야 했다는 핑계도 먹히지 않을 터였다.

소속 변호사를 끔찍이 아끼는 로펌이 있을까? 설령 있다손 치더라도 상당히 드물 것이다. 바텔스 앤 마르타 로펌 역시 단연코 그 부류에는 속하지 않았다. 소속 변호사들은 오로지 로펌을 위해 얼마나 돈을 벌어들이는지로 평가받았다. 몇 해 전 국제 인수 합병 전문 로펌에 다니던 시절을 돌이켜보면 여기 일은 신선놀음이나 다름없지만. 당시에 나는 일부 아시아 고객이 업무종료 시간 전에 반드시 마무리해야 할 일이 있다며 수시로 연락을 해대는 바람에 한밤중에도 벌떡벌떡 일어나기 일쑤였다.

뻣뻣하게 굳은 피자 한 조각을 마우스 패드에 올려놓은 채 무수한 밤을 뜬눈으로 지새워야 했다. 휴가도 몽땅 취소하고.

애런이 태어나자 조금은 속도를 늦출 수밖에 없겠다는 생각이 들었다. 때마침 하늘에 계신 그분이 내 처지를 딱하게 여기시기라도 한 듯 바텔스 앤 마르타에서 일자리를 제안 받았다. 내 아파트에서 엎어지면 코 닿을 거리에 있는 데다 법률 업계에서는 사실상 듣도 보도 못한 주3일 근무 조건이었다. 그렇다면 내 인생은 활짝 펴야 마땅했다.

하지만 내 결론은 딱 이랬다. 법조계라는 전쟁터에서 벌어지는 치열한 전투조차도 '까다롭기 짝이 없는 세 살배기의 변덕'에 시달리는 것에 비하면 식은 죽 먹기다.

바텔스는 잘 나가는 로펌 대표라는 위상에 걸맞는 사무실을 보유하고 있었다. 수영장 크기만 한 공간에 책상이 한쪽 구석을 떡하니 차지하고 있었고, 바닥에는 고풍스런 페르시아 카펫이 깔려 있었다. 벽은 암만 봐도 알쏭달쏭하지만 어지간히 값이 나갈 미술 작품으로 장식돼 있었다.

"앉아요, 앉아!"

바텔스는 무대 위에서 이백 명이나 되는 청중의 주의를 끌려는 사람처럼 호들갑을 떨었다.

"혹시 제가 뭘 잘못했나요?"

"무슨 소리? 방금 피터한테 연락을 받았는데 입에 침이 마르도록 칭찬을 늘어놓던걸. 당신처럼 당찬 여성은 참 드물다면서. 그 사람 전력을 생각하면 별로 놀라운 반응은 아니지. 당신한테

꽂혔단 소리잖아."

"그래서 제가 자기를 두고 휙 가버렸다는 말은 안 꺼냈단 말씀인가요?"

바텔스의 표정이 굳었다. 그는 짜증스럽다는 듯 손사래를 쳤다.

"그딴 건 별로 알고 싶지 않고. 너무 솔직할 필요는 없다는 말은 내가 누차 하지 않았나? 좀 그럴듯하게 포장하는 게 중요하다고. 변호사에게 솔직함은 미덕이 아니야. 그걸 아직도 모르나?"

"죄송합니다."

그는 웃음을 터뜨렸다. "죄송하다고 인정을 해서도 안 돼. 절대 그러지 말라고!"

"꾸중 들으러 온 게 아니라면, 제가 여기 왜 온 거죠?"

"그건 말이야, 친애하는 이리나, 오늘 한 일을 칭찬하려는 거야. 당신을 조용히 불러낸 이유는 그것뿐이니까 그렇게 신경을 곤두세울 필요 없어. 내가 할 말은 잘했다는 칭찬밖에 없다고. 당신이 무슨 일을 어떻게 처리했든 상관없어. 중요한 건 일의 결과니까."

"그런 말씀이라면, 감사합니다."

"피터가 우리가 제안한 전략에 대해 협의하러 내일 사무실에 들르겠대. 본인 사업 일은 전부 주말까지 미뤄두겠다는군."

"그건 좀 곤란하겠는데요."

"뭐라고?"

나는 그에게 진실을 털어놓을까 고민하다가 그냥 사실만 알리기로 했다.

"수요일과 목요일에는 출근을 못합니다. 금요일은 원래 쉬는 날이고요. 집에서 일을 할 수는 있지만 아무래도 여기서 하는 것만큼은 못하겠죠."

"나한테 그런 얘기 했던가?"

"아니요, 갑자기 피치 못할 상황이 생겨서요."

바텔스는 말없이 머리를 흔들었다. 몇 올 남지 않은 곱슬곱슬한 잿빛 머리카락이 제멋대로 흐트러져 있었지만 그는 대머리가 되어 가고 있다는 사실을 절대 인정하려 들지 않았다.

"죄송합니다." 내가 덧붙였다.

"변명 따위는 듣기 싫다고 했잖아!" 바텔스가 버럭 소리를 질렀다. "집어치워, 이리나. 다 집어치우라고." 그의 아랫입술에 커다란 침방울이 붙어 있었다. 그는 과장된 동작으로 일어서서 창가로 걸어가더니 나를 등지고 섰다. 참 별스럽고 우스꽝스럽고 피곤한 사람이었다.

"그럼 죄송하다는 말 취소할게요. 사실 죄송할 게 뭐 있나요. 혹시 긴급 휴가라고 들어보셨어요? 육아 휴가는요? 아님 남은 연가 30일을 한 방에 다 쓰면 어떨까요?"

바텔스는 잠시 할 말을 잃었다. "좋아, 그럼." 그가 간신히 입을 열었다. "일만 제대로 하면 뭘 어찌해도 상관없다고 이미 내 입으로 말했으니까. 당신이 북극에 가서 일을 하겠다고 우겨도 말릴 재간이 없지. 피터가 만족하고, 나중에 그 사람한테 수임료만 두둑이 청구할 수 있다면 말이지."

"걱정 마세요."

"내가 요새 어떤 고객을 상대하고 있는지 넌 상상도 못할걸."

저녁 일곱 시였고 애런을 엄마 집에 데려다놓은 덕분에 나는 보통 변호사들이 하듯 친구와 술집에서 술 한 잔을 즐길 여유를 가질 수 있었다.

"글쎄, 교황이라도 되나? 아니다, 잠깐만 기다려봐." 브리시트는 검지를 허공에 쳐들었다. "너희 어머니가 드디어 사람들 가슴에 얼음송곳을 찔러 넣은 죄로 고소당하셨나 보네."

"하하."

브리시트와 나는 초등학교 시절부터 알고 지낸 사이다. 평소처럼 촐랑거리며 '안녕하세~요!'라며 다가간 브리시트에게 우리 엄마가 '안녕하십니까, 이리나 부인.'이라고 인사하라고 훈계한 이후로 두 사람은 한순간도 잘 지낸 적이 없다. 고지식하고 단정한 엄마와 생기발랄하고 어수선한 브리시트는 그야말로 상극이었으니까.

"어서, 말해봐."

"피터."

"그게 누구야?"

"그 유명한 선박 재벌 베숍 가문의 피터 말이야."

브리시트의 눈이 초롱초롱 빛나기 시작했다. "그 사람 미혼이야?"

"모르지."

"그런 남자를 고객으로 만났으면 그것부터 알아봐야지. 외모는 어때? 나이는? 키는?"

"40대에…, 키는 183센티 정도…. 그러고 보니까 너랑 좀 맞을 것 같기도 하다. 너 지배욕 강한 남자 좋아하잖아. 맞지?"

"군침 도는 걸."

바에서 주문을 하려던 남자가 거칠게 밀치는 바람에 나는 균형을 잃고 넘어질 뻔했다. 보아하니 딱 부동산 중개인 타입이었다. 촌스런 정장에 어기뚱한 표정. 그의 잔에 담겨 있던 화이트 와인이 내 가슴, 하필 젖꼭지 위에 쏟아졌다. 방금 자기가 저지른 만행을 아는지 모르는지, 그 자식은 시치미를 뚝 뗐다.

"이봐요, 조심 좀 해요." 브리시트가 그에게 쏘아붙였다. "애 블라우스에 와인을 엎질렀잖아요."

그는 고개를 돌리더니 브리시트를 머리끝부터 발끝까지 훑어봤다. "와, 쭉쭉 뻗었네."

"뭐요? 이 사람이 진짜?"

나는 눈을 부라렸다.

"키가 멀대 같네." 그 자식이 또 한 번 지껄였다.

"그래, 듬성듬성한 네 정수리까지 훤히 내려다보인다. 이리나, 네가 보기엔 어때? 이 인간 조만간 대머리 될 거 같지 않아?"

"좀! 그만하면 됐어."

나는 냅킨을 쥐고 젖은 부위를 두드리기 시작했다. 나는 수유용 브래지어에 패드 넣는 걸 깜박한 여자 같은 몰골이 되었다. 볼썽사납게시리.

"참 가관이겠네." 브리시트는 턱에 손가락을 대고 짐짓 생각에 잠긴 시늉을 했다. "저 얼굴에 대머리까지 되면 말이야. 미안하지만 누군가는 해줘야 할 말이잖아. 딱 오 년만 지나면 가엾은 돼지새끼 꼴이 되겠군."

나는 웃음을 참을 수 없었다.

"내가 당신이라면 남은 몇 년이라도 최대한 착실하게 살겠어
요. 우선 교양 있게 행동하는 법부터 배워야겠네요. 어딜 가든
몸도 좀 사리고, 행여 사소한 사고를 치거나 숙녀의 민감한 부위
에 와인을 쏟았으면 정중히 사과도 하고 말이죠."

그는 브리시트를 잠시 멍하니 바라봤다. "이런 잡년이."

"그 사람이랑 안면을 텄다니 내가 다 반갑다야." 브리시트가
나를 돌아봤다. "백만장자 피터 말이야. 벌써부터 눈에 선한걸.
나는 돈 많은 남자라면 언제라도 붙잡을 준비가 돼 있어. 기자
는 내가 꿈꾸던 근사한 직업이 분명해. 그래, 나는 넬슨 만델라
와 악수를 해봤어. 조지 클루니는 실물로 봐도 얼마나 섹시한지
몰라. 각종 사기행각에 대한 폭로 기사와 샤페이페타민 남용을
고발하는 멋진 기사도 썼지. 하지만 그런 기자의 특권이나 언젠
가는 받게 될 최고의 언론인 상 따위가 다 무슨 소용이겠어? 이
렇게 박봉에 시달리고 있는데. 내가 언제까지 집세 아끼느라 개
념 없는 룸메이트랑 같이 살아야겠어? 세면대에 잔뜩 묻혀 놓
은 태닝 제품 얼룩을 닦는 것도, 마감에 쫓기는 오후 두 시에 전
동드릴 소리에 시달리는 것도 이제 지긋지긋해. 이리나, 내가 피
터와 결혼에 골인하게 되면 네가 들러리를 서는 거다?"

"너 S&M(폭력적이고 모욕적인 행위를 주고받으며 쾌감을 얻는 변태
성욕 - 옮긴이) 소굴에서 쇠사슬에 묶여도 괜찮겠어?"

"뭣이라?"

"숨이 막힐 때까지 남자 성기를 목구멍에 쑤셔 넣고, 줄줄 흐
르는 오줌을 억지로 마시고, 섹스 중에 목이 졸리고…."

"뭐야?"

나는 극적인 효과를 노리며 잠시 뜸을 들였다.

"계속 말해! 말해 보라구."

"피터는 엄청나게 변태적인 영화를 만들어. 구글에서 '오줌싸개 피터'라는 제목으로 검색해보면 알아. 거기까지만 얘기할게. 변호사가 고객 기밀을 흘리고 다니면 안 되니까."

"음. 그건 그렇고, 그 사람 잘생겼어?"

"제럴드 리베라(미국의 변호사, 작가, 토크쇼 진행자 - 옮긴이) 같은 타입 좋아하나 모르겠네."

"솔직히 나는 섬세하고 우아한 손을 가진 지중해 스타일을 좋아하지. 물론 그런 남자들은 나를 별로로 여기는 데다, 진하게 키스를 하는 도중에 발기된 성기가 내 슬개골을 찌르면 흥이 깨져 버리는 게 문제지. 네 애정 생활은 어떻게 돼가?"

"침체기야."

"왜 이래. 너 절박한 남자들을 끊임없이 만나고 있잖아? 남자 꼬시는 데 변호사나 치위생사만한 직업이 어딨다고?"

"말도 안 돼."

"의지할 데 없는 가엾은 남자들이 너한테 목을 매고 있잖아. 다들 잔뜩 겁에 질려 가지고 네가 다정하고 푸근하게 다독여주길 갈구하잖니."

"그런 남자들은 대부분 연애할 생각은 추호도 없단다."

"무슨 소리야. 연애할 생각 없는 건 바로 너야. 애 낳고 나서부터 연애 전선에서는 아예 은퇴한 사람처럼 굴고 있잖니. 정신 차려! 넌 젊고 예쁘고 생활력 있고 재밌고 딱히 눈에 띄는 하자도 없잖아. 10년 후면 애런한테 엄마도 필요 없을걸. 오토바이랑 여자애들한테 푹 빠질 거라고. 그때 돼서 그동안 대체 뭘 하고 살았나, 왜 온라인 데이트도 한 번 안 해봤을까, 하고 후회하면 뭐 하겠어?"

"그만 좀 해."

"내가 볼 때 넌 전혀 행복하지 않아."

나는 어깨를 으쓱했다.

브리시트는 안됐다는 듯이 나를 보았다. "너 진짜 괜찮아?"

나는 다시 한번 어깨를 으쓱했다. "애런 때문에 골치 아파 죽겠어. 어린이집에서 쫓겨나게 생겼거든."

"어쩌다가?"

"관두자. 지금만큼은 그 생각을 접어두고 싶으니까."

브리시트는 내 팔에 손을 올려놓았다. "다 잘될 거야."

"나도 그렇게 생각하려고 노력 중이야." 갈수록 더 힘들어져서 문제지. 나는 조용히 이 말을 덧붙였다.

6

레이

　나는 전에도 정신과 의사를 만나본 적이 있다. 실은 여러 번 만나봤다. 나는 행동건강센터의 정신과 의사들에게 정신 감정을 받았다. 내게 고래고래 고함을 질러대던 경찰에게 며칠 연속 취조를 당한 후라서 나는 단단히 마음의 준비를 했다. 그런데 이 정신과 의사들은 나를 자기네들 친구나 되는 듯이 대했다. 나를 이해하려 노력하고 있다는 말도 했다. 내가 무슨 말을 하든 고개를 끄덕이거나 동의의 표시로 '음' 소리를 냈다.

　그렇다보니 그들과 이야기하는 게 나쁘지 않았다. 나는 별로 말이 없는 편이지만 그때부터는 하고 싶은 말을 전부 털어놓았다.

　재판에서 그들의 보고서가 낭독되었다. 그런데 의사들이 그렇게 내 뒤통수를 칠 줄이야.

　그 일 이전에 만난 정신과 의사는 메이슨 홈의 상담 선생님이 유일했다. 썩 괜찮은 분이었다. 나를 보면 '요즘 잘 지내?' 같은 질문들을 건네곤 했다. 거기에 어떻게 대답해야 할지 잘 몰랐지만. 나는 그곳에서 대체로 잘 지내는 편이었다. 화가 나거나 두려울 때도 있었지만 보통은 기분이 괜찮았다. 그래서 그 선생님한테 그렇게 대답했다. 우리는 숲에 어떤 새들이 살고 있는지, 백상아리와 황소상어 중 어느 상어가 더 위험한지 따위의 얘기를 나누기도 했다. 그분도 다른 사람들에게 나를 미친놈이라고 말하고 다닌 것은 마찬가지였지만.

뢰메르만 박사는 나와 악수를 한 다음 자기 맞은편의 의자를 권했다. 책상 위에는 뿔테 돋보기안경과 두꺼운 파일이 놓여 있었다.

"여기 온 지 몇 시간이 지났겠네요, 레이 씨. 이곳 첫인상이 어땠나요?"

뭐라고 해야 할지 알 수 없었다.

"당신이 왜 여기 있는지 알아요?"

"네."

"한번 설명해 볼래요? 당신 방식대로 표현해봐요."

"제 방식이 아니면 누구 방식대로 표현하겠어요?"

그는 미소를 지었다.

"그 말이 맞아요, 레이. 그러면 여기 왜 있는지 말해 봐요."

"재판관이 선고를 했으니까요. 그리고 여기서 어떻게 처신하느냐에 따라 내 형기가 달라질 수 있으니까요."

"무슨 죄목으로 유죄 판결을 받았죠?"

"로지타와 안나 안젤리를 살해했어요. 정확히 1999년 5월 17일에요. 시간은 기억이 안 나지만."

그는 종이 위에다 뭔가를 끄적거렸다. 나는 그가 적은 내용을 읽어보고 싶었다. 나중에 정신병자, 강박, 망상, 정서장애 같은 단어를 보고 당황하지 않도록.

"오늘 날짜는 알아요?"

"그럼요."

"말해 줄래요?"

"2007년 6월 1일이요." 나는 시계를 흘끔 보았다. "오후 세 시,

정확히 말해 3시 2분 23초네요. 또 뭘 알고 싶으세요?"

"당신 참 정확한 사람이네요."

나는 고개를 끄덕였다.

그는 다시 뭔가를 기록했다. 악필이라 알아보기 힘들었다. 그것만으로도 기분이 찜찜했다.

"혹시 나한테 질문 있어요?"

나는 짧은 순간 당황했다. 내가 질문을 해도 될 거란 생각은 해 본 적이 없었으니까. 질문을 하려고 생각하니 마침 한 가지가 떠올랐다.

"물고기를 키워도 되나요? 해수 수족관을 갖고 있어서요."

"그건 확인을 해 보죠. 동물 키우는 거 좋아해요? 돌보는 걸 좋아하나요?"

"네."

"다른 사람을 돌보는 것도요?"

경계해야 할 질문이었다. 행동건강센터 사람들이 즐겨 하던 유형의 질문. 겉보기엔 별 뜻 없어 보여도 까딱 잘못 대답했다간 어떤 미친놈으로 몰릴지 알 수 없다. 나는 대꾸하지 않기로 마음먹고 뿔테 안경만 뚫어져라 쳐다봤다.

"과거에 누굴 돌본 적이 있나요?" 의사가 다시 물었다.

"몰라요."

뢰메르만 박사는 팔짱을 끼며 등을 뒤로 기댔다.

"그래요. 모르는 건가요, 아님 대답을 안 하기로 작정한 건가요?"

"제가 원하는 건 수족관뿐이에요. 아니면 최대한 빨리 여길 나가거나."

"물론 평범한 삶으로 돌아가고 싶겠죠. 그리 될 가능성은 분명히 있지만 그 전에 해결해야 할 문제가 꽤 많아요."

"꽤 많다고요?"

"무엇보다 레이 씨의 적극적인 협조가 필요해요. 곧 내가 질문을 하면 반드시 대답을 하려고 노력해야 한다는 뜻이에요."

"지금껏 얼마나 많은 질문에 대답을 했는지 몰라요. 하지만 답은 늘 같아요. 로지타와 안나가 죽은 건 내 잘못이 아니라는 거예요. 그런데도 나는 아직 여기 있다고요."

"레이 씨, 난 판사 노릇 하려고 이 자리에 있는 게 아니에요. 그러니까 당신이 유죄냐 무죄냐는 여기서 아무리 따져도 소용이 없어요. 하지만 당신이 별로 정상이 아니라는 건 우리 둘 다 잘 알잖아요."

나는 고개를 저었다.

안나와 로지타가 살해된 이후로 나는 내가 정상이라고 사람들에게 누누이 강조했다. 나는 완전히는 아니라도 웬만큼은 정상이다. "나한텐 아무 문제가 없어요! 대체 몇 번을 더 얘기해야 알아듣겠어요?" 나는 주먹으로 책상을 쿵 내리쳤다. 뢰메르만 박사의 뿔테 안경이 공중으로 튀어 올랐다.

의사는 꿈쩍도 하지 않았다.

"우린 형사가 아니에요. 경찰이나 판사 일을 여기서 반복하는 건 의미가 없다고요. 그러니 당신이 유죄인지 무죄인지는 여기서 따지지 말아요. 그래도 이 한마디는 꼭 해야겠네요. 자꾸 당신의 범행을 부인하는 건 바람직하지 못해요. 그러다간 여기 있는 기간만 늘어나게 돼요."

나는 그가 하는 말을 납득하려 애썼다.

"당신의 결백을 확신한다면 물론 재심(1심, 2심을 거쳐 확정된 대법원 판결에 대해 예외적으로 인정되는 불복 방법-편집자)을 청구할 수 있어요. 합리적인 의혹이 있으면 재판관은 당신에게 유리한 판결을 하겠죠. 그렇다 해도 수감생활을 모범적으로 하는 것이 중요해요. 그 말은 순순히 치료를 받고 약을 먹어야 하고 언어적으로든 물리적으로든 공격성을 드러내지 말아야 한다는 뜻이에요. 물론 지금 같은 상담 시간에는 훨씬 더 모범적인 태도를 보여야 하고요. 내가 지금 부정적인 평가서를 작성하는 건 원치 않잖아요?"

나는 원하지 않는 일에 동조해야 했다. 그렇게 하지 않는다면 내 삶이 더 고달파지겠지. 지금까지 늘 그랬으니까.

"앞으로 2년 후에 레이 씨의 첫 평가 공청회가 있을 예정이에요. 레이 씨 주장대로 진짜 당신한테 아무 문제가 없다면 그땐 병원을 떠날 수 있어요."

2년은 긴 시간이다. 하지만 나는 감옥에서도 이미 8년을 썩었다. "여길 나가려면 어떻게 해야 하나요?"

"우선 여기 규칙부터 충실히 따라야 해요."

그건 할 수 있다. 그런 일이라면 얼마든지 할 수 있다. "그것 말고는요?"

뢰메르만 박사는 잠시 생각했다.

"편지 쓰는 거 좋아해요? 되게 잘 쓸 거 같은데. 그렇다면 당신 이웃한테 편지를 쓰는 걸 첫 번째 과제로 줄게요." 그는 잠시 서류를 뒤적거렸다. "…로지타한테요."

"로지타는 죽었잖아요. 제가 왜 죽은 사람한테 편지를 써야 하죠?"

"그냥 천국에 편지를 보낸다고 생각하세요."

"그 여잔 죽었다니까요."

박사는 한숨을 푹 쉬었다. "그러면 살아있다 치면 되잖아요."

"뭐라고 써야 하죠?"

"그건 레이가 알아서 해야죠. 그냥 떠오르는 대로 써 봐요. 그녀에 대해 어떻게 생각하는지, 당신 감정이 어떤지, 그녀와 어린 딸이 세상에 없다는 데 대해 당신이 어떻게 느끼고 있는지…"

나는 고개를 끄덕였다.

"다음 치료가 모레로 잡혀 있으니까 그때 편지를 제출하면 되겠네요. 시간이 더 필요하면 이번 주말이나 다음 주도 괜찮아요."

시간.

나는 이미 시간만큼은 충분하다. 하지만 박사에게 완벽하게 협조하겠다는 뜻을 보여주려고 이렇게 말했다.

"꼭 써올게요."

7

이리나

피터와의 약속 시간은 10시 30분이었다. 그는 정확한 시간에 청바지와 비싼 티가 나는 하늘색 재킷 차림으로 나타났다.

나는 다른 직원에게 부탁해 피터에게 커피 한 잔을 내 주고 그의 맞은편에 앉았다.

"피터 베솝 씨, 당신 사건을 자세히 검토했어요."

"그래서요? 어떻게 생각해요? DVD도 봤어요? 내 다음 작품에 좀 관심이 생기지 않던가요? 요즘 중년여성이 등장하는 포르노가 상당히 잘 나가거든요."

"저는 법적인 측면에 더 관심이 생기더군요."

"당신 상사한테는 당신이 어제 나를 두고 가 버렸다는 얘기를 안 했어요. 아주 유익한 대화를 나눴다고만 했죠." 그가 눈을 찡긋 했다. "그러니까 이제 내 일에 각별히 신경 좀 써 줘요, 알겠죠?"

나는 짜증을 간신히 억눌렀다. "그러면 이제 사건 얘기 좀 해 볼까요?"

"그래요, 어서 해 봐요. 당신이 보기엔 어떻던가요?" 그가 수첩을 꺼냈다.

"까놓고 말해 우리 측에 무척 불리해요." 나는 그를 긴장시켜 더 이상 출싹대지 못하게 하려고 한참 뜸을 들였다. "워낙 상황이 심각해서 합의를 하라고 조언드릴 수밖에 없네요."

그는 잠시 말이 없었다. 그가 고개를 푹 숙이는 모습을 보니 고소했다. 그는 초조한 듯 금색 볼펜 끝을 마구 눌러대기 시작했다.

"그러면 어찌해야 되나요?"

"그 동영상을 인터넷에서 내리고 보어 양에게 배상을 해 줘야죠."

"돈은 이미 줬어요. 2천 유로나요. 적은 액수가 아니잖아요."

"사건을 요점별로 하나씩 짚어볼까요?"

그는 볼펜 뒤끝을 몇 번 더 딸깍딸깍 눌렀다. 그러더니 앞에 놓인 공책에 큰 글씨로 '합의'라고 썼다.

"재판관이 피터 베숍 씨께 유죄판결을 내릴 근거는 한두 가지가 아니에요. 첫 번째는 아동 포르노 제작, 배포예요."

그는 '아동 포르노'라는 단어를 충실히 받아 적었다.

"두 번째는 성적 학대, 강간, 거기다 살인 미수까지 적용될 수 있어요."

나는 그가 키워드를 받아 적도록 하던 말을 잠시 멈췄다.

"보어 양은 자신을 동영상 제작에 강제로 참가시켰다고 당신을 고소할 가능성이 커요. 순진한 자기를 당신이 꼬드겼다고요."

"그 여자가 제 발로 나를 찾아 왔다고요."

"증명할 수 있어요?"

그는 잠시 곰곰 생각했다.

"그건 잘 모르겠네요."

"방법을 꼭 찾아야 해요. 당신이 빼도 박도 못할 증거를 제시하지 못하면 판사는 고소인의 주장을 믿게 돼 있어요. 꽉 끼는 가죽 바지를 입은 배불뚝이 중년 남자보다는 열여덟 먹은 여자애한테 동정이 쏠릴 수밖에 없잖아요?"

나는 우호적인 미소를 덧붙였지만 피터는 눈도 깜짝하지 않았다.

"보어 양을 고용할 당시에 그녀가 미성년자였다는 사실부터 따져 봐요. 미성년자와의 성관계를 촬영하는 건 처벌받을 수 있는 범죄에 해당하니까요. 미성년자에게 돈을 주고 성행위를 시키는 것 역시 범죄입니다. 16세 이상과 합의하에 성관계를 맺는 건 합법이지만 돈을 지불했다면 성매매의 범주에 들기 때문에 불법이지요."

"거 참 앞뒤가 안 맞네요, 안 그래요?"

"그렇게 생각하세요? 혹시 자녀가 있으신가요, 피터 씨?"

그는 고개를 저으며 말했다. "내가 알기로는 없어요."

"그런 줄은 몰랐네요. 어쨌든 피터 씨께 딱 한 가지 다행스러운 점은 그 여자애가 미성년자처럼 보이지 않는다는 거예요."

"아가씨라고 부르랬잖아요?" 꽤 흥분한 목소리였다. "아가씨요. 보니까 여간 닳고 닳은 여자가 아니더구먼. 내 말이 무슨 뜻인지 알죠?"

나는 그의 말을 무시하고 태연히 말을 이었다. "그리고 당신이 만든 영화가 아동 포르노로 기획되거나 홍보되지 않았다는 점이에요."

"그래요, 난 아동 포르노는 취급하지 않아요. 지금까지 찍은 적도 없고."

그는 자기한테 노벨상이라도 줘야 한다는 듯 히죽 웃었다.

"다행이네요, 피터 씨."

그는 다시 볼펜을 몇 번 달깍 눌렀다.

"아동 포르노를 찍는 건 범죄예요. 하지만 보어 양이 당신을 범죄 혐의로 고소하지 않은 건 그 아가씨한테 하등 유리할 게 없어요. 재판관이 그녀의 동기에 대해 의문만 품게 되거든요."

베슙은 격렬하게 고개를 끄덕끄덕했다. 풀이 팍 죽었다가 금방 신이 났다가 하는 게 꼭 어린애 같았다.

"문제는 왜 그 여자가 민사소송을 제기했냐는 거죠. 경찰을 찾아가지 않고요. 그 이유는 딱 한 가지예요."

내 의뢰인은 내 말을 한 마디도 놓치지 않겠다는 듯 몸을 앞으로 기울였다.

"돈이 필요하다는 뜻이죠. 형사와 민사의 차이는 아시죠? 형사 소송은 검사가 피의자를 상대로 제기하는 소송이에요. 민사 소송은 한 국민이 다른 국민을 상대로 제기하는 소송이고요. 이번 사건처럼요."

베슙은 '형사'와 '민사 소송'이라는 단어를 받아 적었다.

"요즘은 형사 법정에서도 민사 사안을 다룰 수 있어요. 그런 경우 재판관의 판결에는 범죄피해보상이 포함되죠. 하지만 그런 경우에 보상액은 별로 크지 않아요. 결국 보어 양이 한 몫 잡으려고 작정하고 민사 소송을 선택했다고 봐야 해요."

"결국 돈이군요." 베슙이 맥 빠진 소리로 대답했다.

"그래도 운 좋은 줄 아셔야 돼요. 보어 양이 당신을 형사 고소했다면 달리 손써볼 여지도 없이 재판관 선고나 기다려야 할 걸요. 재판관이 혹여 강간이나 성추행이나 제가 아까 말씀드린 다른 범죄 행위가 포함됐다고 판단한다면 당신은 최소 4년은 철창 신세를 져야 한다고요. 그리고 경찰이 작정하고 당신 뒤를 캐기 시작하면 어떤 문제가 또 불거져 나올지 어찌 알겠어요?"

"이를테면요?"

"이미 저한테 밝히셨잖아요. 어제 바하마에 가고 싶다고 하셨죠. 그 말씀은 꼭 해외 계좌에 돈을 숨겨뒀다는 말처럼 들리는데요?"

그는 대답하지 않았다.

"제 말은 그런 뜻이에요."

"그렇다면 합의를 하는 수밖에 없겠네요." 그는 수첩에 쓴 '합의'에 밑줄을 좍좍 그었다.

8

레이

그날 밤 침대에 누웠더니 오래전 빵집에서 일하던 시절로 돌아간 듯한 기분이 들었다. 나는 한때 프린세스 거리에 있는 프랑스 빵집 '빵 드 프로빙스'에서 일했다.

1970년대에 제빵사 피에르 앙리는 여름휴가 때 만난 여자친구를 따라 그녀의 고향인 네덜란드로 들어와 노동자들이 모여 사는 동네에 제과점을 차렸다. 그 시절만 해도 그 지역 사람들은 크루아상, 바게트, 브리오슈(눈사람 형태의 부드러운 발효빵 - 옮긴이) 따위는 맛 한번 본 적도 없었고 프로방스가 어디 있는지도 아예 몰랐다. 하지만 빵 드 프로방스는 날이 갈수록 번창했다. 다른 지역에서 부유한 손님들이 몰려들었기 때문이다.

더 이상 혼자 빵집을 운영하기는 역부족이라고 판단한 피에르는 나를 실습생으로 고용했다. 가게 일을 돕던 그의 아내 마흐레트는 목소리가 어찌나 우렁찬지 주문 받는 소리가 온 가게에 쩌렁쩌렁 울렸다.

"플레인 크루아상 네 개와 초콜릿 크루아상 두 개 주문하셨어요. 바로 가져다 드릴게요."

"풋, 크루아상을 오후에 먹다니." 피에르는 코웃음을 쳤다. "네덜란드 사람들은 제정신이 아냐! 프랑스에서는 크루아상을 하루에 고작 150개씩 팔았는데 여기선 날마다 5,600백 개에, 주말엔 천 개까지 팔린다니까. 이 사람들 참말로 크루아상에 단단히 미쳤군."

피에르에 따르면 내가 제빵 학교에서 배운 것들은 죄다 쓸 데 없거나 틀린 내용이었다. 이를테면 학교에서는 이스트를 써서 빵을 부풀렸다.

"이스트라면 개나 소나 다룰 수 있어. 영혼 없는 제빵사들이나 쓰는 재료지. 공장이나 로봇한테 적합하다고. 그런 제빵사라면 차라리 벽돌공이 되는 편이 나아. 이미 학교에서부터 시시한 제빵사가 되도록 가르치는 꼴이지. 그게 말이 되냐고!"

피에르는 그의 아버지가 30년 전에 물려 준 종균을 사용했다. 처음 몇 년 동안 나는 피에르의 모반죽 근방에도 갈 수 없었다. 그것은 갖가지 위험 요소를 엄격하게 차단한 보온 찬장에 보관되었다. 피에르는 날마다 그것을 조금씩 뜯어내 식빵과 바게트, 크루아상 반죽을 만들었다. 그런 다음 뜯어낸 만큼 다시 채워 넣었기 때문에 모반죽은 절대 바닥나는 법이 없었다.

모반죽은 일정한 시간에 밥을 준 다음 적절한 온도가 유지되는 찬장에 되돌려놔야 했다. 피에르는 반죽에게 말을 걸기도 했다.

"오늘 기분이 어떠니, 아가? 불편한 데는 없니?"

내게는 이렇게 가르쳐주었다.

"와인 만드는 것과 비슷해, 레이. 타이밍과 온도만 잘 맞추면 된다고. 꼭 기억해야 돼. 시간과 온도야."

하루는 피에르가 나를 불렀다. "냄새를 맡아 봐." 그는 도자기 그릇을 내 코밑에 갖다 댔다.

나는 몸을 숙여 눈을 감고 조심스레 냄새를 맡았다.

"정말 향기롭지? 너무 시큼하지 않고 싱그럽잖아. 얜 내 분신이나 다름없어, 레이. 우리 빵이 겉은 바삭하고 속은 촉촉한 것도 다 얘 덕분이라고. 얘가 빵에 신선하고 달콤한 맛을 더해주니까. 이 아이가 없으면 빵은 그냥 밀가루에 물을 섞은 덩어리에 불과해. 얘 없인 아무것도 아니지. 우리 애기."

그는 내게 모반죽 돌보는 법을 가르쳐주었다. 피에르에 따르면 이 반죽은 어떤 여자보다 예민하고 까다로웠다. 그는 내게 그 애가 정확히 무엇을 좋아하고 무엇을 싫어하는지 가르쳤다. 어떤 온도가 가장 알맞은지, 밥은 언제, 얼마나 줘야 하는지.

일 년 뒤부터 나는 모반죽을 전적으로 책임지게 되었다. 피에르는 내가 자기보다 훨씬 세심하게 반죽에 줄 밥의 양을 재고 적절한 온도를 유지한다고 인정했다. 지금껏 나처럼 정확하게 관리하는 사람은 만난 적이 없다고도 했다.

5년 뒤에 나는 주방 전체를 도맡게 되었다. 날마다 새벽 3시 15분부터 빵굽기를 시작했다. 바게트, 호두빵, 통곡물빵, 초콜릿빵, 치아바타(흰 밀가루와 소금으로 만든 길고 납작한 발효 빵 – 옮긴이), 크루아상, 브리오슈가 오븐에서 익는 사이 나는 무게를 재고 그날 필요한 재료를 빠짐없이 준비해 작은 그릇에 담았다. 밀가루, 초콜릿, 건포도, 해바라기 씨, 치즈, 아몬드 페이스트 등.

마흐레트와 피에르는 6시 30분에 가게에 도착해 갓 구운 빵을 진열했다. 일곱 시에 가게 문이 열리고 인근의 잘 사는 사람들과 훨씬 부자 동네에서 온 사람들이 줄을 서기 시작하면("저 사람들 미쳤네!" 피에르는 이렇게 외치곤 했다), 피에르와 나는 여덟 종류의 빵 반죽을 만들고 까늘레(럼과 바닐라를 첨가한 반죽을 틀에 부어 만드는 작고 부드러운 빵 – 옮긴이)와 타르트도 구웠다. 오후 시간은 온전히 크루아상 반죽을 만드는 데 할애했다. 우리는 수백 겹이 될 때까지 반죽에 버터를 넣었다.

"아, 완벽한데." 다 되면 피에르는 이렇게 말했다. "진짜 완벽해."

내가 그곳에서 일한 지 여러 해가 지났을 무렵 피에르와 마흐레트는 가게를 처분하고 프랑스로 떠나기로 했다. 빵집은 나를 만날 때마다 내 등을 찰싹찰싹 때리곤 하던 번쩍이는 안경을 쓴 남자에게 인수되었다. 마흐레트는 그 남자가 나랑 친해지려고 그런 행동을 하는 거라고 했다. 네가 없으면 빵집은 아무것도 아닐 테니까, 라고 마흐레트는 말했다.

떠나기 전날 피에르가 나를 불렀다. 그는 모반죽이 담긴 도자기 항아리를 껴안고 있었다. "앤 내 자식이나 다름없는 소중한 보물이야. 내가 처음 빵집을 열었을 때 내 아버지가 물려주신 아이지. 이 아이 덕분에 가게도 이렇게 번창했어. 내겐 아들이 없고 마흐레트는 애 낳을 나이가 지났으니 이 아일 자네한테 넘겨주겠네." 그의 뺨에 눈물이 주르르 흘렀다.

염분은 모반죽에게 치명적이다. 나는 모반죽에 눈물이 떨어지지 않도록 재빨리 피에르에게서 도자기 항아리를 받아들었다.

"그 앨 소중히 보살피고 잘 사용해 주길 바라. 때가 되면 다른 사람한테 물려주리라 믿네. 물려줄 생각이 없으면 잘 처분해주고. 약속해 주겠나, 레이?"

"네." 나는 대답했다.

피에르와 마흐레트가 떠난 후 빵집의 새 주인은 가게 보수공
사를 결정했다. 원래 재료를 준비하는 구역과 오븐은 가게 뒤편
에 별도의 공간으로 구분되어 있었다. 그런데 새 주인은 내가
작업하는 모습을 손님들에게 보여 주는 편이 좋을 거라 생각한
모양이다. 그러면 모든 제품이 공장제가 아니라 현장에서 신선
하게 만들어지는 것이라는 사실도 홍보할 수 있으니까. 그래서
주방을 가게와 분리하는 벽이 제거되고 대신 유리 칸막이가 설
치됐다.

그때부터 타르트에 쓸 사과를 깎거나 차분하고 신중하게 반
죽을 치대는 내 모습이 사람들에게 노출되기 시작했다. 나는 부
끄러웠다. 갑자기 자신감이 없어졌다.

이전에는 내가 만드는 쿠론(말린 과일, 견과류 등으로 속을 채운
왕관 모양의 프랑스 빵 - 옮긴이)의 무게가 하나같이 정확하게 525
그램이었다. 조금의 오차도 없었다. 나는 반죽 분량에까지 세심
하게 정성을 기울였으니까. 그런데 유리 칸막이가 설치된 이후
에는 간혹 600그램에 육박하는 쿠론이 나오기도 했다. 재료의
무게를 가늠할 때 손이 너무 떨린 탓이었다. 때로는 까늘레를
태우기도 했다. 나는 누가 나를 지켜보는 게 딱 질색이었다.

로지타를 알기 전까지는.

로지타를 알고부터 나는 그녀가 가게에 들어왔을 때 혹시라
도 날 못 보고 지나칠 새라 유리벽에서 눈을 떼지 않았다. 결국
나는 사람들의 중뿔난 시선에도 익숙해졌고 다시 모든 빵이 정
확한 무게를 되찾았다.

나는 이웃 사람들과는 별로 볼 일이 없었다. 그들에게 어떻게

말을 걸어야 할지도 잘 몰랐다. 누가 나한테 안부 인사를 하면 겨우 대꾸나 하는 정도였다. 딱 거기까지였다. 나는 일상생활만으로도 충분히 바빴으니까. 빵집 일, 물고기 돌보기, 식사, 잠자기, 샤워하기, 청소하기, 빨래하기, 다림질하기, 장보기, 숨쉬기.

로지타가 우리 옆집으로 이사 온 날은 해가 유난히 밝았다. 꽤 더운 날이었다. 그녀는 낡고 녹슨 용달차를 몰고 왔다. 차 안에는 빛바랜 파란 유아용 카시트에 앉아 있는 어린애와 기름진 머리를 뒤로 묶은 남자도 타고 있었다. 로지타와 남자는 집 안으로 가구 몇 가지를 옮겼다. 갈색 소파 세트, 조그만 식탁과 의자 두 개, 내가 여태껏 본 가장 큰 침대였다.

남자는 잔뜩 지치고 늙어 보였다. 매트리스나 갈색 가죽 소파보다 더 낡아빠진 모습이었다. 그는 씩씩거리고 끙끙대며 가구 몇 개를 집 안으로 운반했다. 반면 로지타는 내내 싱글벙글했다. 짙은 고수머리에서 흐른 땀이 셔츠 안으로 떨어져 등에 축축한 얼룩이 커다랗게 생겼는데도. 그녀는 옷이라 할 만한 것을 별로 걸치지 않은 상태였다. 깡뚱한 반바지와 민소매 셔츠가 전부였다. 브라도 착용하지 않은 모양이었다.

나는 내 평생 그렇게 아름다운 여자는 처음 본다고 결론 내렸다. TV에 나오는 아가씨들보다 더 예뻤고 길거리에서 흔히 마주치는 여자들과는 비교가 되지 않았다. 브라를 입지 않은 건 그들도 마찬가지였지만 그들의 찌찌는 로지타만큼 탱탱하지 않다. 그 여자들은 늘 빽빽 악을 써댄다. 남편에게, 아이들에게. 앞마당에 똥을 싸고, 눈이 녹는 봄철에 빌헬미나 거리에서 유난히 악취를 풍겨대는 떠돌이 개들에게도 악을 쓴다.

그나저나 그 여자들은 어쩌자고 자기네 앞마당도 관리하지 않을까? 집집마다 방치된 앞마당을 보면 나는 화딱지가 났다. 이따금씩 출근하기 전의 이른 새벽에 나는 가지치기용 가위를 챙겨 나오곤 했다. 남의 정원을 완벽하게 손볼 수는 없었지만 적어도 빌헬미나 거리 쪽으로 늘어선 울타리들은 똑바르게 다듬었다.

우스꽝스런 말총머리를 한 늙은 영감이 자주 보이지는 않아서 그나마 안심이 됐다. 하지만 로지타는 종종 눈에 띄었다. 나는 엄마가 골라 준 짙은 빨간 커튼 뒤에 숨어서 그녀를 훔쳐보곤 했다. 퇴근하고 집에 돌아온 오후 세 시 무렵부터 주방 창가에 의자를 갖다놓고 그녀의 모습이 보이길 바라며 밖을 내다 봤다.

비가 오지 않는 날이면 로지타는 유모차를 끌고 밖으로 산책을 나왔다. 내가 앉아 있는 곳에서는 거리를 걸어 내려가다가 모퉁이를 돌아 프린세스 거리로 들어가는 그녀의 모습이 잘 보였다.

한 걸음 내디딜 때마다 구두 굽을 요란하게 또각거리며 고개를 꼿꼿이 들고 걷는 자태란…. 그녀의 엉덩이는 소리 없는 리듬을 타며 양 옆으로 씰룩거렸다. 때로 나는 큰 소리로 수를 세었다. 하나, 둘, 셋, 넷. 하나, 둘, 셋, 넷. 그녀의 걸음걸이는 절대 박자를 벗어나는 법이 없었다.

로지타는 가끔씩 멈춰 서서 이웃과 수다를 떨기도 했다. 아니면 아이 입에 공갈젖꼭지를 물리거나. 그러나 대개는 멈추지 않고 거리를 쭉 걸어 내려갔다.

모퉁이를 도는 그녀를 처음 보았을 때 나는 벌떡 일어나서 그녀의 집으로 달려가 문에 붙어 있는 문패를 읽었다.

'로지타와 안나 안젤리'라고 쓰여 있었다.

글자는 갈색 석판에 새겨져 있었다. 나는 그녀의 이름을 수백 번쯤 되뇌어보았다. 로지타, 로지타, 로지타. 고다치즈와 프로방스 허브를 넣은 향긋한 브리오슈의 이름처럼 감미롭게 들렸다.

나는 로지타가 산책에서 돌아오는 순간이 가장 행복했다. 그때는 그녀의 얼굴을 볼 수 있었으니까. 얼굴보다 두 쇄골 사이의 오목한 공간이 더욱 매력적이었지만.

로지타도 가끔씩 내게 손을 흔들어주었다. 그때마다 나는 커튼 뒤로 몸을 숨기기 바빴다. 나도 답례로 손을 흔들어줄까 하는 생각만 해도 가슴이 벌렁거렸다. 도저히 그럴 용기는 생기지 않았다.

9

이리나

친정 엄마는 내가 태어난 집에서 쭉 살고 있다. 암스테르담 파이텐에 있는 정원이 딸린 근사한 단층집이었다. 아빠는 퇴직한 지 얼마 지나지 않았을 때인 10년 전쯤에 돌아가셨다. 아빠는 퇴직 후 엄마와 함께 여행을 다니고, 정원을 가꾸고, 책을 실컷 읽겠다는 기대에 부풀어 있었다. 하지만 〈안나 카레니나〉를 절반도 읽지 못하고 갑자기 쓰러지셨다. 그리고 이틀 뒤에 세상을 떠나셨다. 심장마비였다.

엄마는 휴가로 집을 비울 때 내가 엄마 집에서 지내길 바랐다. 어쨌든 나는 애런과 며칠 집에 틀어박혀 있어야 했으니 날씨가 아무리 좋아도 이번에는 그다지 불만이 없었다.

내 집에는 1.8m×3m 크기의 옥상 테라스가 전부다. 세 살 반짜리 어린애 혼자 앉기에도 비좁은 공간이다. 하지만 엄마의 정원에는 어린이용 풀장을 놓을 공간이 충분하다. 애런이 플라스틱 고래들을 물에 띄워놓고 마음껏 물장구를 칠 동안 파라솔 밑에서 일을 할 수 있다는 뜻이다.

정원은 기막히게 훌륭했지만 나는 집 안에만 들어가면 미쳐버릴 것 같았다. 엄마는 본인의 소유물에 대해 엄청나게 까다로웠다. 애런을 데려갈 때마다 엄마는 나더러 소파에 커다란 누비 이불을 씌우게 했다.

"나는 최고급품만 사잖니. 관리만 잘 하면 영원히 쓸 수 있는 물건들이야."

그렇다보니 모든 물건은 나름의 관리 방법이 정해져 있었다. 주방 바닥에만 쓰는 전용 비누, 나무 식탁용 왁스, 스와로브스키 컬렉션용 세척제, 스테인리스스틸 난로 광택제, 소파와 의자를 닦을 때 쓰는 특수 유연제 등 온갖 청소용 제품이 복도 선반을 빼곡히 채우고 있었다. '다행히' 엄마가 다섯 페이지 분량의 설명서를 정리해두고 간 덕분에 엄마의 소중한 물건들은 마땅한 대접을 받을 수 있었다.

날씨가 좋을 때는 정원만 내다봐도 모든 근심걱정이 싹 달아났다.

게다가 애런은 수족관을 무척 좋아했다. 어느 날 난데없이 터무니없이 큰 수족관이 거실에 떡하니 나타났다. 벌써 몇 년 전의 일이다. 애런이 아직 태어나기 전. 나는 막 학위를 마치고 세상이 내 손안에 있다는 착각에 푹 빠져 있었다.

"엄마가 물고기를 좋아하는지 몰랐네." 나는 엄마에게 말했다.

"넌 엄마를 잘 몰라." 엄마가 대답했다.

더구나 이건 절대 평범한 수족관이 아니었다. 중환자실 의료 장비에 필적할 갖가지 설비를 주렁주렁 달고 있는 해수 수족관이었다. 산호, 열대어, 말미잘로 구성된 연약한 생태계를 유지하기 위해 지속적인 온도 조절은 물론 염분과 물의 pH를 꼼꼼히 관리하고 매주 물을 갈아주고 특수 비타민도 투여해야 했다. 엄마는 당연히 사람을 불러서 대부분의 일을 맡겼다.

"예쁜 어항에 금붕어 한 마리면 충분하지 않나?" 내가 물었다.

"듣기 싫다."

"아니면 강아지라든지. 닥스훈트 같은 애들 귀엽잖아."

"얼마나 소란을 피우고 말썽을 부리냐고. 다 큰 어른들이 벌건 대낮에 큰길에서 오줌을 싸는 개더러 '잘 했쩌요, 우리 애기!' 이러는 거 도저히 못 봐 주겠더라. 네 엄만 개라면 딱 질색이란다."

수족관이 엄마한테 어울리는지도 의문이었다. 쓸데없이 손이 많이 가는 물건이었지만 그렇게 따지면 끊임없이 광을 내야 하는 스와로브스키 컬렉션이며 매달 기름칠을 해 줘야 하는 식탁 상판도 마찬가지니까.

하지만 애런이 태어난 이후부터는 이 거대한 수족관이 고마워지기 시작했다. 애런이 울음을 절대 그치지 않을 때마다(자주 있는 일이었다) 엄마 집으로 차를 몰고 가 아이를 유아 카시트째로 수족관 앞에 내려놓았다. 그러면 애런은 금세 차분해졌다. 지금까지도 수족관 감상은 아이가 가장 좋아하는 '놀이'다. '간지럼 타는 엘모'와 플레이모빌 비행기 등 엄마가 구해다 놓은 어마어마한 장난감 중에서도 수족관만큼 애런의 흥미를 끄는 대상은 없었다. 애런은 살래살래 움직이는 산호와 알록달록한 물고기가 만드는 살아 있는 예술작품에서 몇 시간이고 눈을 떼지 못했다.

애런의 세 번째 생일에 엄마는 해수어 백과사전을 선물했다. 그날부터 나는 매일 밤 아이에게 그 책을 읽어주어야 했다. 그 결과 애런은 아무 물고기나 가리키며 의기양양한 표정으로 '앤세일피시야.' 또는 '닥터피시다!' 같은 말들을 외치곤 했다.

엄마의 집 뒷마당에 앉아서 피터 베숍 사건을 검토했다. '오줌싸개 피터'의 노골적인 장면들은 가히 충격적이었다. 나는 비디오를 대충 훑어보고 나서 최대한 신속히 머릿속에서 떨치려고 애썼다.

특히나 비디오를 보면 그 '아가씨'가 처음에는 잔뜩 들떠 있다가 막판에는 촬영에 진저리를 치는 기색이 역력했다. 피터가 그따위 비디오를 지금 당장은 세상에 내놓을 수 없어서 다행이라는 생각이 들었지만 어쨌든 나는 법률대리인으로 그와 계약을 맺은 입장이었다. 나는 점잖고 세련된 법률용어를 구사하기 위해 정신을 집중했다.

원고의 변호인에게 합의에 대한 의견을 회신해달라는 내용의 결론을 쓰고 있는데 애런이 나를 부르는 소리가 들렸다.

"엄마! 엄마!"

내가 잠시 애런에게서 눈을 뗀 사이 그 앤 집 안으로 들어간 모양이었다. 슬픈 목소리였다. 나는 장식장에 진열된 물건이 산산조각 났거나 카펫에 현관 선반의 어떤 청소 제품으로도 지울 수 없는 거대한 얼룩이 생겼으리라 예상하며 안으로 달려 들어갔다. 하지만 애런은 그냥 수족관 앞에 앉아 있었다. 달리 어디에 있으랴?

"무슨 일이니, 얘야?"

"키콩이 죽었쩌. 키콩이 죽었다구."

킹콩은 애런이 가장 예뻐하는 물고기였다. 화사한 노란색 꼬리를 지닌 검푸른 색의 커다란 닥터피시였다. 킹콩은 옆으로 드러누운 채 수면에 둥둥 떠 있었다. 마지막으로 산소 한 모금을 들이마시려는 듯 입을 쩍 벌린 상태였다.

죽은 고기는 한마디로 재앙이다. 수조 전체를 검사하고 다시 청소해야 한다는 뜻이다. 불과 한 달 전에 엄마는 그런 일을 겪었다. 엄마가 수조를 두고 투덜거리는 소리를 하기는 그때가 처음이었다.

"죽었쩌." 애런이 다시 흐느꼈다.

"그래. 슬픈 일이구나."

"키콘을 안아줄 테야."

"아니, 그건 안 돼."

나는 모리스라는 이름의 수족관 기사를 불러야겠다고 생각했다. 모리스는 자칭 일류 해수수족관 전문가였다. 나는 엄마 집에 왔다가 그와 두어 번 마주친 적이 있다. 그는 딱히 친절한 타입은 아니었지만 일처리는 똑부러졌다. 나는 수족관 덮개에 붙은 테이프 조각에 방수펜으로 적혀 있는 그의 전화번호를 찾아냈다.

모리스에게 전화를 걸자 바로 음성 메일로 연결됐다. 나는 엄마와도 통화를 시도했지만 역시 연락이 닿지 않았다. 해마다 엄마는 친구 한 명과 슬로베니아의 휴양지에서 여유로운 휴가를 보냈다. 거기서 엄마는 장세척을 하고 피부의 피지를 짜내고 눈썹을 손질하고 하루에 1킬로미터씩 수영을 했다. 나는 손에 지휘봉을 든 채 수영장 가에 서서 엄마에게 요령 피울 생각 말고 계속 헤엄을 치라고 호통 치는 깐깐한 동유럽 수영강사를 머릿속으로 그려봤다. 엄마는 온천을 별로 좋아하지 않으면서도 매년 그곳을 찾았다.

아무래도 이 일은 내가 알아서 해결해야 할 것 같았다. 나는 수족관의 무거운 뚜껑을 들어 뜰채로 킹콩을 건져냈다. 죽은 고기를 수조에 방치해선 안 된다는 것쯤은 나도 알고 있다. 죽은 녀석은 좀 얼룩덜룩해 보였고 선명한 파란색도 지난번에 봤을 때와 비교하면 희미하게 바랜 느낌이었다.

"안아줄래!" 애런이 소리쳤다. "안아볼 테야!"

"얘, 물고기는 안아주는 게 아니야. 더구나 죽은 물고기라면 절대 안 돼."

나는 킹콩을 주방에 가져가 아기고양이 무늬가 인쇄된 종이 타월로 싼 다음 냉동실에 넣었다. 엄마는 최근에 죽은 물고기 한 마리를 위트레호트 대학 수의학과에 보냈다. 어떤 검사 결과가 나왔는지는 기억나지 않지만 킹콩도 틀림없이 부검을 해야 할 것이다.

"볼래! 보고 싶어!"

"킹콩은 냉동실에 들어갔어, 애런. 가서 퍼즐 놀이 할까?"

"키콘 보고 싶어!"

"상어 퍼즐 할래? 이빨이 다 보이도록 입을 쩍 벌린 크고 무시무시한 상어가 있는 퍼즐 알지?"

"키콘!"

하지만 다행히도 아이는 내가 내민 손을 잡고 순순히 거실로 따라왔다.

집중. 나는 애런한테 좀 더 집중해야 했다. 언젠가 어린이집에서 만난 애 엄마가 하는 말이 내가 애런을 제대로 감당하지 못하는 이유는 한 번에 너무 많은 걸 하려 들기 때문이란다.

"원래 아이와 놀아줄 땐 다른 건 아무것도 못해요. 신문 읽는 거고 뭐고 아무것도 안 돼요. 그걸 인정해야 돼요."

하지만 세상에 그렇게 시간이 남아도는 사람이 어딨겠는가? 더구나 그 여자가 한다는 말이 자기는 아들이 생떼를 부리면 찬물이 떨어지는 샤워기 밑에 세워둔다나 뭐래나. 그 여자는 마치 자랑거리나 되는 듯이 그런 말을 했다.

그래도 나는 그 여자의 조언을 따르기로 했다. 적어도 앞으로 두 시간만큼은. 피터 베숍 사건과 냉동실 안의 죽은 물고기 처리 문제는 잠시 미뤄둘 수 있다.

애런은 퍼즐을 좋아했고 꽤 잘했다. 우리는 상어 퍼즐을 세 번째로 맞추고 있었다. 애런의 지시에 따라 일흔 다섯 조각을 특별한 순서로 배열하고 있을 때 갑자기 전화기가 울렸다.

"이봐요, 지금 캠핑 여행 중이라고요." 웬 남자가 다짜고짜 이렇게 소리쳤다. 모리스가 틀림없었다.

"참 난감하게 됐네요. 제가 어떻게 해야 되죠?"

"어떻게 해야 되냐고요? 나한테 묻지 마쇼. 당신 어머니께 이번 주엔 일 안 한다고 말씀드렸으니까. 수족관 가게에 연락해보쇼."

"추천 좀 해 주실래요?"

"아메르스에 있는 '바다 세상'의 아커 씨한테 연락해 봐요. 당신 어머니 수족관을 산 곳이 거기니까."

아커 씨는 더할 나위 없이 싹싹한 사람이었다. 당장 가게 문을 닫고 이쪽으로 오겠다고 나섰다.

"아메르스에서 여기까지 오시겠다고요?"

"해수 수족관이라면 가정에서 관리하기가 만만치 않거든요. 관찰기록장만 좀 찾아봐 주세요."

"관찰기록장이라고요?"

"아직 관리하고 계시다면요."

"찾아볼게요."

관찰기록장이 어디 있는지 물어보려고 다시 엄마에게 전화를 걸었다. 이번에는 엄마가 전화를 받았다. '여보세요' 하는 말에 요란한 잡음이 섞여서 들렸다.

"엄마? 들려? 수족관 관찰기록장이 어디 있는지 좀 알려줘."

엄마가 뭐라고 하는 것 같았지만 도무지 알아들을 수가 없었다.

"엄마?"

시끄럽게 윙윙대는 소리가 나더니 전화가 뚝 끊겨 버렸다. 다시 통화를 시도했더니 음성사서함에 연결됐다.

관찰기록장은 내가 알아서 찾아야 했다.

엄마는 아끼는 물건에 영구적인 얼룩, 금, 흠집, 긁힘이 남는 것을 질색했고, 내가 자기 물건을 건드리는 것은 더더욱 싫어했다. 내 기억에 엄마는 아주 오래전부터 집에 있는 방 하나를 서재로 정해놓았다. 엄마가 서재에서 정확히 무얼 하는지는 끝내 알 수 없었지만 그 방은 늘 굳게 잠겨 있었다. 아빠조차도 그 방에 들어가는 건 금기사항이었다.

어릴 때 한번은 엄마가 화장실에 있었는지 서재 문이 열려 있는 것을 보고 엄마의 철옹성에 머리를 들이밀었다. 하지만 눈에 보이는 광경은 실망스러웠다. 책상, 의자, 거대한 장식장이 전부였다. 장식장에는 큼직한 서류 상자가 빽빽이 꽂혀 있었다. 나는 서류 내용이 궁금해 안으로 살금살금 들어갔다. 엄마가 혹시 국제적인 범죄 조직의 우두머리는 아닐까 하는 상상의 나래를 펼치면서. 비록 흐트러진 곳 하나 없는 완벽한 파마머리와 눈부시도록 광을 낸 구두를 보면서 범죄 조직을 떠올리기는 쉽지 않았지만. 그러다 나는 서재 안에 엉거주춤 서 있는 모습을 엄마에게 딱 걸리고 말았다. 엄마는 얼굴이 붉으락푸르락해지더니 나를 찰싹 때리기까지 했다.

"저 방에 대체 뭘 감춰둔 거야? 애가 좀 들여다보는 게 그렇게 큰일 날 일이야?" 아빠가 엄마에게 따졌다. 아빠가 엄마를 나무란 건 그때가 처음이자 마지막이었다.

"당신은 사무실이 있잖아. 이리나는 학교가 있고. 내가 나만의 공간을 갖겠다는 게 그렇게 지나친 욕심이야?" 엄마가 방에 틀어박히고 문을 잠그는 소리가 들렸다.

"내버려 둬." 아빠가 내게 말했다. "밤에 엄마가 잠든 사이에 한번 쳐들어가 보자고."

물론 끝내 실행은 하지 못했다.

그날 이후로 나는 엄마를 늘 유심히 지켜봤지만 엄마가 수상한 행동을 하는 모습을 현장에서 적발한 적은 없다. 나는 엄마가 그 방에서 그저 장부를 정리하거나 자수를 하는 거라고 지레짐작하며 감시를 단념해버렸다. 나 역시 나만의 비밀 공간을 가지고 싶다는 소망을 품게 됐을 뿐이다.

　내 생각에 수족관과 관계된 모든 물품은 수족관 근처에 있어야 마땅했다. 벽장문을 열어보니 물고기 먹이와 pH 검사지, 교체용 필터, 미량무기질, 녹조 제거용 솔이 들어 있었다. 관찰기록장은 없었다. 여과기의 사용설명서는 찾아냈다. 표지에 단정한 손글씨로 'R. 보렌스'라고 적혀 있었다.

　보렌스는 엄마의 처녀 적 성이다. 하지만 엄마의 이름은 애거사, 중간 이름은 안토니아다. 즉 R. 보렌스가 아니라 A. A. 보렌스다. 외할아버지와 외할머니의 성함은 각각 트루스와 얀이다. 내 기억으론 두 분 모두 어떤 동물에도 관심을 보인 적이 없다.

　"관찰기록장은 없네." 나는 애런에게 말했다. 그 애가 내 말뜻을 알아들으리라 여기고 한 말은 아니었다. "책장을 한번 살펴볼까? 거실 벽장도? 아님 주방 찬장을 들여다볼까? 그걸 못 찾으면 어쩌지?" 나는 애런을 안아 올려 아이의 코에 내 코를 비볐다. "그러면 할머니의 비밀 방을 뒤져보는 거야. 어때?"

　"키콘. 키콘 보고 싶어."

　"아마 죽은 물고기보다 훨씬 재미난 물건이 나올 거야."

　관찰기록장은 결국 수족관 밑에 붙은 서랍 뒤편에서 나왔다. 여기도 'R. 보렌스'라는 이름이 적혀 있었다. 나는 그것을 휙휙 넘겨보았다. 1990년부터 써 온 관찰기록장이었다. R. 보렌스는 9년에 걸쳐 수족관과 관련된 자질구레한 사실들을 꾸준히 기록했다. 어떤 물고기를 구입했는지, 물의 염분과 온도는 어떤지. 그런데 1999년이 절반쯤 지났을 무렵 글씨체가 갑자기 바뀌었다.

그 시기에 엄마의 집에 난데없이 수족관이 나타나지 않았나? 새 글씨체 역시 물고기의 취득과 죽음, 수질 검사 결과와 온도를 차분히 기록하고 있었다. 하지만 이전보다는 다소 무성의한 글씨체였다.

R. 보렌스 같은 이름은 들어본 적도 없다. 혹시 나한테 양로원에 들어간 외삼촌이라도 있나 싶었다. 아니면 엄마가 같은 성을 가진 누군가로부터 수족관을 인수했나 싶기도. 아무튼 뭔가 이상했다.

저녁 6시 30분이었다. 애런에게 저녁으로 으깬 감자와 완두콩을 먹이고 있는데 아커 씨가 도착했다.

"참 멋지네요." 그는 교회에 온 듯 경건한 목소리로 감탄했다. "개인이 소장한 해수어 수족관으로서는 전국 최고라 해도 과언이 아니겠어요. 참, 그렇잖아도 1997년에 네덜란드 해수 수족관 협회에서 주는 1등상을 탔었죠. 당시엔 이 수족관이 기막히게 아름다웠는데. 물론 지금도 꽤 보기 좋지만요."

"아커 씨 가게에서 판매한 물건 아닌가요?"

"맞습니다." 그가 자랑스레 대답했다. "그분은 당시에 저의 최고 단골 고객이셨죠. 당신이 그분을 많이 닮았네요. 아드님은 아예 빼다 박았고요."

"키콘." 내 등 뒤로 아장아장 걸어온 애런이 말했다. "키콘이 죽었쩌."

"누굴 닮았다고요? R. 보렌스 말씀이세요?"

"물론입니다." 아커 씨는 허공을 응시했다. "어쩌다 그렇게 끔찍한 일이 일어났는지." 그는 수조에 한 걸음 다가가 말미잘을 들여다봤다. "관찰기록장 좀 볼 수 있을까요?"

나는 그에게 표지가 두툼한 공책을 건넸다. 정확히 무슨 일이 있었는지 묻고 싶은 마음이 굴뚝같았지만 타이밍이 별로 좋지 않았다.

아커 씨는 마지막 페이지를 꼼꼼히 살폈다. "수치상으로는 문제가 없네요. 6주 전에 싱싱한 자연석을 들여놨네요. 그 얼마 후에 물고기 한 마리가 죽었고요. 그렇다면 물이 오염됐다는 뜻인데. 하지만 그랬으면 다른 물고기들한테도 영향이 있었을 텐데요."

그는 온도계 비슷한 물건을 꺼내 물에 담갔다. 그러고는 잠시 후에 결과를 판독했다. "물의 염분도 적절해요. 염분 문제도 아니라는 뜻인데."

"킹콩 한번 보실래요?"

"키콘을 봐야 해." 애런이 따라 했다.

"그래, 너한테도 보여줄게. 하지만 먼저 저녁부터 다 먹어야 돼. 그러니까 얼른 앉아서 밥이나 먹어."

"싫어."

"어서."

"싫다구!"

나는 아이의 팔을 잡아 의자에 앉혔다. "밥을 다 먹어야 킹콩을 보여 줄 거야." 나는 현명한 엄마답게 차분하고 다정한 목소리로 타일렀다.

전화기가 울렸다. 나는 전화를 받았지만 딱딱거리는 잡음밖에 들리지 않았다. 엄마가 틀림없었다. "여보세요?" 나는 몇 번이나 반복했지만 귀청을 찢을 듯한 새된 소음이 들릴 뿐이었다. 나는 수화기를 제자리에 내려놓았다.

그 사이 애런이 의자에서 내려와 수족관 앞에 가 있었다. "안 돼!" 내가 단호하게 말했다. "저녁부터 마저 먹어." 나는 아이를 들어 올려 다시 의자에 앉혔다.

애런이 괴성을 지르기 시작했다. 나는 애런이 마음대로 하도록 내버려두지 않은 걸 대번에 후회했다. 하지만 나는 일관성을 유지해야 했다. 일단 규칙을 정했다면 반드시 지켜야 한다. 육아 지침서마다 빠짐없이 적혀 있는 내용이다.

"의자에 앉아 있어. 엄마 말 안 들려? 접시를 싹 비울 때까지 꼼짝할 생각 마." 애런이 바락바락 악을 써 대는 통에 내 목소리는 거의 들리지 않았다. 리모컨으로 저 소리를 확 꺼버릴 수만 있다면 얼마나 좋을까 싶었다.

나는 냉장고 앞으로 걸어가 킹콩을 싼 종이 타월 뭉치를 꺼냈다.

"여기 있어요." 나는 애런이 내는 소음에 묻히지 않도록 목소리를 한껏 높였다.

아커 씨는 돋보기를 쓰고 물고기를 유심히 살폈다.

"시끄러워서 죄송해요."

"괜찮습니다." 역시 볼륨을 최대로 높인 목소리로 그가 대답했다. 하지만 이미 그의 목에는 붉은 반점이 나타나고 있었다. 아무래도 소음을 잘 견디지 못하는 타입 같았다. 물고기를 상대로 하는 일을 택한 데는 다 이유가 있을 것이다.

아비규환의 혼란에 전화벨 소리까지 더해졌다. 나는 수화기를 들었다가 바로 내려놓았다. 애런은 목청을 한층 더 높여 울부짖고 있었다. 나야말로 소리를 빽 지르고 싶은 심정이었지만 애런에게 다가가 애써 근엄하고 단호한 목소리를 냈다. "당장 그쳐. 자꾸 소리를 지르면 널 방에 가두고 절대 킹콩을 안 보여줄 거야. 엄마 말 안 들려? 당장 그치라고!"

애런은 나를 멀건 눈으로 흘겨보며 계속 새된 비명을 질렀다. 마치 기계처럼.

나는 그 애의 팔을 움켜쥐었다. 인정하건대 살짝 세게 잡은 감이 있었다. "당장 뚝 그쳐! 그치라고!"

애런의 눈빛은 여전히 멍했다. 엄마를 겁내거나 두려워하는 기색은 눈곱만큼도 없었다. 그런 표정을 보니 더욱 부아가 치밀었다.

"그래. 침실에 갇히고 싶다 이거지!" 나는 아이를 의자에서 꺼냈다. 애런은 팔을 마구 버둥거렸다. 접시에 담긴 음식을 바닥에 쏟아 버리더니 내게 마구 발길질을 해대기 시작했다.

"죄송해요!" 나는 아커 씨에게 외쳤다. "잠시만 기다려 주세요!"

애런은 내 허리에 멍이 들도록 발로 차다가 내 오른쪽 어깨를 깨물었다. 그래도 나는 아이를 놔주지 않았다. 나는 애런을 방 안에 던져 넣고 문을 쾅 닫았다. 아쉽게도 엄마는 내게 이 방 열쇠를 맡기지 않았다. 열쇠만 있었으면 방문을 잠갔을 텐데. 방 안에서 애런이 물건을 마구 집어던지는 소리가 들렸다.

나는 문을 벌컥 열었다. "그만둬! 당장 멈추라고! 아무것도 건

들지 마!" 나는 감정이 폭발할 지경에 이르렀다. 방 입구에 서서 내 아이에게 신경질적으로 고함을 쳤다. 무려 아메르스에서 여기까지 달려와 준 옆방의 아커 씨는 안중에도 없이.

나는 다시 방문을 쾅 닫고 양손으로 관자놀이를 누르며 깊이 한숨을 쉬었다. 나는 틀림없이 아이를 일관성 있게 대했지만 그조차 먹히지 않고 있다. 왜 그 방법이 나한테는 안 통할까? 내가 뭘 잘못했나?

문 안쪽에서 애런이 미친 듯이 종이를 찢고 고개를 마구 휘젓고 꽥꽥거리는 소리가 들렸다. 방에 야생 개코원숭이를 가둬놓은 것 같았다. 나는 어깨를 억지로 펴고 거실로 돌아갔다.

"그럼 이제…." 나는 고맙게도 이 혼란에 전혀 동요하지 않고 묵묵히 할 일을 하고 있는 아커 씨에게 말했다. 애런의 포효하는 소리는 그치지 않았지만 우리는 보통 크기의 목소리로 대화를 나눌 수 있었다. 나는 창피한 꼴을 보이기 싫어서 금방이라도 터지려는 눈물을 간신히 참으며 물었다. "뭘 좀 알아내셨어요?"

"확실치는 않지만 박테리아 감염 같아요. 괜찮으시다면 수조 물이랑 죽은 물고기를 샘플로 가져갈까 하는데요." 그는 킹콩에게 턱짓을 했다. "실험실에 가서 검사를 해 보려고요."

"네, 그게 좋겠네요."

비명 소리가 뚝 멎었다. 누가 스위치를 찾아서 꺼 버린 듯이. 다시 숨통이 트이는 기분이었다.

"그렇게 하겠습니다."

"그나저나 R. 보렌스 말인데요." 나는 말을 꺼냈다. "그 사람이 대체 누군가요? 그리고 그 사람한테 무슨 일이 있었죠?"

"아실 텐데요?" 아커 씨는 안경을 벗고 의아하다는 듯 나를 빤히 보았다.

나는 고개를 저었다.

그가 머뭇거렸다. "그렇다면 제가 주제넘게 그런 말씀을 드릴 순 없겠네요. 저는, 어…."

"왜 그러세요?"

"죄송합니다." 그가 결심한 듯 말했다. "말씀드릴 수 없어요."

"이해가 안 되네요. 틀림없이 우리랑 관계있는 사람일 텐데요. 제 아들이 그 사람이랑 닮았다고 하셨잖아요."

"그 일은 어머니께 여쭤 보시는 게 좋겠습니다." 그는 쭈뼛거리며 손으로 머리카락을 쓸었다. "수족관은…, 물의 25퍼센트 정도를 갈고 나머지는 몇 차례 걸러 주시는 게 좋겠네요. 검사 결과가 나오는 대로 연락드리겠습니다." 그는 빨리 집을 빠져나가지 못해 안달난 사람 같았다.

"그 사람 죽었나요?" 나는 마지막으로 한 번 더 찔러 보았다.

아커 씨는 대답하지 않았다.

애런이 갇혀 있던 침실은 난장판이 되어 있었다. 이제 애런은 엄지를 입에 물고 방구석에 누워 있었다. 한없이 연약해 보이는 모습이었다. 몇 분 전만 해도 그 애를 죽여 버리고 싶었는데 지금은 어이없게도 모성애로 가슴이 벅차올랐다.

"이봐." 나는 애런 옆으로 다가가 아이를 가까이 끌어당겼다. "아깐 왜 그랬어, 총각?"

아이는 대꾸를 하지 않았지만 아이를 끌어안고 짙은 캐러멜 향기를 들이마시며 새근거리는 숨소리에 귀를 기울이니 대번에 기분이 싹 풀렸다. 애런은 딱 15분 만에 곯아떨어졌다. 나는 아이를 살며시 침대로 옮긴 다음 헝클어진 갈색 머리를 쓰다듬었다. "엄마가 널 얼마나 사랑한다구." 나는 아이가 그 말을 듣고 내 진심을 느끼길 바라며 속삭였다. "세상 누구보다 더 사랑한단다. 너도 알고 있지?"

애런에게 먹이는 데 실패한 음식물을 치우고, 러그에 남은 채소 얼룩을 지우려고 현관의 진열장을 뒤져 적절한 카펫 세척제를 찾았다. 세제가 거품을 내며 얼룩을 없애는 사이 나는 베일에 싸인 R. 보렌스란 인물에 대해 곰곰이 생각해보았다.

내가 아는 사실은 몇 가지뿐이었다. 그가 1990년에 아커 씨에게서 수족관을 구입했다는 것, 1999년에 수족관이 엄마 손으로 넘어왔다는 것, R. 보렌스에게 뭔가 엄청나게 끔찍한 일이 일어났다는 것. 절대 지워지지 않아서 가구를 위에 놓아 가려야만 하는 카펫의 얼룩 같은 일. R. 보렌스는 대체 누구일까? 내가 한 번도 들어본 적 없는 외삼촌은 아닐까?

나는 여전히 자물쇠로 굳게 잠겨 있는 서재 문 앞에 섰다. 내가 그 문을 딸 수 있을까? 물론 내게는 엄마가 감춰둔 비밀을 함부로 캘 권리가 없다. 더구나 유일하게 의지할 수 있는 베이비시터와 척질 위험을 감수할 가치가 있는지도 의문이었다. 한때는 엄마 도움 없이도 그럭저럭 잘 살던 시절이 있었다. 하지만 그런 시절은 지나간 지 오래다. 지금의 나는 엄마가 절실하게 필요했다.

나는 문손잡이에 손을 얹은 채 잠시 망설였다. 철사 조각으로 자물쇠를 열어볼까, 열쇠를 잃어버린 척 열쇠수리공을 불러볼까 하는 유혹이 밀려왔다.

그러다 문득 스치는 생각이 있었다. 수족관이 1997년에 네덜란드 해수 수족관 협회에서 주는 무슨 상을 받았다고 아커 씨한테 들은 것 같은데? 나는 노트북을 켜고 그 상과 보렌스라는 이름을 검색했다. 두 개의 결과가 나왔다.

첫 번째는 그 단체의 회원 명단이었다. R. 보렌스는 중간 어디쯤에 등장했다. '레이 보렌스'라는 이름과 주소가 나와 있었다. 그는 아메르스 인근의 작은 마을에 살았다. 거기가 어딘지는 알고 있었지만 가 본 기억은 나지 않았다.

두 번째 검색 결과는 마스트리히트 청소년 축구단의 회원 명단이었다. 그 보렌스는 현재 겨우 열한 살이었다. 그 아이는 무시하기로 했다.

나는 그 이름을 몇 번 소리 내어 발음해보았다. "레이, 레이 보렌스, 레이." 이유는 알 수 없었지만 왠지 친근하게 들리는 이름이었다.

10

레이

  호퍼 치료감호소는 여러 개의 병동으로 나뉘어 있다고 메드가 설명했다. 나는 의료병동에서 의사에게 청진기로 진찰을 받고 에이즈 검사용으로 피를 뽑힌 다음, 메드와 함께 오리엔테이션 병동으로 이동하는 중이었다.

  낮 시간에 근무하는 사회복지사는 두 명이었고 메드는 그 중 하나였다. 같은 병동 사람들과 어울려 놀 수도 있지만(메드에 따르면 여기 사람들은 모여서 보드게임을 즐긴다고 했다) 날마다 일정 시간은 일을 하고 치료도 받으러 가야 했다. 체육관에서 운동을 할 수도 있고 연극 동아리나 원예 모임 등 다양한 활동에 참가할 수도 있었다.

  하지만 당분간은 주로 오리엔테이션 병동에서 지내야 한다. 내가 이곳에 적응하는 훈련을 받는 사이 여기 직원들은 나를 유심히 관찰하면서 앞으로 어느 병동에 배치하는 것이 가장 적합할지 판단한다.

  "어떤 문제를 갖고 있느냐에 따라 앞으로 배치 받을 병동이 결정돼요. 정신병 환자들은 자폐증 환자들과는 다른 치료를 받아야 하잖아요." 메드가 설명했다.

  이 치료감호소의 복도는 이름을 붙이기 애매한 색으로 칠해져 있었다. 메이슨에서 우리는 색깔 놀이를 자주 했다. 정신과 의사가 나한테 색깔을 한 가지 보여주면 나는 그 이름을 대야 했다. 벽돌색처럼 실제 사물의 이름으로 대답할 수도 있었지만 내가 지어낸 이름을 댈 수도 있었다. 나는 '후바후바'라는 가짜 이름을 생각해낸 적이 있다. 이곳의 벽 색깔을 내게 물어본다면 흰점꺼끌복의 꼬리지느러미 색이라고 대답할 텐데.

"당분간 여기서 식사를 할 거예요. 점심때는 주로 샌드위치, 수프, 샐러드가 나오고 저녁으로는 따뜻한 음식이 나오죠. 메뉴는 꽤 다양한 편이에요. 다만 화요일은 고정메뉴로 늘 감자튀김이 나와요."

메드는 출입증을 꺼내 회색 플라스틱 센서 앞에다 흔들었다. 전자음이 삑삑대더니 문이 벌컥 열렸다. "여기가 식당이에요. 준비됐어요?" 메드가 물었다.

환자라 해야 할지 정신병자라 해야 할지 범죄자라 해야 할지 알 수 없는 사람들이 기다란 식탁에 앉아 점심을 먹고 있었다. 포크와 나이프를 들고 서로에게 치즈나 버터, 머스터드를 건네면서 점잖게 식사를 하는 중이었다. 내가 들어가니 일제히 고개를 들었다.

"신사분들," 메드가 말했다. "새로 오신 레이 보렌스 씨를 소개할게요."

나는 내 구두만 내려다봤다. 감옥살이를 시작할 때 엄마가 사준 낡아빠진 갈색의 끈 묶는 신발이었다.

"레이누스." 익숙한 목소리가 들렸다. "우리 레이누스 아냐?"

"서로 아는 사이예요?" 메드가 물었다.

"알다마다요. 똥구멍이 꽉 막힌 레이누스. 다들 기대해. 나중에 전부 얘기해 줄 테니까." 나를 비웃는 소리가 들렸다. 속이 뒤틀렸다.

"레이." 메드는 내 이름을 힘주어 불렀다. "여기 분들이랑 돌아가면서 악수를 할래요, 아님 생략할래요?"

"이리 와서 앉아." 번개모양 은 귀걸이를 한 우람한 남자가 자기 옆자리의 의자를 당겼다.

"참 친절하네요, 한크." 메드가 말했다.

내가 그 자리에 앉자 메드는 내 맞은편의 빈 의자에 앉았다.

"갈색 빵 먹을래, 흰 빵 먹을래?"

번개 귀걸이를 한 남자가 내 코밑에 빵바구니를 흔들었다. 그 안에는 맛없는 공장제 빵조각이 담겨 있었다. '저것들은 겉이나 속이나 똑같아. 아무 맛도 없지.' 피에르가 봤으면 이렇게 말했을 것이다.

"갈색."

"흰 빵 좋아하다간 변비 걸리기 십상이야. 안 그래, 레이누스?" 나의 옛 룸메이트가 물었다.

"그래, 레이누스." 얼굴 전체가 빵빵하게 팽창된 젊은 남자가 말을 꺼냈다. 그는 마음만 먹으면 구슬이라도 쉽게 밀어 넣을 수 있을 것 같은 들창코의 콧구멍을 벌렁거리고 있었다. 눈은 툭 불거져 나와서 홍채 주위의 흰자가 희번덕거렸다.

"무슨 죄를 지었나 내가 한번 맞춰볼게. 어린 여자애를 건드린 거 맞지?"

"그런 말 말아요, 멜빈." 메드가 말했다. "레이가 맘 편히 샌드위치 좀 먹게 내버려둘래요?"

나는 땅콩버터 샌드위치를 만들었다. 땅콩버터가 당겨서라기

보다는 내 손이 닿는 곳에 땅콩버터 병밖에 없었기 때문이다. 나는 칼을 들고 빵 위에 땅콩버터를 평평하게 펴 바르려고 했지만 손이 부들부들 떨렸다. 그걸 봤으면 누구나 내가 겁에 질렸다는 사실을 눈치챘을 것이다.

"어젯밤에 다들 '도전! 슈퍼모델' 봤어?" 콧수염을 짧게 기른 남자가 물었다.

그러자 다행히도 사람들은 내게서 관심을 거두고 동시에 지껄여대기 시작했다. 그들은 의견이 팽팽히 맞서는 두 편으로 갈라졌다. 한 편은 에리카를, 다른 편은 비벌리를 지지했다. 그 여자들이 누군지는 몰라도. 나는 샌드위치를 다 먹고, 간 소시지를 넣은 샌드위치를 하나 더 만들었다. 어느새 소시지 접시가 내 앞으로 와 있었기 때문이다. 땅콩버터 병은 달아나고 없었다.

"레이, 너는 누가 마음에 들어?" 번개 귀걸이를 한 한크가 물었다.

"그런 프로그램은 한 번도 본 적 없어. 난 애니멀 플래닛이나 디스커버리 채널이 재밌던데."

"한 가지 가르쳐줄게."

한크는 거대한 몸을 내 쪽으로 기울였다. 찌든 담배 냄새가 훅 끼쳤다. 녀석의 얼굴을 자세히 보니 윗입술에서 시작된 가느다란 상처가 코밑에까지 이어져있었다.

녀석이 속삭였다. "넌 비벌리 팬이야, 알겠지? 지금 당장은 그렇다고 하는 게 신상에 이로워."

점심 식사 후에 한크는 사회성 기술 교육에 가기 전에 앞뜰에서 담배부터 한 대 피우겠다고 했다.

"같이 갈래?"

나는 어쩔 줄 몰라서 메드를 쳐다봤다.

"잠깐 나갔다가 병실에 돌아가서 쉬세요." 메드는 그래도 괜찮다고 했다.

앞뜰은 휴게실과 평행하게 펼쳐진 칙칙한 자갈밭이었다. 유리창을 통해 건물 안이 들여다보였다. 남자 둘이서 점심 접시를 치우고 있었다. 앞뜰 한가운데 놓인 커다란 양동이에는 담배꽁초가 흘러넘치고 있었다. 한크는 내게 담배를 하나 말아주겠다고 제안했지만 나는 사양했다.

감시카메라 한 대가 찰칵거리며 회전하다가 우리를 가까이 당기기 시작했다.

"잘 들어, 레이." 한크가 말했다. 녀석의 옆에 서니 그의 덩치가 얼마나 큰지 더욱 실감이 났다. 주먹 한 방이면 나를 납작하게 눌러 버릴 수도 있겠지.

"내가 여기서 지낸 지 좀 됐어. 그래서 너한테 이곳 불문율을 좀 알려주려고. 공식적인 규칙은 메드랑 여기를 관리하는 다른 직원들한테 이미 들었겠지. 하지만 난 어떤 안내책자에도 적혀 있지 않은 규칙들을 알려주겠어. 여기서 편히 지내려면 꼭 알아야 할 것들이야. 나처럼 가르쳐주는 사람이 있는 걸 다행으로 알아야 해. 누구를 멀리 해야 하는지, 무슨 말을 하고 무슨 말을 하지 말아야 할지 알려줄게. 외출을 나가거나 면회를 허락 받으려면 어떻게 해야 하는지 가르쳐주고. 특히 특수한 목적의 면회 말이야, 무슨 뜻인지 알지?"

나는 고개를 끄덕거렸다.

"네가 무슨 죄를 지었는지엔 전혀 관심 없어. 누구나 살다 보면 잘못할 때가 있으니까 말이야. 하지만 내가 보기에 넌 좋은 녀석 같아." 그는 담배꽁초를 양동이에 던져 넣으며 강조했다. "진짜 좋은 녀석 같아."

그 순간 메드가 고개를 밖으로 내밀었다. "이제 안으로 들어올래요?"

한크는 큼지막한 손을 내 어깨에 턱 얹었다. "내 말 잘 기억해. 나는 여기서 네가 믿을 수 있는 몇 안 되는 사람 중 하나라고."

메드가 말했다. "레이한테 한 수 가르쳐 주겠다니 참 고맙네요, 한크." 하지만 일 분도 채 지나지 않아 나와 함께 내 방 쪽으로 가던 메드는 이렇게 소곤거렸다. "그 사람 조심해야 돼요."

나는 헷갈렸다. 한크라는 녀석을 어떻게 봐야 하나? 그를 가늠할 저울 같은 건 있을 리 없으니 도두볼지 낮춰볼지 아니면 딱 있는 그대로 볼지 내가 판단해야 한다.

우리 엄마는 가끔씩 이렇게 말했다. "너는 착한 애야, 레이." 하지만 대개는 내게 이렇게 소리를 질렀다. "그렇게 호구 노릇이나 할래, 레이? 친구라는 애들이 널 갖고 노는 거 모르겠어? 사고는 자기네들이 쳐놓고 다 너한테 덮어씌우잖아. 아니면 놀려대며 약을 올리다가 네가 발끈하면 널 구경거리로 만들어버리잖아. 넌 형편없는 TV 프로그램이나 다름없어. 폭주열차나 마찬가지야. 남들이 건드리면 씩씩대면서 들이받기나 하고, 브레이크도 내부 경보 시스템도 아예 없는 애 같아. 여태 그렇게 멍청한 짓만 저지르고 다니는 걸 보면 너란 애는 대체 어디서부터 잘못

됐는지 모르겠다."

어릴 때 이웃 사람이 개를 키웠더랬다. 녀석은 나만 보면 으르
렁거리고 사정거리 안에 들면 발목을 물어뜯으려고 덤볐다. 주
인이 개를 멋대로 돌아다니도록 풀어 놨기 때문에 가끔씩 우리
집 뒷마당까지 들어오기도 했다.

나는 녀석이 무서웠다. 하루는 친구들이 내게 말했다. "넌 이
돌멩이로 저 개를 절대 못 맞출걸, 레이. 내기할래? 네 엄마를
걸고?"

"엄마가 뭘 어쨌다고?" 내가 따졌다.

"우린 네 엄마 바지를 끌어내릴 테야. 그러면 길 가는 사람들
이 전부 네 엄마 보지를 구경하러 모여들겠지. 네가 그 개를 맞
추지 못한다면 말이야."

친구들이 우리 엄마의 옷을 벗기는 건 정말 싫었다. 나는 그
애들한테서 돌멩이를 받아들었다. 동그랗고 매끈해서 손에 느껴
지는 감촉이 좋았다.

"던져! 던지라고!" 아이들은 내 귀에다 대고 외쳤다.

족히 일곱 명은 될 아이들이 나를 에워쌌다. 이것저것 생각할
정신도 없었다.

개는 우리가 서 있는 곳에서 15미터쯤 떨어진 풀밭 위를 쫄랑
대며 걷고 있었다. 그러다 바닥에 떨어진 막대사탕 포장지에다
코를 대고 킁킁거렸다.

"던져! 던져!"

나는 팔을 쳐들었다. 돌멩이는 내 손아귀에 딱 맞는 크기였다.

나는 손목을 살짝 뒤로 젖혔다.

"던져! 던져!"

나는 내 손이 손이 아니라 투석기라도 되는 듯 돌멩이를 앞으로 힘차게 던졌다. 내 인생 최고의 한 방이었다. 돌멩이는 공기를 매끄럽게 가르고 날아가 개의 양 눈 사이를 명중했다.

조그만 개는 찍 소리도 내지 않았다. 비틀거리며 몇 발짝 움직이다가 다리가 풀려 쓰러졌다. 잠시 침묵이 흘렀다.

"도망쳐!" 친구 하나가 소리쳤다. "레이가 보니를 죽였다!"

아이들은 순식간에 뿔뿔이 흩어지고 남은 것은 나와 죽은 개뿐이었다. 나는 어찌 해야 할지 몰랐다. 햇살은 빛났고 개는 언제라도 발딱 일어나서 내 발목을 콱 깨물 것만 같았다. 하지만 5분이 흘러도 개는 꼼짝도 않고 막대사탕 포장지가 떨어진 잔디 위에 누워 있었다. 그게 뭐 대수라고. 나는 집에 가서 레고 테크닉을 갖고 놀아야겠다고 생각했다.

그날 밤에 이웃 사람이 우리 집 앞으로 찾아왔다. 나는 그때 이미 잠자리에 들었지만 고함 소리에 잠을 깼다. 그 다음엔 계단을 오르는 엄마의 발자국 소리가 들렸다. 엄마는 침실 문을 벌컥 열고 꽥 소리를 질렀다. "네가 개 머리에 돌을 던진 게 사실이야?"

"응, 엄마."

엄마는 침대 옆으로 달려와 나를 마구 흔들어댔다. "너 제정신이야? 어떻게 네 멍청한 머리는 그런 짓을 할 생각밖에 못하는 거냐? 단 하루도 어이없는 말썽을 피우지 않고 그냥 지나가는 법이 없잖아. 너란 애를 대체 어찌 해야 좋을지 모르겠다. 이런 식이라면 어디 불안해서 살 수가 있겠어?"

엄마는 침대 한구석에 털썩 주저앉아 울기 시작했다. 나는 어쩔 줄을 몰라 엄마 머리를 쓰다듬었다. 북해 해변의 모래 색 같은 엄마 머리는 정말 부드러웠다.

하지만 엄마는 내 손을 홱 뿌리치고 방을 나가버렸다. 화난 엄마가 계단을 쿵쿵대며 내려가는 소리에 이어 이웃과 이야기를 나누는 소리가 들렸다.

나는 침대 위에 붙어 있는 우주 포스터를 보며 이렇게 읊었다. "태양에 가장 가까운 건 수성, 다음은 금성, 다음은 지구." 하지만 뭔가 크게 잘못됐다는 생각을 떨칠 수는 없었다.

이틀 뒤에 엄마는 내가 앞으로 메이슨 홈 기숙학교에서 살게 될 거라고 선언했다. 거기선 내게 필요한 도움을 줄 수 있으니 나한테 더 잘된 일이라고도 했다.

"엄마랑 떨어지고 싶지 않아요."

"언젠가는 엄마한테 고마워하게 될 거야. 엄마를 믿으렴."

그 말을 하는 엄마가 미소를 짓고 있어서 나는 엄마 말이 옳을 거라 생각했다.

그러나 오랜 세월이 지난 지금도 아직 엄마한테 고맙다는 생각은 들지 않는다. 앞으로 얼마나 더 지나야 엄마에게 고마워하게 될까?

엄마, 그리고 엄마가 내게 해준 것들, 엄마가 내게 해 주지 않은 것들을 생각하다보니 내 물고기가 그리워졌다. 나는 물고기를 돌려받고 싶다는 생각이 간절해졌다.

"내 방에 돌아가고 싶어요." 내가 말했다. "왠지 피곤하고 슬퍼요. 기운도 없고요."

"그래요." 메드가 말했다. "저녁때까지 혼자 있게 해 드릴게
요."

11

이리나

레이 보렌스가 사는, 혹은 살았던 거리엔 50년대에 지었을 허름한 연립주택이 즐비했다. 제2차 세계대전 직후의 도시 계획 담당자들은 동네의 미관에는 진히 관심을 기울이지 않은 모양이다. 모든 것이 지저분하고 칙칙했다. 나는 13번지 앞에 차를 댔다.

"우리 뭐 하는 거야?" 뒷좌석에서 애런이 물었다.

"레이를 찾고 있어. 물고기 주인 말이야."

"키콩?"

나는 물고기 얘기를 입에 담은 것을 대번에 후회했다. 애런은 오전 내내 킹콩 얘기를 꺼내지 않았다. 더구나 평소와 달리 고분고분하게 말을 잘 듣고 있었기 때문에 나는 괜히 아이를 자극하고 싶지 않았다. 애런은 이따금씩 열기를 한꺼번에 분출하는 라디에이터 같았다. 크게 법석을 떨고 나면 늘 온순하고 얌전해졌다.

애런이 다시 킹콩 생각에 사로잡힐 새라 나는 재빨리 말을 꺼냈다. "나중에 아이스크림 먹으러 갈까? 무슨 아이스크림 먹고 싶어? 사탕이 뿌려진 콘이 좋아, 아니면 아이스 바가 좋아?"

"사탕!"

"좋아. 그걸 먹자구."

나는 아이를 카시트에서 꺼내 인도에 내려놓았다.

"애런은 착한 아이니까 우선 엄마랑 같이 레이가 집에 있나 가보는 거야."

우리는 손을 잡고 13번지의 문 앞으로 걸어갔다. 집은 속수무책으로 방치된 상태였다. 앞마당은 전혀 관리가 안 돼 있었다. 하지만 먼 과거에 누군가 정성어린 손길로 보살폈으리라 짐작할 만한 흔적은 남아 있었다. 한때 누가 이곳에 라일락이며 수국, 제비고깔을 심어놓았지만, 시든 꽃들은 그대로 줄기에 붙어 있고, 잡초가 무성하게 우거져 있었으며, 웃자란 생울타리는 손도 쓸 수 없을 만치 엉켜 있다.

창가에는 낡아빠진 자주색 커튼이 걸려 있었다. 정오가 가까운 시간인데도 아직 창을 가리고 있었다.

예감이 좋지 않았지만 어쨌거나 초인종을 눌렀다. 아무 일도 일어나지 않았다. 30초쯤 기다렸다가 한 번 더 눌렀다. 집 안에서 벨 울리는 소리가 들렸다. 몇 시간은 지난 것 같다고 느낄 즈음 쥣빛 유리 안쪽에 현관 쪽으로 느릿느릿 다가오는 그림자가 보였다.

잠금장치가 최소 네 개쯤 풀리더니 문이 열렸다.

"뭐요?" 마흔쯤 먹은 남자가 상체를 드러내고 더러운 청바지만 입은 채 나를 보고 있었다. 그의 발치에는 광고지와 우편물이 수북이 쌓여 있었다. 퀴퀴한 냄새가 물컥 날아왔다. 코를 틀어쥐고픈 충동을 간신히 억눌러야 했다.

"레이?"

그 남자는 아무 대꾸 없이 기름진 앞머리 뒤에 숨어 있는 눈으로 나를 쏘아봤다.

"레이 보렌스 맞아요?" 내가 다시 물었다.

"그 사람은 이제 여기 안 살아요." 남자가 문을 쾅 닫으려 했다.

"그럼 그분이 어디 사는지 아세요?"

애런은 어느새 쪼그리고 앉아 매트 위에 흩어진 봉투를 갖고 놀고 있었다.

남자는 웃기 시작했다. 요란하고 귀에 거슬리는 웃음소리였다. 아마도 그는 불쾌한 일에만 웃는 유형 같았다.

"참 좋은 질문이네. 레이 보렌스가 어디 있을까? 감방에 가서 찾아야지. 거기 없으면 지옥에 있겠지."

내가 말을 꺼내려 했지만 남자는 이미 문을 닫고 있었다. "그리고 이 꼬마 녀석 교육 좀 똑바로 시키쇼. 남의 우편물에 함부로 손을 대면 쓰나."

나는 애런을 안아들며 내 면전에서 쾅 닫히는 문에다 대고 중얼거렸다. "개자식."

차로 돌아오는 사이 네 개의 잠금장치가 다시 잠기는 소리가 들렸다.

"개자식." 나도 모르게 욕이 나왔다.

"개자식." 애런이 따라 하더니 까르르 웃기 시작했다.

"그게 재밌니? 이제 아이스크림 먹으러 가자."

나는 애런을 카시트에 도로 앉히고 이마에 뽀뽀를 했다. "오늘 참 착하구나. 잘 했어, 우리 아기!"

길모퉁이 빵집에서 아이스크림을 팔고 있었다. 나는 줄을 서서 기다리며 유리벽 안쪽에서 일에 열중하고 있는 제빵사를 지켜봤다.

"빵맛이 옛날만 못해." 내 옆에 서 있던 노파가 소곤거렸다. "옛날 제빵사가 최고였는데. 저 사람은 그냥 그래."

애런과 나는 아이스크림콘을 들고 가게 맞은편에 놓인 벤치에 앉았다. 만약 레이가 진짜 감방에 있다면 찾는 건 시간문제일 것이다. 수족관 관찰기록장을 확인하면 레이가 언제부터 물고기 돌보는 일에서 손을 뗐는지 확인할 수 있다. 그 날짜 전후의 신문 기사나 법원 기록을 샅샅이 훑으면 된다. 물론 엄마의 서재에 쳐들어가는 방법도 있다. 아니면 엄마한테 직접 물어보거나. 엄마가 대답을 해줄지는 미지수지만.

아이스크림 방울이 애런의 셔츠에 떨어졌다. 나는 가방에서 티슈를 꺼내 두드려 닦아주었다. "다 녹기 전에 빨리 핥아 먹어야 해."

브리시트한테 도움을 청해볼까 하는 생각이 퍼뜩 떠올랐다. 브리시트의 엄청난 연줄과 정보력을 동원하면 1999년경에 신문에 실린 레이 보렌스라는 사람에 대한 기사도 어렵지 않게 찾을 수 있겠지. 나는 당장 그 애에게 전화를 걸었다.

"얼마 되지도 않는 여가 시간을 포기하고 탐정 놀이나 하고 있다니 난 도저히 이해가 안 된다." 내가 자초지종을 설명하자 브리시트는 이렇게 핀잔을 주었다. "수족관에나 집착하는 사람인데 뒤를 캐봤자 뭐 재밌는 게 나오겠어? 너 그냥 헛짓거리 하고 다니는 거 아냐?"

"그만해. 이유는 잘 모르겠지만 이 레이라는 남자한테 틀림없이 뭔가 있다는 생각이 들어. 그런 직감이 든다고."

"나는 아무 촉도 안 오는데. 그래도 네가 이렇게 부탁하니까 옛날 자료들 좀 뒤져볼게. 그리고 자료 조사 얘기가 나와서 말인데, 사실 나, 미래 남편에 대해서도 조사 좀 했어."

"미래 뭐?"

"내 남자 피터 말이야. 헤리트 베숍과 릴리안 베숍 부부의 막내아들이더라. 다른 아들 셋이 더 있는데 다들 가족 회사에서 간부를 맡고 있대. 한 명은 싱가포르, 한 명은 두바이 지사에 있고, 장남은 회사를 총괄하는 CEO라더군. 피터의 사촌들, 그러니까 앙트완 베숍과 바바라 베숍 부부의 자식들도 모두 가족 회사에서 일하고 있어. 피터만 유일하게 다른 길을 택한 셈이야."

"참 유난스러운 길이지!"

애런의 얼굴은 어느새 아이스크림 범벅이었다. 하지만 나는 아이가 아이스크림을 다 먹어치울 때까지 기다렸다가 얼굴을 닦아주기로 했다.

"잘 이해가 안 된다, 그치? 일단 약혼만 하고 나면 난 그이가 따로 성 노예를 두는 건 눈감아줄 수 있지만 가족 회사에는 반드시 합류해야 한다고 설득할 생각이야. 그러면 우리는 따뜻한 나라로 가서 하루 종일 테니스만 칠 수 있겠지."

애런이 먹던 아이스크림이 내 구두 위에 뚝 떨어졌다.

"너 참 꿈도 야무지다."

"그런가?" 브리시트가 물었다.

"이제 끊어야 할 거 같아. 애런과 벤치에 앉아 있는 사이에 사고가 좀 생겼어."

"레이 보렌스의 숨겨진 진실을 찾아주겠어. 수상한 수족관의 비밀도 밝혀주지."

나는 휴대폰의 종료 버튼을 누르고 가방에서 마지막 남은 티슈를 꺼내 구두를 닦았다. 구두에 꼴사나운 얼룩이 남았다. 그러고 보니 애런의 얼굴을 닦아줄 티슈는 남아있지 않았다.

12
레이

나는 건포도 빵에 넣을 건포도 무게를 계량하고 있었다. 월요일 정오에 가까운 시간이었다. 일에 몰두하고 있다가 그녀의 목소리를 듣고 나는 소스라치게 놀랐다.

"들어가도 돼요?"

그녀는 지금껏 내게 말을 건 적이 없었지만 나는 그 목소리를 알고 있었다. 로지타는 유모차에 탄 안나와 함께 주방과 가게를 나누는 유리벽 입구에 서 있었다.

나는 손에 들고 있던 봉지를 떨어뜨렸다. 건포도가 바닥에 흩어졌다.

"저 때문에 놀라셨나요?"

로지타는 얼른 몸을 숙이고 건포도를 집기 시작했다. 청바지 위로 비어져 나온 속옷이 얼핏 보였다. 광택이 있는 빨간색 팬티였다.

"놔두세요." 내가 볼록한 엉덩이와 팬티 끄트머리에서 눈을 돌리며 재빨리 말했다. "물론 쏟아진 건포도를 바닥에 놔두겠다는 얘기는 아니에요. 그럴 수는 없죠, 암요. 그래도 그대로 두세요. 내가 나중에 치울 테니까요. 당신이 가고 나면요. 물론 당신이 가기를 바란다는 뜻은 아니에요. 그래도 당신이 돌아가고 나면 내가 싹 청소를 할 거예요." 어쩌다 그렇게 많은 말을 한꺼번에 쏟아냈나 모르겠다.

그녀는 다시 일어서서 나를 보고 빙그레 웃었다. "그러세요."

나는 안나를 보았다. 서너 살쯤 돼 보였다. 아이도 커다랗고 말간 눈망울로 나를 빤히 바라봤다. 코 밑에 콧물이 묻어 있었다.

"제가 아기한테 간식 좀 줘도 될까요?"

"직접 물어보세요."

나는 유모차 옆에 쭈그려 앉았다. 어른이 된 후로 아이에게 말 거는 건 처음이었다.

"크루아상 좋아하니? 아님 맛있는 아몬드 빵이나 브리오슈, 타르트…"

아이는 나를 물끄러미 바라만 보았다.

"작은 번을 좋아할 거예요. 소프트 롤이나요. 그런 거 있나요?" 로지타가 물었다.

"여기 롤빵은 껍질이 딱딱한 작은 것뿐이에요. 롤빵은 원래 그래야 하죠. 하지만 내일 아이를 위해 특별히 하나 만들어 드릴게요. 괜찮겠죠?"

"그러면 지금 작은 크루아상 하나만 주세요."

"크루아상이요? 크루아상 먹을래?"

나는 여전히 유모차 앞에 웅크리고 앉아 평소에 비해 쩍쩍거리는 목소리로 주절대고 있었다. 보통 사람들이 어린 아이에게 말할 때처럼.

"크루아상." 안나가 따라 했다. 참 총명한 아이 같았다.

나는 방금 오븐에서 꺼낸 크루아상 쟁반으로 허둥지둥 달려갔다. 나는 모든 크루아상을 한 치의 오차도 없이 똑같은 크기

로 만들어 냈다. 하나하나 손으로 빚는데도 마치 틀로 찍은 듯
했다. 사장님이 유리 칸막이 앞에서 이런 말을 할 정도였다. "레
이, 자네 크루아상은 너무 완벽해. 도저히 현장에서 손으로 만
든 빵처럼 보이지 않는다고." 하지만 유리 칸막이가 들어선 이후
로 말랑말랑하고 보송보송한 반죽을 완벽하게 똑같은 크루아상
으로 빚는 내 모습을 손님들이 눈으로 직접 확인할 수 있게 되
지 사장님은 더 이상 불평을 하지 않았다.

하지만 나는 똑같은 크기의 크루아상들 중에서도 가장 잘 만
들어진 놈을 골라 안나에게 건넸다.

아이는 그것을 덥석 베어 물었다.

"맛있지, 우리 아기?" 로지타가 말했다. "아저씨한테 고맙다고
인사해야지?"

"고맙습니다." 아이가 만족한 듯 말했다.

"지난번에 여기서 뵌 적이 있어요." 로지타가 말했다. "그땐 고
개도 안 들고 일에만 열중하시더라고요. 사람들이 멀리서 당신
빵을 사러 오는 거 알아요?"

나는 얼굴이 화끈 달아올랐다.

"뿌듯하시죠?"

"네?"

그녀는 웃음을 터뜨렸다. "재밌으시네요. 당신이 맘에 들어
요." 그녀는 손을 내밀었다. "로지타예요."

"어…, 레이입니다."

"얘는 안나고요."

나는 안나와도 악수를 해야 하나 잠시 고민했지만 아이는 크

루아상을 먹느라 바빴다. 이제 바닥에는 건포도와 함께 빵부스러기도 잔뜩 흩어져 있었다. 그래도 괜찮았다. 아무래도 좋았다.

"그건 그렇고, 샌드위치에 제 이름을 붙이셨던데요. 하지만 저는 치즈를 그다지 좋아하지 않는답니다."

"아, 죄송해요."

그녀는 깔깔 웃었다. 로지타처럼 웃음이 많은 여자는 처음이었다. 그 웃음에 전염성이 있는지 나도 웃기 시작했다. 처음에는 진짜 웃겨서라기보다 로지타의 비위를 맞추려고 살짝 껄껄거렸다. 사실 우스울 게 전혀 없었으니까. 하지만 그 웃음은 금세 폭소로 바뀌었다. 놀란 사장님이 모퉁이로 고개를 들이밀고 우리를 쳐다봤다. "이봐, 소리 좀 죽이라고!"

그 말을 듣자 로지타는 더 우스운 모양이었다.

둘이서 그렇게 한참을 웃었다. 로지타는 웃다가 뺨에 흐른 눈물을 닦았다. "가야겠어요, 레이. 다음번에 내가 손을 흔들면 커튼 뒤에 숨지만 말고 당신도 손 좀 흔들어 줘요. 알겠죠?"

다음날에 나는 안나에게 마들렌을 하나 갖다 주었다. 소프트롤은 아니었다. 소프트롤은 프랑스 빵에 속하지 않았기에 어쩔 수 없었다. 피에르는 소프트롤이라면 질색했다. "아무 맛도 없고 흐느적거리기만 해. 기계로 만든 쓰레기지. 사람들한테 그딴 걸 먹이는 건 범죄나 다름없어. 양심도 없는 행동이야!"

나는 로지타와 안나네 초인종을 눌렀다. 두려우면서도 마음이 설레었다.

로지타가 문을 열었다. 그녀는 추리닝 바지와 쇄골을 선명하게 드러내는 몸에 착 달라붙는 셔츠를 입고 있었다. 나는 쇄골에서 눈을 뗄 수 없었다. 로지타는 내 턱을 손으로 잡더니, 고개 숙인 내 얼굴을 들어 올렸다.

"나 여기 있어요."

"아, 네."

나는 마들렌을 내밀었다. 냅킨에 싸서 빵집 종이봉투에 담아 온 것이었다.

로지타가 봉투를 받아들었다. "이게 뭐예요?"

"안나 주려고요. 마들렌이에요. 소프트롤보다 더 맛있어요. 어제 말씀하신 딱 그 맛이에요. 안나가 소프트롤을 좋아한댔잖아요. 마들렌은 촉촉하고 달콤하니까 안나가 틀림없이 좋아할 거예요."

"정말 친절하시네요. 안나한테 직접 전해주실래요?"

로지타는 봉투를 내 손에 다시 쥐어주고는 복도를 지나 거실로 들어갔다. 우리 집과 똑같은 복도였다. 차이라고는 우리 집엔 유모차가 없고 카펫이 깔려 있다는 점뿐이었다. 로지타는 바닥에 아무것도 깔아놓지 않았다. 시멘트 바닥을 그대로 밟고 다녀야 했다. 거실로 들어가다 말고 로지타가 고개를 돌렸다. "이쪽으로 들어오세요."

거실에도 아무것도 깔려 있지 않기는 마찬가지였다. 이삿날 꽁지머리 영감과 로지타가 집 안으로 끌고 들어가던 러그가 전부였다. 나는 가죽 소파 세트와 나무 테이블, 플라스틱 의자도 알아봤다.

벽에는 임신한 로지타의 사진이 걸려 있었다. 로지타는 몸에 실오라기 하나 걸치지 않았고 배는 거대했다. 가슴을 손으로 가린 채 옆으로 서 있는 사진이라 잠지는 보이지 않았다. 어쨌든 로지타는 홀딱 벗고 있었다. 아름답지만 왠지 무서운 사진이었다.

"안나, 여기 좀 봐! 옆집 레이 아저씨가 오셨어."

나는 로지타의 알몸에서 눈을 떼어 소파에 앉아 TV를 보는 안나 쪽으로 돌렸다.

안나는 '아이 좋아' 소리만 반복하는 네 가지 색 인형에 정신이 팔려 있었다. 그 애들 이름이 '텔레토비'라는 건 나중에야 알았다.

"안나? 여기 좀 볼래?" 로지타가 말했다.

나는 봉투를 아이의 손에 쥐어주었다. "너 주려고 가져왔어."

아이는 봉투를 열고 냅킨을 풀어 마들렌을 꺼냈다.

"뭐라고 해야 하지?" 로지타가 엄한 목소리로 물었다.

"고맙습니다." 아이는 TV에서 눈도 떼지 않은 채 조그만 케이크를 한 입 베어 물었다.

나는 안나가 여전히 화면에 시선을 붙박은 채 조그만 이로 너무 끈적이지도, 너무 건조하지도 않은 딱 적당하게 익은 케이크를 베어 무는 모습을 지켜봤다.

"완벽하게 구워졌지. 그것보다 잘 만들어진 빵은 어디에도 없을 거야. 프랑스에도 없을걸."

"어린 애들은 그런 거 잘 몰라요. 그렇다고 애들을 나무랄 수도 없죠." 로지타가 말했다.

"뭐 하고 있어요?" 메드가 물었다. 그는 내 방에 불쑥 들어왔다. 문 열리는 소리도 못 들었는데.

나는 그의 말을 알아듣지 못했다.

"지금 손을 움직이고 있잖아요. 왜 그러냐고요?"

그제야 나는 내가 손으로 무얼 하고 있는지 깨달았다. 반죽 치대는 시늉을 하고 있었다.

"아무것도 아니에요." 나는 메드에게 대답했다.

"내 교대시간이 다 돼서 알려드리러 왔어요. 다음 근무자는 지니예요. 그녀가 와서 저녁 식사 장소로 안내해줄 거예요."

"내 옆에 앉아, 레이누스." 한크가 옆자리의 의자를 뒤로 당겼다.

나는 머뭇거리며 주위를 둘러봤다. 지니라는 여자가 와서 나를 구해주길 바랐지만 그 여자는 그럴 생각이 없어 보였다. 그녀는 다른 사회복지사와 얘기를 나누느라 바빴다.

"뭘 망설이고 있어?" 한크는 의자의 비닐 시트를 성마르게 두드려댔다.

나는 달리 뭘 해야 할지 몰라서 자리에 앉았다.

"그래, 여기 애들이 괴롭히지는 않고?"

"주로 내 감방에만 있었는데 뭘."

"병실이라고 해야죠." 지니가 말했다. 어느새 지니는 다가와서 내 맞은편에 앉았다. 그녀에게서 은방울꽃 향기가 났다. 여기 여자 직원들은 향수를 뿌려도 되는지 의문이었다. 아마 허용이 안 될 텐데.

"감방이든 병실이든 그냥 네 맘대로 부르면 돼." 한크가 눈을 찡긋했다.

손수레 두 대가 굴러왔다. 냄새를 맡아보니 채소는 너무 푹 익었고 고기는 탄 것 같았다.

"쳇, 여기서 언제 한번 제대로 된 밥을 먹어보겠어?" 맞은편에 앉아 있던 녀석이 투덜거렸다.

"바랄 걸 바라야지." 내 옛날 룸메이트가 말했다. "네덜란드 음식이 다 이 모양이지 뭐. 어딜 가나 마찬가지야."

"식사 좀 교양 있게 할 수 없나요?" 지니가 말했다. "여기서 나오는 음식이 최고급 요리는 아닐지 몰라도 그렇게 구시렁거릴 것까진 없잖아요."

"달리 구시렁거릴 게 있어야 말이지!" 내 옛 룸메이트가 고성을 질렀다. "도서관에 맨날 찾아가도 〈세븐틴(잡지 이름-옮긴이)〉은 대출중이더라는 얘기나 또 하려고? 대체 누가 그걸 혼자 꿰차고 있어?"

"에디…." 지니는 그 말만 하고 말았다.

"왜 그래, 자기?"

"가끔씩 너무 버럭 하는 거 아니에요? 계속 그런 식으로 나오면 혼쭐나는 수가 있어요."

"어럽쇼."

접시에 담긴 음식이 식탁 위를 돌기 시작했다.

"세상에 질 좋은 소고기만한 건 없지." 한크가 자기 고기조각을 썰기 시작했다. 그의 귀에 붙은 번개가 파들거렸다. "안 그래, 레이?"

나는 감자를 한 입 먹었다. 밍밍하니 아무 맛이 없었다.

한크는 지니를 흘끔흘끔 살폈지만 지니는 자기 맞은편 자리의 남자와 이야기를 나누고 있었다. 한크는 내 쪽을 돌아보며 물었다. "넌 면회 올 사람 있어?"

"딱히 없어." 나는 대답했다. "없을 거야."

"아, 그래. 찾아올 사람이 있으면 나한테 알려줘."

"왜?"

그는 지니를 흘깃 돌아보았다. "이 안에서는 구할 수 없는 물건들이 있거든. 하지만 꼭 필요한 물건들 말이야, 무슨 뜻인지 알려나 모르겠지만."

나는 고기 한 조각을 잘라 입 안으로 밀어 넣었다. 맛이 그다지 나쁘지 않았다.

"필요한 물건을 몰래 들여오는 방법을 알려줄게. 하지만 맨입으로는 곤란해. 알지, 세상에 공짜는 없다는 거?"

채소 요리는 줄기가 붙어 있는 완두콩이었다.

"이봐요, 레이." 지니가 나를 돌아봤다. "옛날에 제빵사였다고요?"

나는 주위를 둘러봤다. 나에 대한 정보를 쓸데없이 유출하고 싶지 않았다. "네." 나는 들릴락 말락 한 소리로 대답했다.

"그러면 한 가지 물어볼게요. 우리 집에 제빵기가 있는데 조리법을 정확히 따라도 매번 빵이 질게 나와요."

"이스트를 쓰나요?"

"네."

"누룩을 써야 해요."

"정말요?"

그녀가 예쁜 눈으로 나를 빤히 쳐다보자 나는 온몸이 화끈 달아올랐다. 참 오랜만에 느껴보는 감정이었다. 이 여자는 내게 무얼 바라는 걸까?

"레시피를 적어 줄게요. 알고 보면 어려운 것도 아니에요." 나는 말을 약간 더듬거렸다.

"레이누스가 여자 앞이라고 허풍을 떨고 있네." 옛 룸메이트가 모두에게 다 들리도록 큰 소리로 말했다. 다들 떠들썩하게 웃어젖히기 시작했다.

"에디, 마지막 경고예요." 지니가 말했다. "내 말을 한 번만 더 어기면 이번 주 내내 자유 시간을 병실에서 보낼 줄 알아요."

"저 여자 조심해." 한크가 몸을 숙여 내 귀에 소곤거렸다.

나는 한크가 가까이 오는 게 싫었다. 누런 치아를 드러내는 녀석에게서 멀찍이 물러나고 싶었다.

"여기서 가장 앙큼한 년이야. 남자는 또 얼마나 밝힌다고. 두고 보면 알아."

13

이리나

"뭐야? 너 지금 뭐라고 했어?"

"내가 무슨 말을 하는지는 엄마가 더 잘 알 텐데. 레이 보렌스가 누구야?"

애런이 침대에서 자고 있는 사이 슬로베니아의 전화통신망이 마침내 우리를 연결시켰다.

전화 저편에서 침묵이 흘렀다. 쏟아낼 말들을 정리하기 위한 분노의 침묵이었다.

"맙소사, 이리나. 난 또 무슨 큰일 난 줄 알았네. 너한테 전화를 수십 번은 걸었다고. 나 휴가 중인 거 몰라? 그따위 생뚱맞은 소리나 하려고 그렇게 성가시게 굴었니?"

"그 사람이 누구냐고?"

"그게 너랑 무슨 상관이야?"

"아하! 나한테 말을 안 하시겠다? 엄마가 그렇게 나오니까 더 호기심이 동하는데?"

"이리나, 그만해. 신경 쓸 데가 그렇게 없니? 네 아들이나 챙길 것이지. 이건 네가 참견할 일이 아냐."

나는 호락호락 넘어갈 생각이 전혀 없었다. 엄마가 애런 얘기를 꺼내자 속이 부글부글 끓었다. 이 마당에 애런은 왜 걸고넘어질까?

"내가 참견할 일인지 아닌지는 레이 보렌스가 누군지 알아야 판단을 하지. 혹시 나랑 관련 있는 일인지 어찌 알겠어?"

"지금 분명히 말해주마. 너랑은 아무 관계없다고. 계속 그런 식으로 내 일에 참견할 작정이면 당장 네 집으로 돌아가. 화분에 물주고 수족관 보살피는 일은 이웃 사람한테 부탁하면 그만이니까."

"그러면…, 레이 보렌스는 엄마 일이란 뜻이네. 어떤 점에서 그렇지?"

"그 따위 유도심문은 법정에서나 해."

"왜 그렇게 발끈해? 대체 뭐가 두려운 거야?"

"그런 거 없다."

엄마가 단호하게 말했지만 너무 재깍 대답한 감이 있었다.

"엄마, 왜 그래. 뭐가 그리 문제야? 그 사람이 누군지 내가 알면 왜 안 돼? 엄마가 남들이 생각하는 만큼 완벽하고 반듯한 사람이 아니란 게 탄로날까봐 두려운 거야?"

엄마는 전화를 끊어버렸다. 아니면 슬로베니아의 교환원이 마침 우리 통화를 끝낼 시간이 됐다고 판단했는지도 모른다.

다시 전화를 걸었지만 음성사서함에 연결되었다. "아직 얘기 안 끝났잖아, 엄마. 다시 전화 좀 해." 엄마가 다시 전화할 리 없다는 걸 알고서도 그렇게 메시지를 남겼다.

엄마를 엄마로 평가하자면 지금껏 별로 나무랄 데가 없었다. 엄마는 모든 걸 정석대로 했다. 내가 학교에서 돌아오면 차 한 잔을 끓여주었고 영양가가 풍부한 식사, 합리적인 가격대의 신발, 적절한 방과 후 활동을 제공했다. 내가 처음으로 집을 비운 시기에 딱 맞춰 내 방을 수리하기도 했다. 그런 엄마를 둔 나로서는 불만을 품는 게 사치인지도 모른다.

하지만 나는 그것이 엄마의 양육 목표였다는 생각을 떨칠 수 없었다. 내 입에서 불만이 터져 나오는 것을 원천봉쇄하는 것.

우리가 열다섯 살 때였나, 브리시트가 오빠한테서 마리화나를 얻어온 적이 있다. 브리시트는 불어와 경제학 수업 사이의 쉬는 시간에 그것을 내게 보여주었다. 우리는 자전거 보관소 뒤에서 이따금씩 담배를 피웠지만 마리화나는 시도해본 적이 없었다. 하지만 브리시트는 자기 오빠가 날마다 옆에서 그걸 피워 대는 바람에 자기도 인이 박혔다고 한다.

나는 원뿔 모양의 물건을 들여다봤다.

"언제 어디서 피울래?"

"학교 끝나고 공원에서." 브리시트가 대답했다. 그것이 세상에서 가장 흔한 일이라는 듯 대수롭지 않은 말투였다.

나는 충격을 받았지만 호기심도 생겼다. "좋아. 같이 해보자구."

나한테는 별로 효과가 없었다. 우리는 담배를 나눠 피울 때처럼 마리화나를 주거니 받거니 하며 조심스럽게 빨았다. 그러다 하늘을 올려다보며 무슨 일이 생기기를 기다렸다. 우리는 잔디밭에 누워 내 워크맨 이어폰을 한쪽씩 나눠 끼고 워맥 앤 워맥 (1989~90년대에 주로 활동하던 미국의 부부 작곡가 겸 가수 – 옮긴이)을 들었다.

"몸이 스르르 풀리는 기분이야." 브리시트가 말했다. "넌 느낌이 오니?"

"그런 것 같아."

"마리화나를 피우면 이유도 없이 실실 웃게 되는 거 알아?"

브리시트는 정말로 실없이 깔깔거리기 시작했다.

"진짜야?"

"그래. 우리 오빠가 그러는데 이 제품이 특히 그렇대."

"웃기겠다."

그리고 우리는 노래를 따라 부르기 시작했다. '다음번엔 진실을 말해줄게, 진실을 말해줄게, 진실을 말해줄게.'

집에 돌아왔더니 머리가 살짝 지끈거리고 몸이 나른했다.

"늦었구나." 엄마가 인상을 쓰며 나를 봤다. "어디 아파?"

나는 숙제 핑계를 대며 방에 틀어박히려 했지만 엄마가 앞을 가로막았다. "어디 갔었니?"

엄마는 코 평수를 늘린 채 킁킁거렸다. "이리나, 너 마약도 하니?"

나는 얼굴이 화끈 달아올랐다. 거짓말을 해봤자 씨알도 먹히지 않을 상황이었다.

엄마는 할 말을 잃고 넋 나간 표정으로 나를 보았다. 나는 한 주 내내 훈계와 장광설에 시달리고 외출금지를 당하리라 예상했다. 하지만 대신에 엄마는 이렇게 말했다. "오늘 저녁에 엄마랑 잠깐 드라이브나 가자꾸나. 가서 좀 씻고 와. 너한테서 냄새 난다."

저녁을 먹는 내내 우리는 별로 말을 하지 않았다. 나는 아빠가 내 지원군이 돼 주거나 적어도 평상시처럼 자연스럽게 대해주길 바라며 몇 번 힐끔힐끔 보았지만 아빠 역시 멍한 눈으로 허공을 응시하면서 풀떼기 사이에 고기 부스러기가 드문드문 섞인 엄마의 요리만 씹고 있었다.

"좋아, 지금 출발하자. 코트는 챙길 필요 없어. 운동하려고 가는데 너무 따뜻하고 편안한 것도 별로잖아."

우리 차는 암스테르담 방향으로 이동했다. 엄마가 나를 어디로 데려갈지 짐작조차 할 수 없었다. 심리클리닉이나 정신병원에 데려가지 않을까 싶었지만 엄마는 시내로 차를 몰고 들어가 프린스 헨드릭 부두 근처에 차를 댔다.

"어서 내려."

나는 엄마를 따라 미로 같은 골목을 지나 홍등가로 들어갔다. 당시만 해도 그 인근은 지금처럼 비교적 안전한 관광지가 아니었다. 경찰조차도 접근을 꺼릴 으슥한 동네였다.

붉은 등이 켜진 창문 앞을 지나가는 사이 해가 꼴깍 넘어갔다. 나는 홍등가에 대해 얘기는 들어봤어도 직접 와보긴 처음이었다. 하지만 우리 엄마는 토요일 오전에 슈퍼마켓에 장 보러 온 사람 마냥 태연하게 그 앞을 지나갔다. 나는 엄마를 따라가느라 종종걸음을 치면서도 창가에 보이는 여자들을 슬쩍슬쩍 훔쳐봤다.

거리엔 행인이 별로 없었다. 남자 한 명이 커튼이 드리워진 침상에서 슬그머니 나오더니 어둠 속으로 모습을 감췄다. 마약쟁이들이 동전을 구걸하고 있었다. 긴 가죽 외투를 입고 거리를 어슬렁거리는 중국 남자도 몇 명 보였다.

우리는 좁은 골목으로 돌아 들어가 다 쓰러져가는 집 앞에 멈췄다. 창문은 나무판자로 막혀 있었고 현관문의 판유리는 산산조각 나 있었다.

"여기야. 어서 들어가자."

나는 주저했다. 엄마가 어쩌자고 나를 이런 곳에 데려왔나 싶었다. 엄마는 내 등을 떠밀었다. "어서."

우리는 곰팡내와 땀내가 코를 찌르는 콘크리트 복도로 들어섰다. 벽 전체를 가로지르는 낙서가 눈에 띄었다. '평화를 위해 싸우는 것은 처녀를 따먹는 것과 같다.'

"여긴 왜 온 거야?"

엄마는 대답하지 않고 나를 컴컴한 방으로 밀어 넣었다. 몇 초가 지나서야 내 눈은 어둠에 적응할 수 있었다. 그때 누군가 불을 켰다. 그제야 마룻바닥 곳곳에 널브러진 인간들이 눈에 들어왔다. 그들은 옷가지를 거의 걸치지 않은 앙상한 몸으로 낡은 매트리스 위에 뻗어 있었다. 나는 등줄기가 서늘해졌다. 여기서 대체 뭘 하고 있는 건가?

해골처럼 비쩍 마른 사람이 내 쪽으로 다가왔다. 눈구멍에서 안구만 불거져 나와 있었다. "나한테 줄 거 있어?" 그가 손을 내밀었다.

엄마가 나를 앞으로 떠밀었다. "이 애한테 물어봐."

나는 엄청난 충격에 빠졌다. 식사 전에 내게 손 좀 씻으라고 잔소리하던 엄마가 약쟁이의 품으로 나를 밀다니.

약쟁이는 내 앞으로 바짝 다가왔다. 더러운 냄새가 났다.

"뭐 갖고 있어? 이리 줘, 갖고 온 걸 내놔 봐."

나는 생각했다. 저 사람 칼이라도 갖고 있으면 어쩌려고? 엄마가 설마 나를 혼자 여기 떨어뜨려 놓으려는 건 아니겠지?

"어서 내놔."

"엄마." 나는 애원했다. 하지만 엄마는 나를 꽉 붙잡았다. 내가 뒤로 물러나 달아나지 못하도록 막아섰다. 나는 열다섯이었고 그때만 해도 엄마가 나보다 훨씬 힘이 셌다.

약쟁이가 내 쪽으로 손을 뻗었다. 나를 건드리려는지 내 호주머니를 뒤지려는지 감이 잡히지 않았다. 그저 느릿느릿한 동작으로 나를 향해 뻗치는 손만 눈에 보일 뿐이었다. 독수리 발 같은 손.

"엄마, 제발."

뼈만 남은 누런 손이 내 얼굴에 닿으려는 순간 엄마는 나를 뒤로 홱 당겼다. 엄마는 핸드백을 뒤져 25길더 지폐를 꺼내더니 바닥에 던졌다.

"자, 약이나 실컷 맞아. 훅 갈 때까지 주사를 찔러봐."

약쟁이는 돈에 달려들었다. 엄마와 나는 그 집을 나왔다.

"잘 봤지." 차로 돌아가면서 엄마가 말했다. 기둥서방과 뚜쟁이, 마약판매상, 매춘부들이 창가에 붙어 서서 우리를 흘끔거리고 있었다. "이 정도 봤으면 충분할 거다."

나는 수족관을 뚫어지게 들여다봤다. 정성을 다해 세심하게 관리된 산호를 보았다. 산호는 수질에 따라 일 년에 겨우 몇 밀리미터씩 자란다고 한다. 레이는 물고기를 위해 으리으리한 서식처를 꾸며놓았다. 레이도 누군가의 보살핌을 받고 있을까?

잘 아는 사람 마냥 그의 이름을 불러보니 영 어색했다. 나는 어쩌다 그 사람한테 이렇게까지 관심을 갖게 됐을까?

나는 관찰기록장을 집어 들고 뒤적이기 시작했다. 감탄이 나올 만큼 꼼꼼하게 기록되어 있었다. 레이는 단 하루도 기록을 빼먹지 않았다. 잉크 번진 자국이나 음식 부스러기, 음료수 흘린 얼룩 하나 없었다. 1998년 이전에는 다른 사람이 손을 댄 흔적이 전혀 없었지만 그 해에 '킹콩'이라 적은 어린애 글씨가 눈에 띄었다. 그 밑에는 레이의 글씨로 '5월 20일'이라 적혀 있었다. 킹콩이란 단어는 레이의 정갈한 글씨체와는 대조적으로 지면의 세 줄이나 차지하고 있었다. 어린 아이라. 레이 옆에 어린 아이가 있었다니.

아이가 쓴 글씨는 비뚤배뚤했다. 아이는 펜도 제대로 쥐지 못할 만큼 어렸던 모양이다. 몇 살이었을까? 네 살? 다섯 살? 여섯 살? 그리고 지금은 어디 있을까? 레이 보렌스와 그의 자손이 세상 어딘가에 있을지도 모른다고 생각하자 나는 이상하게 마음이 설레었다.

14
레이

그날 이후로 나는 안나에게 날마다 마들렌을 하나씩 가져다 주었다. 로지타는 나를 집 안으로 들인 다음 커피를 한 잔 만 들어주었나. 둘이서 삼시 얘기를 나누고 나면 로지타는 내게 갈 시간이 됐다고 일러주었다. 가끔씩 로지타는 문을 한 뼘만 열고 내 선물을 받아든 다음 "오늘은 안 돼요, 레이."라며 나를 돌려 보내기도 했다.

나는 엄마에게 조언을 구했다. 엄마는 로지타가 나를 날마다 집 안에 들이지 않는 건 충분히 이해할 만하다고 했다. 누구나 늘 한가한 건 아니고 나쁜 의도는 전혀 없을 것이라고 했다. 엄 마도 요즘 바빠서 나를 보러 올 시간이 거의 없다. 두 달에 한 번쯤밖에 찾아오지 않는다. 엄마는 늘 뭔가를 갖고 온다. 식탁보 와 줄무늬 빨간 이불, 긴 유리컵이나 벽에 걸 보트 그림. 엄마는 우리 집이 아늑해보여야 한다고 생각하셨다.

이유는 알 수 없었다. 엄마 말고는 집에 찾아오는 사람도 하나 없는데.

방문객이 거의 없기는 로지타도 마찬가지였지만 그래도 나보 다는 나았다. 로지타의 이사를 도와 준 늙은 남자가 적어도 한 달에 한 번은 그녀를 찾아왔다. 로지타는 그 영감이 자기의 새 아버지라고 했다.

"그러면 당신 어머니는 어디 계세요?" 내가 물었다.

어머니는 돌아가셨다고 했다. 재혼을 하고 얼마 지나지 않아 암으로 세상을 떠나셨단다. 로지타는 새아버지가 어머니를 잘 돌봐주셨기 때문에 늘 고맙게 생각한다고 했다.

"여기는 왜 찾아오는 거예요?" 내가 물었다.

"그냥 저랑 담소를 나누시려고요. 집에 이것저것 손을 봐 주기도 하고, 안나도 무척 귀여워 하시죠."

"그분이 찾아오시는 게 좋아요?"

"당신이 우리 집에 올 때가 더 즐겁고 좋아요. 그분은 무척 자상한 데다 손재주가 꽤 좋아요. 나 같은 미혼모는 그런 일손이 늘 아쉽죠. 하지만 그분 말동무 노릇하는 게 즐겁냐면 꼭 그렇진 않아요. 솔직히 그분은 혼자 지내기 적적하니까 나를 찾아오시는 것 같아요. 그렇지 않으면 집에서 마땅히 할 일도 없으실 걸요. 그건 그렇고 그분이 한때는 엄청나게 부자였던 거 알아요? 튤립 재배 사업이 대박을 쳤지만 어느 순간 쫄딱 망하고 말았어요. 술을 끊지 못한 탓이죠." 로지타는 담배에 불을 붙이고는 말을 이었다. "엄마를 만났을 무렵에는 술을 멀리하고 계셨나 봐요. 마침내 행복을 찾았구나 생각하셨는데 엄마가 머잖아 병에 걸렸으니 그분은 결국 원하던 행복을 손에 넣지 못한 셈이죠."

그 새아버지의 존재가 딱히 신경 쓰이진 않았다. 내가 알기로 그 영감은 오고 싶을 때마다 수시로 찾아와서 막힌 배관을 뚫거나 페인트칠을 해주었다. 하지만 내 심기를 불편하게 하는 사람은 안나의 아빠였다. 그 자식은 유부남이었고 이혼할 생각이 전혀 없었다. 그래서 로지타, 안나와 함께 살지 못하는 것이었다. 하지만 걸핏하면 두 사람을 찾아왔다. 우리 엄마처럼 규칙적으로 오는 것이 아니라 제멋대로 불쑥불쑥 나타났다. "마음 내킬 때마다요." 로지타는 분노인지 슬픔인지 알 수 없는 표정을 지으며 말했다.

"그래도 안나는 그 사람이 돌봐야 하잖아요?"

"그인 다른 여자와의 사이에 아이가 셋이나 있어요. 법적 아내와의 사이에요."

"그래도 당신이랑 같이 살고 싶어 할 텐데요?"

"그 사람도 그러길 원하지만 안 될 일이죠. 왠지 궁금해요?" 로지타는 담배를 한 모금 깊이 빨아들였다가 곧바로 연기를 뿜어냈다.

나는 누가 로지타와 함께 살기를 꺼릴만한 이유를 도저히 떠올릴 수 없었다.

"왜냐면 조강지처가 우선이니까요. 그래서 나는 여기 사는 거예요. 바닥에 카펫도 깔려 있지 않은 집에서 그 사람 아이랑 둘이서요. 그 여자는 그이와 함께 호화로운 주택에서 원하는 대로 다 하면서 살 수 있지만요. 그 여자가 나보다 낫거나 더 예쁘거나 똑똑해서가 아니에요. 나보다 날씬해서도 아니고요." 로지타의 입꼬리는 올라갔지만 눈에는 웃음기가 없었다. "그이가 나보다 그 여자를 사랑해서도 아니고요. 단지 그 여자를 먼저 만났기 때문이죠."

"당신에겐 다른 사람이 필요해요."

내 말은 결국 당신에겐 내가 필요하다는 뜻이었다. 하지만 물론 로지타는 나 따위를 원하지 않았다.

"넌 사람 사귀는 데는 영 소질이 없잖아." 엄마는 입버릇처럼 그렇게 말했다. "너를 참아줄만한 여자는 아무도 없어. 그러니까 괜히 큰코다치기 전에 여자들을 멀리하는 게 좋을 거다."

"물론 그런 관계는 당장 끝내는 편이 현명하겠죠. 하지만 내가 그 사람을 사랑한다는 게 문제예요. 그 사람 말고는 아무도 눈에 들어오지 않아요. 내가 원하는 건 오로지 그이뿐이죠. 내 마음 이해하겠어요?"

안나의 아빠는 대개 한밤중에 찾아왔다. 하지만 내가 낮에 안나에게 마들렌을 갖다 주러 가면 그때 그 집에 와 있을 때도 있었다. 그럴 때 로지타는 내게 아이를 잠시 봐 달라고 부탁했다.

"나랑 빅토르는 같이 있을 시간이 워낙 적거든요."

하루는 빅토르가 현관까지 나와 로지타 옆에 서 있는 모습을 본 적이 있다. 그 자식은 로지타를 뒤에서 껴안고 그녀의 어깨에 머리를 올린 채 나를 쳐다봤다. 그녀가 너무 행복해보여서 나는 속이 뒤틀렸다. 내가 보기에 빅토르는 아무 볼품없는 시시한 인간이었다. 조금 똑똑한 놈인지는 몰라도. 그리고 빌헬미나 거리에서는 눈 씻고도 찾아보기 힘든 고급 차를 타고 다닌다. 나는 그 자식을 똑바로 노려봤다. 그는 그곳에 있는 것이 자신의 당연한 권리인 양 굴고 있었지만 실은 자기 아이까지 낳은 여자를 카펫도 없는 집에 살게 하는 못난 놈일 뿐이었다.

로지타가 안나를 데리러 거실로 들어간 사이 놈은 나한테 말을 붙이려 했다. "빵을 만드신다면서요."

나는 대꾸하지 않았다.

"내가 없을 때 내 여자들을 돌봐주는 분이 있다니 다행이네요."

나는 안나를 집에 데려와 물고기를 보여줬다. 물고기 이름을 알려주자 아이는 나를 따라 그 이름들을 읊었다. "한니발, 프랑수아, 마리아…."

안나가 내 옆에 앉아 수족관의 파란 조명을 받고 있는 사이 나는 빅토르가 로지타의 옷을 벗기는 장면을 상상하지 않으려고 애썼다. 그녀의 쇄골을 쓰다듬고 그녀의 찌찌를 손에 쥐고 입으로 빠는 모습을, 그녀 위에 올라타 펌프질을 해대는 모습을, 그녀의 잠지를 만지작거리며 더럽히는 모습을.

"칠리, 토성, 금성…." 나는 열불을 가라앉히려고 물고기의 이름을 계속 읊었다.

안나와 나는 그 자리에 꼼짝 않고 앉아 밖이 어둑해질 때까지 수족관만 들여다보았다. 침대 삐걱대는 소리가 멈추고 빅토르의 차가 거리에서 사라질 때까지.

나는 책상 앞에 앉아 빈 종이 한 장을 노려보고 있었다. 뢰메르만 박사는 로지타에게 편지를 쓰라는 숙제를 내 주었지만 내가 그녀에게 할 말은 단 한 마디뿐이었다.

'아직도 당신이 미워 죽겠어요. 하지만 못 견디게 그리워요.'

15

이리나

"너 실망할 텐데." 브리시트가 말했다. 그 애는 신문 스크랩이 빵빵하게 꽂힌 플라스틱 바인더를 쥐고 있었다. "일단 경고부터 해야겠다. 네가 찾던 레이가 천사는 아니더라. 그나저나, 이런! 소파에 웬 촌스런 수의를 깔아놨대? 네 어머니 상이라도 당하셨니? 아니면 요실금 있으셔?"

나는 브리시트의 손에서 바인더를 낚아채 대충 넘겨봤다. '도륙당하다'라는 단어가 눈에 띄었다. '옆집의 괴물 레이 B.'라는 말도 있었다. 일간지 '데일리 레코드'에 따르면 레이는 이웃 여자에게 집착했지만 그녀가 자신의 사랑에 반응을 보이지 않자 그녀와 딸을 한꺼번에 살해했다.

갑자기 속이 메스꺼웠다. 엄마는 같은 성을 지닌 살인자의 수족관을 뭣 때문에 애지중지하고 있단 말인가?

"무시무시한 인물이지." 브리시트가 말했다. "네가 그 사람이랑 어떤 관계인지 알아냈어?"

우리는 식탁에 앉아 있었다. 식탁은 아빠 집안에서 조상 대대로 전해 내려온 마호가니 골동품이었다. 아빠가 죽은 지 6개월 후에 고메드 고모가 엄마한테 그것을 돌려달라고 요구했다. 그것이 아빠네 가문에서 전해 내려온 유일한 가보라면서. 심지어 고모는 엄마에게 대신 새 식탁을 사 주겠다는 제안까지 했다. "절대 안 돼요." 엄마는 단박에 거절했다. 그 일 이후로 나는 친가 쪽과 별로 왕래 없이 지냈다. 애런이 태어났을 때 그 고모가 곰 인형을 보내주긴 했지만.

나는 와인 한 잔을 더 따라놓고 기사를 다시 읽었다. 받아들이기 힘든 내용이었다. 두 사람의 시체는 피범벅이 된 상태로 현관에서 발견되었다고 한다. 여자는 날카로운 날붙이로 무려 21번을 찔렸고 아이는 다섯 번을 찔렸다. 아무 죄 없는 어린 꼬마가. 나는 몸서리를 쳤다.

무엇보다 가장 섬뜩한 것은 어린 아이의 몸에 남은 담뱃불 비벼 끈 자국이었다. 잔인하게 살인을 한 후에 시신 옆에 앉아 담배를 뻐끔거렸다니. 어쩌면 인간이 그리도 사악할 수 있을까?

나는 레이가 오랫동안 어마어마한 정성을 쏟았을 기록장을 떠올렸다. 세심하게 관리한 기록장에 어울리지 않는 어린애가 쓴 '킹콩'이란 글씨도. 대체 이 남자는 정체가 뭘까?

"너 내 질문에 아직 대답 안 했다." 브리시트가 말했다. "너랑 관계있는 사람이야, 아니야?"

"내가 알기론 나보다 열다섯 살이 많아."

"네 오빠일 수도 있겠다."

"말도 안 돼."

하지만 그 순간 나는 아빠를 만나기 전의 엄마의 삶에 대해 내가 얼마나 모르고 있었는지를 깨달았다. 결혼 초기에 나를 가졌다는 사실만 알 뿐이다.

"잘 생각해봐. 너의 외할아버지와 외할머니가 늦둥이를 낳았을 가능성은 없을까?"

나는 머릿속으로 계산을 해 보았다. 외조부모님 두 분은 아빠가 돌아가시기 몇 해 전에 연이어 돌아가셨다. 두 분 다 웬만큼 오래 사신 편이다. 외할머니는 아마 80대에 돌아가셨을 거다.

"좀 적어보자."

브리시트가 늘 그렇듯 철저하게 나왔다.

나는 펜과 백지를 준비했다.

"외할머니가 태어난 해는 아마 1918년 전후일 거야. 엄마는 1941년에 태어났고. 레이는 1962년에 태어났고. 나는 1977년에."

"레이가 네 외삼촌이라면 외할머니는 마흔 넷에 아이를 가졌다는 뜻이야. 그럴 수 있지."

"너무 늦은 나이 같은데."

"어쨌든 가능한 범위에 속해. 물론 할머니의 출생 년도를 정확히 모르니 우리가 헛다리를 짚고 있는지도 모르지만."

"레이가 내 오빠라면 엄마가 그를 21살에 가졌다는 얘긴데…"

"역시 가능성이 있어."

"이럴 줄 알았다. 다양한 해석이 가능하군. 아직 다른 가능성은 생각도 안 해봤는데 말이야. 이를테면 레이가 우리 엄마의 사촌이라든지."

"내 느낌엔 아무래도 네 오빠 같아." 브리시트가 결론을 내렸다. 그러고는 와인을 벌컥 들이켰다. "그게 아니라면 네 어머니가 그렇게까지 쉬쉬하실 필요가 있었을까? 그렇게 예민하게 나오실 이유도 없었을 테고. 네 외할아버지와 외할머니는 벌써 한참 전에 돌아가셨잖아. 가족의 비밀을 무덤까지 갖고 가신 셈이지."

나는 우리의 와인 잔을 찰랑찰랑하도록 채웠다. "맞아, 레이는 내 오빠인지도 몰라."

"가서 서재를 뒤져 보자."

서재에 들어갈 생각을 하니 머리가 지끈거리기 시작했다.

"어서!"

나는 피식 웃었다. "그건 안 돼."

"이리나, 너한테 오빠가 있다고. 어머니가 여태 네 혈육의 존재를 숨겨 온 거야. 네가 외롭게 자랐다는 얘기는 나도 귀에 못이 박히도록 들었잖아. 네겐 진실을 알 권리가 있어."

"글쎄."

브리시트는 이미 서재로 쳐들어 갈 기세였다. "너, 엄마가 진짜 그렇게 무섭냐?"

"그건 아니지만." 내가 말했다.

"자물쇠 어떻게 따는지 알아?"

"알 턱이 있냐."

"왜 이래, 너 변호사잖아."

"그래, 넌 기자고. 그게 어쨌다고?"

"비밀문서를 손에 넣으려고 잠겨 있는 사무실이나 서재에 잠입한 경험이 한두 번쯤은 있을 거 아냐."

"얘, 너 영화를 너무 많이 봤구나. 더군다나 나는 법을 목숨처럼 지키는 여자라고. 몰랐어?"

브리시트는 머리에 꽂혀 있던 핀을 뽑아 자물쇠 구멍에 쑤셔 대기 시작했다.

"그래갖고 열 수 있겠어?"

"넌 무슨 뾰족한 수라도 있니?"

"열쇠를 한번 찾아보자."

"그래, 그게 낫겠다."

엄마가 내 예상만큼 서재 열쇠를 꼭꼭 숨겨둔 건 아니었다. 이제 혼자 살다보니 더 이상 호기심 많은 딸이나 의심을 품은 배우자의 손이 닿지 않는 곳에 감춰 둘 필요가 없었을 것이다. 열쇠는 주방 서랍 속의 고무 밴드, 집게, 클립 사이에 섞여 있었다. 그렇게 수월하게 찾을 줄은 몰랐다.

나는 열쇠로 자물쇠를 따고 문을 열었다. 심장이 두근거렸다. 나는 한평생 이 방에 얼씬도 못하도록 길들여져 있었다. 그런데 지금 그곳에 들어갈 참이다.

방은 내가 처음이자 마지막으로 습격했을 때와 똑같았다. 같은 체리목 책상, 문이 닫힌 커다란 장식장, 검은 책상 의자.

"어서 들어가." 브리시트가 속삭였다.

"그렇게 소곤거릴 필요 없잖아?"

나는 엄마가 행여 문 뒤에서 튀어나올까 마음을 졸이며 신성한 공간에 들어섰다. 옅은 곰팡내가 났다. 창문을 연 적이 거의 없어서일 것이다.

브리시트는 장식장을 확 열어젖혔다. "이번 주에 다른 조사 계획 있어?"

선반은 빽빽이 꽂힌 파일, 잡지와 상자 더미로 휘어질 지경이었다. 아무 파일이나 하나 꺼내보니 1995년 이후의 전화 요금 청구서가 뭉텅이로 들어 있었다.

"세상에 이딴 걸 모아 두는 사람이 다 있네."

30분이나 방을 뒤져도 별로 소득이 없었다. 여성 주간지 '리벨레' 8년 치, 가계부 20년 치, 누렇게 색이 바랜 십자말풀이 책자 무더기를 발견했을 뿐이다.

"너희 어머닌 취미도 없으시니?" 브리시트가 물었다.

"보면 몰라? 서류 정리가 취미잖아."

나는 잡지에서 오려낸 레시피를 모아둔 박스 밑에서 빛바랜 파란색 마분지 폴더를 끄집어냈다.

"책상에 앉아서 본격적으로 시작해볼까?"

"어서 해."

폴더에 '레이'라는 라벨이 붙어 있었다. 나는 내가 환각을 본 게 아닌가 싶어 몇 초간 그 두 글자를 빤히 들여다봤다.

"맙소사, 브리시트, 이것 좀 봐."

나는 폴더를 열었다. 안에는 아무것도 없었다. "쳇." 정말 실망이 컸다.

"이리 줘 봐." 브리시트의 말에 나는 폴더를 건넸다. 브리시트는 폴더를 열더니 마구 흔들어대기 시작했다. 사진 한 장이 떨어져 내렸다.

나는 바닥에서 그것을 집어 들었다. 손이 바들바들 떨렸다. 헝클어진 갈색 머리를 한 다섯 살 전후의 남자아이 사진이었다. 아이는 엷은 미소를 띤 채 조그만 빨간 자전거에 앉아 있었다.

브리시트는 내 어깨에 손을 얹었다.

"괜찮아?"

"진짜 판박이네…." 내가 간신히 말을 꺼냈다.

"내가 봐도 그래. 딱 애런이네. 머리카락이며, 눈빛이며, 다리며!"

우리는 갈색 반바지 밑으로 늘어져 있는 아이의 깡마른 다리를 보았다.

"네 오빠가 틀림없어."

나는 고개를 저었다. 레이가 내 오빠라면 왜 엄마가 그에 대해 일언반구도 하지 않았을까? 지금껏 그를 어디다 꽁꽁 숨겨두고 있었단 말인가? 도저히 있을법하지 않은 일이었다.

"이제 어쩌려고?" 브리시트가 물었다. "그를 찾아갈 거야? 더이상 이런 어린애가 아닐 텐데. 절대 이렇게 귀여울 리 없다는 거 알지?"

"옆집의 괴물 레이." 이건 내 혼잣말에 가까웠다.

나는 사진 속의 남자아이를 다시 들여다봤다. 무릎에 커다란 반창고가 붙어 있었다.

"어쩌다 그런 끔찍한 일을 저질렀니? 대체 무슨 짓을 했니?"

"지금 네 어머니 욕이 목구멍까지 차오르는 걸 꾹 참고 있어."

"충분히 이해해."

나는 뭔가 단서를 찾기를 바라며 사진을 꼼꼼히 살폈다. 하지만 레이와 자전거가 서 있는 장소가 어딘지 알아낼 길은 없었다. 배경에 들장미 덤불이 보일 뿐이었다.

"엄마한테 버림받은 아픔이 틀림없이 아이의 정서 발달에 악영향을 끼쳤을 거야. 네가 태어났을 때 레이가 몇 살이었댔지?"

"열다섯 살."

"네 아버지가 레이의 존재를 알고 계셨을까?"

"아니."

나는 잘라 말했다. 그런 확신이 어디서 나왔는지 의아했지만.

"네 어머니는 레이가 아주 어릴 때 그를 내쳤어. 달리 해석할 여지는 없는 것 같아."

"어쩌면 도저히 감당이 안 되는 아이였는지도 몰라."

"그게 자식의 존재를 숨길 이유가 될까?"

"당연히 아니지."

"거 봐, 내 말이 그 말이야." 브리시트는 내 손에 들려 있던 레이의 사진을 낚아챘다. "이런 귀염둥이가…."

"그를 만나고 싶어. 어디 가면 찾을 수 있을까?"

"내가 찾아주지."

"정말?"

"난 남편도 없고, 돈도 없고, 집도 없어. 솔직히 별로 능력도 없고 똑똑하지도 못하지. 하지만 사람 찾는 재주만큼은 타고났다구. 나한테 맡겨. 네 오빠를 꼭 찾아줄게."

16

레이

나는 새 숙소의 생활패턴에 차차 익숙해졌다. 일곱 시 정각에 일어나 샤워를 하고, 옷을 입는다. 아침을 먹고, 치료를 받고, 점심을 먹고, 일을 하고, 저녁식사를 한다. 저녁 여덟 시에 방으로 돌아가 소등을 한다. 나는 웬만하면 남의 눈에 띄지 않으려고 노력했다. 다른 환자들이 두려웠다. 하나같이 소란스럽고 참견하길 좋아하는 녀석들이었다. 게다가 자기가 무슨 죄를 지었는지 자랑하듯 떠벌리고 다녔다. 그런 놈들이라면 나한테 신경을 꺼줄수록 좋다.

이곳에 온 지 3주밖에 안 된 땅딸막한 어린 녀석이 하나 있었는데 무슨 수를 썼는지 단 며칠 만에 모두를 쥐고 흔들기 시작했다.

그 녀석이 들어올 때마다 사람들은 그쪽을 돌아보며 한 목소리로 외쳤다. "어서 와, 친구." 다른 사람이 들어오면 '어이, 왔어?'라고만 하면서.

녀석은 껌을 질겅거리고 한쪽 입가에 담배를 빼어 문 채 거들먹거리며 들어왔다. 선술집에 들어서는 서부 영화 속 흑인 카우보이처럼.

"뭐야, 여기 분위기 한번 칙칙하네."

사회복지사들조차 어지간하면 그를 건들지 않으려는 것 같았다. 메드 역시 녀석을 계속 주시하면서도 아무 말도 하지 않았다.

"그 뚱땡이 돌팔이 년이 나더러 누구를 죽일 때 기분이 어떠냐고 묻는 거야."

녀석은 소파에 풀썩 주저앉았다. 다른 녀석들도 모두 그 놈 주위에 모여들었다. 리키와 나만 빼고. 리키는 바닥에 앉아 TV에 말을 걸고 있었고 나는 창가에 앉아 다른 녀석들을 등진 채 쥐색 벽돌 벽을 응시하고 있었다. 하지만 창문에 반사되는 이미지를 보고 방 안에서 무슨 일이 일어나고 있는지 파악하고 있었다.

"그래서 내가 '자기는 쓰레기통에 쓰레기를 던져 넣으면 기분이 어때?'라고 물었지. 그 년은 나를 멍청하게 노려보더군. 그래서 내가 그랬지. '그렇게 생각하면 되잖아. 나한텐 누구를 없애는 건 일도 아니야. 방귀를 뀌거나 화분에 물을 주는 거나 다름없지."

늘 그렇듯 나머지 환자들이 웃어젖히기 시작했다.

"나도 누굴 죽일 때면 물건이 불끈 솟구치던걸." 나의 옛 룸메이트가 끼어들었다. "남의 목에 양손을 얹고 꽉 쥐는 것만큼 짜릿한 게 없어. 몸이 축 늘어질 때까지 목을 있는 힘껏 조르는 거야." 그는 잠시 시범을 보였다.

"그만해요." 모하메드가 말했다. "다음번에 의사한테나 얘기해요."

"암, 그래야지. 당신도 당신 일을 열심히 하고 있지만 나도 한때는 일처리가 깔끔하기로 유명했지. 당신도 잘 알잖아, 안 그래, 사막 검둥이?"

나머지 녀석들이 다시 왁자하게 웃기 시작했다.

며칠 전에 한크에게 듣기로 렘브란트는 청부살인업자였다. 놈은 온갖 범죄 집단의 두목들과 손을 잡았던 전력이 있다. "인맥이 대단한 놈이야. 저 놈 눈 밖에 나지 않게 조심해야 돼." 한크는 흡연 구역에서 내게 말했다. 나는 담배도 안 피우는데 한크는 나더러 한사코 같이 나가야 한다고 고집했다.

그는 다른 녀석들이 어떤 짓을 저질렀는지 말해줬다. 한크 본인은 가중 폭행을 몇 건 저질렀고, 리키는 도끼로 자기 엄마를 내리치려고 설쳤고, 내 과거 룸메이트는 여자들을 강간한 다음 살해했다. 나는 한크한테 네 몸에서 고약한 냄새가 난다는 말을 할 배짱이 없어서 녀석의 말을 잠자코 듣고 있었다. 바람이 쌩쌩 부는 앞뜰에 서 있자니 온몸이 꽁꽁 얼어버릴 지경이었다.

"그래, 당신 명성은 익히 알고 있어요, 렘브란트." 메드가 말했다. "여기선 명성이고 뭐고 아무 소용없겠지만요."

"그래? 아이고, 무서워 죽겠네." 흑인 카우보이는 소파에서 일어서 메드 쪽으로 어슬렁어슬렁 다가갔다.

나는 목덜미의 털이 쭈뼛 서는 느낌이었다. 리키마저 심상찮은 기미를 감지했는지 TV를 향해 혼자 중얼거리던 넋두리를 뚝 멈췄다. 이제 방에는 TV 소리밖에 들리지 않았다.

"당신, 규칙을 위반하고 있어요." 메드가 눈도 깜박하지 않고 말했다. "이미 경고를 했는데도 무시했고요. 그러니 앞으로 48시간은 당신 병실에서 나올 수 없어요."

렘브란트는 걸음을 멈췄다. "규칙은 무슨 규칙, 모하메드? 멍청한 양떼처럼 시키는 짓만 고분고분 해야 한다는 규칙? 다른 화제는 전부 부적절하니까 오로지 날씨 얘기만 해야 된다는 규칙? 여기선 제대로 된 포르노 하나 볼 수 없어서 불알이 터질 것 같아도 꾹 참고 있어야 한다는 규칙? 그게 당신이 말하는 규칙이야?" 녀석은 메드에게서 딱 몇 미터 떨어진 위치에서 팔을 옆구리에 늘어뜨린 채 서 있었다. 언제라도 한 대 후려칠 기세였다.

"말 한번 잘 했네." 나의 옛 룸메이트가 한 마디 거들었지만 아무도 그 말에 귀 기울이지 않았다.

"좋아요, 렘브란트. 당신 도가 너무 지나치군요. 48시간을 72시간으로 늘리겠어요." 지니가 다가와서 메드 옆에 섰다. 그녀는 브라가 훤히 비쳐 보이는 하늘하늘한 블라우스를 입고 있었다. 강간범이 우글거리는 곳에서 입기엔 부적절한 옷이다 싶었다.

렘브란트는 이제 화살을 지니에게 돌렸다. "최근에 누가 화끈하게 사랑해주던가, 아가씨? 딱 보니까 발정 난 암캐처럼 굴고 있네."

"닥쳐요." 지니가 말했다. "경비원을 부르겠어요."

"그러시든지, 예쁜이. 얼마든지 부르시라고. 내 방에서 즐거운 시간을 보내는 건 어때? 나랑 같이 가면 좋은 거 보여줄게."

메드는 보란 듯이 자기 허리띠에 붙은 호출기를 눌렀다. 윙윙 소리가 시끄럽게 울리더니 문이 자동으로 닫혔다.

"이 자식이!" 렘브란트가 메드의 멱살을 잡았다. "그냥 장난 좀 친 거 가지고, 이 비겁한 놈이." 렘브란트는 단어를 하나씩 내뱉을 때마다 메드를 좌우로 세차게 흔들었다. 메드의 배지에 달려 있던 사슬이 부러져 바닥에 툭 떨어졌다.

"이봐요, 진정해요." 지니가 말했다. 그녀 역시 전혀 진정된 목소리가 아니었다. 흰 셔츠 밑에서 그녀의 유방이 출렁거렸다. 나는 거기서 눈을 뗄 수가 없었다. "당장 놓지 않으면 진짜 매운 맛을 볼 줄 알아요."

"네 년은 저쪽에 찌그러져 있어." 렘브란트는 메드를 손에서 내려놓고 다음은 네 차례라는 듯 지니를 쏘아봤다. 나는 몸을 돌렸다. 용기가 있다면 지니를 도우러 나섰을 텐데.

그 순간 문이 열리더니 경비원 여섯 명이 곤봉을 휘두르며 몰려 들어왔다.

리키는 목청껏 울부짖기 시작했다. "나를 잡으러 왔어! 안 돼요! 날 좀 내버려둬요!"

"이 얼간아, 너 잡으러 온 게 아니잖아." 내 옛 룸메이트가 말했다.

경비원들은 렘브란트를 거칠게 붙잡아 수갑을 채웠다. 녀석은 그 와중에도 하느님과 메드의 엄마에 대한 험악한 욕설을 마구 쏟아냈다. "네놈들 나중에 전부 뒈질 줄 알아."

녀석은 경비원들에게 질질 끌려갔다. 렘브란트는 문 밖으로 난폭하게 떠밀려 나가기 전에 엉뚱하게도 나를 노려봤다. 나는 주위를 돌아봤지만 그 부근에는 나 혼자밖에 없었다.

"너 각오하고 있어! 곧 손봐줄 테니까!" 너무 악을 쓰는 바람에 녀석의 목소리가 갈라졌다. 렘브란트는 세상에 무서운 게 하나도 없고, 사람을 쏘아 죽일 때도 눈 하나 깜박하지 않는 인간인데.

녀석이 왜 나를 노려봤는지 참으로 의아했다. 진짜 나를 봤는지, 아니면 회색 벽돌 벽을 봤는지도 알 수 없었다. 어쨌든 나는 혼이 빠지게 겁을 먹었다.

"우리 대단하신 렘브란트님이 무참히 끌려가시네." 한크가 내게 다가왔다. "징벌방에서 한참을 푹 썩겠구먼."

나는 대꾸를 하지 않았다. 왜 렘브란트는 나를 걸고넘어졌을까? 역시나 다들 나를 못 잡아먹어서 안달인가? 도저히 이유를 알 수 없었다. 내가 평소처럼 눈치 없이 굴었나?

나는 메이슨 홈 기숙학교에서 지낼 때 정신과 의사에게 이 문제를 상담 받은 적이 있다. 의사는 내게 여러 개의 얼굴 사진을 보여줬다. 나는 사진 속 인물들이 행복한지, 불쾌한지, 두려운지 맞춰야 했다. 나중에 의사는 놀란 표정, 안도한 표정, 빈정대는 표정, 의심하는 표정도 추가했다. 마지막 셋은 어려웠다. 나는 어느 표정이 무엇을 뜻하는지 제대로 구분하지 못했다. 이런 걸 다른 사람에게 물어볼 수도 없는 노릇이다. "지금 당신은 안도하고 있나요?"

메드는 옷매무새를 정리했고, 지니는 눈에 눈물을 글썽거렸다. 그녀가 슬프다는 건 나도 대번에 알 수 있었다. 모두들 그 자리에 멀뚱히 서 있기만 했다. 다들 어쩔 줄을 모르는 눈치였다. 평소대로 행동하면 되나?

"병실로 돌아가세요." 메드가 말했다. "모두 돌아가서 조용히 기다리세요."

우리는 각자의 감방으로 걸음을 옮겼다. 아무도 실없는 소리를 꺼내지 않았다. 투덜대는 녀석도 없었다. 윙윙 소리가 울리더니 문들이 저절로 잠겼다. 나는 빈 방에 서서 여기 나를 반겨

줄 물고기들이 있다면 얼마나 좋을까 생각했다.

"이봐, 레이누스." 옛 룸메이트가 외쳤다. "네 애인 있잖아, 네가 요즘 홀딱 반한 그 여자. 오늘 죽여주던데, 안 그래?"

나는 샤워 칸막이로 들어갔다. 변기 뚜껑에 앉아 양손으로 귀를 가렸다. "토성, 마리아, 한니발, 프랑수아, 마지, 땅콩, 금성, 건포도. 그리고 킹콩. 킹콩을 잊어선 안 돼."

17

이리나

킴 보어의 변호인이 우리 쪽에 제안서를 보냈다. 피터 베숍에게 DVD의 유통을 당장 그만두라고 요구하고, 킴이 그간 일을 할 수 없었으니 여섯 딸지 임금과 6천 유로를 배상하라는 내용이었다. 우리는 총 2만 유로라는 금액에서 눈을 떼지 못했다.

제안서는 내게 등기우편으로 배달됐다. 애런은 물을 반쯤 채운 어린이용 고무 풀장에 플라스틱 고래들을 띄워 놓고 물장구를 치고 있었다. 나는 햇살이 내리쬐는 안락의자에 드러누워 그편지를 읽었다.

"엄마 집 안에 들어간다?" 나는 애런에게 말했다. "전화를 걸어야 하거든."

애런은 '니모를 찾아서'의 대사를 똑같이 읊는 새 놀이에 푹빠져 들은 체도 하지 않았다.

나는 타월로 몸을 감싼 채 친정 엄마의 책상 앞에 앉아 피터의 번호를 눌렀다.

그는 기분이 영 별로였다. "그 여자한테 돈은 이미 줬어요. 합의한 금액을 이미 지불했다고요. 서명란에 직접 서명도 하고, 촬영 내내 아무 불만 없는 것 같더니…."

"워낙 큰 충격을 받아서가 아닐까요?" 나는 그 말이 입 밖으로 채 나오기도 전에 괜한 소리를 했다고 후회했다. 나는 창밖을 내다봤다. 애런은 놀이에 홀딱 빠져 있었다. 내가 집 안에 들어온 줄도 모르는 모양이었다.

"내 참 기가 막혀서." 피터가 말했다.

"죄송해요. 삐딱한 말은 그만둘게요. 이제…."

"변호인이란 사람이 이렇게 자꾸 내 트집이나 잡아도 돼요?"

"트집 잡은 적 없어요."

"그러고 있잖아요."

"제 농담이 불쾌하셨나 봐요."

"농담이 아니었어요. 본인 입으로 '삐딱한 말'이라고 인정했잖아요."

나는 한숨을 내쉬며 다시 창밖을 내다봤다. 애런은 고래들을 공중으로 던지고는 물속에 철썩 떨어지는 모습을 지켜봤다. 피터랑 계속 옥신각신해봤자 좋을 게 하나도 없었다.

"하던 얘기나 마저 하죠. 이제 동영상을 찍을 때 킴 보어 양의 심리 상태가 어땠을지 충분히 알 것 같네요. 그래요, 지금은 삐딱한 소리를 하는 게 아니에요."

동영상 속 보어는 처음에는 잔뜩 들떠 보였다. 핫팬츠와 속이 훤히 비치는 티셔츠 차림으로 가죽 소파에 앉아 깔깔대고 있었다. 그런데 채 3분도 지나지 않아 그녀의 얼굴에 두려움과 혐오감이 나타나기 시작했다. 동영상 끝부분에서는 좀비처럼 넋 나간 표정이었다. 나 역시 끝까지 보고 있기가 힘들었다.

"촬영이 끝난 후에는 뭘 했죠? 그 아가씨가 곧장 집으로 갔나요?"

"샤워를 한 다음에 콜라를 마시고…."

"당신이랑 같이요?"

"샤워를 같이 했냐는 뜻인가요?"

나는 더 이상 빈정거릴 의도가 없었는데.

"콜라를 같이 마셨냐고요."

"스태프 전원이 둘러앉아서 음료를 마셨어요."

온갖 지저분한 짓을 다 하고 나서 같이 둘러앉아 콜라를 마실 비위가 있을지 도저히 이해가 되지 않았다. 하지만 나는 쓸데없이 말꼬리만 잡힐 것 같은 얘기는 아예 꺼내지 않기로 결심했다.

"그러니까 촬영을 마친 다음 보어 양은 어느 모로 보나 상태가 나쁘지 않았다는 말씀이군요." 나는 짐짓 쾌활한 척 말을 이었다.

"그럼요."

"또 여쭤볼 게 있는데요. 지난번에 저랑 식사를 하시면서 그 아가씨가 당신한테 먼저 접근했다고 하셨잖아요. 어떻게 접근을 했는지 구체적으로 말씀해 주실래요?"

"그 아가씨 애인이 나한테 연락을 했더랬어요. 자기 여자친구가 아르바이트를 구하고 있다면서."

나는 터져 나오려는 헉 소리를 간신히 억눌렀다.

"그렇다면 자발적으로 당신한테 접근했다고 보긴 어렵겠는데요."

"어쨌든 둘이서 나를 찾아와서 계약을 했다니까."

"누구랑 계약을 하셨나요? 남자친구인가요, 아니면 보어 양 본인인가요?"

"서명은 그 아가씨가 했지."

"협상은 누구랑 했죠?"

"그 여자 남자친구랑."

"그런 인간이 남자친구라니 참 기가 막히네요." 또 안 하느니 만 못한 말을 했나?

"무슨 소리예요?"

"본인 계약인데 그 여자애한테 너무 발언권이 없다는 생각은 안 들던가요? 당신은 진짜 그 아가씨한테 잘못한 게 없다고 확신해요?"

"또 봐요, 날 몹쓸 놈 취급이나 하고."

나는 한숨을 쉬었다. "당신의 상식에 호소하는 거예요. 제가 어디 당신을 판단할 입장이나 되나요. 그건 판사들 몫인걸요. 나는 그저 당신이 다른 관점에서 생각을 좀 해보길 바랄 뿐이에요."

"이해를 못하는군요. 이해할 생각도 없고. 그러니까 나한테 어떤 동기로 그런 작품을 제작했는지는 아예 묻지도 않죠."

애런은 여전히 밖에서 고래와 놀고 있었다. 나는 집 안에 앉아있는데도 오싹하게 한기가 들기 시작했다.

피터는 대답을 기다리지 않았다. "그 동영상이 '하드코어' 축에 드는 건 사실이지만 그 역시 사랑을 나누는 방법 중 하나라고요. 당신도 그런 시각으로 보려고 노력해 봐요. 극단적인 자극으로 절정에 이르는 방법이에요. 내 작품은 욕망에 굴복하는 인간의 신체에 바치는 찬가라고 평가할 수 있어요."

혹시 이 남자가 대학교 평생교육 과정에서 철학 수업이라도 들었나? "물론이에요. 이미 말씀드렸듯이 저는 당신의 이득을 위해 성실하게 최선을 다할 생각이에요. 보어 양이 계약서에 사인을 했으니 자신이 무슨 행위를 하는지 정확히 인지하고 있었다고 당신을 변호할 거예요. 사실 동영상을 찍고 싶은 생각이 얼마나 간절했으면 출생년도까지 속였겠어요? 그리고 촬영을 마치고 스태프들의 술자리에 끼었다는 사실도 밝히겠어요. 남자친구 얘기는 쏙 빼버리고요."

"우리가 돈을 얼마나 뜯기게 될까요?"

"인터넷에서 그 동영상을 내리는 건 많이 어렵나요?"

"내가 고소당했다는 소문이 퍼지면 엄청나게 인기를 끌 텐데요."

"그리되면 그 아가씨한테 어마어마한 돈을 줘야 해요. 거절하지 못할 만큼 충분히 줘야 하지만 과하게 많아선 안 돼요. 그러면 죄를 인정하는 모양새가 되니까."

애런이 풀장에서 기어 나와 알몸에서 물을 뚝뚝 흘리며 뒷문 쪽으로 걸어가고 있었다.

"피터 베숍 씨, 지금 당장 원고측이 보낸 제안서에 대한 답변서를 작성해서 내일 아침에 이메일로 보내드릴게요."

18

레이

"오늘 누가 레이를 면회하러 온대요." 메드가 말했다.

내가 감옥에 있는 동안 엄마는 나를 몇 번 찾아오지 않았다.

마흐레트와 피에르는 딱 한 번 면회를 온 적이 있다. 그들 부부는 매년 여름 프랑스가 한창 더울 무렵에 네덜란드로 돌아오곤 했다. 내가 더 이상 빌헬미나 거리에 살지 않는다는 소식을 듣고 두 사람은 감옥으로 나를 찾아왔다. 그때 마흐레트는 피에르가 여행을 하기엔 너무 늙어서 이번이 마지막일지도 모른다는 말을 했었다.

피에르는 전혀 딴사람이 되어 있었다. 걸음걸이도 훨씬 느릿느릿했고 몇 발짝 옮길 때마다 멈춰 서서 숨을 헉헉댔다. 면회실 탁자와 네 개의 의자가 놓인 곳에서 문까지는 딱 열 발짝밖에 안됐는데.

"평생 빵만 만들다가 저리 폭삭 삭아버렸어." 마흐레트가 내게 말했다. 그녀의 목소리는 예전과 다름없이 쩌렁쩌렁했다. "더 이상 아무것도 할 의욕이 안 생기는 모양이야. 안 그래요, 피에르?"

나와 함께 한 20분 내내 주로 말을 한 사람은 마흐레트였다. 피에르는 입도 열지 않았고 내 쪽을 보려고도 하지 않았다. 나도 말을 별로 하지 않았다. 마흐레트가 그라스에 있는 농산물 직판장 이야기로 침묵을 깨 주어서 다행히 어색함은 면할 수 있었다.

로지타 얘기는 나오지 않았다. 모반죽 얘기도 마찬가지였다.

"우리 엄마가 여기 오신다고요?"

엄마가 올 거라고는 생각도 못했다. 엄마는 자기가 한 말은 꼭 지키는 사람이었으니까. 뢰메르만 박사에 따르면 엄마는 내 일로 박사와 상의를 하러 온 적도 없다. 하지만 박사는 이제 내가 나의 죄에 대해 인정할 때가 됐다고 했다. 나는 아무 죄도 저지르지 않았는데. 어쨌든 엄마가 여기 오리라고는 생각지 않았다. 다시는 찾아오지 않겠다고 분명히 말했으니까.

"아니, 다른 숙녀분이에요." 메드가 면회 신청자 명단을 흘끔 보았다. "이리나라고."

"아니, 그게 누구죠?"

"모르는 사람이에요?"

"네."

"그럴 리가요. 그분 말로는 당신 친척이라던데요."

한크는 점심 때 내 옆에 와서 앉았다. 지난 며칠간 왠지 나를 피하는 것 같더니. 왜 그러는지 알 수도 없었고 물어보기도 귀찮았다.

어묵이 나오는 날이었다. 어묵 쟁반은 테이블 저 끝 쪽에 놓여 있었지만 냄새가 내 코끝을 간질였다. 그 냄새에 어묵이 몹시 당겼다.

"너랑 나 말이야, 좋은 친구잖아. 안 그래, 레이?"

쟁반이 이쪽으로 넘어오고 있었지만 아직 내 손에 닿을 거리는 아니었다.

"너한테 말 걸어 주는 사람이 나 말고 또 있어? 널 찾는 사람도 나밖에 없잖아?" 한크가 몸을 돌려 소리쳤다. "이봐, 어묵 좀 이쪽으로 넘겨!"

새로 들어온 야말이라는 녀석이 그에게 어묵을 넘겼다. 쟁반은 한크 앞에 멈췄다.

"야말. 아직 여기 규칙 잘 모르죠? 음식을 남기지 말아야 한다는 규칙도 있어요." 안경 낀 사회복지사가 말했다. 그 사람 이름은 기억나지 않았다.

"식사 시간에 함부로 까불면 자기 병실에 이틀간 감금돼. 그건 다들 알고 있지?" 한크가 말했다. 하지만 정작 한크 자신은 감금쯤은 두려워하지 않는 것 같았다. 안경 쓴 사회복지사가 이따금씩 대마초를 몰래 들여와 1그램 당 20유로에 판매한다는 소문이 있었다. 나는 옛 룸메이트가 렘브란트한테 하는 말을 엿들은 적이 있는데 품질만큼은 끝내준단다.

한크는 끊임없이 허튼소리를 늘어놨다. 하지만 나는 머릿속에서 딴생각을 하고 있었다. 식탁 위를 왔다 갔다 하던 어묵이 내쪽으로는 다가오지 않은 탓이기도 했지만 오늘 나를 만나러 온다는 방문객 때문이기도 했다. 그 소식을 반겨야 할지 꺼려야 할지 알 수 없었다. 내겐 가족이라곤 엄마가 전부인데. 그리고 엄마 이름은 이리나가 아니다.

"내 말 듣고 있어?" 내 얼굴에 한크의 숨이 와 닿았다. 어묵 냄새에 담배 냄새가 섞여 있었다.

나는 고개를 끄덕였다.

"그러니까 나한테도 좀 나눠줘야 해. 우린 친구잖아. 알겠지?"

"물론 그래야지." 나는 무성의하게 대답했다.

"그러면 말이야…." 사회복지사가 날카롭게 째려보자 한크는 말을 멈췄다. "너 어묵 먹을래?"

"응, 부탁해."

"이봐 디파, 어묵 좀 이쪽으로 넘겨줄래?"

한크는 어묵이 담긴 쟁반을 내 쪽으로 건넸다. 남은 어묵은 하나뿐이었다. 조금 찌그러지고 갈라져서 흰 소가 비어져 나와 있었다. 나는 그것을 집어 한쪽을 베어 물었다. 참 맛있었다. 바삭한 겉과 부드럽고 따뜻한 속, 그 안에 씹히는 생선 조각.

"저 얼간이 처먹는 꼴 좀 보게!" 내 옛 룸메이트가 소리쳤다. "이봐, 레이-누스, 맛-있지, 안 그래?"

"됐어, 그만해요." 안경 낀 사회복지사가 말했다.

"사람들이 나를 잡으러 올 거야!" 리키가 울부짖었다. "난 다 알아."

"이봐 리키, 너 약 먹을 시간 지난 거 아냐?" 내 옛 룸메이트가 물었다.

다들 우스워 죽겠다는 듯 깔깔거렸다.

경비원들은 나를 면회실로 데려갔다. 앉아서 기다리고 있는데 이리나라는 여자가 들어왔다. 메드가 그 여자를 뒤따라 들어와 문가에 선 경비원 옆의 의자에 앉았다. 메드는 내게 고개를 끄덕했다. "괜찮죠, 레이?"

이리나는 젊고 예쁜 여자였다. 한때 플레인 크루아상 네 개와 초콜릿 크루아상 두 개를 사려고 우리 빵집 앞에 줄을 서곤 하던 멋진 집에 사는 이웃 같았다.

"참 재밌네요." 그 여자의 첫 마디였다.

여기 오자마자 나를 웃음거리로 만들려고 작정했나? 나는 대답하지 않고 손이 멋대로 움직이지 않도록 붙잡는 데만 집중했다.

"제 아들이랑 꼭 닮았어요."

나는 슬슬 뿔이 나기 시작했다. 이 여자가 나를 헷갈리게 만들고 있다. 대체 원하는 게 뭐지?

여자는 내 맞은편의 플라스틱 의자에 앉아 딱 메이슨 홈의 정신과 의사처럼 나를 보았다. 내 눈을 들여다보면 뇌 속까지 꿰뚫어볼 수 있다는 듯한 눈빛. 그게 영 싫었다.

"내가 누구인지, 여긴 뭣 하러 찾아왔는지 많이 궁금하시죠?"

그녀의 목소리는 나긋나긋하고 차분했다. 그건 인정해야겠다. 그 여자는 빌헬미나 거리에 사는 사람들과는 확연히 달랐다. TV 토론회에 나오는 앵커 같은 말씨였다. 여기 사는 녀석들과도 천지차이였다.

"아니면 원래 내 존재를 알았나요? 여태 알고 있었던 거예요?"

나는 그 여자의 얼굴을 흘끔 보았다. 눈썹이 짙었고 속눈썹에는 검은 마스카라가 뭉쳐 있었다. 옛날에 로지타도 그랬었는데.

"아무래도 제가 당신 여동생 같아요." 그녀의 목소리가 떨리고 있었다.

나는 한참 뒤에야 말문을 열 수 있었다. 이건 말이 안 된다. 얼토당토않는 소리다. 이 여자는 틀림없이 제정신이 아니다.

"뭐라고 말 좀 해 주세요."

"나한텐 여동생이 없어요."

"어머니 성함이 뭐죠?"

"애거사 보렌스." 내가 대답했다.

"거 봐요. 애거사 보렌스는 내 어머니이기도 해요. 나는 1977년에 태어났어요. 그때 당신은 어디 있었죠?"

너무 받아들이기 힘든 사실이었다. 내 양손이 멋대로 움직이기 시작했다.

그 여자는 내 손을 꽉 잡았다. 옛날에 로지타가 그랬듯이.

나는 얼른 손을 빼냈다.

"미안해요." 내 여동생이라고 주장하는 이리나라는 여자가 말했다. "물이라도 한 잔 마실래요? 물 좀 갖다 주시겠어요?" 여자가 경비원에게 부탁했다.

하지만 거절당했다. 면회 중에는 안 된다고 했다.

내 여동생이라고 주장하는 이리나가 나를 지그시 보았다. 꼭 우리 엄마 같은 눈매였다. 나를 따뜻하게 대하던 시절의 엄마 눈과 똑같았다. 그걸 여태 몰랐다니. 나는 재빨리 눈길을 피했다.

"내 눈을 봐요. 물론 내 말이 큰 충격이겠죠. 이런 식으로 불쑥 나타나서 미안하지만…"

다시 여자의 얼굴을 보니 눈가가 촉촉이 젖어 있었다. 왜 우는 걸까? 그리고 나한테 뭘 기대하는 걸까?

"대체 무슨 일이 있었던 거예요, 레이? 그동안 어디 있었어요?"

나는 양손을 억지로 내려 엉덩이에 깔고 앉았다. 그러자 조금 진정이 됐다.

"레이한테는 좀 쉬운 말로 질문을 하셔야 해요." 구석에 앉아 있던 메드가 한 마디 했다.

"그래요." 내 여동생이라고 주장하는 이리나가 말했다. "몇 살 때 엄마랑 떨어졌어요?" 여자는 바보를 대하듯 아주 천천히 말하기 시작했다. 어쨌든 나는 대답을 했다.

"아홉 살."

"그때…, 이후로…, 어디서…, 살았죠?"

"보통 속도로 말해도 알아들어요."

"미안해요, 그렇겠죠. 그때 이후로 어디서 살았죠?"

그 상황을 견디기가 점점 힘들었다. 난데없이 나타난 여자가 온갖 질문을 퍼붓고 있었다. 그 여자가 진짜 내 여동생인지 어떻게 알겠는가? 엄마는 다른 아이가 있다는 사실을 귀띔조차 해준 적이 없다. 더군다나 나보다 훨씬 어리고 총명한 아이라니. 근사한 정장을 차려입은 숙녀라니. 엄마는 왜 나를 버려놓고 다른 아이를 가졌을까?

"레이가 좀 힘든가 봐요." 메드가 설명했다. "받아들이기 어려운 게 당연하겠죠."

"네, 충분히 이해해요. 질문을 더 해도 괜찮겠어요? 아님 이미 너무 많이 했나요?"

나는 아무 말도 하지 않았다.

"아홉 살 이후에는 어디 살았죠? 집은 언제 떠났나요?"

"메이슨 홈에서요."

"그게 뭐예요?"

"학교요."

"레이는 문제아동을 수용하는 기숙학교에서 지냈어요." 메드가 설명했다. 그렇게 나에 대한 기밀 정보를 누출해도 되나 싶었다. 저 사람은 대체 누구 편이람? 내 편이야, 아님 저 여자 편이야?

"가엾어라!" 내 여동생이라고 주장하는, 그리고 아직 눈물을 글썽이고 있는 이리나가 말했다. "뭐라 할 말이 없네요. 엄마가 내게 오빠 얘기를 한 번도 안 해줬다니 믿을 수가 없어요. 엄마가 기숙학교에 찾아오던가요? 그 후로 엄마를 본 적이나 있어요?"

이런 대화를 하려니 무척 피곤하고 혼란스러웠다. 특히 그 여자가 내 엄마를 '엄마'라고 부를 때. 나는 여자의 질문에 대답할 기운도 나지 않았다. 집유령거미 한 마리가 벽을 슬금슬금 타고 오르고 있었다.

"다음에 다시 올까요? 오빠가 마음을 좀 추스르고 난 다음에요?"

거미는 천장에다 집을 지을 참이었다. 그물 집을 만들어놓고 다른 거미나 벌레가 걸려들길 기다렸다가 실로 꽁꽁 싸매 버리겠지. 나는 디스커버리 채널에서 거미가 사냥하는 장면을 여러 번 보았다.

"레이?" 메드가 말했다. "이리나가 질문을 하잖아요."

"미안해요." 내 여동생이라고 주장하는 이리나가 엄마와 똑같은 표정으로 나를 빤히 보았다. 나를 두렵게 하진 않지만 긴장시키는 표정이었다.

"피곤해요. 방으로 돌아가고 싶어요." 나는 일어섰다.

"기다려요." 여자는 가방을 뒤져 사진 다발을 꺼냈다. "선물을 가져왔어요."

"그런 식으로 물건을 건네시면 안 됩니다." 경비원이 말했다. "이쪽으로 주시면 재소자가 받아도 될 물건인지 저희가 먼저 확인할 거예요."

"아, 그렇군요."

"죄송합니다." 메드가 말했다. "하지만 규정이 그래서요. 여기 약물을 몰래 반입하는 환자가 있어서 꽤 골치가 아프거든요."

"이해해요." 여자가 내 쪽을 돌아봤다. "수족관 사진을 좀 가져왔어요. 오빠가 보고 싶어 할 것 같아서."

킹콩, 한니발, 토성, 마리아! 땅콩이랑 프랑수아도! 나는 다시 자리에 앉았다.

"수족관은 잘 있어요. 엄마가 한 주에 한 번씩 모리스라는 분을 불러서 관리를 시키거든요. 산호가 꽤 많이 자랐어요. 최근에는 아커 씨도 들르셨어요."

"아커요?"

"네." 여자는 종잡을 수 없는 표정을 지었다. 두려운 표정일까, 걱정스런 표정일까? "그분 얘기로는 수족관이 오빠가 관리할 때만큼 화려진 않지만 아직 유지가 잘 되고 있대요."

"물고기들은요? 어떻게 지내는지 얘기해줘요." 나는 여자의 말을 한 단어도 놓치지 않으려고 몸을 앞으로 숙였다.

"어떤 얘기를 해야 될지? 토성과 칠리는 하루 종일 말미잘 속에 숨어 있고…"

"그래요?" 그 아이들의 이름을 전해 듣는 것만으로도 나는 무척 행복했다.

"그리고 마지는요, 온종일 물속에서 뱅뱅 돌더라고요. 원래 그랬나요?"

"그랬어요."

"지금도 그러고 있답니다. 가끔씩 프랑수아랑 싸우기도 하고요. 제 생각엔 둘의 영역이 서로 겹쳐서 그런 것 같아요."

나는 눈을 감고 이야기에 귀를 기울였다. 어릴 때 침대에서 엄마가 책을 읽어줄 때처럼. 내 삶이 아직 평화롭던 시절처럼.

"…내 아들 애런이 수족관을 얼마나 좋아하는지 몰라요. 네 살쯤 됐는데 하루 종일 물고기만 들여다보고 있다니까요. 물고기 종류도 줄줄 꿰고 있어요. 닥터피시를 특히 좋아해요." 여자는 잠시 말을 멈췄다. "보고 싶죠?"

"누구를요?"

"물고기들이요."

"날마다 그 애들 생각을 해요. 하루도 빠짐없이 애들 이름을 불러요."

"물고기들도 틀림없이 오빠 생각을 많이 할 거예요."

"물고기는 생각을 하지 않아요. 우리처럼 생각하진 못해요. 사람을 잘 알아보지도 못하는데 어떻게 사람 생각을 하겠어요?"

"좋은 뜻으로 한 말이잖아요." 메드가 끼어들었다. "레이 당신 만큼 물고기를 정성껏 돌본 사람이 아무도 없다는 뜻이잖아요."

"정확하게 따지는 걸 좋아하시나 봐요." 내 여동생이라 주장하는 이리나가 말했다.

하지만 나는 그녀를 도저히 내 동생으로 생각할 수 없었다. 여동생이라 하면 안나처럼 어린 여자애들만 떠올랐다.

경비원은 내게 사진 뭉치를 건네주었다. "원래 순서 그대로예요."

나는 사진들을 가슴에 껴안았다.

"지금 보고 싶지 않아요?"

"혼자 있을 때 볼래요."

"다른 부탁 하실 거 있어요? 뭐 필요한 건 없나요? 돈이라든지, 음식이라든지, 옷이라든지?"

"집에 가고 싶다는 생각뿐이에요. 물고기 보러."

여자는 슬퍼 보였다. "미안해요. 그건 못 도와드리겠네요."

"난 아무 짓도 안 했어요. 그런데 사람들이 나를 가두고 내보내주지 않아요. 나는 결백한데도요."

여자는 한참 말이 없더니 다시 한번 묘한 표정으로 나를 보았다. "오빠 사건을 재검토해볼게요. 원하신다면요."

처음에는 여자가 무슨 소리를 하는지 알아듣지 못했다.

"제가 변호사거든요. 당시 사건을 다시 살펴보고 어떻게 도와드릴 수 있을지 생각해볼게요. 물론 아무것도 약속드릴 순 없지만요."

"내가 한 짓이 아니에요." 나는 그 말밖에 할 수 없었다.

"아니라고요?"
"그래요, 내가 한 짓이 아니에요."

19

이리나

메드는 나를 다시 치료감호소 출구로 안내했다. 꼭꼭 잠긴 여러 개의 문을 열고 미로처럼 얽힌 복도를 지나는 사이 카메라들이 나를 계속 주시하고 있었다.

"어땠어요?" 메드가 물었다. 그는 왠지 마음을 편하게 해 주는 사람이었다. 낭랑한 목소리 때문인지 따뜻한 눈빛 때문인지 정확히 알 수는 없어도 아무튼 그랬다. 여기 있는 다른 환자들도 비슷한 느낌을 받았으리라.

"힘들었어요. 물론 그럴 줄 예상은 했지만." 우리는 작은 매점이 있는 앞뜰을 지나갔다. 그곳에 떼 지어 몰려 있던 남정네들이 일제히 나를 흘끔거렸다. 다들 끔찍한 짓을 저지른 범죄자라고 생각하니 기분이 이상했다.

"그래도 정말 잘 하셨어요. 그런 사진을 가져오시다니 참 현명하시네요."

"그렇게 생각하세요?"

"못 느끼셨어요? 처음에는 상당히 경계하다가, 사실 평소에도 그런 편이긴 하지만, 당신이 물고기 얘기를 꺼내니까 금방 마음을 열었잖아요. 대단한 일을 하셨어요. 여기 의사들이 몇 달이 지나도 못한 일을 단 30분 만에 해낸 셈이죠."

나는 얼굴이 확 달아올랐다. "역시 피가 물보다 진한가 봐요."

"어떻게 여태 레이의 존재를 모르셨죠?"

"내게 오빠가 있다는 사실을 엄마가 한 번도 알려주지 않았으니까요. 어쩜 그럴 수 있었을까요?"

"70년대만 해도 소위 '문제' 아동들에 대한 인식이 지금과는 판이하게 달랐잖아요. 요즘은 자녀가 자폐증이든 주의력결핍 과잉행동장애든 툭 터놓고 밝히는 편이지만 당시에는 숨기기에 급급했죠. 그런 문제는 전부 엄마 탓이라는 이론도 있었고요."

"그래도 우리 엄마가 오빠 얘기를 한 번도 꺼내지 않은 건 도저히 이해가 안 돼요. 오빠가 평탄한 어린 시절을 보냈다면 어떤 사람이 됐을지 궁금해요. 평범한 가정에서 성장했다면요."

메드는 감지기에 대고 출입증을 흔들었다. 문이 활짝 열렸다. 우리는 출구에 도착했다.

"그게 레이 같은 사람들의 비극이죠." 메드가 말했다. "실은 진짜 착한 사람인데 말이에요."

"그렇죠?"

"그럼요."

나는 방문자용 출입증을 건네고는 메드와 악수를 했다. "감사합니다."

메드는 미소를 지었다. "별말씀을요."

"그런데요…."

"네?"

"당신도 레이가 결백하다고 생각하세요?" 메드는 깔깔 웃더니, 다시 말했다. "그냥 해본 소리예요."

나는 내 오빠 레이와의 만남에 대해 곰곰이 생각할 여유가 없었다. 돌아오는 길 내내 바텔스와 통화하기 바빴으니까. 애런은 다시 어린이집에 와도 된다는 허락을 받았다. 또 언제까지 큰 말썽 없이 다닐 수 있을지는 의문이지만 이제 나도 다시 사무실로 돌아갈 수 있게 됐다.

"피터가 당신한테 불만이 많던데."

나는 통화 볼륨을 높였다. "뭐라고요?"

"스스로 생각 좀 해봐. 피터가 무엇 때문에 불만을 품었을지."

"제가 그런 생각에만 매여 있는 걸 바라지는 않으실 텐데요. 아리송한 질문으로 절 괴롭힐 작정이시라면 그 정도론 부족하고요."

"음, 재치 있고 날카로운 반응이군. 딱 내가 원하던 대답이야."

"지금 당장 갈게요. 만나 주실 거죠?"

"안 돼. 30분 뒤에 우리 베르너 씨를 만나야 하거든."

베르너는 다소 어설픈 범죄자인 탓에 우리의 최고 단골 고객이 된 사람이었다. "그 사람 아직 구류 중인가요?"

"앞으로 2주는 더 잡혀 있어야 한대. 우리 베르너 씨가 이번엔 쉽사리 풀려나오지 못할까 걱정이야. 그래도 당신 말 돌리는 솜씨가 일품인데, 이러나. 우리 피터 베숍 얘기를 하고 있었잖아."

나는 신음 소리를 냈다. 피터 베숍 사건은 신속하고 깔끔하게 마무리하고 싶었는데, X 등급 영상처럼 시간을 질질 끌고 있었다. 같은 동작을 수없이 반복하면서 시간을 끌 때까지 끈 다음에야 절정에 이르는.

"질문을 다시 할게. 피터의 문제를 해결하려고 최선을 다하고 있는 게 틀림없나?"

"제가 진짜 최선을 다한다면 피터를 월경 전 증후군에 시달리는 사나운 탕녀 몇 명이랑 같이 며칠간 지하 감옥에 가둬놨겠죠."

"좀 진지하게 말해봐."

"존경하는 바텔스 님, 맹세하건대 지금껏 피터 베숍 씨 사건에 최선의 노력을 기울였고 앞으로도 그리하겠나이다."

"피터는 당신이 너무 성급하게 합의를 보려 한다고 생각하더군. 당신 생각은 어때?"

"재판으로만 사건을 해결하려는 것보다는 법정 밖에서 당사자 간에 합의하는 편이 낫다고 변호사 협회 업무 수칙에도 명시돼 있잖아요? 더구나 이 재판은 위험부담이 여간 크지 않으니까요."

나는 출구를 나와 사무실로 향했다. "별로 대안이 없어요. 원고가 민사 절차를 택한 것을 베숍 씨가 다행으로 알아야 해요. 그 여자애가 덮어놓고 경찰부터 찾아갔으면 일이 어찌 됐을지 생각하기도 싫네요."

전화 반대편에 침묵이 흘렀다. "그나저나 오늘 어디 있었어? 아무 스케줄도 없다고 돼 있던데."

"잠재 고객을 만났어요."

"그게 누군데?" 바텔스의 목소리에 의심이 묻어났다.

"당분간 공개하지 않을 생각입니다."

"또 어린이집 문젠가?"

나는 소리를 지르고픈 충동을 느꼈지만 애써 차분하게 대답했다. "호퍼 치료감호소에 수감 중인 고객인데, 이웃 여자와 그녀의 어린 딸을 살해한 혐의로 유죄판결을 받았답니다. 재심을 청구할 생각이 있는 모양이에요."

"음."

"재심은 우리 로펌 명성에 많은 도움이 될 거예요." 나는 이렇게 말하면 그의 마음이 흔들리리라는 걸 알고 있었다.

"이젠 어린애들처럼 탐정 놀이나 하려 드는군."

"저를 철없는 어린애 취급하시는 거예요?"

"그럴 리가 있나. 하지만 재심 청구가 얼마나 힘든지는 당신도 잘 알잖아. 돈 되는 일들을 몽땅 옆으로 밀쳐두고 직원들 전체가 그 일에 매달려야 한다고. 법의학 조사에 들어갈 비용이랑 새 증인을 찾아야 하는 문제는 말할 것도 없고…."

"무엇보다 로펌의 명예를 생각하셔야죠, 바텔스."

그는 한숨을 쉬었다. "내가 반대하지 못할 걸 알고서 이러는 구먼."

"잘 아시네요." 나는 로펌 입구 앞에 차를 댔다.

"이제 가봐야 해. 그렇담 앞으로 몇 주 동안 조사를 좀 해 보든지. 하지만 당연히 법률구조공단에 보조금부터 신청해야 돼." 내가 건물에 들어서는 순간 바텔스가 밖으로 나오고 있었다. 우리는 각자 휴대폰을 내려놓았다.

"재심을 청구할 합당한 사유가 있다면 전담팀을 한번 꾸려보자고, 어때?"

"좋습니다."

"그럼 이만." 바텔스는 자기 SUV로 들어가 버렸다.

나는 그에게 손을 흔든 다음 사무실로 들어갔다. "잘 했어!" 나는 큰 소리로 내 자신을 칭찬했다. 이제는 발을 뺄 수 없게 됐다. 레이의 사건을 계속 조사하는 수밖에. 이 일이 레이와 친해지는 계기가 되면 좋겠지만 바텔스 앤 마르타에는 가족의 변호를 맡는 데 엄격한 제한이 있다는 것이 문제다. 하지만 나는 레이를 생판 모르는 남으로 취급하기로 마음먹었다. 일에 감정을 개입시켜서는 안 되니까.

나는 촌스러운 헤어스타일에 나와 눈도 제대로 마주치지 못하고 쭈뼛대던 남자를 떠올렸다.

옆집의 괴물, 레이.

전혀 상상도 못한 일이었지만 그때 나는 레이를 꼭 끌어안고 이렇게 말해주고 싶었다. "같이 집으로 가요."

그가 애런을 닮아서일 것이다. 틀림없이 그 때문이겠지. 그렇다면 레이는 내게 어떤 존재일까?

내가 물고기 얘기를 꺼냈을 때 그의 얼굴에 나타난 감정은 행복이었을까? 잠들기 전에 엄마가 책 읽어주는 소리에 귀를 기울이는 아이 같은 표정이었다. 우리 엄마가 레이에게 책을 읽어준 적이 있을까? 레이는 저녁에 개운하게 머리를 감고 잠옷으로 갈아입은 다음 엄마 품으로 파고들었을까? 엄마가 그를 사랑하기나 했을까? 지금껏 그를 사랑한 사람이 세상에 있기나 할까?

20

레이

로지타는 대체로 활달한 편이었다. 그러나 우울할 때도 있었다. 그럴 때 그녀는 내게 문을 열어 주고는 말 한마디 없이 거실로 터덜터덜 걸어 들어갔다. 나는 마들렌이 든 종이봉투를 쥐고 그녀의 뒤를 따라가는 것 말고는 달리 어쩌할 수가 없었다. 로지타는 소파에 풀썩 주저앉아 얼굴을 양손에 묻었다.

"레이!"

안나는 반갑게 내 이름을 불렀다. 입꼬리가 한껏 올라가고 눈을 동그랗게 뜬 채. 아이는 언제나 내 손에 들린 마들렌부터 낚아챘다. 얌전하게 포장을 벗길 생각은 않고 봉투를 북 찢은 다음 케이크를 통째로 입에 쑤셔 넣었다.

"맛을 찬찬히 음미해봐." 나는 아이에게 일렀다. "조금씩 베어 물고 천천히 씹어야 맛과 질감을 제대로 느낄 수 있어. 겉은 조금 바삭한데 속은 보들보들하고 달콤하잖아. 촉촉하면서도 폭신한 감촉이 느껴지니?"

"어린애한테 너무 많은 걸 바라는 거 아니에요?" 로지타가 내게 핀잔을 주었다.

안나는 늘 소파에 앉아 TV를 보았다. 아이가 노상 TV에만 빠져 있는 건 안 좋은데. 예전에 우리 엄마도 나랑 같은 생각이었다. 그래서 나는 안나에게 커다란 레고 듀플로 블록 세트를 사줬다. 우리는 함께 성이며 농장이며 저택을 만들었다. 안나는 자기도 언젠가는 진짜 그런 곳에서 살고 싶다고 했지만 나는 아이에게 장난감 집에서는 살 수 없다고 설명했다.

로지타는 소파에 앉아 머리를 손으로 감싸 쥐고 있거나 우리를 지켜보거나 TV를 봤지만 가까이 다가와서 우리를 돕기도 했다.

하루는 로지타가 이렇게 말했다. "나한테 기분이 어떠냐고 절대 묻지를 않네요."

"그런 걸 물어야 하는지 몰랐어요. 미안해요. 내가 그렇게 물어봤으면 좋겠어요?"

"네, 당연히 그래야 되는 거 아닌가요? 정상적인 사람들은 서로 안부를 묻는다고요."

나는 그 말에 상처를 받았다. 내가 다 잘 하고 있는 줄로만 알았는데. 날마다 찾아가고, 간식을 갖다 주고, 그 전 주에는 정원일도 도와줬는데.

"정상이 아니란 말이 언짢아요?"

"아니에요."

"왜 그래요? 인정할 건 인정해야죠. 당신 별로 정상이 아니잖아요. 밤이고 낮이고 집에 혼자 앉아 물고기나 들여다보는 것하며, 오후 3시 15분에 어김없이 마들렌을 하나씩 갖고 오는 것하며. 어디 정상인이 할 행동인가요!"

나는 어깨를 으쓱했다. 그녀를 똑바로 쳐다볼 수가 없었다.

"손 좀 빙빙 돌리지 말아요. 여기 와서 빵 반죽해요?"

그녀는 내 양손을 내 무릎에 올려놓았다. 로지타의 손은 따뜻했다. 부드럽고 따뜻했다.

"당신 어머니도 만만치 않아요. 정상이 아닌 걸로 따지자면요! 어머니와 거의 만나지도 않고 전화 통화도 안 하는 게 정상인가요? 당신들 모자는 대체 왜 그래요?"

"엄마가 너무 바쁘니까요." 내가 웅얼거렸다.

"말도 안 돼요. 내 생각을 말해줘요? 당신 어머니는 당신을 자랑스러워해야 마땅해요. 그런데 당신한테 무슨 짓을 했나요? 무슨 시설에다 버려놓고 등을 싹 돌렸잖아요. 토요일 아침마다 당신이 만든 크루아상을 사려고 빵집 앞에 사람들이 길게 줄을 서는 걸 어머니가 알기나 해요?"

"모를 거예요."

"당신 어머니란 사람한테 내가 직접 알려야겠어요. 전화번호 갖고 있죠?"

나는 간신히 대답했다. "아니요."

"아니, 자기 엄마 전화번호도 모른다고요? 왜 몰라요? 어머니한테 전화기가 없나요?"

"내가 엄마한테 편지를 써요. 그러면 엄마가 답장을 해요. 답장은 늘 보내주세요."

"편지라고요? 기가 막히네요. 당신한테 전화한 적은 있어요?"

"가끔씩요. 정해진 날짜 말고 다른 날에 찾아와야 할 때요."

"무슨 소리예요?"

"약속한 날짜요. 엄마는 두 달에 한 번 세 번째 토요일마다 오시거든요."

로지타는 눈알을 굴렸다.

"알았어요. 이름과 주소만 알려주면 내가 당신 어머니 전화번호를 찾아 줄게요. 두고 봐요, 몹쓸 마귀할멈 같으니." 로지타의 목소리는 평소보다 훨씬 컸다.

"나한테 화났어요?"

로지타는 피식 웃었다. "당연히 아니죠, 이 바보. 당신 어머니한테 화가 났잖아요. 어떻게 당신을 그런 식으로 버릴 수가 있죠?" 그녀는 내 쪽으로 몸을 숙였다. 쇄골 사이의 오목한 공간이 점점 가까이 다가오자 나는 숨도 제대로 쉴 수 없었다.

로지타는 내 손을 잡았다.

"레이, 그 사람은 당신 엄마예요. 내가 안나를 멀리 보내버린다고 생각해보세요. 그러면 어떨 거 같아요?"

나는 성을 쌓다 말고 TV에 빠져 있는 안나를 보았다. 옆에 누가 있는지도 모르는 듯했다.

"맞아요. 사람들은 그렇게 하지 않아요."

나는 엄마의 사서함 번호밖에 몰랐다.

그 말을 듣자 로지타는 한층 더 분노했다. 로지타는 전화번호 안내센터에 문의를 해봤지만 보렌스라는 성을 지닌 사람은 암스테르담에만 최소 40명은 된다는 대답만 들었다.

"어머니한테 전화번호를 요구해야 돼요, 알겠어요? 다음에 편지를 쓸 때 꼭 물어봐요. 주소도 상세히 알려달라고 하고요. 그렇게 대놓고 물어도 요리조리 핑계를 대며 빠져나갈지 두고 보겠어요."

물론 나는 끝내 엄마한테 전화번호를 요구할 엄두를 내지 못했다. 로지타는 만날 때마다 내게 시키는 대로 했냐고 귀가 따갑도록 물었지만.

다음번에 로지타가 손으로 머리를 감싸고 있는 것을 보고 나는 무슨 질문을 해야 할지를 떠올렸다.

"기분이 어때요?"

로지타는 고개를 조금 들더니 헝클어진 짙은 색 고수머리에 가려진 눈으로 나를 보았다. 눈이 시뻘겋겠지만 그녀는 희미한 미소를 지었다.

"물어줘서 고마워요, 레이."

"기분이 어때요?" 나는 다시 물었다. 무슨 말을 덧붙여야 할지 몰랐던 탓이다.

"와서 내 옆에 앉아요." 로지타는 소파의 자기 옆자리를 손으로 두드렸다. "와서 나를 좀 안아줘요."

내가 긴장해서 꿈쩍도 못하자 로지타는 내 팔을 들어 자기 어깨에 걸쳐 놓았다. 우리가 그렇게 가까이 앉은 건 처음이었다.

"뻣뻣하게 왜 이래요, 레이. 나를 안아달라니까요."

나는 팔로 그녀를 꼭 끌어안았다. 잘 해보고 싶었다.

"그렇게 어렵게 생각하지 마요. 그냥 부드럽게 안아 봐요. 팔을 털어서 긴장을 풀고 다시 내 어깨에 둘러요. 바로 그거예요. 잘 했어요."

우리는 잠시 그렇게 앉아 있었다. 로지타는 콧물을 훌쩍이고 있었고 나는 다음에 무슨 일이 일어날지 기다렸다.

"더 이상 이렇게는 못 살겠어요." 한참 후에 로지타가 말을 꺼냈다. "이런 삶은 이제 지긋지긋해요."

그녀는 잠시 가만히 있다가 다시 입을 열었다. "이제 나한테 이유가 뭔지 물어봐야죠."

나는 목청을 가다듬었다. "그래요. 이유가 뭐예요? 이렇게 사는 게…, 왜 지긋지긋해요?"

"보면 몰라요? 직업도 남편도 없이 혼자 애를 키우고 있잖아요. 입에 근근이 풀칠이나 하면서요. 이 집을 좀 봐요. 이게 어디 제대로 된 집인가요?"

나는 주위를 두리번거리다가 임신한 로지타의 나체 사진을 발견했다. 내 고추가 단단해졌다.

"바닥에 카펫 깔 돈도 없다고요. 한때는 나도 젊고 예뻤어요. 세상이 모두 내 손안에 있었다고요. 마음만 먹으면 어떤 남자라도 손에 넣을 수 있었고요. 한때는 돈 많은 남자들이 나를 졸졸 따라다녔는데 저따위 빌어먹을 인간한테 목을 매야 하다니."

로지타는 엉엉 울기 시작했다. 그녀의 어깨에 놓인 내 팔이 들썩들썩했다. 나는 슬며시 손을 뻗어 그녀의 머리를 쓰다듬었다. 로지타도 뿌리치지 않고 내 손길을 받아들였다. 로지타의 머리카락은 내가 어릴 때 만지던 우리 엄마 머리처럼 부드러웠다. 다만 로지타의 머리가 더 곱슬곱슬하고 색이 짙었다.

"내가 어쩌면 좋을까요? 나 좀 도와줘요, 레이."

내 마음속에 작은 두려움이 일었다. 로지타가 내게 뭘 바라는 걸까?

"더 이상 이렇게는 못 살겠어요. 안나를 생각해서라도 이건 아니에요."

나는 뭐라고 대꾸해야 할지 난감했다. 그러다 문득 떠오르는 생각이 있었다. "내일 카펫을 사러 가요. 제일 좋은 걸로 골라요."

"나한테 그럴 돈이 어딨겠어요?"

"내가 사 줄게요. 바다 전체에 카펫을 쫙 깔아줄게요. 당신이 제대로 된 집에서 살기를 바라니까요."

로지타는 나를 바라봤다. "진짜 그래줄 수 있어요?"

나는 고개를 끄덕였다. 마음이 따뜻해지는 느낌이 들었다.

그녀는 팔로 나를 끌어안고 볼에 입을 맞췄다. 나는 내 몸에 눌리는 로지타의 가슴을 느끼며 그녀의 달콤한 몸 냄새를 들이마셨다. 내 고추가 거의 터질 지경이 됐다.

"아, 레이." 로지타는 입맞춘 자기 입을 손으로 찰싹 때렸다. "당신, 여자랑 뽀뽀도 처음이죠?"

로지타는 깔깔 웃었고 나도 그녀를 따라 웃었다. 우리는 한참을 웃었다.

21

이리나

"저쪽 사람들은 진작 도착해서 회의실에서 기다리고 있어요." 접수담당자 클레어가 속삭였다. "피터 베숍 씨께서는 잠시 변호사님 사무실에 계시라고 말씀 드렸고요."

나는 짜증을 억눌렀다. "다음번엔 좀 다른 방법을 찾아주세요. 주인도 없는 사무실에서 의뢰인을 기다리게 하는 건 좀 아닌 것 같아요."

"바텔스 씨의 지시를 따랐을 뿐입니다."

나는 눈을 부라렸다. "그러시겠죠."

내 사무실에는 작은 회의용 탁자가 있다. 하지만 피터는 거기서 기다리지 않았다. 그는 내 책상 옆에 서서 동물원에서 찍은 나와 애런의 사진을 들여다보고 있었다.

"역시나 싱글맘이 맞나 봐요?"

"안녕하세요, 베숍 씨."

"이래봬도 여자 보는 눈은 항상 정확하죠. 여자들이 꽤나 복잡미묘한 존재인 것 같아도 내 눈엔 속이 빤히 들여다보이거든요."

내가 지금 무슨 생각을 하는지 안다면 당신은 비명을 지르며 엄마 품으로 쪼르르 달려갈 테지, 나는 생각했다.

"좀 앉으시겠어요?" 나는 회의용 탁자 앞에 놓인 의자 하나를 가리키며 점잖게 물었다. "잠시 후에 회의에서 무슨 얘기를 할지 검토해야 하잖아요."

그는 시키는 대로 고분고분 움직였다. 심지어 수첩까지 꺼냈다.

"원고 측 변호 팀이 우리 측에 같은 방에 모여 문제를 함께 검토하자고 제안한 건 보어 양이 현재 겪고 있는 외상후 스트레스 장애를 문제 삼고 싶다는 뜻인지도 몰라요."

"그게 무슨 소리죠?" 피터가 퉁명스럽게 물었다.

"제안서를 주고받을 때는 킴 보어가 미성년자라는 사실을 몰랐다고 못 박을 수 있었죠. 하지만 이번엔 직접 얼굴을 마주보는 자리에서 그녀의 나이와 연약함을 협상 카드로 내세울 것 같은 예감이 들어요."

"그 여자가 훌쩍거리며 울기라도 할 거란 말인가요?"

"그러고도 남겠죠. 그러면 물론 우리 입장은 무척이나 불리해질 테고요. 원고 측에서는 당신이 도저히 수용할 수 없는 요구를 하겠죠. 그러면 당신은 틀림없이 발끈해서 한 마디 할 테고요. 하지만 당신은 최대한 멀찍이 떨어져서 구경이나 했으면 해요. 내가 요구하지 않는 한 발언을 자제하라고요. 내 말 알겠죠?"

"나보고 입을 꾹 닫고 있으란 뜻인가요? 사건 당사자는 바로 나라고요!"

"맞아요. 하지만 저를 변호인으로 고용하셨잖아요. 그러니까 제가 할 일을 하도록 협조 좀 해 줘요."

"하지만 나는 킴 보어란 여자를 잘 알아요."

"당신이 자꾸 그런 식으로 나서니까 이런 사달이 났잖아요. 다시 한번 반복할게요. 제발 없는 듯이 잠자코 있어 주세요. 법적으로 불리한 발언은 안 하느니만 못하다고요."

"좋아요."

그는 수첩에다 보란 듯이 '닥치고 찌그러져 있기'라고 적었다. 나는 웃음을 터뜨렸다.

"준비 됐어요?"

"그랬으면 좋겠네요."

회의실에는 굳은 표정의 킴 보어, 그녀의 부모, 변호인이 우리를 기다리고 있었다. 아무래도 협상이 녹록찮을 것 같았다.

나는 내 소개를 한 다음 사무실을 찾느라 애를 먹지는 않았냐며 인사치레를 했다. 물론 우리 로펌은 시내 한가운데 위치해 있으니 하나 마나 한 소리였다.

"제 소개는 할 필요 없겠죠?" 피터가 말했다.

"누구신지 잘 알죠." 그 엄마가 말했다.

나는 콩가루 집안을 예상했었다. 허구한 날 술주정이나 부리고 딸에겐 눈곱만큼도 관심 없으면서 돈이 얽혀 있을 때나 득달같이 달려드는 부모. 그러나 보어 부부에게선 주정뱅이의 흔적은 전혀 찾아볼 수 없었고 깔끔하게 다림질한 옷차림은 번듯하고 건실한 사람들이란 인상을 주었다. 그런 부모라면 이런 일에 엄청난 충격을 받았을 텐데.

킴 보어는 화장기 없는 얼굴로 부모 사이에 앉아 있었다. 갸름한 얼굴에 기름진 머리카락 몇 올이 흘러내려 있었다. 완전히 넋 나간 표정이었다. 선생님이 직접목적어와 간접목적어의 차이를 설명하는 사이 교실 창밖을 멍하니 내다보는 학생 같았다.

"여기 모인 이유는 다들 잘 아시겠죠." 내가 말문을 열었다. "보어 양께서 제 의뢰인 피터 베숍 씨를 상대로 소득 상실과 정신적 고통을 보상받기 위해 위자료 청구소송을 제기했습니다."

"맞습니다." 원고측 변호인 아드리안 리우가 말했다. 까마득한 옛날에 그를 젊은 변호사 모임의 칵테일파티에서 만난 기억이 났다.

"제 의뢰인께 합의를 제안하셨죠. 저희 쪽에서 반대하니까 직접 만나서 협상하자고 연락을 주셨고요."

"그것도 맞습니다." 잘나신 동료 변호사 리우가 대답했다. "우리는 이것이 단순한 금전 피해나 법률요건의 문제만은 아니라고 판단했습니다. 반드시 짚고 넘어가야 할 문제는 제 의뢰인이…." 그는 킴 보어가 누구인지 우리가 모르기라도 하다는 듯 그녀를 향해 고개를 까딱했다. "미성년자로서 평생 트라우마를 짊어지게 될 거란 점입니다."

킴 보어는 여전히 맹한 표정으로 앞만 보고 있었다.

"당신 의뢰인의 상태는 이미 제안서에서 자세히 설명하셨죠." 내가 무뚝뚝하게 대답했다. "제 반대 제안에 대한 답변을 들을 수 있을까요?"

"그러죠. 피고 측 제안서를 보고 저는 한마디로 당신이 상황의 심각성을 인식하지 못하고 있다는 느낌을 받았습니다. 제 의뢰인은 극심한 감정적 고통에 시달리고 있고 앞으로 수년간 치료를 받아야 합니다."

"당신 의뢰인은 자신이 하려는 일의 성격을 잘 알고 있었습니다. 애초에 피터 베숍 씨에게 먼저 접근한 사람도 보어 양이었죠. 영상물의 성격에 대해 충분한 설명을 듣고 계약서에 직접 서명했습니다."

"더구나 계약하기 전에 동영상 내용을 같이 확인했잖아요. 안 그래요, 킴? 끝나고 콜라도 같이 마셔놓고." 피터가 말했다.

나는 탁자 밑에서 피터의 다리를 세게 걷어찼다.

"문제는 미성년자에게 얼마나 행위 능력이 있느냐는 겁니다." 리우가 말했다.

"미성년인 어린 아가씨가 그 일이 얼마나 간절히 하고 싶었는지 신분증까지 위조해서 내놨죠. 그 탓에 제 의뢰인은 실제 나이를 알 길이 없었습니다. 그 내용도 제 반대 제안서에서 이미 확인하셨겠습니다만."

킴의 엄마는 울음을 터뜨리기 직전이었다. 그녀의 남편은 당장이라도 테이블 위로 달려들어 '오줌싸개 피터'를 결딴 내버릴 듯이 씩씩거렸다.

참 볼만하겠네, 하고 나는 생각했다.

기꺼이 의자를 옆으로 밀어 자리를 비켜줄 용의도 있었다. 심지어 그에게 살인 무기가 필요하다면 엄마한테 졸업 선물로 받은 몽블랑 만년필이라도 빌려줄 생각이었다.

"그 점에 대해선 전혀 아는 바 없습니다." 리우가 말했다.

"그렇담 받으신 문서를 좀 더 꼼꼼히 읽어보셔야겠네요."

"그게 사실이야?" 보어 씨가 딸에게 물었다. "그 역겨운 짓거리를 못 하게 될까봐 신분증까지 위조했다고?"

킴 보어 양은 표정 하나 바꾸지 않았다.

"대답해 주시겠어요?" 내가 말했다.

킴 보어 양은 어깨를 으쓱했다.

"침묵은 대개 동의를 뜻하죠." 나는 그렇게 말하는 내 자신이 싫었다. 이 침묵은 동의와 무관하다는 걸 잘 알았고 내 양심에도 어긋나는 말이었으니까.

"제 의뢰인은 아직 명확한 답변을 하지 않으셨습니다." 리우가 말했다.

"내가 미친놈인 줄 알아요?" 피터가 버럭 소리를 질렀다. 트라우마에 시달리고 있는 피해자는 다름 아닌 본인이라는 듯이. "나는 내 영화에 미성년자를 쓴 적이 한 번도 없어요. 이 일을 하고 싶어서 안달하는 여자들이 얼마나 많은 줄 알아요? 우리 집 대문 앞에 줄을 섰다고요…."

"그렇습니다." 나는 킴의 아버지를 의식하며 베숍에게 눈치를 주었다. "베숍 씨는 미성년자를 동영상 제작에 참가시킬 이유가 전혀 없다고 말씀하시는 겁니다. 모든 여배우들이 나이를 증명하는 서류를 제출해야 하는 이유도 그 때문이에요."

위조 신분증의 사본을 요구해! 나는 리우에게 무언의 신호를 보냈다. 어서 요구하라고. 그러나 아무래도 그는 텔레파시에는 약한 것 같았다.

"위조 신분증이 없었다면 당신 의뢰인은 절대 그 역할을 따내지 못했을 겁니다." 이만큼 노골적인 힌트를 주면 눈치를 좀 채야 할 텐데.

그러나 리우는 내게 증거를 내놓으라고 요구하는 대신 자기

의뢰인에게 이렇게 물었다. "킴, 잘 생각해봐요. 정말로 신분증을
위조했나요?"

이제야 좀 긴장이 되는 모양이었다. 그 여자애는 의자에 앉은
채 몸을 꿈틀거리면서 입술을 파르르 떨었다. 금방이라도 울음
을 터뜨릴 것 같았다.

다들 대답을 기대하며 그 애를 지켜봤다. 킴 보어 양은 의자
에 앉은 채 몸을 잔뜩 웅크렸다.

"릭이 한 일이에요." 마침내 킴이 입을 열었다. 어린애의 목소
리였다.

"뭘 했다는 뜻이죠?" 리우가 물었다.

이 코미디가 어서 끝났으면. 나는 속으로 기도했다. 나는 그
자리에서 이런 류의 사건을 다시는 맡지 않겠다고 결심했다. 차
라리 막장 이혼 소송이 낫겠다.

"릭이 내 신분증을…."

"뭘 어쨌다고…?" 보어 씨가 말했다. "빌어먹을. 킴, 그 자식은
만나지 말라고 아빠가 분명히 얘기했지?"

립스틱을 단정하게 바른 보어 부인의 입술이 가는 일자로 변
했다. 중환자실 심장박동 모니터에 나타난 일직선처럼. 거기에서
날카로운 삐- 소리가 빠졌을 뿐이었다.

"오늘부터 두 발 뻗고 주무시겠네." 보어 씨가 회의실을 나가
기 전에 내게 한 마디 던졌다. "축하해요."

우리는 기대 이상의 승리를 거두었다. 하지만 보어 씨에게는
마땅히 대꾸할 말이 떠오르지 않았다. 변명도, 항의도, 반박도

할 처지가 못 되었다.

보통은 '안녕히 가세요.', '운전 조심하세요.' 같은 인사를 했겠지만 지금은 어떤 말도 적절해보이지 않았다. 나는 부모의 부축을 받으며 회의실을 나가는 여자애를 지켜봤다.

리우는 내게 고개를 까딱한 다음 그들의 뒤를 따랐다. 문이 쾅 닫혔다.

"순조롭게 끝났네요." 피터가 양 손을 비볐다. "제가 술 한 잔 살까요? 샴페인 좋아해요?"

"순조로웠다고요? 그게 순조로워 보였나요?" 내가 물었다.

"네, 솔직히 당신이 좀 못 미더웠는데 방금 하시는 걸 보니까…, 참 대단하시다 싶더군요. 이미 말씀드렸잖아요. 전부 저 여자애가 앙큼한 수작을 부린 거라고."

나는 어이가 없어서 그를 빤히 보았다. "진짜 법이 당신 편이라서 일이 '순조롭게' 풀린 줄 안다면 완전한 착각이에요. 원고의 변호인이 나사 풀린 짓을 한 건 순전히 운이 좋아서라고요. 원래대로라면 당신은 끝장나게 돼 있었어요."

"누누이 말하지만 중요한 건 결과예요."

"결과라고요?" 나는 그에게 소리를 내지르고 싶었지만 꾹꾹 참았다. "결과는 당신이 한 가족의 삶을 엉망으로 망쳤다는 거예요. 멍청한 남자들이 당신 영화를 본다면 아내를 학대해도 된다고 생각할 테고요. 본인이 사회에 얼마나 큰 피해를 주고 있는지 전혀 감이 없는 모양이네요."

"뭐라고? 개뿔도 모르는 주제에 잘난 척이나 하는 되바라진 잡년 같으니."

"그러는 당신은 자아도취에, 기회주의에, 부도덕한 잡놈 아닌 가요?"

이 말을 하는 순간 문이 벌컥 열렸다. "잘 끝났어?" 얼굴을 잔 뜩 찌푸린 바텔스가 문을 박차고 들어왔다. "피터 베숍 씨, 지금 심정이 어때요?"

이런, 타이밍 한번 절묘하네. "우리가 멋지게 해냈어요." 내가 말했다. "피터 베숍 씨가 샴페인을 터트리사고 하시네요."

"음, 그런 분위기가 아닌 것 같던데." 바텔스가 말했다. 그는 피 터의 어깨에 손을 올렸다. "이리나 변호사가 잘 해 줍디까?"

나는 피터에게 대답할 틈을 주지 않았다. "제가 무례한 소리 라도 했단 말씀이에요? 성급하게 단정 짓지 마세요. 오히려 당신 은 그것을 욕망에 굴복하는 인간의 신체에 바치는…, 피터 베 숍 씨, 지난번에 뭐라고 하셨죠?"

'오줌싸개 피터'는 말없이 얼굴만 붉으락푸르락해졌다.

"아, 알겠어요. 오늘은 일 얘기를 그만했으면 하시나 봐요. 괜 찮아요. 제가 오늘 내로 서류를 완벽하게 준비할게요. 피터 베숍 씨가 서명을 하시도록 먼저 보내드린 다음 원고 측에 전달하죠. 어때요?"

"좋은데." 바텔스가 재빨리 말했다. "이리나, 당신이 이 문제를 이렇게 신속히 해결하다니 정말 기특하군. 잘 했어. 이제 내가 피터 베숍 씨와 단 둘이 그 일에 대해 상의해봐야겠네."

나는 뒤도 돌아보지 않고 방을 성큼성큼 걸어 나왔다.

나는 흥분한 마음을 가라앉히지 못한 채 급히 합의문을 작성

했다. 절대 차분한 상태가 아니었다는 건 인정해야겠다.

성질을 좀 죽였어야 했는데. 어깨 한 번 으쓱하고 그냥 그러려니 했어야 했는데. 아니면 애초에 그 사건을 거절했어야 하나? 이젠 그 중 아무것도 할 수 없다. 이런 사건은 내 경력에도 이로울 게 없다. 그나마 합의를 이끌어낼 수 있었던 건 오로지 운이 좋아서였다.

나는 조용히 죽어 지내기로 결심했다. 더 이상 내 미래를 위태롭게 만들어선 안 되니까.

22

레이

렘브란트를 앞뜰에서 다시 만났다. 나는 최근에 밖에서 정원 일을 시작하게 됐다. 환자들 중에는 채소밭을 일구는 사람도 있고 꽃을 키우는 사람도 있었다. 나는 생울타리 다듬는 일을 맡았다.

앞뜰 한가운데에는 생울타리가 빽빽이 심겨 있었다. 그것을 '작은 베르사유'라고 부르는 사람도 있었다. 사각형 모양으로 심어진 생울타리는 모서리가 대각선으로 잘려 있고 안쪽에는 작은 사각형이 하나 더 있었다. 그 사각형 한가운데 벌거벗은 남자의 동상이 서 있었다. 하지만 그 남자는 허리에 천을 두르고 있었다. 엉덩이를 노출해서는 안 된다는 규정이 앞마당의 동상에까지 적용되는 모양이었다.

나는 2주에 한 번씩 생울타리 전체를 다듬어야 했다. 그 때마다 경비원이 옆에서 나를 지켜보고 서 있었다. 전동 가위를 손에 든 환자는 주의 깊게 감시해야 할 대상이었으니까.

나는 울타리 손질하는 날을 늘 손꼽아 기다렸다. 그 일을 하면 빌헬미나 거리에 살던 시절이 생각났다. 내게 직업이 있던 시절. 내 곁에 로지타와 안나가 있던 시절. 그때도 나는 외로울 때가 많았지만 지금만큼 외롭진 않았다.

두 번째 울타리를 반쯤 끝냈을 무렵 어슬렁거리며 다가오는 렘브란트를 보았다. 녀석이 감금에서 풀려난 이후로 며칠간 녀석을 피해 다녔는데.

"이봐, 레이." 녀석이 담배꽁초를 바닥에 던지며 말했다. 나는
렘브란트가 가자마자 그것을 치워야겠다고 생각했다.

"레인맨. 네 녀석이 금발 잡년한테 홀딱 반했다는 소문이 있
던데. 이름이 뭐였더라, 지니였나?"

나는 아무 대꾸 없이 가지치기에만 열중했다. 회양목 잔가지
가 박자에 맞춰 우두두 떨어져 내렸다. 하나, 둘, 셋. 셋에서 내
가윗날은 다음 가지를 쳐냈다.

"그년 새끈하지?"

하나, 둘, 셋. 하나, 둘, 셋.

"어떻게 해야 되는지 알지? 그냥 덮쳐버려. 그년도 몸이 잔뜩
달아 있을걸. 하는 행동을 보면 그게 틀림없어."

하나, 둘, 셋. 하나, 둘, 셋.

"넌 할 수 있어, 그렇지? 넌 진짜 남자니까, 그렇잖아?"

나는 가지치기를 멈추고 경비원을 찾으려고 두리번거렸다. 그
는 동료와 대화를 나누고 있었다. 나는 그가 우리를 보고 렘브
란트에게 꺼지라고 말해줬으면 했다. 전동 가위를 든 환자한테
서는 눈을 떼지 말아야 한다는 사실도 모르나?

렘브란트는 한 걸음 더 다가왔다. "그 년 등 뒤로 조용히 다가
가서 살찐 엉덩이를 꼬집으라고."

나는 녀석이 내 엉덩이를 꼬집을까 걱정이었다. 녀석의 손이
슬금슬금 다가오고 있어서 나는 전동 가위를 쥔 손에 힘을 주
었다.

마침내 경비원이 이쪽을 돌아봤다. "잘 돼가요?" 그가 물었다.

"잘 돼가요." 렘브란트가 말했다. "레인맨이랑 나랑 유쾌한 담소를 나누고 있죠."

"레이를 방해할 생각은 말아요."

렘브란트는 허공에서 손을 저었다. "알았어, 알았다고요. 나는 이제 물러갑니다요."

나는 꿋꿋이 울타리를 싹둑싹둑 잘랐다. 하지만 어느새 리듬 감은 사라지고 없었다.

"네놈이 안 하면 내가 할 거야." 렘브란트가 뒤를 돌아보며 외쳤다.

"무슨 소리를 하는 거예요?" 경비원이 내 옆으로 다가왔다. 멀리서 우리를 지켜보는 렘브란트를 보고 나는 다시 가지치기에 집중하려고 애썼다.

"아무것도 아니에요." 나는 그렇게 대답했다. 열이 나는 듯 머리가 뜨끈뜨끈했다. 내가 지니한테 반했다는 생각은 들지 않았다. 그녀는 무척 상냥하고 나한테 직접 만든 빵도 한 조각 갖다 줬지만 말이다. 나는 빵을 맛보고 나서 이렇게 평가했다. "설탕을 더 넣어야겠어요."

사실 자위할 때 지니를 떠올린 적은 있다. 하지만 그녀는 로지타와는 비교할 수도 없다. 로지타만한 여자는 세상 어디에도 없다. 나는 로지타의 새하얀 치아, 보조개, 기다란 손톱을 떠올리며 슬픔에 빠졌다.

"오늘은 그만하고 싶어요." 나는 경비원에게 말했다. "지금은 방에 돌아가고 내일 끝내면 안 될까요?"

"그래요, 레이. 그렇게 해요."

방바닥에 앉아 사진을 들여다봤다. 칠리, 토성, 금성. 나는 사진을 얼굴 앞으로 들어 올려 자세히 살폈다. 물고기들은 건강해 보였다. 그리고 내 여동생이라고 주장하는 이리나의 말이 맞았다. 산호도 조금 자라 있었다. 엄마가 수족관을 정성껏 돌봤나보다. 하지만 물고기 몇 마리가 보이지 않았다. 킹콩은 어디 갔지? 한니발은? 그리고 내가 본 적 없는 꼬마 두동가리돔도 보였다. 내 여동생이라고 주장하는 이리나가 다시 찾아오면 한번 물어봐야겠다.

엄마는 내가 질문을 하면 제대로 대답을 해 주는 법이 없었다. 그래서 정확히 기억은 안 나지만 언제부턴가 나는 질문을 그만두었다. 엄마는 나를 찾아올 때마다 몇 가지 질문을 했다. 일은 잘 하고 있는지, 밥은 잘 챙겨먹는지. 로지타와는 어떻게 지내는지. 처음에 엄마는 내가 옆집에 사는 이웃과 친하게 지낸다는 말을 듣고 기뻐했다. 심지어 이런 말도 했다. "둘이 잘됐으면 좋겠구나."

그런데 어느 날 엄마와 내가 집 앞에 서 있을 때 로지타와 안나가 우리 옆을 지나갔다.

로지타는 내게 손을 흔들었고 나도 그녀에게 손을 흔들었다.

"저 여자야?" 엄마가 물었다. "안 되겠네."

"왜 안 돼요?"

"치마 좀 봐. 너무 짧잖아. 천박하게시리. 자기가 열여섯 살인 줄 아나?"

나는 로지타의 치마를 봤다. 흰 치마가 엉덩이를 아슬아슬하게 가리고 있었다. 갑자기 뱃속이 쓰렸다. "너무 더워서 그래요. 자기가 열여섯인 줄 아는지는 모르겠지만 아마 서른이 다 됐을 걸요. 직접 한번 물어볼게요."

엄마는 나를 보며 고개를 절레절레 흔들었다. "너한텐 우스갯소리도 못하겠다. 넌 정말 하나도 안 변했구나."

엄마는 로지타를 좋아하지 않았고 로지타도 내 가족에 대해 별로 좋은 말은 하지 않았다. 나는 늘 중간에서 입장이 난처했다.

"그러면 당신 아버지는 어디 계세요?" 로지타는 대답하기 곤란한 화제를 자주 끄집어냈다. 그녀는 새로 산 소파의 내 옆자리에 앉았다.

로지타가 언젠가 이렇게 말했었다. "나 새 소파가 꼭 필요해요, 레이. 이 소파가 얼마나 낡고 해졌는지 좀 봐요." 그녀는 자기 다리를 끌어안은 채 무릎에 재떨이를 올려놓고 있어서 밀려 올라간 치마 밑으로 갈색 다리가 훤히 들여다보였다. 그녀는 담배를 빼끔거리며 찌푸린 눈으로 나를 보았다. 엄마는 흡연이 건강에 해롭고 특히 아이가 있는 사람은 절대 담배를 피우면 안 된다고 했었는데.

"떠났어요." 내가 말했다. "아이를 책임지기 싫어서요."

"떠났다니 무슨 뜻이에요? 그러면 아버지가 누군지 쭉 모르고 지냈어요?"

"네. 엄마가 나를 가진 걸 알고는 바로 떠나버렸대요."

"남자들은 다 똑같아."

나 같으면 떠나지 않을 텐데. 특히 로지타를 떠나는 일은 절대 없을 텐데. 그녀가 그걸 알아줬으면 싶었다. 그러나 그걸 알아주기는커녕 로지타는 안나의 아빠한테만 휘둘리고 있었다.

"아버지한테 전혀 연락이 없었나요?"

"없었어요."

"왜죠?"

나는 어깨를 으쓱했다. 답을 알고 있었지만 말하기 싫었다. 어쨌든 로지타의 질문들에 나는 웬만큼 성실히 대답했다고 생각한다. 그게 로지타한테 중요한 것 같았으니까.

"당신 아버지가 누군지 알아내야 해요. 자기 뿌리가 궁금하지도 않아요? 당신에겐 알 권리가 있어요. 안나의 아빠를 봐요. 비겁한 개자식이지만 적어도 안나는 아빠가 누군지는 알잖아요. 당신 어머니한테 아버지가 누군지 물어봤어요?"

나는 망설이다가 겨우 대답했다. "아니요."

"아하, 나한테 말하기 싫은 거군요! 그런 거죠?"

로지타는 내 뺨에 손을 올려놓더니 얼굴을 내 쪽으로 들이밀었다. 담배 냄새에 섞인 달콤한 향수 냄새가 코끝에 와 닿았다. 마음이 설레었지만 겁도 났다.

"우린 친구예요. 알고 있죠? 난 당신 편이에요. 내 눈을 봐요."

나는 그녀의 움푹한 쇄골에서 억지로 눈을 떼어 그녀의 눈을 한참이나 똑바로 응시했다.

"잘 했어요. 뭘 겁먹고 그래요? 내가 잡아먹기라도 할까 봐요? 이 바보."

"나 바보 아니에요."

그녀는 내 얼굴을 놓아주었다. "당연히 아니죠. 당신은 바보가 아니에요, 절대로요. 실은 내가 여태 만난 가장 다정한 사람이라고요. 알겠어요?"

나는 고개를 끄덕였다.

"나를 믿어요, 레이. 왜 나쁜 기억을 혼자 속에 담아두려고만 해요? 말해줘요. 당신 아버지랑 무슨 일이 있었는지?"

"아빠는 떠났어요."

"그건 알아요. 아빠가 누구죠? 언제, 어디로 떠났어요?"

"내가 아기 때 너무 시끄럽게 울어서 아빠가 떠났대요. 엄마가 그랬어요."

"아기들이 우는 건 당연하잖아요? 안나도 밤낮없이 얼마나 빽빽 울었는데요. 정말 미칠 지경이었다고요! 레이, 원래 아기는 목이 터지도록 울고 그것 때문에 모든 엄마는 미치기 일보 직전까지 간다고요. 스스로 완벽한 줄 아는 콧대 높은 엄마들도 다르지 않아요. 울음은 결국 그치게 돼 있어요. 시간이 흐르면 아기들은 울음을 멈추고, 일어나 앉고, 기어 다니고, 말을 하기 시작해요. 그러면 애 키우는 게 한결 수월해지죠."

나는 안나를 보았다. 만화 영화에 정신이 팔려 있었다.

"정말로 우는 소리가 시끄러워서 자식을 버렸다면 당신 아버지는 진짜 비열한 인간이에요. 절대 당신 때문에 떠난 게 아닐 거예요."

"안나한테 물고기를 사 주고 싶어요. 안나한테 멋지고 커다란 물고기를 사 줄래요. 물고기 보는 걸 좋아하니까 자기 물고기를 갖고 싶을 거 아녜요."

"고마운 말씀이네요. 하지만 말 돌릴 생각 하지 말아요. 레이, 당신 아버지가 누구죠? 당신 어머니가 아버지에 대해 뭐라고 했죠?"

나는 엄마에게 아빠에 대해 물어본 적이 몇 번 있다. 언젠가 이웃과 학교의 또래 아이들에게는 같이 축구를 해 주고 잘못했을 때 벌을 주는 아빠가 있다는 사실을 깨달았기 때문이다. 하루는 저녁을 먹다가 엄마에게 물었다. "왜 나한테는 아빠가 없어요?"

엄마의 입이 잠시 얼어붙었다가 다시 음식물을 씹기 시작했다. "너한텐 원래 아빠가 없어."

"왜요?"

"왜냐면 말이야. 그 때문에 슬퍼할 필요는 없어, 레이. 차라리 없어서 다행이지. 네가 벽에 머리를 들이받는 걸 보면 아빠가 뭐라고 하겠어? 일곱 살이나 먹은 애가 슈퍼마켓에서 육류 코너를 무서워서 못 지나가겠다고 비명을 지르는 걸 보면? 벽에 여기저기 얼룩을 묻히는 걸 보면? 유치원에서 네 똥을 먹는 걸 보면? 그런 걸 보면 아빠가 좋아하시겠니?"

로지타에게 이 이야기는 할 수 없었다. 그래서 나는 이렇게 대답했다. "몰라요."

로지타는 눈을 찡그렸다. "아는 거 다 알아요. 하지만 나를 못 믿어서 그러죠. 당신은 그게 문제예요."

나는 로지타가 내게 화내지 않기를 바랐다. 그녀가 흡족해할 대답을 떠올리려고 안간힘을 썼지만 좀처럼 떠오르지 않았다. "엄마는 무척 어렸어요. 겨우 스물한 살이었어요. 그리고 아빠는…, 우리를 한 번도 찾아오지 않았대요."

로지타는 또 담배 한 개비에 불을 붙이더니 팔을 들어 올려 피우기 시작했다. "자기 여자를 버리는 남자라면 이제 진절머리가 나요. 머릿속에 오로지 섹스 생각밖에 없고 콘돔을 쓰라고 하면 '이러면 느낌이 안 좋아.'라는 소리나 지껄이죠. 진짜 안 좋은 느낌이 뭔지 알아요? 아기를 산도로 밀어내는 거예요. 하지만 그건 남자들의 관심사가 아니죠. 애가 생기든 말든 신경도 안 쓰잖아요. 자기가 원해서 생긴 애가 아니니 책임질 필요가 없다. 이런 식으로 나오죠."

나는 그녀의 비위를 맞추려고 고개를 끄덕였다.

"당신은 그러지 않겠죠? 이렇게 다정한 사람이니까요."

나는 조금 당황했다. 로지타도, 벽에 붙은 그녀의 사진도 보지 않으려고 애썼다. 그래서 안나가 보고 있는 TV 속 만화영화만 뚫어지게 바라봤다.

"여자친구 사귄 적 있어요?"

"어…, 아니요."

로지타는 웃었다. "이렇게 다정한 남자한테 여자친구가 없었다니요. 게다가 꽤 잘생기기까지 했는데. 그런데도 여자를 만난 적 없다니 어째서 그럴까요?"

나는 심기가 불편해졌다. "내일 안나랑 물고기를 사러 가요. 아메르스까지 버스를 타고 가서 물고기 가게에 가 봐요."

로지타가 나를 비웃고 있나?

"말 좀 돌리지 말아요. 여자랑 자 본 적 없죠?"

"집에 가야겠어요. 물고기 밥을 주고 수질을 확인해야 돼요.

새 물고기가 들어갈 격리 탱크도 준비해야 하고요."

로지타는 내 무릎에 손을 얹고는 몸을 기울였다. "그러면 가끔씩 매춘부는 찾아가나요?"

로지타는 나를 놀리고 있었다. 그것만은 확실히 느낄 수 있었다. 나는 일어서서 거실을 나섰다.

"미안해요!" 로지타가 등 뒤에서 외쳤다. "기분 상했다면 미안해요." 하지만 그녀는 여전히 깔깔대고 있었다.

우리는 다음날도, 그 다음날도 아메르스에 가지 않았다. 로지타에게 그런 말을 듣고 나니 그녀의 얼굴을 볼 용기가 나지 않았기 때문이다. 나는 마들렌이 담긴 종이봉투를 그 집 문 앞에 놓아두었다. 그렇게 해야 할지 말아야 할지 알 수 없었지만 도저히 안 할 수가 없었다.

나는 로지타가 그리웠다. 함께 보낸 오후와 이유도 없이 둘이서 끝없이 웃어대던 시간이 그리웠다. 그녀가 내게 퍼붓곤 하던 곤란한 질문들마저 그리웠다.

그녀를 찾아가지 않은 이틀째 날 그 집 앞에 차를 대고 있는 안나의 아빠를 보았다. 잠깐이라도 로지타를 볼 수 있을까 싶어 짙은 빨간 커튼 뒤에 몸을 숨기고 있을 때 집 앞 도로로 들어오는 그의 차를 보았다. 별안간 속이 거북해졌다. 금방이라도 토할 것만 같았다.

그가 차에서 내렸다. 로지타는 그 자식을 '비겁한 개자식'이라고 했으면서도 자기 잠지를 보여주겠지. 로지타는 내가 다정한 사람이고 다른 남자들과는 다르다고 했다. 하지만 그놈은 로지타의 찌찌를 만질 수 있고 로지타의 아이 아빠가 될 수 있다. 자기 꼴릴 때만 찾아오는 나쁜 놈이라도.

그 자식은 로지타와 단 둘이 있으려고 안나를 내게 맡기곤 했다. 얼굴에 느끼한 미소를 지으며 내게 말을 걸기도 했다. 자기가 나보다 훨씬 나은 인간이라는 듯이. 바닥을 완전히 뒤덮는 카펫과 새 소파, 안나의 새 유모차를 사준 사람은 나인데도. 엄마가 나디리 네 살이나 된 애는 유모차를 탈 필요가 없다고 했는데도. 나는 엄마가 로지타의 행동은 전부 못마땅하게 여긴다고만 생각했다. 나는 진심으로 엄마를 기쁘게 하고 싶었지만 그보다 로지타를 더 기쁘게 하고 싶었다.

안나의 아빠는 그 집 문 앞으로 으스대며 걸어갔다. 무슨 꿍꿍이인지 몰라도 그 자식은 고개를 돌려 내 쪽으로 손을 흔들었다. 으레 그 느끼한 미소를 지으며. 내가 자기 친구나 되는 듯이. 하지만 나는 그 자식의 친구가 아니었다. 절대 그의 친구가 될 수 없었다.

그는 시야에서 사라졌다. 로지타는 속에 아무것도 입지 않고 흰 가운만 걸친 채 문을 열어줬을 테지. 그리고 울고 있지 않을 때 나를 향해 짓던 미소와 똑같은 미소로 그 자식을 맞았을 테지. 나는 터무니없이 커다란 그의 파란 차를 노려보다가 문득 생각했다. 다시는 탈 수 없도록 차를 망가뜨려 놓겠다고. 저 차를 몰 수 없다면 다시는 여기 올 수 없겠지. 그러면 로지타도 나와 함께 하는 편이 더 행복하다는 걸 알게 되겠지.

나는 주방 서랍을 뒤져 큰 칼을 찾았다. 엄마가 사 준 고기 써는 칼이었다. 냄비, 프라이팬, 플라스틱 용기, 접시, 식기 등으로 구성된 '초보자용 세트'의 일부였다.

　나는 사실 초보자용 세트를 어떻게 써야 할지 알 수 없었다.
이미 혼자 산 지 꽤 오래됐을 무렵이니까. 더구나 나는 칼이 맘
에 들지 않았다. 너무 무딘 데다 손에 잡히는 느낌도 별로였다.
빵집에서는 훨씬 좋은 칼로 사과를 썰거나 견과류를 다졌는데.
하지만 이 일에는 이 칼이 제격이었다.

　나는 손에 커다란 칼을 쥐고 성큼성큼 밖으로 나갔다. 맞은
편 집 여자가 길가에 얼쩡대고 있었다. 그 여자는 내게 아는 체
를 했다. 당연히 나는 반갑게 인사할 수 없었다. 그 여자의 앞마
당은 동네에서 가장 엉망이었으니까. 여자는 내 손에 들린 칼
을 보았다. 여자의 얼굴이 굳어졌다. "뭘 하려고 그래요?" 여자
가 찢어지는 목소리로 외쳤다. 그렇게 희한한 목소리는 처음 들
어봤다. 목구멍에서 단어를 억지로 쥐어짜내는 소리 같았다. 나
는 여자를 분명히 보았고 그 목소리도 들었지만 그곳에 없는 사
람으로 생각하기로 했다.

　주차된 파란 차가 반짝이고 있었다. 해가 나지 않은 날이었는
데도. 나는 주위를 둘러봤다. 로지타의 집 현관문이 닫혀 있었
다. 나는 로지타가 안나 아빠의 손을 잡고 2층으로 향하는 층계
를 올라 침실로 데려가는 모습을 상상했다. 그 자식은 로지타의
흰 가운을 벗기겠지. 로지타는 그가 잠지를 만지도록 허락하겠
지.

　나는 팔을 쳐들었다가 자동차의 오른쪽 앞바퀴를 힘껏 내리
찍었다. 피식하고 바람 빠지는 소리가 들렸다. 그게 전부였다.

　나는 타이어 네 개를 전부 찌르고 마구 난도질했다. 길 건너편

에 있던 여자가 로지타에게 들리도록 요란하게 비명을 질러댔다.

그래도 나는 멈추지 않았다. 갑자기 그 고급 차의 후드에 붙어 있는 들고양이가 눈에 띄었다. 후드에서 당장 뛰어내릴 듯한 자세로 앉아 있는 은빛 재규어였다. 가엾은 먹잇감을 노리고 있는 것 같았다. 재규어는 연약한 동물의 경정맥에 가차 없이 이빨을 박아 넣는다. 디스커버리 채널에서 자주 봐서 안다.

나는 자동차 후드에서 재규어를 비틀어 떼기 시작했다. 딘딘히 고정돼 있어서 좀처럼 떨어지지 않았다. 그러나 나는 제정신이 아니었다. 미친 사람은 엄청난 힘을 내는 법이다. 나는 재규어를 악착같이 잡아당기면서 입에서 한 번도 들어보지 못한 기괴한 소리를 냈다. 나도 모르게 나오는 소리였다. 내가 입을 열고 있는지조차 의식하지 못하면서도 재규어가 으르렁거리듯이 괴성을 내며 은빛 맹수를 홱 잡아당겼다.

그런 다음 나는 재규어로 앞창을 내리치기 시작했다. 역시나 쉽사리 깨지지 않았다. 창유리는 한참을 버티다가 네 번째로 내리찍자 비로소 별모양으로 쩍쩍 갈라졌다. 결국 재규어는 유리를 산산조각 냈다. 이웃 여자는 비명을 지르고 깨진 유리는 여기저기 흩어지고 나는 다시 으르렁거렸다. 마침내 로지타네 집 현관문이 열렸다.

"뭐 하는 짓이야!" 안나의 아빠가 파랑과 흰색의 줄무늬 사각 팬티만 걸친 채 밖으로 후다닥 뛰어나왔다.

"이 자식이 완전 돌았구나?" 갈라진 목소리였다. 그는 차로 달려왔다. 이제 얼굴에는 웃음기가 전혀 없었다. 그는 차를 휙 둘러보며 얼마나 부서졌나 살피더니 악을 쓰고, 비명을 지르고,

욕을 퍼붓고, 불평을 했다.

로지타는 흰 가운 차림으로 그를 뒤따라 나왔다. 조금 떨어진 곳에 서서 그 자식을 지켜보고 있었다. 나는 그녀의 표정을 읽을 수 없었다. 분노일까, 혐오감일까, 수치심일까, 자부심일까, 모욕감일까, 승리감일까?

"다시는 여기 오지 마." 나는 안나의 아빠에게 단단히 일렀다. 우렁우렁하고 또록또록한 목소리로.

길 건너편 여자가 그 자식에게 내가 무슨 짓을 했는지 일러바치는 사이 나는 내 집으로 돌아갔다. 나는 큰 칼을 주방 서랍에 넣고 손을 씻었다. 마음이 훨씬 가벼워졌다. 아무리 생각해도 잘한 일이었다.

23

이리나

"오늘은 어땠어요?" 내가 물었다.

"뭐, 괜찮았어요." 어린이집 교사 페트라가 대답했다. "저희가 애런한테서 눈을 떼지 않았으니까요."

"다행이네요."

내가 달리 무슨 말을 할 수 있으랴?

"엄마한테 좀 더 관심을 받아서 그런지 훨씬 나아졌어요."

나는 억지로 미소를 지었다. 페트라가 한 번만 더 내 심기를 건드리면 나도 가만있지 않겠다고 벼르면서.

"그러면 내일 봐요."

나는 애런에게 외투를 입혀 차로 데려왔다. 밖은 추웠다. 지난 몇 주간 따뜻한 날씨가 이어지다가 다시 쌀쌀해졌다. 그러자 다들 여름이 오기만을 손꼽아 기다리고 있었다.

"배고파, 엄마."

"레스토랑에 식사하러 갈 거야, 우리 애기."

장 보러 갈 여유가 없었다. 점심시간에 종종 슈퍼마켓에 들러 식재료를 왕창 집어오기도 하지만 오늘은 그럴 틈이 나지 않았다. 다행히 애런은 나랑 외식하는 걸 좋아했다.

"싫어."

"피자 먹을 거야. 너 피자 좋아하잖아. 맛난 피자를 먹고 나면 친절한 아저씨가 막대사탕을 주는 곳 있잖아, 기억 나?"

나는 애런을 카시트에 묶고 내 눈을 마주보게 했다. 애런은 게슴츠레한 눈으로 내 쪽을 바라보긴 했지만 그것뿐이었다. 나를 봐도 내 존재를 의식하고 있다는 느낌은 주지 않았다.

나는 엄마 집에서 모퉁이를 돌면 바로 보이는 피자가게로 차를 몰았다. 음식은 별로 훌륭하지 않았지만 어린이들에게 무척 너그러운 곳이었다. 열다섯 이하의 아이들을 '꼬마 신사'라 부르면서 막대사탕을 아낌없이 나눠주었다.

"네가 좋아하는 음식을 고르면 돼. 피자, 라자냐, 스파게티 뭐든지 괜찮아. 진짜 맛있는 저녁을 먹자구."

우리는 피자가게에 들어갔다. 종업원이 우리 외투를 받아들고 식당 뒤편에 있는 창가 자리로 안내했다.

"집에 가고 싶어."

나는 화딱지가 나서 한숨을 쉬었다. "미안하지만 벌써 여기 왔잖아. 내일은 엄마가 집에서 요리해줄게. 하지만 오늘은 장을 볼 시간이 없어. 그리고 지금 너를 데리고 슈퍼마켓에 갔다가 식사를 준비하려면 시간이 너무 늦어버려. 네가 내일 너무 피곤할 거라구. 그래서 여기서 피자랑 네가 먹고 싶은 음식을 시켜먹는 거야. 너 피자 좋아하잖아, 그치?"

웨이터가 우리 테이블로 왔다. 나는 화이트와인과 레모네이드를 주문했다.

"집에 가고 싶어."

"그럼 이렇게 하자. 음식을 포장해서 가져갈 수 있는지 물어볼게. 하지만 일단 지금은 얌전히 앉아서 기다려야 돼."

그 말이 효과가 있는 것 같았다. 앞으로 10분만 이대로 앉혀

둘 수 있다면 얼마나 좋을까?

"오늘 유치원에서 뭘 했나 얘기해줄래? 또 엄마 주려고 예쁜 그림을 그렸어?"

애런은 의자에서 미끄러졌다.

"너 뭐 하니?"

"집에 갈 거야."

나는 일어나서 아이를 다시 의자에 앉혔다. "앉아 있어. 저녁만 먹고 곧 집에 간대도."

당연히 애런은 소리를 빽빽 질러댔다.

"쉿."

이른 시간이라 레스토랑엔 다행히 손님이 많지 않았다. 그러나 몇몇 고객이 불쾌한 눈빛으로 우리를 째려봤다. 나는 그들을 무시하기로 했다.

웨이터가 음료수를 갖고 왔다.

"자 여기 레모네이드가 왔어요." 그가 말했다. "얼른 마셔요, 꼬마 신사."

"마시기 싫어." 애런이 소리를 질렀다. "꺼져!"

"죄송합니다." 나는 웨이터에게 사과했다. "얘가 오늘 심사가 영 뒤틀렸네요."

"꼬마 신사분이 막대사탕 좋아할까요?"

"저렇게 떼쓰는 애한텐 주면 안 돼요. 그냥 계산서나 갖다 주세요. 애가 더 설쳐대기 전에 여길 나가야겠어요."

"막대사탕 내놔! 집에 가고 싶어!"

"앉아."

내가 소리죽여 꾸짖었지만 아무 소용이 없었다. 애런은 팔을 버둥거리다가 앞에 놓인 레모네이드 잔을 엎었다.

"괜찮습니다." 웨이터는 이렇게 말하고는 타월을 가지러 황급히 달려갔다.

"이게 무슨 짓이야!" 나는 애런의 팔을 꽉 쥐었다. "얌전히 좀 굴 수 없어?"

몇 테이블 떨어진 곳에 앉은 노부부가 나를 지켜보고 있었다. "우리 때는 저러지 않았는데." 노부인의 목소리는 애런이 악을 쓰는 통에도 똑똑히 들렸다.

"마귀할멈." 나는 웅얼거렸다.

애런은 떼쓰기를 멈추지 않았다. 웨이터가 손에 막대사탕을 쥐어줘도, 테이블이 싹 치워지고 새 레모네이드가 앞에 놓여도 마찬가지였다.

"진짜 가봐야겠어요." 나는 웨이터에게 말했다. "계산서 좀 갖다 주실래요?"

"이건 공짜입니다. 손님 잘못이 아니니까요."

나는 눈물이 터져 나올 지경이었다.

웨이터는 내 어깨에 손을 올렸다. "걱정 마세요. 여기선 별의별 일이 다 생긴답니다."

나는 다리를 마구 버둥거리며 소리를 꽥꽥 지르는 아이를 옆에 끼고 레스토랑을 나와야 했다. 나는 눈곱만큼도 남지 않은 품위를 지키려고 일부러 머리를 꼿꼿이 쳐들었다. 하지만 창피해서 죽을 지경이었다. 남들 앞에서 민망한 꼴이나 당하는 무능한 엄마라니.

아이를 카시트에 밀어 넣는 일조차 여간 고역이 아니었다. "너 조금 전만 해도 레스토랑에서 나가고 싶댔잖아? 집에 가자고 떼 쓰지 않았어? 대체 문제가 뭐야?" 나는 자제력을 몽땅 상실하고 신경질적으로 소리를 지르고 있었다. "왜 너는 착한 아이가 될 수 없는 거니?"

하마터면 아이의 뺨을 때릴 뻔했다. 차 밖으로 집어던지거나. 대신 나는 주먹으로 애런의 머리 옆 등받이를 힘껏 내리쳤다.

애런은 휘둥그런 눈으로 나를 보며 곧장 입을 다물었다. 나는 심호흡을 한 다음 애런의 좌석벨트를 채웠다.

"어떻게 해야 착한 아이가 되는지 모르겠어, 엄마." 내가 운전석에 올라 시동을 걸자 애런이 말했다.

나는 뒤를 돌아봤다. 조그만 얼굴과 풀 죽은 커다란 눈을 보자 나는 눈물이 왈칵 쏟아질 것만 같았다. 애런의 말이 옳았다.

우리는 저녁으로 달걀 프라이와 오이 샐러드를 먹었다. 그런 다음 수족관을 지켜보다가 상어 퍼즐을 다 맞추고 물고기 백과 사전을 읽었다.

잠든 애런을 보며 나는 1년 전 스페인 테네리페 섬에서 보낸 휴가를 돌이켜봤다. 우리는 하루 종일 파도타기를 하고 놀았다. 조개껍데기를 줍고 모래성을 지었다. 물가에 가만히 있으면 파도에 떠밀려 바다로 끌려들어갔다. 하지만 저녁 무렵에 애런은 호텔방으로 돌아가기 싫다며 떼를 쓰기 시작했다. 나는 애런을 간질이며 말했다. "요 녀석! 오늘 너무 재밌게 놀아서 방에 돌아가기도 싫다는 거야? 내일은 더 신나게 놀면 되잖아."

그때는 정말로 행복했다. 심지어 좋은 엄마가 된 듯한 착각마저 들었다. 나는 조만간 다시 휴가를 떠나기로 결심했다. 왜 여태 휴가 갈 생각을 못했던 건지? 어쩌면 휴가철 막바지에 며칠 시간을 낼 수 있을지도 모른다.

레이를 시설로 보낼 때 엄마는 어떤 심정이었을까? 새 우두머리 수컷이 등장하는 순간 자기 뱃속에 있던 어린 새끼를 유산시켜버리는 어미 보노보 원숭이 같은 행동은 아니었을까? 조금이라도 서운하기는 했을까?

나도 엄마 노릇이 죽도록 힘든 건 사실이지만 그렇다고 애런을 어디 보내버릴 생각은 도저히 할 수 없다. 그 애를 사랑해서이기도 하지만 죄책감을 안고 살 수는 없을 것 같아서다. 그렇게 보면 모성애는 스톡홀름 증후군(범죄심리학 용어로, 인질이 인질범에게 동화 혹은 동조하는 비합리적인 현상을 뜻한다.-옮긴이)의 다른 이름이 아닐까?

레이에 관한 기사 스크랩을 다시 살펴봤다. 그에 대한 성장 배경이나 환경에 대한 정보는 거의 찾아볼 수 없었다. 그가 쓸쓸한 외톨이로 살았다는 주위 사람들의 증언이 전부였다. 그리고 빵집에서 일한 적이 있다는 것 정도.

"이웃들을 만나도 못 본 척 그냥 지나갔어요." 레이의 이웃 사람이 〈텔레그래프〉와의 인터뷰에서 밝혔다. "먼저 인사를 건네도 들은 척도 안 했죠."

로지타는 레이가 가깝게 지내던 유일한 이웃이었다. 나는 그 여자의 사진을 유심히 들여다봤다. 입이 크고 곱슬머리를 멋대로 흐트러뜨린 지중해 분위기의 여자였다. 전형적인 미인은 아니었지만 꽤 육감적이었다. 그 여자의 딸 사진도 있었다. 까무잡잡한 엄마와 달리 아이는 창백하리만치 흰 피부였다. 로지타는 카메라 렌즈를 보며 활달하게 웃고 있었지만 안나는 다소 내향적인 아이 같았다.

나는 살인사건의 경위에 대한 설명을 한 번 더 읽어봤다. 레이는 옆집에 사는 이웃과 딸을 날카로운 흉기로 살해한 다음 그 옆에 앉아서 담배를 피웠다. 시신 위에 담뱃재가 떨어져 있었고 아이의 팔에 꽁초를 비벼 끈 화상 자국이 남아 있었다. 그게 무엇을 의미할까? 잔인한 폭력성을 유감없이 분출한 직후에 유유히 흡연을 즐기다니.

나는 레이의 얼굴을 떠올리며 그가 그런 짓을 하는 모습을 상상하려 애썼다. 그토록 꼼꼼하게 관찰기록장을 쓰고 눈을 지그시 감은 채 물고기 이야기에 귀를 기울이던 레이. 그런 사람이 그렇게 끔찍한 짓을 저질렀을 리 없다. 도저히 어울리지 않는다.

나는 진짜 범인의 정체를 밝히고 레이를 치료감호소에서 빼내는 상상을 하기 시작했다. 언젠가 우리 가족이 모두 모여 행복하게 살게 될 날을 그리기 시작했다.

24

레이

"11시에 약물 검사가 있어요." 아침 식사 시간에 안경 쓴 사회 복지사가 말했다.

나는 공장에서 만든 흐물흐물한 빵조각에 꿀을 펴 바르고 있었다. 겉은 바삭바삭하고 속은 말랑말랑한, 살짝 새콤한 향이 나는 불로뉴 빵이 그리웠다. 거기에 신선한 버터만 바르면 다른 건 아무것도 필요 없는데.

그는 짜증스럽게 한숨을 쉬었다. "사람이 말을 하면 쳐다봐야죠. 그리고 내 말을 알아들었다는 표시 정도는 해야죠."

나는 고개를 들었다. "네."

"네라니, 뭐가요?"

"알아들었어요."

"11시 5분에 데리러 올게요. 같이 병원 건물로 가야 돼요. 거기서 컵에 소변을 볼 거예요. 여기 처음 온 날처럼요."

나는 칼을 떨어뜨렸다. 그 여자 앞에서 또 오줌을 눠야 하다니. 의심스러운 눈초리로 내 고추를 빤히 들여다보는 여자. 여자들은 항상 나를 실망시킨다. 내 여동생이라 우기면서 나를 놀리지를 않나, 나를 좋아하는 척하면서 창피를 주질 않나. 갑자기 입맛이 뚝 떨어졌다.

"긴장돼?" 한크가 물었다. 그는 자기 어깨 뒤를 힐끔 돌아보더니 다시 소곤거렸다. "물을 많이 마셔. 최소 3리터. 그러면 오줌이 맹탕이 되니까 아무것도 걸리지 않아."

"뭐라고?"

"말귀를 못 알아들었어? 다시 설명해주지. 물을 많이 마셔서 오줌을 희석하란 말이야. 그러면 약을 한 흔적이 나타나지 않는다고. 알겠어?"

"하지만 나는 약을 하지 않아."

그는 껄껄 웃었다. "여기 약 안 하는 놈이 하나라도 있는 줄 알아? 우리가 무슨 힘으로 버틴다고 생각해?"

"둘이서 뭐라고 속닥거리고 있어요?" 사회복지사가 물었다. "당신 둘은 식사 시간에 떨어져 앉는 게 좋겠네요. 디팍, 한크랑 자리 좀 바꿔 줄래요?"

나는 한크를 별로 좋아하지 않았다. 하지만 어떤 녀석인지는 어느 정도 파악하고 있었다. 그의 담배 냄새와 겨드랑이 땀자국에도 이미 익숙해졌다.

디팍은 여기 온 지 얼마 되지 않았다. 그는 피부색이 짙었다.

"저런 동남아 새끼들은 믿을 수가 없어." 한크가 말했다. "누가 10유로만 쥐어줘도 네 마누라를 따먹고 나서 너를 쏴 죽일걸."

디팍은 내 옆자리에 철퍼덕 주저앉았다. "내가 왜 이 저능아 옆에 앉아야 하지?" 그가 큰 소리로 말했다. 여기저기서 키득거리는 소리가 들렸다.

디팍은 강간범에 푼돈을 받고 사람을 죽이는 청부업자였다. 그런 놈 주제에 나를 저능아라 부르다니. 자기 일이나 잘 할 것이지. 화가 나서 미칠 지경이었다. 나는 이 자리에 있는 것도, 사람들이 나를 두고 이러쿵저러쿵 하는 것도 싫었고 저능아 소리를 듣는 건 더더욱 싫었다.

"난 저능아가 아니야." 휴게실에서 내가 그렇게 큰 소리를 내기는 처음이었다. 내 방에서야 감옥에서 하던 대로 가끔씩 큰 소리로 떠들고 고함을 치기도 했다. 그러나 벌건 대낮에 여기서 상소리를 입에 달고 사는 욕쟁이들과 정신병자, 사기꾼에 둘러싸여 있을 때는 최대한 입을 닫고 있는 게 상책이었다.

"잘 한다, 레이누스!" 옛 룸메이트가 이 사이로 휘파람을 불었다. "당장 조져버려."

모두들 떠들썩하게 웃어댔다. 개중에 디팍의 웃음소리가 가장 요란했다.

몸이 부들부들 떨렸다. 내 접시 옆에 놓인 칼을 집어 공중에서 휘둘렀다.

안경 쓴 사회복지사가 놀라서 벌떡 일어섰다. "자자, 진정해요. 칼을 내려놓고 샌드위치나 마저 먹어요."

"이 샌드위치 진짜 역겨워." 나는 내 말을 강조하려고 칼을 이리저리 흔들었다. "너희들은 잘 만든 빵이 어떤 맛인지는 꿈에도 모를걸! 알 턱이 없지! 그러니까 너희들이야말로 저능아야." 내 입에 부글부글 거품이 일었다. 역겨운 빵과 접시, 식탁에 침방울이 마구 튀었다.

"그 무뎌빠진 식사용 칼로 뭘 어쩌겠다는 거예요? 당장 내려놔요. 함부로 설치다간 징벌방 신세예요." 사회복지사가 으름장을 놨다.

"이봐, 어서 앉으라고." 렘브란트가 말했다. 모두들 고개를 돌려 그를 봤다. 갑자기 방 안이 잠잠해졌다. "레인맨도 일부러 소란을 일으킬 생각은 없었다고, 안 그래? 우린 다 괜찮아."

나는 내 이름이 레인맨이 아니고 우리가 다 괜찮지도 않다고 똑똑히 외치고 싶었다. 하지만 '징벌방'이라는 말에 나는 움츠러들었다.

"렘브란트, 당신이 여기 대장이라도 돼요?" 사회복지사가 말했다. 어쨌든 그도 자리에 앉았다.

"말썽을 피우는 건 곤란해요." 안경 쓴 사회복지사가 나와 함께 병원 건물의 복도를 걸어가며 이렇게 말했다. 경비원이 우리 뒤를 따랐다.

우리는 앞마당에 있는 상점 앞을 지나갔다. 그 상점에서 우리는 한 주에 한 번 경비원의 감독하에 쇼핑을 할 수 있었다. 그곳에서는 콩 통조림, 담배, 면도용품 따위를 취급했다. 물건 값은 바깥세상의 슈퍼마켓에 비하면 터무니없이 비쌌다. 물론 거기에 대해 불만들이 많았다. 재소자 한 명이 단식투쟁을 제안했지만 별로 호응은 얻지 못했다.

흰 가운을 입지 않은 간호사가 병원 건물에서 나를 기다리고 있었다. 뢰메르만 박사가 직원들이 왜 흰 가운을 입지 않는지 설명해주었다. 일부러 안 입는다는 것이다. 우리와 차별을 두고 싶지 않아서라나. 유니폼을 입는 건 경비원들뿐이었다. 나는 누가 누군지 헷갈렸다. 환자, 의사, 사회복지사, 간호사를 전혀 구분할 수 없다니. 벨트에 차고 있는 삐삐와 목에 건 이름표가 전부다. 그 줄은 슬쩍 당기기만 해도 금방 끊어질 것 같다. 우리가 그걸로 그 사람들 목을 조르는 건 어림도 없다.

"어떻게 해야 하는지 잘 알 텐데요." 간호사가 무뚝뚝하게 말했다. "바지를 무릎까지 내리고, 셔츠를 올리고 컵에다 소변을 받아요."

나는 꿈쩍하지 않았다. 컵이랑 옆에 있는 거울만 노려보고 있었다.

"오늘 좀 긴장했나 봐요." 안경 쓴 사회복지사가 말했다. "아침 식사 시간에 사소한 말썽이 좀 있었거든요."

나는 소변기 쪽으로 천천히 다가가 그 앞에 섰다.

"바지를 내려요."

나는 청바지 단추를 더듬었다. 손이 너무 바들거려서 제대로 풀 수가 없었다. "못 하겠어요."

"또 이러시네." 간호사가 말했다.

단추가 억지로 열리고 지퍼가 확 내려갔다.

"바지를 내려요."

타일로 마감된 공간에 서늘한 냉기가 흐르고 있었다. 늘 26도로 유지되는 여과된 중성수에서 헤엄치며 노니는 내 물고기들이 떠올랐다.

"이봐요, 꾸물거릴 시간 없어요!"

나는 바지를 내린 다음 팬티도 내렸다. 거울 속에 힘없이 축 늘어진 내 고추가 보였다. 나는 그것을 잡고 용기에 갖다 댔다.

"셔츠도 올려야죠." 간호사가 퉁명스럽게 말했다.

나는 내 고추를 내놓고 셔츠를 겨드랑이까지 걷어 올렸다.

"이제 컵에 소변을 받아요."

내 고추가 거부하고 있었다. 나는 느낄 수 있었다. 그래도 노력을 했다. 나는 오줌을 짜내려고 용을 썼다.

"몇 번을 말해야 알아들어요?" 간호사가 말했다. "오늘 물은 충분히 마셨어요?"

"그런 것 같아요." 안경 쓴 사회복지사가 말했다. "자기 오줌에서 뭐가 검출될까 걱정인가 보죠."

"지난번엔 깨끗했는데요."

"저 자식들이 얼마나 잔꾀를 부린다고요."

고추에서 몇 방울이 똑똑 떨어지다가 가느다란 물줄기가 되었다.

"좋아요, 이젠 옷을 입어요."

나는 울고 싶은 심정으로 청바지와 팬티를 끌어올렸다. "토성, 마리아, 한니발, 킹콩." 나는 큰 소리로 말했다. "마지와 땅콩, 금성과 건포도, 프랑수아."

"저 사람 왜 저러죠?" 경비원이 안경 쓴 사회복지사에게 물었다.

방으로 돌아가면서 나는 물고기들의 이름을 부르고 또 불렀다.

"오늘은 하루 종일 방 안에서 쉬는 게 좋겠네요." 안경 쓴 사회복지사가 말했다.

하지만 사람들은 내가 방에서 쉬도록 내버려두지 않았다. 사진을 자세히 보고 순서대로 정리하면서 하루를 보내려고 했더니, 금방 누가 나를 데리러 왔다. 나는 치료실로 불려갔다.

지니가 그곳에서 나를 기다리고 있었다. 며칠 만에 처음 보는 셈이었다. 내가 가르쳐 준 대로 모반죽을 숙성시키고 있는지 꼭 물어보고 싶었는데. 물론 지니에겐 반죽을 일정한 온도로 유지하는 장비는 없지만 내가 알려준 대로 했다면 문제없을 것이다.

나는 주위에 사람이 별로 없을 때 지니와 이야기하는 게 좋았다. 그녀와 함께 있으면 내가 유식한 사람처럼 느껴졌다. 하지만 조금 긴장되기도 했다. 특히 렘브란트한테서 지니도 원할 테니 엉덩이를 꼬집어 주라는 말을 들은 이후로. 어쩌면 지니도 내가 그래주길 바라고 있을지 모른다고 했다. 나는 그게 사실인지, 만약 그렇다면 언제 하는 것이 좋을지 알아내고 싶었다. 하지만 그럴 기회를 잡지 못했다.

하루는 지니가 나를 불렀다. 그녀는 간이주방 싱크대에 서서 샌드위치를 만들다가 고개를 돌려 나를 불렀다. 그녀는 몸에 딱 붙는 청바지를 입고 있었다. 그녀의 엉덩이는 로지타보다 컸지만 역시나 예쁠 것 같았다.

나는 그녀의 뒤태에서 눈을 떼지 못한 채 그쪽으로 다가갔다. 심장이 콩닥거리기 시작했다. 가슴이 묵직해서 숨이 잘 쉬어지지 않았다. 바로 지금이 기회다. 지니의 바로 뒤에 서서 렘브란트가 일러준 대로 그녀에게 손을 뻗쳤다. 그 순간 지니가 몸을 돌렸다. "이 뚜껑 좀 열어줄래요? 도저히 안 열려요."

"앉아요, 레이." 지니의 목소리는 빵 만드는 이야기를 할 때와는 딴판이었다. 전혀 다정하지 않고 쌀쌀맞기만 했다. 이유가 궁금했다. 내가 뭘 잘못했나? 지니가 반죽을 망쳐버렸나?

경비원은 문 옆에 서 있었다. 이 사무실에 들어오면 나는 대개 의사와 단둘이 남겨졌는데. 경비원이 왜 이 안에 있지? 뭐가 잘못됐나?

지니는 책상에 팔꿈치를 얹고 양손의 깍지를 끼더니 한숨을 푹 쉬었다. "당신이 약물검사를 받으러 간 사이 우리가 당신 방을 수색했어요. 통상적인 절차죠. 입소자가 처음으로 면회인을 받고 나면 늘 거치는 과정이에요."

면회인. 내 여동생이라고 주장하는 이리나란 여자다. 내게 물고기 사진을 갖다 준 사람. 그녀가 와서 좋았다고 생각했는데 지금은 잘 모르겠다. 사람들이 내 방에 들어가서 내 물건에 손을 댄 게 모두 그녀 때문이라니.

"누가 내 방에 들어갔어요?"

"내가 들어갔어요." 지니가 말했다. "경비원 한 분이 동행하셨고요. 그게 어때서요?"

지니가 내 방에 들어간 건 별로 나쁘지 않다. 그 정도는 참을 수 있다. 지니는 좋은 냄새가 나고 손도 작으니까. 그러나 손이 커다란 경비원이라면 얘기가 다르다.

"실망스럽게도 이것이 발견됐어요." 지니는 흰 가루가 든 봉지를 들어올렸다. 코카인이다. TV에서 자주 봤고 감옥에서도 본 적이 있다. 다만 그렇게 커다란 봉지는 처음 보았다. 내 옛 룸메이트가 자기 마약 봉지를 보여준 적이 있다. 똘똘 뭉쳐서 콧구멍에다 숨길 수 있을 만큼 작았다. 물론 콧구멍이 좀 아프긴 했을 거다.

"좋은 게 뭐냐면 말이야." 그가 말했다. "콧구멍은 쓰면 쓸수록 커진다는 거야. 콧구멍 사이의 격막이 점점 썩어 문드러지면 약을 숨길 공간이 더 늘어나지." 그는 요란하게 웃어젖혔고 나는 그 소리에 혼이 빠질 것 같아 귀를 틀어막았다.

그런데 이제 지니가 가루 봉지를 집어 들었다.

"누구 거예요?" 내가 물었다. "누구 콧구멍에도 들어갈 것 같지 않은데."

"물론 한꺼번에는 못 집어넣겠죠." 지니가 말했다.

"그게 어떻게 내 방에 들어갔죠?" 내가 물었다.

"지금 당신한테 그걸 묻고 있잖아요." 지니는 팔짱을 낀 채 내 쪽으로 몸을 기울였다.

"몰라요. 내 거 아녜요." 머릿속이 복잡해지고 있었다. 나는 열심히 머리를 굴렸다. 적절한 말을 찾으려고 애썼지만 입 밖으로 나오지 않았다. 그래서 나는 같은 말만 계속 되풀이했다. "몰라요. 몰라요. 몰라요. 몰라요."

"약봉지에 발이 달려서 당신 방에 걸어 들어가진 않았을 텐데요." 지니가 말했다. "정말 실망이에요, 레이. 이런 사람인 줄은 몰랐네요." 그녀는 웃음기 없는 얼굴로 나를 노려봤다. 그러는 사이 내 머리와 양손은 제멋대로 춤을 추고 있었다.

나는 어떻게 해야 할지 알 수 없었다. 엄마 같으면 방법을 잘 알 텐데. 하지만 엄마는 내게 더 이상 연락하지 말라고 했다.

"당신이 반성의 기미를 보일 때까지 권리 일부를 제한할 예정이에요. 앞으로 4주 동안 자유시간에 병실에서 나오지 못해요. 정원 일을 할 수 없다는 뜻이에요."

나는 그녀의 말뜻을 서서히 알아차리기 시작했다. 울타리. 이제는 울타리를 손질할 수 없게 됐다. 맙소사! 늘 이런 식이다. 사람들은 나한테 끔찍한 잘못을 덮어씌운 다음 내가 사랑하는 것들을 모조리 빼어간다. 로지타와 안나, 물고기, 빵집, 이젠 정원일까지.

"울타리는 안 돼요." 나는 애원했다. "자유시간은 괜찮아요. 그런 건 없어져도 아무렇지도 않아요. 하지만 울타리는 절대 안 돼요! 난 아무 잘못도 안 했다고요. 마약은 내 것이 아녜요. 진짜라고요."

"마약이 당신 병실에서 발견됐으니 발뺌해도 소용없어요. 그래봤자 좋을 거 없다고요." 지니가 말했다. "앞으로 19개월 뒤에 당신의 첫 평가 공청회가 있어요. 당신이 죄를 인정하고 새사람이 됐는지 평가를 받는 날이죠. 평가 결과가 좋으면 사회로 복귀할 기회도 잡을 수 있어요. 하지만 자꾸 거짓말만 하고 아무것도 배울 생각이 없는 사람은 절대 사회로 나갈 수 없어요."

배운다고? 여태 배운 거라곤 내가 무슨 말이나 행동을 하든 달라질 게 전혀 없다는 사실뿐이다. 사람들은 항상 나를 골탕 먹일 방법을 찾아낸다. 지금까지 늘 그랬다. 더 이상은 당할 수 없다. 여기서 뭘 더 뺏겨야 한단 말인가?

"나는 방에 마약을 보관하지 않아요. 흰 가운을 입지 않은 여자 앞에서 컵 안에 오줌을 누는 사이에 다른 사람이 숨겨놨겠죠. 오줌 검사도 얼마나 받기 싫은지 몰라요. 다른 사람이 했지 절대 내가 한 일이 아녜요."

"이런 일이 생겨서 유감이네요." 지니가 말했다.

나는 지니에게 모반죽 만드는 방법을 알려줬는데 그녀는 나한테서 울타리를 뺏어갔다. 나는 화가 나서 미칠 지경이었다. "정원 일은 안 돼요!" 나는 갈라지는 목소리로 말했다. "내가 가진 건 이미 다 뺏어가 놓고 뭘 더 뺏으려고 해요?"

"진정해요, 레이." 하지만 나는 그 말에 더 화가 치밀었다. 나는 지니를 붙잡고 내가 말을 안 들을 때 엄마가 했던 것처럼 마구 흔들었다.

"정원 일은 안 된다구요!" 이제 나는 마구 소리를 지르고 있었다. 지니와 경비원이 아니라 세상 전체에 따지고 싶었다. 아니면 허리에 천을 두른 정원의 조각상에게. 우리 엄마나 내 여동생이라고 주장하는 이리나에게. 누가 와서 나를 도와 줬으면! 제발 누구라도! "정원은 안 돼요!"

"그만 좀 해요." 지니가 말했다. "이쯤 하자고요. 어서 당신 방으로 돌아가요."

내가 방으로 순순히 돌아갔다면 거기서 끝났을 것이다. 경비원이 내 어깨에 손을 얹었다. "일어나요."

나는 할 말이 남아있었다. 설명을 해야 했다. 그러나 그들은 들으려고 하지 않았다. 아무도 내 말에 귀를 기울이지 않았다. 책상 위에 놓인 볼품없는 화분이 눈에 띄었다. 옛날 감옥 작업장에서 내가 하던 일 중 하나는 식물의 이름과 관리 방법이 인쇄된 스티커 라벨을 화분에 붙이는 일이었다. 아니면 너트에 볼트를 조이거나. 이 식물의 이름은 '행운목'이었고 빛이 많이 필요한 아이였다. 스티커 라벨을 적어도 6백 번은 읽어서 잘 안다.

나는 화분을 움켜잡고 지니의 머리 바로 옆으로 던졌다. 벽에 맞아 깨진 화분의 파편이 사방으로 날아갔다. 하나는 내 이마까지 날아왔다. 흙은 흰 벽에 짙은 얼룩을 남겼다.

지니는 옆으로 몸을 피했지만 화분은 그녀의 머리를 스치고 날아갔다. 그녀를 맞출 생각은 전혀 없었는데.

경비원이 내 양팔을 뒤로 거칠게 비틀어 수갑을 채웠다. 나는 동물처럼 울부짖기 시작했다. 어쩌면 내가 진짜 동물이라서 늘 모든 걸 뺏기기만 했는지도 모른다. 엄밀히 따지면 내 물고기들도 동물이지만 그 애들은 뭐 하나 부족함이 없는데.

문이 벌컥 열리더니 조그만 방 안에 갑자기 경비원이 몰려 들어왔다. 나는 다리를 움직일 필요도 없다. 그들이 나를 방에서 끌어낸 다음 복도와 안뜰을 지나 다른 문들로 데려갔으니까. 나는 계속 비명을 지르며 몸을 버둥거렸다. 이곳을 벗어나고 싶었다. 여긴 내가 있을 곳이 아니다. 난 아무 잘못이 없다.

경비원들은 나를 부직포 시트가 씌워진 침대 하나만 달랑 놓인 골방으로 데려갔다. 징벌방이었다. 징벌방이 틀림없었다. "이거 놔요! 날 보내줘요!" 나는 소리를 질렀다. 아무도 듣지 않았다. 적어도 다섯 명의 경비원이 나를 에워싸고 있었지만 아무도 내 말을 듣지 않았다. "난 잘못이 없어요!"

그들은 나를 엎드린 상태로 침대에 팽개쳤다. 그런 다음 내 바지를 끌어내렸다. 나는 몸부림치며 저항했지만 여럿의 힘을 감당할 수는 없었다. "주사를 놓겠어요." 흰 가운을 입지 않은 간호사가 말했다. 내 엉덩이에 주사바늘이 무자비하게 꽂히자마자 머리가 멍해졌다. 그들은 수월하게 내 옷을 벗겼다.

그 순간 나는 로지타가 간절히 보고 싶었다.

25

이리나

바텔스 앤 마르타에 입사 후 처음 몇 달간은 마르타와 친해지려고 무척 애를 썼다. 우리 회사에는 아홉 명의 정예 직원이 있었는데 접수 담당자를 제외하면 여성 동료는 마르타가 유일했다. 마르타는 로펌 공동대표이기는 하지만 나는 그녀와 잘 지내보고 싶었다.

언젠가 마르타와 좀 친해지려고 점심을 같이 먹자고 제안했더니 그 여자는 나를 머리 주위를 웽웽거리는 성가신 파리 보듯 쳐다봤다.

적어도 양해를 구하거나 거절하는 이유를 솔직히 밝히기를 기대했지만 그 여자는 그냥 싹 무시할 뿐이었다.

전혀 섭섭하지 않았다고 한다면 거짓말일 거다. 내가 뭘 잘못했길래 저렇게 나오나 싶어 자존심이 팍 상했다.

하루는 인턴 한 명이 내게 털어놓았다. "아무래도 마르타 변호사님이 저를 탐탁지 않게 보시는 것 같아요. 제가 뭘 잘못했는지 여쭤봐야 할까요?"

그 순간 문득 깨달았다. 초등학교 때 모든 학생들을 주눅 들게 만드는 선생님이 있었듯이 마르타에게는 사람들로 하여금 어떤 행동을 하든 왠지 잘못한 것처럼 느끼게 만드는 수상한 재주가 있다는 사실을.

11시부터 11시 30분 사이에 바텔스와 회의 약속이 잡혀 있었다. 그가 무슨 말을 꺼낼지 짐작이 가고도 남았다. 나는 침착하게 대응하기로 마음먹었다. 사과할 생각은 눈곱만치도 없었지만 피터 베숍에 대해 냉정을 잃은 것에 대해 곱게 인정하고 다시는 그러지 않기로 약속할 생각이었다. 바텔스는 가끔씩 부당한 요구를 할 때도 있고 너무한다 싶을 때도 있지만 금방 이성을 되찾곤 했다. 오늘도 그러기를 바랄 뿐이었다.

바텔스의 사무실에 들어가다가 창가에 서 있는 마르타를 봤다. 그 여자는 고개를 살짝 까딱했다.

"마르타도 불렀어." 바텔스가 말했다. "어제 일에 대해 마르타도 같이 듣는 게 좋을 것 같아서."

나는 저 여자가 왜 이 자리에 있어야 하는지 의아해하며 목청을 가다듬었다. "알겠습니다. 사과할 생각은 없지만 어제 제가 다소 감정적으로 행동했던 점은 인정합니다."

바텔스는 거대한 책상 앞에 앉아 있었다. 그의 책상 의자는 맞은편에 놓인 의자보다 몇 인치 높아서 항상 상대를 내려다 볼 수 있었다.

"감정적이었다기보다 '광분했다'고 표현해야 할 것 같은데."

"바텔스…" 마르타가 바텔스의 표현이 지나치다는 듯 혀를 끌끌 찼지만 나를 두둔하려는 뜻은 아닐 터였다.

"도저히 용납할 수 없는 태도였어." 바텔스가 말을 이었다. "무엇보다 피터 베숍은 우리 회사의 오랜 단골이잖아. 어제 일은 참사라고 봐야 할 지경이야."

공식적으로 견책 처분을 내리겠군, 하고 나는 생각했다.

바텔스는 의자에 등을 기댄 채 책상 위로 손을 뻗었다. "당신이 업무와 사생활을 제대로 구분하고 있는지 심히 의심스러워. 당신의 개인적인 생각이야 우리가 이러니저러니 할 입장이 아니지만 변호사로서 고객에게 굳이 하지 말아야 할 말도 있는 법이잖아? 당신이 사적인 문제 때문에 의무를 소홀히 하고 있는 것도 걱정이야."

속에서 분노와 불만이 부글부글 끓어올랐다. 하지만 소리를 지르거나 울음을 터뜨리는 건 안 될 일이었다. 하지만 뜻하지 않게 내 목에서 날카로운 목소리가 튀어나왔다. "저라고 아들 때문에 걸핏하면 불려 다녀야 하는 게 어디 달가운 줄 아세요? 그게 문제라면…"

"나 좋자고 하는 말이 아니야." 바텔스가 내 말을 막았다. "다 당신을 위해서 하는 말이지. 서른세 살엔 무슨 일에든 자신만만해야 돼. 그런데 내가 보기에 당신은 힘에 부쳐서 허덕이고 있어. 눈 밑이 축 처졌다고. 알고 있어?"

"무슨 말씀을 하고 싶으시죠? 뚜쉬 에끌라를 제 업무비로 처리해도 된다는 말씀인가요?"

"뚜쉬 뭐?"

"뚜쉬 에끌라." 창가의 마르타가 끼어들었다. "입생로랑 화장품이죠."

"이름이 뭐라고?"

"신경 쓰지 마세요." 내가 말했다.

"컨실러예요." 마르타가 설명했다. "눈 밑 살을 가리는 용도죠. 한번 사용해 보시든지요."

바텔스는 마르타를 한 번 쩨려보고는 나를 돌아봤다. "당신한 테 공식적으로 견책 처분을 내릴까 생각중이야."

올 것이 왔구나 싶었다.

"그냥…, 생각 중이시라고요?"

"이래서 이리나가 마음에 들어." 바텔스가 마르타에게 말했다. "송곳처럼 예리하거든. 젊었을 때의 당신이랑 똑같잖아." 미소를 짓는 사람은 바텔스뿐이었다.

내 착각인지도 모르지만 마르타의 얼굴에 같은 여자로서의 연대의식이 떠올랐다.

"어쨌든, 이리나, 내 말을 정확하게 들었네. 나는 분명히 '생각 중'이라고 했고 그 생각의 방향은 당신 하기에 달렸어."

나는 고개를 끄덕였다. 아직은 잘릴 때가 아닌 모양이다.

"그리고 이왕 두 사람이 모였으니 하는 말인데, 그 재심 사건 얘기 좀 해 볼까?"

"정신 치료감호소에 있다는 재소자 말이에요." 마르타가 말했다.

"흥미로운 사건입니다." 화제가 바뀐 것을 기뻐하며 내가 말했다. "그 남자는 옆집 여자와 그녀의 어린 딸을 살해한 혐의로 유죄판결을 받았어요. 하지만 남자에게 발달장애가 있어서 심리치료 치료감호소로 보내졌습니다. 그런데 계속 자기가 결백하다고 주장하고 있어요."

"DNA 증거로 판결을 뒤집을 수 있게 되면서부터 감옥에 있는 수감자가 전부 자기 결백을 주장하고 나서게 됐지." 바텔스가 말했다. "덕분에 우리 수입도 더 짭짤해졌고 말이야."

"그렇습니다." 나는 그렇게 대답했지만 그의 말에 동의할 수는 없었다.

"좋아, 이러나. 회사에 새 일거리를 끌어오는 건 잘 하는 일이야. 일단 고정 고객만 확보하면 당신도 파트너 변호사가 될 수 있어. 물론 개인적인 문제나 방금 얘기한 다른 문제들을 해결하고 나면 말이야. 이 사건을 어디까지 검토했지?"

"아직은 지지부진합니다. 공식 법원 기록은 조사하지 못했고 언론 기사만 훑어봤어요."

"언론에 휘둘려서 옆길로 새면 곤란해요." 마르타가 다시 우리에게 등을 돌린 채 말했다. 창밖에 뭐가 그리 재미있는 게 있나 싶었다.

"알고 있습니다."

"어쩌자고 아직 법원 기록도 확보를 안 해놨어? 재심위원회에 청구는 했어?" 바텔스가 물었다.

"아직 못했어요. 하지만 며칠 내로 가능합니다."

"일처리는 똑 부러지게 해야지. 할 일은 반드시 해야 돼. 훌륭한 변호사는 일단 맡은 사건은 절대 포기하지 않는다고."

나는 온순한 여자애처럼 고개를 끄덕였다. 이래저래 새 일자리를 알아보긴 해야 할 모양이다.

"그럼 이제 자리로 돌아가게."

나는 호퍼 치료감호소에 전화를 걸어 메드에게 연결해달라고 부탁했다. 다음 면회 일정을 잡기 위해서였다. 그러나 메드는 레이가 징벌방에 갇혀 있어서 면회를 받을 수 없다고 했다.

"징벌방이라니요? 왜요?" 내가 물어다.

잠시 침묵이 흘렀다. "이리나 씨가 다녀가신 후 레이의 방에서 마약이 발견됐거든요."

"네?"

"이 치료감호소 내부에서도 엄청난 양의 마약이 은밀히 거래 되고 있어요. 첫 외부 면회자를 받고 나면 재소자의 방을 검사 하는 것이 여기 빙침입니다."

"전 맹세코 마약을 몰래 들여가지 않았어요." 내가 말했다.

"저도 당신을 믿고 싶네요. 솔직히 앞뒤가 맞지 않거든요. 레 이의 소변은 깨끗했어요. 백 퍼센트 음성으로 나왔죠. 평소에 마 약을 하는 사람이라면 참지 못하고 당장 시험해 보거든요. 손에 넣자마자 피우거나 흡입하게 돼 있어요. 어쨌든 레이한테서는 마 약을 한다고 의심할만한 정황을 찾을 수 없어요."

"그리고 저는 그 마약을 제가 넘겨주지 않았다고 백 퍼센트 장담해요." 나는 분을 못 이기고 소리쳤다.

"레이 방에서 발견된 코카인의 양을 보면 레이가 마약 거래에 관여했다고 추정할 수 있습니다."

"그 말을 누가 믿겠어요? 레이를 보면 알잖아요."

"그럴 사람이 아닌 것 같긴 합니다만 속으면 안 돼요. 겉모습 만 보고는 모르는 법이죠. 확실히 밝히기 위해서 조사를 시작했 습니다. 하지만 결과가 어떻든 당신이 블랙리스트에 오를 가능성 이 커요."

"어이가 없군요! 난 그 일과 아무 상관이 없어요."

"관리과에 편지를 보내 보세요."

"만약 제가 레이의 변호인이 되면 뭐가 좀 달라질까요?"

"그의 변호인이 되시면 원할 때마다 방문하실 수 있죠."

"그러면 훨씬 편하겠네요."

"네. 그렇다면 공식적으로 그의 법률대리인 신청을 해 보세요. 필요하시면 신청 양식을 메일로 보내드릴게요."

"네, 부탁드려요. 저를 믿으시는군요? 제가 마약을 반입하지 않았다고요."

그는 잠시 침묵하다가 대답했다. "네, 믿어요."

"다행이네요."

"양식을 작성해서 저한테 다시 보내주세요. 무제한 방문 허가가 나오는 대로 연락드릴게요. 처리에 보통 삼 일 남짓 걸립니다만."

"고맙습니다."

"다음번에 여기 오시면 저를 좀 만나셔야겠네요. 레이가 호퍼 치료감호소에서 어떤 수난을 겪고 있는지 제가 자세히 말씀드릴게요."

"참 감사하네요."

"그러면 그때 봅시다."

내 마음은 놀랄 만큼 평온했다. 메드가 들려준 소식은 전혀 반갑지 않았는데도. 옆집의 괴물은 정말 마약까지 거래했을까? 아니면 그마저도 억울한 누명일까?

26

레이

내가 안나 아빠의 차 타이어를 난도질하고 며칠 뒤에 로지타가 우리 집 문 앞으로 찾아왔다. 나는 자주색 커튼 뒤에서 그녀가 다가오는 모습을 보았지만, 풍성하게 주름이 잡힌 커튼 뒤로 얼른 몸을 숨겼다. 엄마는 그 주름이 '고급스러워 보인다'고 했었다.

"집에 있는 거 다 알아요!" 로지타는 초인종을 세 번 누르더니 우편물 투입구에 대고 소리쳤다. "문 열어요. 할 말이 있어요."

잠시 침묵이 흘렀다. 로지타가 다시 외쳤다. "화난 거 아니에요. 진짜로요."

다시 침묵이 흘렀다. 마침내 로지타는 이렇게 선언했다. "열어줄 때까지 안 돌아갈 거예요. 알겠어요?"

나는 일어서서 현관으로 나갔다. 내일 새벽에 일하러 갈 때까지 로지타를 밖에 세워두기에는 날씨가 너무 추웠다.

로지타는 문 앞에 서 있었다. 미니스커트랑 오토바이를 탈 때 신는 부츠 차림으로. 그래서 내가 물었다. "오토바이 타러 가요?"

그녀는 웃음을 터뜨렸다. "당연히 아니죠, 이 바보. 그냥 패션이라고요."

나를 보고 웃어주는 게 너무 행복해서 '바보'라 부른 것은 용서하기로 했다.

"들어가도 돼요?" 로지타가 물었다.

"안나는 어디 있어요?"

"양아버지가 장난감가게에 데려가셨어요. 들어가요, 말아요?"

"아, 네, 들어와요." 나는 안으로 후다닥 달려가 소파 쿠션을 정리했다.

"맙소사, 집이 이렇게 깔끔할 줄은 몰랐어요! 우리 집엔 뭘 하러 놀러와요? 여기가 훨씬 좋은데요. 탁자 위에 양초까지! 한 번도 켠 적은 없나 봐요. 그럴 거면 뭐 하러 놔뒀어요?"

"양초를 놔두면 집이 아늑해 보인다고 엄마가 그랬어요."

"불을 붙여야 아늑해 보이죠. 커튼을 쳐서 좀 어둡게 만들어봐요. 라이터 있어요?"

내가 미처 대답하기도 전에 로지타는 자기 라이터를 꺼냈다. "어서요, 커튼을 쳐요."

역시 엄마가 골라준 소파 쿠션과 어울리는 색깔의 커튼을 내리자 로지타는 초에 불을 붙였다. 그런 다음 소파에 앉았다.

"봐요, 집 안이 얼마나 근사한지." 양초 불빛 속에서 로지타의 얼굴은 평소보다 훨씬 예뻐 보였다. "와서 내 옆에 앉아요."

나는 시키는 대로 했다. 도저히 거부할 수 없었다.

로지타는 한숨을 쉬었다. "레이, 빅토르의 재규어한테 정말 너무했어요."

나는 입을 꾹 다물고 있었다. 로지타는 지금 내게 화가 났을까? 화가 났는데 촛불은 왜 켰을까?

"나쁜 짓이에요. 그래도 당신 참 귀엽네요." 로지타가 깔깔 웃기 시작했다. "우습기도 하고."

나도 그녀를 따라 웃었다. 도저히 웃지 않을 수 없었다.

로지타는 내 손을 잡고 힘을 주었다. 손이 참 따뜻했다. 따뜻하고 보드라운 손이었다. 내 고추가 주체할 수 없이 불끈 솟았다. 로지타가 보드랍고 따스한 손으로 만져주면 얼마나 좋을까. 하지만 한편으로는 두려웠다.

"꼭 해주고 싶은 말이 있어요. 내가 지난번에 한 말을 후회한다고요. 음, 기억하려나 모르겠네요. 멍청이라고 부른 거 말이에요. 난 당신을 놀릴 생각은 전혀 없었고 오히려 멋진 남자라고 생각해요. 알고 있죠?"

내 고추가 앞으로 불쑥 솟아 있었다. 나는 로지타가 또 놀릴까봐 두 다리를 서로 겹쳤다.

"왜 그렇게 몸을 비비 꼬는 거예요? 맙소사, 말하지 말아요." 로지타는 일어서서 미니스커트를 똑바로 잡아당겼다. "그나저나 안나가 당신이랑 물고기를 사러 가고 싶어 해요. 요새 자꾸 물고기 얘기만 해요."

나는 목청을 가다듬었다. "내일요. 내일 물고기를 사러 가요."

로지타는 내 뺨에 쪽 하고 뽀뽀했다. "와, 잘됐네요." 로지타는 양초를 불어서 끄고 커튼을 다시 활짝 열었다. "그래도 운 좋은 줄 알아요. 빅토르가 경찰을 찾아갈 리는 없으니까요. 애당초 이 동네에 차를 세워둔 이유를 설명하는 것조차 난감하겠죠."

로지타는 킥킥 웃더니 소파에 나 혼자 남겨둔 채 엉덩이를 살랑살랑 흔들며 거실을 나갔다. 나는 문이 쾅 닫히는 소리를 들으며 꺼진 양초에서 모락모락 오르는 연기를 지켜봤다.

다음날 빵집 일을 마치고 집에 돌아왔더니 로지타와 안나가 벌써 와서 기다리고 있었다. 둘 다 무척 세련된 옷차림이었다. 로지타는 얼마 전에 나랑 같이 가서 산 원피스와 레인코트를 입고 있었다.

"공주가 된 기분이에요."

로지타는 상점에서 그 옷을 입어보더니 그렇게 말했다. 당연히 돈은 내가 냈다. 이제 내 통장 잔고가 거의 바닥을 보이고 있었지만 말이다.

"레이!"

안나가 양손을 뻗은 채 내게 달려왔다.

나는 잠시 안나가 진짜 나를 부른 게 맞나 어리둥절했다. 하지만 안나는 여전히 팔을 뻗은 채 내 앞에 서 있었다.

"얘, 잘 지냈어?" 내가 물었다.

나는 마들렌이 담긴 종이봉투를 안나에게 내밀었다. 하지만 안나는 봉투를 열 생각은 않고 가만히 서서 나를 말똥말똥 올려다봤다.

"안아달란 뜻이잖아요." 로지타가 말했다. "쟤가 뭘 원하는지 모르겠어요?"

나는 몸을 굽혀 아이의 겨드랑이에 손을 넣었다. 그러고는 조심스럽게 들어올렸다. 그런 행동은 생전 처음이었다. 안나는 팔로 내 목을 끌어안고 내 뺨에 입을 맞추었다. 기분이 좋았다. 그러나 어색하기도 했다.

"얼굴 빨개진 것 좀 봐." 로지타가 말했다. "귀여워라."

우리 셋은 버스정류장으로 걸어갔다. 안나는 쉴 새 없이 내가 사 주기로 한 물고기 얘기만 조잘거렸다.

"어떤 종류로 살지 정했어?" 내가 물었다. "흰동가리, 베도라치, 두동가리돔, 닥터피시…."

"파란색 물고기요." 안나가 말했다.

우리는 커다란 닥터피시를 사서 돌아왔다. 아커 씨가 카리브 해에서 막 배달된 물고기라고 알려주었다. 보석처럼 귀한 종류였다. 안나는 그 아이에게 '킹콩'이란 이름을 붙였다.

우리는 관찰기록장에 새 물고기를 샀다고 기록했다. 나는 안나의 손을 쥐고 글자를 쓰도록 도왔다. '킹콩'이란 단어가 공책의 네 줄이나 차지했다. 그래도 나는 괜찮았다.

돌아가기 전에 문간에서 로지타가 말했다. "이제 우린 거의 가족이나 다름없어요. 당신이랑, 나랑, 안나랑."

나는 그녀의 얼굴을 마주볼 용기가 안 나서 바닥만 내려다봤다.

"우리한테 해 주신 것들 전부 고맙게 생각해요. 당신은 정말 다정한 남자예요."

로지타는 내 턱을 쥐고 내 얼굴을 들어 올리더니 내 입술에 키스했다. 그녀의 입술은 부드러웠고 빨간 립스틱이 끈적였다. 이게 무슨 뜻일까? 키스는 나를 사랑한다는 뜻일까? 나랑 결혼하고 싶다는 뜻일까? 아니면 '정말 다정한 남자'에게 키스하는 건 당연한 행동일까? 안나의 아빠는 어떨까? 우리가 안나 앞에서 키스해도 되는 걸까?

로지타는 입술을 떼고 미소 띤 얼굴로 나를 보았다. 나는 부끄러워서 그녀와 눈을 마주칠 수 없었다.

"내일 봐요, 레이."

로지타와 안나는 우리 집 진입로를 내려가 오른쪽으로 방향을 튼 다음 열 발짝을 걸어 자기네 집 진입로로 들어갔다. 나는 계속 손을 흔들었다. 두 사람이 현관문을 열고 집 안으로 모습을 감출 때까지.

내 가족.

로지타가 직접 한 말이다. 우리 세 사람은 이제 가족이나 다름없다니. 그날 저녁은 무척이나 행복했다.

눈을 떠 보니 나는 징벌방에 누워 있었다. 소독약 냄새가 났다. 기분 좋은 냄새는 아니었다. 빵집에서 쓰던 세제가 떠올랐다.

나는 종이 같기도 하고 판지 같기도 한 소재로 만든 낯선 옷을 걸치고 있었다. 몸이 오슬오슬 떨렸다. 몹시 추웠다. 방 안의 찬 공기 때문이 아니었다. 몸속에서부터 한기가 느껴졌다.

징벌방 안에서는 할 일도 없고 볼 것도 없었다. 갖고 놀 물건이라곤 칠판과 분필 한 자루가 전부였다. 나는 분필을 집어 들고 글을 쓰기 시작했다.

'그리운 엄마에게' 하지만 금방 지워버렸다. '보고 싶은 로지타에게' 그것도 지워버렸다. '이리나에게.'

나는 여동생을 가져본 적이 없지만 형제자매라면 틀림없이 서로의 비밀도 공유하는 사이일 것이다. 이리나도 나를 돕겠다고 하지 않았나?

나는 칠판이 빽빽하게 차도록 글을 썼다가 몽땅 지워버리고 다시 썼다. 그렇게 썼다가 지우기를 반복했다. 이리나에게 하고 싶은 말을 전부 털어놓을 때까지. 절대 털어놔서는 안 될 말들까지.

27

이리나

엄마는 자동문을 지나 도착장에 들어서자마자 나를 발견했다. 나를 보고 놀랐는지는 몰라도 별 티는 내지 않았다. 우리는 담담히 눈을 맞췄다. 스파라는 취미를 엄마와 공유하는 친구들도 옆에 있었다. 엄마 친구 린다는 특이한 브로치라면 사족을 못 썼고, 절친이 됐든 슈퍼마켓 점원이 됐든 만나는 사람을 전부 '자기'라고 불렀다. 우리 엄마와는 오랜 세월을 알고 지낸 막역한 사이였다.

나를 발견한 린다 아줌마는 우리 엄마를 팔꿈치로 쿡 찌르더니 호들갑스럽게 손을 흔들기 시작했다.

"이렇게 다정한 딸이 다 있을까! 애거사, 너 참 부럽다 애. 우리 딸 카를라를 공항에 마중 나오게 하려면 용돈을 두둑하게 찔러줘야 하는데!" 아줌마는 나를 꼭 끌어안고 뺨에 쪽 입을 맞췄다. "자기! 진짜 반갑다. 귀염둥이 왕자님은 어딨지?"

"어린이집에 있어요."

"얘 애거사, 뭘 그리 쭈뼛거려? 어서 네 딸을 안아줘야지!"

나는 엄마가 어떻게 반응할지 궁금했다. 친구 앞에서 절대 빈틈을 보일 리는 없었지만. 엄마는 딱 네덜란드 식으로 뻣뻣하게 세 번 뽀뽀하는 시늉을 했다.

"놀랐지, 엄마?" 내가 의미심장하게 물었다.

엄마는 나를 흘겨봤다.

"같이 제 차로 가실래요? 두 분을 모셔다 드릴게요."

"어머, 고마워라." 린다 아줌마가 말했다. "요즘 택시 기사들은 네덜란드 말을 거의 할 줄 모르더라고. 길도 잘 모르고 말이야. 네 딸 참 다정하다, 그치?" 아줌마는 다시 우리 엄마 옆구리를 찔렀다. "이렇게 곰살궂은 딸도 있고, 넌 참 복도 많다, 얘."

"그래, 내가 복이 터졌나보다." 엄마가 삐딱하게 대꾸했다.

린다 아줌마는 야단스럽게 작별 인사를 하고는, 나에게 애런을 데리고 곧 놀러가겠다는 약속을 받아냈다.

엄마가 물었다. "왜 이렇게 평소에 안 하던 짓을 하고 그러니, 이리나?"

나는 차를 다시 움직이기 시작했다. "휴가는 잘 보냈어, 엄마?" 나는 짐짓 살갑게 물었다.

"잘 보냈을 리가 있니? 네가 내 뒤나 캐고 다니는데 맘 편히 쉴 수 있겠어?"

"내 생각에도 엄마가 아들을 정신이상자 수용 시설에 보내놓고 맘 편히 쉴 수 있겠나 싶긴 해."

"다 알아냈다 그 말씀이군."

"별로 어렵지 않더라."

엄마는 창밖을 내다봤다. 엄마 얼굴을 돌아보지 않아도 잔뜩 약이 올라 있다는 걸 알 수 있었다.

"아들의 존재를 평생 숨길 수 있을 줄 알았어?"

"네가 내 일에 쓸데없이 참견하기 전까진 그럭저럭 잘 숨겨왔지."

"그래서 뭐? 그런다고 내 오빠 레이를 겨우 아홉 살 때 집에서 내쫓고 그의 존재마저 감쪽같이 숨겨 온 게 용서가 될 줄 알아? 어떻게 그럴 수가 있어, 엄마? 책임감이라는 말을 입에 달고 사는 사람이?"

"내가 너한테 해명할 이유는 전혀 없어, 이리나. 넌 그때 상황이 어땠는지, 내가 무슨 일을 감당해야 했는지 전혀 모르니까. 그렇게 보면 넌 자기 필요랑 욕구만 챙기는 어린애나 다름없어."

"엄마의 필요나 욕구에 관심을 가질 준비는 얼마든지 돼 있어. 하지만 아무래도 내가 해 줄 일이 별로 없는 것 같다. 그렇게 모든 걸 감추려고만 들면 엄마의 복잡한 뇌 속에서 무슨 일이 벌어지는지 내가 어찌 알겠어?" 나는 엄마의 집 앞에 차를 세우고 시동을 껐다. "짐 가방 옮겨 드릴까?"

"됐다. 내가 하마." 엄마가 싸늘하게 대꾸했다. 엄마는 차에서 내려 트렁크를 비틀어 열더니 끙끙대며 짐 가방을 끌어냈다.

나는 현관까지 엄마를 따라갔다.

엄마는 삼중 잠금장치를 열고 집 안으로 들어갔다. 손잡이를 당기자 가방은 위태롭게 휘청거렸다. "언제 너한테 들어오랬니?"

"내가 들어오지 말란다고 못 들어갈까 봐? 난 엄마 딸이잖아. 아직 하던 얘기도 다 안 끝났고."

"난 더 할 말 없다. 네 엄만 이제 막 휴가에서 돌아오는 길이야. 엄마한테 발 씻을 틈도 안 줄래?"

"그럼 커피 한 잔 만들어 드릴까?" 나는 주방으로 걸어 들어가 네스프레소 커피 머신을 켰다. "보라색 캡슐로 할까, 아님 금색 캡슐?"

"보라색으로 해. 진한 게 좋으니까."

나는 커피를 내려 거실로 가져갔다. 엄마는 소파에 앉아 있었다. 나는 맞은편 안락의자에 앉았다.

"자세히 설명 좀 해줘, 엄마."

엄마는 한숨을 푹 쉬며 커피를 휘휘 젓더니 스푼을 접시에 내려놓고 커피 한 모금을 홀짝 마셨다. 늘 그렇듯 전혀 흐트러지지 않은 침착한 모습으로.

"내가 이 얘기를 아무한테도 안 하기로 작정한 데는 다 이유가 있어, 이리나. 네가 레이 일을 알게 돼 유감이지만 이쯤에서 그만했으면 좋겠구나."

"그만둘 생각 없어. 오히려 레이 사건을 다시 검토해보고 재심을 청구할까 생각중이야."

"뭐라고?"

"레이가 나한테 도움을 청했어. 내 오빠니까 그 정도는 도와줘야지. 오랜 세월 엄마가 레이를 나 몰라라 한 것만으로도 이미 오빠한테 못할 짓을 한 셈이니까. 집안에 한 사람이라도 오빠일에 관심 가질 사람이 있으니 다행이잖아. 더구나 오빠 변호인이 되면 오빠가 원할 때마다 찾아갈 수도 있어. 그간의 잘못을 속죄하려면 오빠를 위해 뭔가 해야지, 안 그래?"

"네가 무슨 짓을 하려는지 도통 모르겠다만 이것만은 명심해. 레이는 네가 꿈에 그리던 다정하고 듬직한 오빠가 아니야. 그 애가 왜 감방 신세를 지고 있는지는 너도 잘 알 텐데?"

"오빠가 진짜 유죄인지는 내가 다시 따져보겠어."

엄마는 고개를 절레절레 저었다. "레이는 내 아들이야, 이리나.

엄마로서 나도 그 애의 결백을 누구보다 믿고 싶어. 하지만 어쩌겠어. 현실이 그게 아닌데."

"어쩌면 그리 확신할 수 있어?"

"넌 그 앨 잘 몰라, 이리나. 겉보기엔 순진하고 귀여워도 실은 위험한 애야. 어릴 때부터 얼마나 난폭했다고."

"레이를 시설에 버리기 전을 말하는 거야, 후를 말하는 거야?"

"나는 어린 나이에 레이를 가졌어. 스물한 살 때였지. 레이는 그야말로 구제불능이었다. 애런이 힘든 애라고? 네가 레이를 봤으면 그런 소린 절대 못 할 거다. 도저히 감당이 안 되는 애였으니까."

엄마가 감당하지 못할 일이 있다니 나는 믿기지가 않았다. 그래도 엄마에게 조금은 연민을 느꼈다. 자기 자식을 딴 데 보내버릴 생각을 할 정도였으면 틀림없이 못 견디게 힘들었을 거다. 나는 엄마 얼굴을, 입가에 새겨진 깊은 주름을 빤히 보았다. 왜 엄마는 아무런 감정을 드러내지 않을까?

"그래도 나한테는 얘기했어야지. 나는 오빠가 있다는 사실을 알 권리도 없어?"

"너 참 웃긴다. 넌 늘 네 생각밖에 안하는구나. 아들을 포기하는 내 심정이 어땠을지는 생각도 안 해봤지? 아무리 나를 힘들게 했어도 나는 레이를 사랑한다. 지금까지도 그랬고 앞으로도 늘 그 애를 사랑할 거야. 어쩔 수 없이 레이를 떼 놓는 건 나한테도 엄청난 고통이었어. 그런데도 넌, 내 감정 따위는 전혀 이해하려고 들지 않고 네 생각만 하고 있구나. 마치 내가 너한테 엄청난 잘못이라도 했다는 듯이 날 다그치고 있잖아. 네가 태어 났을 때 레이가 가족사진 속에 없었다는 걸 기뻐해야 할 판에. 장담하는데 레이가 있었으면 네 어린 시절은 훨씬 불행했을 거 다."

"엄마가 안됐어, 진심으로. 그래도 나한테 레이 얘기 좀 들려 주면 안 돼? 난 엄마를 이해하려고 애쓰고 있다고."

"나 혼자 간직해야 할 비밀이야. 너도 그 정도는 존중해줘야 하고."

엄마는 쿵 소리가 나도록 커피잔을 바닥에 내려놓았다. 그러 고는 벌떡 일어서서 짐 가방을 굴리며 뒤로 눈길 한 번 안 주고 침실로 들어갔다.

나도 뒤따라갔다. 포기할 생각은 없었다. "레이를 찾아가본 적 은 있어? 감옥이 됐든 치료감호소가 됐든?"

"그래, 감옥엔 꽤 찾아갔었다." 엄마가 무뚝뚝하게 대꾸했다.

짐 가방은 침대 위에 펼쳐져 있었다. 60대 여자들이 좋아하는 화려한 색상의 옷이 차곡차곡 개켜진 채 들어 있었다. 한쪽 구 석에는 누드 톤 브라와 레이스 달린 팬티가 보였다. 호텔에 있을 때 모든 옷가지를 세탁한 모양이었다. 별로 놀랄 일도 아니었다.

엄마도 내 시선이 어디로 향해 있는지 눈치챈 것 같았다. 엄마 는 속옷을 신경질적으로 꺼내 속옷 서랍에 쑤셔 넣었다.

"최근에는 찾아가봤어? 얼마나 외롭게 지내는지 알기나 해?"

엄마는 팔에 티셔츠 더미를 안고 옷장으로 다가가더니 내 쪽 을 등진 채 서서 이렇게 말했다. "너 혹시 잊은 거 아니니? 레이 는 사람을 죽였어. 애 엄마와 아이를 한꺼번에. 그렇게 가엾게 여길 필요가 없어." 엄마는 침대로 돌아와 짐 가방 안을 뒤지다가 바닥에서 포장된 선물 상자를 꺼내 내 쪽으로 던졌다. 그것은 침대 밑에 떨어졌다.

"너 주려고 사 왔다."

보나마나 술이었다. 나는 얇은 포장지를 벗기고 정체를 알 수 없는 슬로베니아 술의 라벨을 읽었다.

"고마워."

"지방 특산품이야. 애런 선물도 사왔는데 그 애를 만나면 직접 전해 주마. 애런이 다시 여기 올 일이 있다면 말이다. 네 엄마가 얼마나 몹쓸 인간인지 다 밝혀낸 마당에 네가 어디 우리 집에 오려고 하겠니?"

"애런을 예뻐하면서 레이에 대한 죄책감을 덜겠다면 얼마든지 그렇게 해. 애런은 아무 이의가 없는 모양이니까."

"사실은 너도 마찬가지잖아."

"그래, 엄마 말이 맞아."

우리는 둘 다 할 말을 잃었다.

"만약에 엄마 아들이 말이야, 엄마가 낳은 아들이 잘못된 판결을 받고 정신 치료 감호 시설에 수용돼 있다면 마음이 괴롭지 않겠어?"

엄마는 고개를 저었다. "네가 진짜 레이를 몰라서 그래. 네가 무슨 소리를 하고 있는지 모른다고."

"오빠를 잘 모르니까 더 객관적으로 볼 수 없겠지."

엄마가 레이를 범죄자라고 믿고 싶어 하는 만큼 나는 레이의 결백을 간절히 믿고 싶었다.

"넌 몰라, 이리나. 아무것도 모르지."

"그래서 다 밝히려는 거야."

엄마는 얼마 안 되는 세탁물을 들고 침실에 딸린 화장실로 들어가 광주리에 던졌다. 침실로 돌아온 엄마가 말했다. "레이를 그냥 내버려둬라. 그 애랑 내 과거는 건들지 않는 편이 나아."

28

레이

"밖에 누구 없어요?" 나는 징벌방 문을 쾅쾅 두드렸다. "이봐
요?"

대답이 없었다.

나는 빠져나갈 방법이 없나 하고 방 안을 둘러봤다. 사방을
둘러싼 흰 벽과 풀밭이 내다보이는 쇠창살 쳐진 창문이 전부였
다. 두 개의 작은 덧문이 설치된 출입문을 제외하면. 나는 다시
문을 쾅쾅 쳤다. 아무 일도 일어나지 않았다.

이 밀폐된 공간에 들어있는 산소를 내가 다 소모해버리면 어
떻게 될지 걱정이었다. 이미 그런 일이 일어나고 있는 것 같았다.
숨을 쉴 때마다 폐에 들어오는 산소가 줄어드는 느낌이었다. 숨
쉬기가 점점 힘들어지다가 결국엔 질식해 죽을지도 모른다.

언젠가 내 수족관의 에어펌프가 작동을 멈춘 적이 있다. 새벽
세 시에 일하러 나가려다가 그 사실을 알아챘다. 나는 수시로
수족관을 확인하고 산소 수치를 기록해두니까.

처음에는 소리가 나지 않아서 뭔가 이상하다는 생각을 하게
됐다. 물에 거품이 올라오지 않았고 항상 윙윙거리던 펌프 소리
가 들리지 않았다. 나는 물고기를 살피려고 수족관을 들여다봤
다. 말미잘 사이로 쌩쌩 헤엄치지도 않고 산호를 뜯어먹지도 않
았다. 전부 입을 크게 벌린 채 수면 쪽으로 떠올라 있었다.

나는 물고기들을 살려야 했다. 물고기가 죽어버린다면 나는

사는 낙이 없어진다. 다행히 옛날에 쓰던 펌프를 보관하고 있어서 응급조치를 할 수 있었다.

"조금만 더 버텨!" 물고기들에게 그렇게 말했던 기억이 난다. 물고기는 소리를 들을 수 없고 기껏해야 진동만 느낄 뿐이지만. 어쩌면 물고기보다는 나 자신에게 하는 말이었을지도 모른다. "조금만 더 참고 있어." 오래된 펌프를 설치하자 다시 물에 보글보글 거품이 일고 물고기들은 아무 일도 없었다는 듯 평소처럼 바삐 왔다 갔다 하기 시작했다.

내 물고기들은 무엇 하나 부족한 게 없었다. 내가 항상 잘 돌봐줬으니까.

독방에는 산소가 나오는 펌프도 없고 탈출구도 없다. 나를 구해줄 사람도 없다.

"밖에 누구 없어요?" 나는 다시 외쳤다. "제발 누가 좀 도와줘요. 여기서 나가야 해요. 숨이 막힌다고요!"

복도에 발자국소리가 들렸다. 작은 덧문이 밀려 올라가더니 낯선 얼굴이 나타났다. "무슨 문제 있어요?"

"네." 나는 숨을 헐떡였다. "숨을 쉴 수가 없…" 나는 목을 틀어쥐었다. "제발 문 좀 열어줘요. 산소가 얼마 안 남았어요."

"그럴 리가요." 낯선 얼굴이 말했다. "천장을 올려다봐요. 흰 환풍구 안 보여요? 거기서 신선한 공기가 들어오잖아요. 숨이 막힐 리가 없어요."

"작동을 안 한다고요. 고장 난 것 같아요. 숨을 못 쉬겠어요. 날 죽게 내버려둘 참인가요?"

"공황발작인가 보네요. 마음을 진정하고 천천히 숨을 쉬어 봐요. 그래도 나아지지 않으면 의사한테 가서 진정제를 달라고 할게요, 알겠죠?"

"당신들이 내 방에 마약을 숨기고 나를 여기 가뒀죠. 그래놓고 이젠 죽도록 내버려두다니요. 이건 함정이에요. 난 함정에 빠졌다고요."

"진정해요. 이미 말했잖아요. 천장에 환기구가 있다고요."

"고장 났어요. 진짜로 작동을 안 해요."

"덧문을 열어놓을까요? 그러면 틈새로 숨을 쉴 수 있잖아요. 그래서 기분이 나아진다면 열어 놓을게요."

얼굴이 사라진 후에 나는 입이 들창에 닿도록 까치발로 섰다. 꼭 옛날의 프랑수아, 마리아, 한니발, 땅콩, 건포도, 킹콩처럼. 나는 입을 크게 벌리고 얼마 안 되는 산소를 빨아들였다. 보조 펌프를 기다리는 물고기처럼.

몇 시간 그렇게 불편한 자세로 서있다 보니 온몸이 뻐근했다. 다리가 저리고 목이 뻣뻣했다. 나는 바닥에 앉았다. 더 이상 죽는 것 따위는 두렵지 않았다. 지금으로선 죽는 것도 나쁘지 않겠다 싶었다.

밖이 어두워지자 사람들이 내게 식사를 가져다주었다. 큰 덧문이 옆으로 밀리고 문에 붙은 선반에 플라스틱 접시에 담긴 스파게티와 플라스틱 포크, 물 한 잔이 놓였다.

나는 벌떡 일어섰다. "이봐요!" 나는 고함을 쳤다. "이봐요, 밖에 누구 없어요?"

아무도 대답하지 않았다. 덧문이 쾅 닫힐 뿐이었다.

나는 스파게티 접시를 들고 바닥에 앉았다. 내 흰 바지 위에 토마토소스가 뚝뚝 떨어졌다. 보기 싫은 벌건 얼룩이 생겼다. 흰 옷 위의 빨간 얼룩.

로지타가 죽었을 때처럼. 그녀는 가느다란 어깨끈이 붙은 흰 민소매 티셔츠를 입고 있어서 가슴과 젖꼭지가 다 들여다보였다. 로지타는 늘 날씨에 비해 옷을 너무 가볍게 입었다. 로지타가 죽은 날도 별로 덥지 않았다. 하지만 로지타는 옷을 더 걸치느니 난방 온도를 한 단계 올릴 사람이었다. 옷을 잔뜩 껴입는 게 싫다고 했다. 차라리 거의 발가벗고 다니는 걸 좋아했다.

흰 티셔츠는 찢어지고 붉은 얼룩투성이였다. 미니스커트도 피로 얼룩져 있었다. 로지타는 온통 피범벅이었다. 바닥에도 피가 여기저기 흩뿌려져 있었다. 그걸 보자 정신이 아찔해져서 나는 눈을 질끈 감았다.

안나는 분홍 원피스를 입고 있었다. 나랑 같이 가서 산 옷이다. 안나의 배 위에 커다란 얼룩이 축축하게 남아 있었다. 눈은 뜨고 있는 상태였다. 눈 속에 담긴 감정을 도저히 읽을 수 없었다. 두려움일까? 놀라움일까? 나는 눈 속의 새파란 홍채와 예쁜 짙은 색 테두리를 살펴보았다. 하지만 안나의 눈은 더 이상 반짝이지 않았다.

로지타의 눈은 반쯤 감겨 있었다. 입은 웃는 듯이 살짝 열려 있었다. 로지타는 죽는 순간에도 웃고 있었나보다. 이유는 알 수 없었다. 나를 비웃고 있었나? 아직도 나를 비웃고 있을까?

두 사람 주위로 바닥에 피가 고여 있었다. 노른자가 뭉개진 달걀프라이 같았다. 피는 맑지 않고 끈적끈적해서 내 구두가 바닥에 쩍쩍 들러붙었다. 베이지색 카펫에 내 신발자국이 남았다.

"집에 이렇게 어린 아이가 있으면 밝은 색은 관리하기 힘들 텐데요?" 카펫 가게의 남자가 우리에게 말했다. 그는 우리가 모두 한 집에 살고 심지어 내가 안나의 아빠인 줄 알았다. 그것만으로도 나는 그 남자가 맘에 들었다. "갈색 점무늬가 있는 멋진 디자인도 있는데요."

그러나 로지타는 집에 짙은 색 카펫을 들이려 하지 않았다. "베이지가 세련돼 보여요. 큰 집에 사는 부자들은 다들 베이지를 깔잖아요. 더러워지면 다시 새 걸로 바꾸면 되죠."

카펫은 설치까지 포함해서 거의 6천 유로였다. 내 통장 잔고의 절반에 육박하는 돈이었다.

그 카펫이 더럽혀졌다.

공중에 녹슨 철 냄새가 감돌았다. 아주 독하거나 진한 냄새가 아니었는데도 나는 속이 뒤틀렸다. 피에도 냄새가 있는 줄은 미처 몰랐다.

무릎에 놓인 스파게티 접시를 바라보던 나는 달리 뭘 해야 할지 알 수 없어서 그것을 먹기 시작했다.

29

이리나

마르타의 체형은 동유럽 수영 챔피언 같다. 떡 벌어진 어깨, 탄탄한 허벅지, 거의 없다시피 한 가슴과 굳게 다문 입. 그녀가 복도를 떡하니 가로막고 서 있었다.

"마르타, 안녕하세요."

마르타가 뒤를 돌아봤다. "아, 마침 얘기 좀 나누고 싶었는데."

"네?"

"잠깐 같이 걸을래요? 깜짝 선물이 있는데."

내 대답도 기다리지 않고 마르타는 몸을 돌려 계단 쪽으로 걸어갔다. 깜짝 선물이라는 게 뭔지 전혀 감이 잡히지 않았지만 그 여자를 뒤따라가기로 했다. 어린 시절에 치과에 갈 때와 흡사한 기분이었다. 찡찡대지 않고 입을 한참 아 벌리고 있으면 '깜짝 선물'을 받게 된다. 치약 한 개. 짜잔.

마르타의 사무실은 소음이나 소란과 동떨어진 건물 꼭대기 층에 있었다. 바텔스 앤 마르타에서 일하는 3년간 그곳엔 딱 두 번 가 봤다. 나는 마르타의 튼실한 등짝을 보며 위층으로 올라갔다.

사무실은 마르타의 위풍당당한 체격과는 대조적으로 밝고 화사하고 우아했다.

"자리에 앉아요." 마르타의 나긋나긋한 목소리에 내 마음속에서 의심이 뭉실뭉실 피어났다. "며칠 전에 당신과 바텔스가 나누는 대화를 무척 흥미롭게 들었어요."

"그러세요?"

"그렇게 나를 괴물 보듯 할래요? 나도 아들이 하나 있는데, 혹시 알아요?"

"몰랐습니다." 전혀 예상도 못한 일이었다.

"샘이라고, 스물 둘인데 최근에 집에서 나갔어요. 그러니까 나도 당신처럼 워킹맘이었죠."

나는 고개를 끄덕였다.

"나는 늘 일과 사생활을 구분하려고 애썼어요. 내 경우에는 별로 어렵지 않았죠. 직장에서 높은 자리에 있을수록 재량이나 혜택이 많으니까요. 이 사무실만 해도 그렇잖아요. 내가 사무실에 있는지 없는지 누가 알겠어요?"

"그렇지만 남들처럼 근무시간은 채우셔야 하잖아요."

"물론이에요. 그래도 내게는 그 시간을 언제 어디서 채울지 결정할 권리가 있잖아요. 아무도 나더러 시간을 어떻게 채우느냐고 물어볼 생각도 않고요." 마르타는 도도하게 웃으며 나를 보았다.

"좋네요. 맞는 말씀이에요. 왜 저더러 우리 애를 지워버리지 않았냐고 물으시는 것인가요? 남자만 있으면 언제든 다른 애를 만들 수 있는데 말이죠."

마르타는 고개를 저었다. "그렇게 까칠하게 나오기예요? 당신은 그게 문제예요, 이리나. 모든 걸 너무 예민하게 받아들이는 경향이 있어요."

"농담이었어요."

"그렇겠죠."

잠시 둘 다 말이 없었다. 이 여자 대체 나한테 원하는 게 뭘까?

"어쨌든 당신을 채용할 때 우리한테 선택의 여지가 별로 없었다는 걸 다행으로 알아야 해요."

아하. 드디어 본론이 나오는구나. "무슨 말씀이시죠?"

"별 뜻은 없어요." 마르타는 이미 뱉은 말을 지우기라도 하려는 듯 큼지막한 양손으로 손사래를 쳤다. "그리고 당신이 우리의 기대치를 훨씬 능가했다는 점도 부인하지 않겠어요. 내 생각보다는 훨씬 유능했다고요."

"칭찬인가요? 도무지 갈피를 못 잡겠네요."

"신경 쓰지 말아요." 멋쩍게 씩 웃자 마르타의 얼굴은 더 넓어졌다.

나는 얼굴이 확 달아오르는 것을 느끼며 목청을 가다듬었다. "지금까지 하신 말씀이 깜짝 놀랄만한 내용인 건 사실이지만 이것이 말씀하신 깜짝 선물은 아닐 텐데요?"

"아, 그래요." 마르타는 자기 책상 속을 뒤져 서류 한 묶음을 꺼냈다. "이거예요."

"이게 뭐죠?"

"당신이 새 고객을 확보했잖아요? 그 일을 좀 도와주고 싶었어요."

나는 마분지 표지를 들여다보았다. 'R. 보렌스, 1999년 5월 17일 ~ 2000년 3월 3일'이라고 적혀 있었다.

"이걸 어떻게 구하셨죠?"

"인맥이죠. 당신은 절대 안 가는 칵테일파티를 내가 빠짐없이 참석하는 이유는 오로지 그 때문이에요. 이 인맥, 저 인맥을 쌓으려고요. 아무튼 흥미로운 사건이네요. 성과가 있을지는 알 수 없지만 구미 당기는 사건은 확실해요."

"감사합니다."

"별말씀을요. 레이의 과거 변호인이 내 남편이랑 가끔 골프를 치러 다녀요. 유능한 변호사지만 좀 게을러요. 물론 이 일은 우리 둘만 알아야 돼요. 난 당신한테 아무것도 준 게 없는 거예요."

"그거야 두 말하면 잔소리죠."

"좋아요, 이제 그만 가 보세요." 그녀가 도도하게 말했다.

애런은 이미 잠자리에 들었고 나는 서류 파일과 수면 차, 헤이즐넛 밀크 초콜릿을 옆에 둔 채 소파에 몸을 뻗고 누워 있었다. 피곤해서 집중이 쉽지 않았다. 파일 내용은 기막히게 부실했다. 법의학 보고서와 인근 주민들을 대상으로 한 경찰의 탐문수사 결과가 실려 있었다. 레이는 세 차례 진술을 했는데 뒤로 갈수록 자신의 범죄사실을 시인하고 있었다. 경찰 입장에서는 그를 옭아매기에 충분한 자백이었다. 로지타의 친구, 지인, 친척, 애인, 우편배달부 등은 왜 조사하지 않았을까?

레이의 첫 번째 진술에 의하면 그는 몸이 안 좋아서 평소보다 일찍 퇴근했다. 집에 가는 길에 보니 로지타와 안나의 집 대문이 빼꼼 열려 있었다. 레이는 무슨 일인가 싶어 안으로 들어가 봤다. 처음에는 베이지 카펫 위의 붉은 얼룩이 눈에 들어왔다.

문을 조금 더 밀어보니 피로 뒤범벅된 두 사람의 시체가 보였다. 그는 '무슨 일이 일어나는지 보려고' 시신들 옆에 잠시 서 있었다. 나는 척추를 타고 흐르는 전율을 느꼈다.

그런 다음 레이는 집으로 돌아갔다. 마음을 진정시키려고 앉아서 물고기를 들여다봤다. "경찰을 부를 생각은 하지 못했어요."

그의 다음 번 진술에는 자신에게 심각하게 불리한 진술이 다수 포함돼 있었다. "로지타와 안나는 날카로운 물체로 찔린 게 틀림없어요. 우리 집에 있는 고기 써는 칼과 비슷한 걸로요." 이런 말도 했다. "로지타가 나를 거부해서 화가 났어요. 나는 화가 나면 주체를 못해요. 때로는 물건을 마구 부수기도 해요." 명시적인 자백은 없었지만 법학 학위가 없는 사람이라도 이런 발언이 수사에 어떤 영향을 미칠지는 쉽게 추측할 수 있을 것이다. 진술은 이렇게 끝났다. "위의 모든 내용은 누구의 강요나 회유도 없이 저의 자발적인 의지로 진술했음을 맹세합니다."

그 서류를 파일 뒤쪽에 끼워 넣다가 범죄 현장을 담은 사진을 발견했다.

죽은 어린애를 보니 마음이 찢어질 것 같았다. 순수한 아이의 조그만 얼굴이 고통으로 일그러져 있었다. 범죄 현장 조사관이 첨부한 보고서에는 엄마가 먼저 죽고 나서 아이가 죽었다고 되어 있었다. 엄마의 핏자국에 아이의 발자국이 찍혀 있었다고 한다. 결국 아이는 거실에서 달려 나왔다가 칼에 찔려 죽은 것이었다. 나는 침대에서 판다 인형을 안고 새근새근 잠든 애런을 떠올렸다.

살인에 쓰인 흉기는 현장에서 발견되지 않았다. 그러나 네덜란드 과학수사 연구소는 살인도구가 '뵈르얀'이라는 상품명을 지닌 이케아 초보자 세트에 포함된 식칼일 가능성이 매우 높다는 결론을 내렸다. 뵈르얀은 '시작'을 뜻하는 스웨덴어로, 이 제품은 1983년에서 1990년 사이에 네덜란드에서만 13만 세트나 판매되었다. 1990년에는 디자인에 다소 변화가 생겨 본래 갈색이던 칼 손잡이가 검정으로 바뀌었다.

레이도 뵈르얀 초보자 세트를 갖고 있었다. 마지막 진술 내용에 따르면 엄마한테서 선물 받은 물건이라고 한다.

내가 처음으로 분가했던 때가 기억났다. 1992년이었다. 엄마는 나가봤자 같은 도시 인근에 살 거면서 내가 집을 나가고 싶어하는 까닭을 이해하지 못했다. "네 멋대로 집에 들락날락해도 내가 언제 간섭한 적 있니?" 하지만 나는 나만의 무질서한 공간을 열망했다. 친구들과 날이 밝도록 와인을 마시다가 낡은 매트리스에 쓰러져 잘 수 있는 곳.

요르단 지역에 있는 가로 2.7m, 세로 3.5m 크기의 내 방에 처음 와 본 엄마는 별로 말이 없었다. 하지만 엄마의 못마땅한 눈빛이 모든 것을 말해주었다. 엄마는 내 손에 커다란 상자를 들려주며 말했다. "제대로 된 의자 하나 없구나."

나는 파란 줄무늬가 인쇄된 포장지를 벗기고 뵈르얀 초보자 세트를 꺼냈다. 빈 포장상자를 몇 달이나 현관에 두고 폐지를 모으는 용도로 썼건만 그 상품명은 까맣게 잊어버렸다.

"고마워요, 엄마." 엄마는 내게 뽀뽀를 허락한다는 뜻으로 뺨을 내밀었다.

내가 사는 셋방에서 이케아 접시, 냄비, 칼 세트는 꽤 유용하게 쓰였다. 나는 그것들을 공동 주방에 가져다놓았다. 우리는 주방에 있는 주방용품을 모조리 꺼내 쓴 다음에야 설거지를 했다. 딱딱하게 눌러 붙은 음식물 찌꺼기를 끓는 물과 세제로 박박 문질러 씻은 다음 깨끗해진 접시와 조리도구를 제자리에 챙겨 넣었다. 그러고 나면 같은 과정이 반복됐다.

이유식 얼룩이 잔뜩 묻은 지금의 내 암스테르담 아파트의 소파에 누워 있으니, 요르단 지역에 있던 내 셋방 주방의 냄새를 쉽게 떠올릴 수 있었다. 어떤 냄새라고 해야 할까? 약간 시큼한, 어린애의 토사물 같은 냄새?

그 무렵 엄마가 우리 둘에게 뵈르얀 세트를 사 주러 이케아에 행차했었다는 생각을 하자 실소가 나왔다. 엄마는 자기 쓸 물건은 최고급품만 사면서 다른 사람 사 줄 때는 할인 상품을 찾아다녔다. 틀림없이 그 주에 이케아에서 원 플러스 원 행사를 했겠지.

살인 무기로 추정되는 레이의 부엌칼이 그의 주방 서랍에서 발견됐다. 칼에 피의 흔적은 전혀 없었지만 레이의 지문과, 나 같은 사람은 들어도 모르는 다양한 화학물질 잔여물들이 남아 있었다고 한다.

칼에서 로지타나 안나의 DNA가 아예 발견되지 않았다는 의아한 사실에도 불구하고 그 이케아 칼은 레이의 범행을 증명하는 가장 강력한 증거로 채택되었다.

나는 초콜릿 한 조각을 또 입에 쑤셔 넣었다. 그러면서 내일

당근과 셀러리를 넉넉하게 사서 쟁여놔야겠다고 생각했다.

이웃 주민들의 진술도 읽어봤다. 한 여자는 과거에 레이가 로지타 남자친구의 자동차 타이어를 칼로 쑤시더라고 증언했다. 그렇다면 로지타에게 남자친구가 있었다는 뜻인데. 왜 그에 대한 언급은 어디에도 없을까?

30

레이

내게 키스해준 다음 날 로지타는 아무 일도 없었다는 듯 행동했다. 안나에게 마들렌을 주러 온 나를 집 안에 들여놓더니 이렇게 말했다. "미안한데요, 레이…, 집에 올 사람이 있어요."

안나의 아빠가 다시는 나타나지 않기를 바랐는데, 그 자식이 다시 찾아온다니.

로지타는 속이 훤히 들여다보이는 원피스를 입고 있었다. 가슴이며 단단한 젖꼭지며 전부 선명하게 보였다. 눈을 떼기가 힘들었다. 나는 그녀의 가슴을 만지고 양손으로 주무르는 상상을 했다. 내 고추가 쓰라렸다.

"빅토르는 내일 가족들과 여행을 간대요. 상상해 봐요, 레이. 크레타로 휴가를 떠난대요. '여름의 서막'을 열고 싶다나요. 7월에는 이탈리아에서 3주를 보낸대요. 지난 크리스마스에는 스키를 타러 갔고요. 우리 안나는 잔드보르트 해변밖에 가 본 적이 없는데 말예요. '내겐 가족이 최우선이야.' 그이는 그런 말을 자주 하는데 그렇다면 우리는 대체 뭐죠? 우리는 그이한테 어떤 존재죠? 역시 그 사람 가족 아닌가요? 안나도 분명히 그 사람 자식이잖아요?"

"잘 모르겠어요."

"잘 모른다고요? 난 알겠어요. 당신, 휴가 가 본 적 있어요?"

"아니요."

"한 번도요?"

나는 어깨를 으쓱했다.

"우리도 크레타에 가야 돼요. 당신이랑 나랑 안나랑요. 그래야 그이가 바짝 긴장을 할 거 아녜요?"

나는 행복감에 몸이 떨릴 지경이었다. "무서워서 비행기를 탈 수 있을지 모르겠어요."

"당연히 탈 수 있죠." 로지타가 말했다. "어쨌든 그이가 지금 오고 있어요. 그러니까 안나를 좀 봐 줄래요?"

안나는 TV 앞에 앉아 있었다. 안나는 멍한 표정으로 마들렌을 해치운 다음 화면만 뚫어져라 들여다보고 있었다.

나는 납득이 되지 않았다. 로지타는 나랑 같이 크레타에 가고 싶어 하면서, 왜 그 자식을 위해 옷을 벗으려고 안나를 우리 집에 보내려 할까?

로지타는 안나 앞에 쭈그리고 앉았다. "우리 애기, 너도 레이 삼촌이랑 놀고 싶지? 삼촌이 빵집에 데려가 주실지도 몰라. 아니면 놀이터나."

"물고기 볼 거야." 안나가 말했다. "킹콩 보고 싶어."

"외투를 입어야지. 밖은 춥단다. 그리고 레이?" 로지타는 몸을 일으켰다. "돌아오면 깜짝 놀랄 소식을 알려 줄게요. 당신 엄마에 대해 해줄 말이 있어요."

"무슨 말이요?"

로지타는 내 코를 눌렀다. "나중에 말해 줄게요."

안나는 내 손을 잡고 밖으로 나갔다. 아이의 손은 부서질 듯 연약했다. 몇 개의 조그만 뼈가 보드랍고 섬세한 피부에 감싸여 있었다. 로지타는 집을 나서는 우리에게 손을 흔들었다. 옷을 거의 벗다시피 하고 있어서 몸을 문 뒤에 숨긴 채 손만 내밀어 까딱거렸다.

길 건너편에 사는 정원을 손질하지 않는 여자가 창문으로 우리를 엿보고 있었다. 그 여자도 우리에게 손을 흔들었지만 안나는 알아차리지 못했다.

"뭘 하고 싶니?" 나는 안나 앞에서만 내는 가느다란 목소리로 물었다.

"물고기 보고 싶어요."

"놀이터는 싫어? 쇼핑은 어때, 엄마처럼?"

"킹콩 볼래요." 아이가 고집스럽게 말했다.

"좋아, 좋아." 내가 문구멍에 열쇠를 끼우는 순간 우리 집 앞에 차 한 대가 끽 멈췄다. 뒤를 돌아보니 긁히거나 우그러진 곳하나 없는 번쩍번쩍한 차에 탄 빅토르가 보였다. 놈은 로지타의 집 현관으로 걸어갔고 로지타는 놈이 초인종을 누르기도 전에 문을 열었다. 나는 목구멍으로 솟구치는 위산을 꿀꺽 삼켜야 했다.

안나와 나는 집 안으로 들어가 수족관 앞에 앉았다. "킹콩, 한니발, 마리아, 땅콩…."

벽을 통해 로지타네 층계를 오르는 발자국 소리가 들린 것 같았다. 로지타가 안나의 아빠를 이층으로 데려가고 있었다. 나는 로지타의 집에 놀러가도 이층에 올라가본 적이 없다. 단 한 번도. 로지타는 언제쯤 내가 항상 그녀를 기다리고 있다는 사실을 깨달을까? 우리가 가족이나 다름없다고 해 놓고선 나를 얼마나 더 기다리게 할까?

안나와 함께 물고기 이름을 몇 번인지도 모를 만큼 여러 번 읊고 나자, 안나는 오리한테 먹이를 주러 가자고 했다. 나는 우리가 수조 앞에서 물고기 이름을 부르고 있었다는 사실마저 깜박 잊고 있었다. 층계에서 나는 발소리와 로지타의 침대가 삐걱대는 소리에만 신경을 곤두세우고 있었던 탓이다.

안나는 킹콩만큼이나 새파란 눈으로 나를 올려다보았다.

"그래 가자." 내가 말했다. "가는 길에 재고 빵을 가지러 빵집에 들르자구. 내 빵은 만든 지 사흘이 지나도 신선하고 맛있어서 오래 보관할 수 있는데도, 하루가 지난 빵은 팔 수가 없대. 오래됐다면서. 웃기지."

나는 안나에게 외투를 입혔다. 예쁜 빨간색 코트였다. 130유로나 했지만 로지타는 옷이 워낙 품질이 좋아서 내년까지는 너끈히 입힐 수 있을 거라고 했다. 그래야 했다. 내 통장 잔고가 거의 바닥을 보이고 있었으니까.

빵집으로 가는 길에 안나는 내 손을 잡고 깡충깡충 뛰었다. 이젠 안나가 나와 함께 있으면 행복해 한다는 걸 충분히 느낄 수 있었다. 빅토르의 차는 여전히 로지타의 집 앞에 서 있었다. 나는 속이 부글부글 끓었지만 지금은 참자고 생각했다. 어린 안나가 내 옆에 있을 때는 안 된다.

빵집 안은 한산했다. 사람들은 주로 아침에 빵을 사러 왔으니까. 오후 4시 30분에 가게 문을 닫는 이유도 그 때문이었다. 안

나와 함께 도착했을 때는 4시 15분이었다. 우리는 어떤 부인이 먼저 바게트 빵 값을 계산할 때까지 기다렸다가 가게 뒤편으로 들어갔다. 부인은 빵을 챙기고 나서 내 쪽을 돌아봤다. "아, 빵 만드는 분이군요. 주방에 계셔야 하는 거 아닌가요?"

"재고 빵을 가지러 왔어요. 오리한테 먹이로 주려고요." 내가 말했다.

"따님인가요?"

"우린 가족이나 다름없어요." 내가 대답했다.

부인은 어리둥절한 표정을 지었다. "빵이 정말 맛있다는 말씀을 꼭 드리고 싶었어요. 빵맛이 진짜 훌륭해요."

"감사합니다." 로지타가 이 말을 들었으면 기뻐할 텐데. 그녀는 내게 손님한테 칭찬을 들었냐고 자주 물었다. 내가 그렇다고 하면 이렇게 말해주었다. "이제 당신이 얼마나 대단한 제빵사인지 알겠죠, 레이?"

유리벽 반대편의 조리실에 아직 불이 켜져 있었다. 조리대 표면은 반짝반짝 윤이 났고 바닥에는 빵부스러기 하나 떨어져있지 않았다. 그날 아침 일찍 내가 그 안에서 크루아상 4백 개와 식빵 열두 종류, 패스트리 한 판을 만든 흔적은 전혀 없었다. 모든 빵은 나 혼자 만들었다. 사장님은 조수가 필요하냐고 물었지만 나는 혼자만의 생각에 잠기고 혼자서 일을 할 때 가장 마음이 편했다.

"모반죽을 보여줄까?" 나는 안나에게 물었다. "그게 뭔지 모르겠지만 그래도 상관없어. 날 따라와."

안나를 데리고 빵집 뒤편의 보온 찬장 앞으로 갔다. 모반죽이 온도 60도와 습도 80퍼센트의 환경에 신선하게 보관되어 있는 곳이었다.

나는 문을 열고 단지를 굽어봤다.

"쉿, 자고 있어요." 옆에 있던 안나가 말했다.

"그래, 맞아." 안나도 알고 있어서 기뻤다. "지금 자고 있어. 잠을 자면 빨리 자라잖아, 너도 알지?" 나는 모반죽을 덮고 있는 축축한 천의 한 귀퉁이를 천천히 들어올렸다. "냄새 한번 맡아볼래? 자, 숨을 크게 들이마셔 봐."

안나는 코를 킁킁거렸다. "우웩."

"넌 아무것도 모르는구나!" 나는 모반죽의 덮개를 재빨리 씌우며 나도 모르게 안나에게 강하게 쏘아붙였다.

안나는 얼떨떨한 표정으로 잠깐 나를 보다가 울음을 터뜨렸다.

"그러지 마, 그만 뚝!" 누가 울고 있을 때는 무슨 말을 해줘야 한다더라? 나는 로지타가 가르쳐준 말을 애써 떠올렸다. 한참 후에야 생각이 났다. 이럴 때는 상대방에게 관심을 표현해야 한다. "무슨 문제 있니?"라고.

그때 수요일마다 카운터를 지키는 아가씨가 우리에게 다가왔지만 나는 그녀의 기척을 느끼지 못했다.

"무슨 일이에요?" 그녀는 안나를 안아 올렸다. "왜 그러니, 아가?"

"레이는 나빠." 안나가 말했다.

"아니야. 그게 아니라구." 내가 말했다.

"보온 찬장 앞에서 둘이 뭘 하고 있었어요? 레이가 무슨 짓을 했어?" 그녀는 안나에게 물었다.

"나쁜 사람이야." 안나가 말했다.

"얘 엄마도 얘가 여기 있는 거 알아요?" 아가씨는 나를 흘겨봤다.

"네. 여기 있는 게 아니라 나랑 같이 있는 거예요."

"레이가 화를 냈어." 안나가 말했다. 그 앤 울음을 그치고 나를 향해 두 팔을 뻗었다.

나는 안나를 안아들고 아가씨에게 등을 돌려 안나를 건드리지 못하게 막았다.

"아무래도 수상쩍은데. 어린 여자애를 으슥한 곳으로 데려가다니 뭔가 이상해요." 아가씨는 양손을 허리에 얹었다. 나는 그 여자가 거기에 있는 게 싫었다.

"문을 닫아야 해요. 안 그러면 온도가 엉망이 돼요. 그리고 잘 모르나 본데 주방은 내 구역이에요. 당신은 매장 안에 있어야 해요."

"절대 외부인을 자네 주방에 들여선 안 돼." 피에르는 이렇게 말하곤 했다. "빵 만드는 과정이 얼마나 섬세한지 모르는 인간들은 모든 걸 엉망으로 만들어버린다고."

그 아가씨는 갑자기 심한 감기에 걸린 듯 코를 쿵쿵대다가 쿵쿵거리며 나가버렸다.

31

이리나

당시 살인사건 수사팀을 이끌었던 빈터 형사는 나를 만날 생각이 없는 게 분명했다.

"수사할 때 사건 현장 인근을 철저히 조사했습니다. 모든 정황이 의심의 여지없이 변호사님의 고객을 범인으로 지목하고 있어요. 더 이상 뭘 파헤치려는지 모르겠군요. 더구나 제가 검찰총장 허락 없이 사건에 대한 정보를 유출할 수 없다는 건 말씀드릴 필요도 없겠지요." 수화기 너머에서 빈터 형사가 말했다.

"어쨌든 저를 만나주시겠다는 것만으로도 대단히 감사드려요. 물론 공식적으로는 아무 말씀도 하실 수 없겠지만 비공식적인 귀띔 정도는 가능하지 않나요?"

나는 사무실 의자를 돌려 창밖을 내다봤다. 젊은 커플이 손을 꼭 잡고 거리를 지나가고 있었다. 행복해 보이는 한 쌍이었다.

전화 저편의 빈터는 한숨을 푹 쉬었다.

"제발요."

"좋아요. 하지만 비밀을 꼭 지켜 주셔야 돼요."

빈터를 만나러 가는 길은 한가로운 소풍길이 아니었다. A1 도로에서 사고가 일어나 오른쪽 차선이 차단되어 있었다. 결국 나는 빈터의 경찰서에 약속 시간보다 30분이나 늦게 도착했다.

"다른 회의에 들어가셨어요." 안내데스크 앞의 여자가 말했다. "괜찮으시면 여기서 기다리셔도 돼요."

나는 등받이 없는 플라스틱 의자가 비치된 대기실로 안내받았다. 벽에 붙은 포스터에는 '지키고 싶다면 문을 잠그세요! 귀중품을 차량 안에 남겨두지 마세요.' 따위의 문장들이 적혀 있었다. 짙은 갈색 머리에, 눈 주위가 마스카라 얼룩으로 거무스름한 여자가 의자 하나를 차지하고 있었다. 나는 그 여자에게 호의적으로 고개를 까딱한 다음, 옆 테이블에서 피해자 지원 안내 책자를 집어 들었다. 나는 빈터가 나를 만날 짬을 낼 때까지 너무 오래 걸리지 않기를 바라며 책자를 훑어보기 시작했다.

"가끔 인생이 나를 농락한다는 느낌이 들어요."

"무슨 말씀이세요?" 나는 여자를 돌아봤지만 그녀는 내가 그곳에 없는 듯이 창밖을 내다보고 있었다.

"내가 뭘 하든, 어디로 가든, 누가 나를 조롱하면서 내 머리 위에 오줌 양동이를 쏟아 부으려고 벼르고 있는 느낌이에요. '하하, 이 박복한 년아. 암만 몸부림쳐봐라, 네가 뭐 하나 제대로 할 수 있나.' 이러면서요."

"음."

이제 그 여자는 내 쪽을 돌아봤다. 파리한 여드름투성이 얼굴에 놀랄 만큼 날카로운 눈매를 갖고 있었다. "내 말 이해해요?"

"인생이 늘 순조롭진 않죠." 나는 무심하게 대꾸하고는 다시 안내 책자로 눈을 돌렸다. 범죄 피해자가 겪을 수 있는 트라우마를 설명하고 있었다. 악몽, 분노, 두려움은 물론 죄책감까지. 그 중 최악은 단연 자책이었다. 자책에 대해서라면 나도 알만큼 안다.

"늘 순조롭진 않죠." 여자가 내 말을 따라 했다. 빈터가 어서 와서 나를 구해줬으면 싶었다. "그러면 말해줘요. 대체 성공이 뭔가요?"

나는 당황해서 여자를 바라봤다.

"부정하려 들지 말아요. 딱 봐도 알겠으니까. 근사한 옷, 비싼 가방, 무엇보다 당신의 태도를 보면 알 수 있거든요. 여기 들어올 때도 꼭 이 방 주인처럼 당당하게 걸어왔어요. 어쩌면 그럴 수 있죠?"

처음에는 그 여자가 괜히 내게 시비를 걸려는 줄 알았다. 하지만 여자는 무척 진지해보였다.

"어…." 어떻게 대꾸해야 할지 난감했다.

"어떻게 그럴 수 있죠?" 여자가 집요하게 물었다. 여자가 내 쪽으로 몸을 숙이자 어깨가 드러난 상의의 속이 들여다보였다. 여자는 볼품없는 외모와는 대조적으로 야한 표범무늬 브라를 걸치고 있었다.

"그게 어쨌다고요. 그냥 걸어 들어왔을 뿐인데요. 더구나 나는 별로 성공한 사람도 아니에요."

"글쎄요. 남들 눈에 그렇게 보인다면 성공한 사람 아닌가요?"

"그건 아니죠." 내 목소리에는 어느새 짜증이 묻어났다. "만약 그런 게 성공이라면 그만큼 쉬운 게 어딨겠어요? 당신이 지금부터 성공한 사람이나 유명인처럼 행동하겠다고 마음을 먹는다면 다시는…, 아까 뭐랬죠? …'인생에 농락당한다'고 느낄 이유도 없겠죠."

"맞는 말씀이에요." 여자는 흡족한 듯 뒤로 물러나며 의기양양하게 나를 보았다. "내가 묻고 싶은 질문이 그거예요. 당신은 어떻게 그렇게 하냐고요?"

나는 앞으로는 절대 낯선 사람이랑 말을 섞지 않겠다고 결심했다. 하지만 나는 "몰라요." 하고 대답했다. 나는 피해자 지원 안내 책자로 얼굴을 가리고 열심히 읽는 시늉을 했다.

"이봐요, 당신도 나를 냉정하게 대하잖아요. 비결이 뭐냐니까요? 내가 그렇게 곤란한 질문을 했나요?"

"왜 그런 생각을 하시나 모르겠네요, 아가씨. 하지만 나는 행복이나 세속적 성공, 영원한 사랑, 완벽한 육아, 절대 실패하지 않는 다이어트 따위에는 문외한이에요. 내가 지금 왜 이런 말을 해야 하는지도 모르겠어요. 당신보다 나은 거라곤 좀 더 고급 미용실을 드나들고 진짜 가죽 가방을 들고 다니는 것뿐이에요."

여자는 마침내 할 말을 잃었다. "하지만…"

"이리나 씨?" 문 앞에 안내원이 서 있었다.

나는 안도의 한숨을 쉬었다.

"지금 빈터 씨를 만나실 수 있어요."

나는 피해자 지원 안내 책자를 내려놓고 자리에서 일어섰다. "먼저 갈게요." 나는 그 여자에게 말했다. 여자는 반응하지 않았다.

"저 여자 분이 오늘은 뭐라던가요?" 안내원이 물었다.

"네?"

"저기서 변호사님께 말을 걸던 여자 말이에요. 한 달째 날마다 여기 나타나요. 저희도 어떻게 대응해야 할지 난처하지만 우리 일에 딱히 방해를 하는 건 아니라서 그냥 모르는 척하고 있어요."

"저희가 보기엔 너무 빤한 사건입니다. 레이 보렌스는 폭력 전력이 있고 동기도 충분한 데다 범죄 현장에도 나타났어요. 범행을 자백하는 듯한 발언도 적잖이 했고요. 즉 기소의 근거가 네 가지나 된다는 뜻이죠. 보통 공소를 제기하려면 두 가지 사유만으로도 충분하거든요." 빈터는 피곤한 얼굴로 나를 응시했다. 나는 그가 보기보다는 젊으리라 짐작했다.

"'폭력 전력'이라니 무슨 말씀이세요? 제 의뢰인은 전과기록이 없던데요."

"당신 의뢰인은 불량 청소년 보호 시설에서 청소년기를 보냈어요. 학교 기록에 따르면 아홉 살 때 개를 죽였다고 되어 있어요."

나는 얼굴에 감정을 드러내지 않으려고 애썼다. 어린애가 죄 없는 동물을 죽이다니? 엄마 말이 맞았다. 레이는 정말 알다가도 모를 사람이라는 생각이 들었다.

"또 이웃 주민들의 증언에 따르면 그 사람은 희생자 남자친구의 차에다…, 어디 봅시다…." 빈터는 책상 위에 놓인 두툼한 서류 무더기를 뒤적였다. "여기 있네. 레이 보렌스는 식칼을 들고 달려 나와 빅토르 씨의 자동차 타이어를 마구 찢었다. 그런 다음 후드에 붙은 재규어 장식을 떼어 앞창을 박살냈다. 그런 다음 아무 일도 없었던 듯이 집 안으로 들어갔다."

나는 머릿속에서 죽은 개를 얼른 지우고 빅토르의 재규어에 정신을 집중했다. "빅토르가 그를 고소했나요?"

빈터는 짜증 섞인 한숨을 내쉬었다. "아니요."

"거 참 이상하네요."

"고소한다고 달라질 게 있을까요? 못 믿으시겠으면 재규어를 수리한 업소에 피해 보고서를 요구하시면 되잖아요. 빅토르 씨 나름대로 고소하지 않은 이유가 있었겠죠."

"분명히 그랬을 거예요. 하지만 경찰이 살인과 관련해서 빅토르의 진술을 아예 확보하지 않은 이유가 궁금하네요."

"불필요했으니까요."

"왜죠?"

"빅토르 씨는 살인 사건 당시에 멀리서 휴가를 보내고 있었거든요."

"그렇군요. 그렇다면 레이 보렌스 씨의 진술은 어떤 상황에서 확보하셨는지 설명해 주실래요?"

"무슨 말씀입니까?"

나는 가져온 서류뭉치를 꺼냈다. "어디 봅시다. 여기 있네요. '로지타와 안나는 날카로운 물체로 찔린 게 틀림없어요. 우리 집에 있는 고기 써는 칼과 비슷한 걸로요.' 보렌스 씨의 말을 그대로 옮긴 문장인가요?"

"그렇습니다."

"왠지 진술을 강요당한 느낌이 있어서요. 특히 이 문장요. '위의 모든 내용은 누구의 강요나 회유도 없이 저의 자발적인 의지로 진술했음을 맹세합니다.' 제빵사 입에서 나왔다기엔 너무 딱딱한 문장 같지 않나요? 사실 제가 아는 레이 보렌스 씨가 저런 표현을 썼으리라고는 상상도 할 수가 없어요. 그렇다고 보렌스 씨가 법을 빠삭하게 알고 있어서 진술을 받아 적은 수사관을 보호하려고 그런 말을 했을 리도 없을 테고요."

빈터는 기하학의 기초도 모르는 어린아이를 보듯 나를 쏘아보았다.

"이리나 씨, 법률 전문가이신 건 알지만 이만큼 명백한 사건이 또 어딨겠어요? 당연히 경찰도 인간입니다. 그렇게 자꾸 오타 한두 개나 다소 적절히 못한 어휘 선택을 물고 늘어지시면 곤란해요. 범인은 잡혀서 죗값을 치르고 있습니다. 정의가 실현된 셈이죠."

"당시에 레이 보렌스의 인상이 어떻던가요? 얼떨떨해 보였나요?"

빈터는 손목시계를 들여다봤다. "시간이 얼마 없네요."

"레이 보렌스가 협조적이던가요? 무슨 상황인지 이해는 하던가요?"

"겁에 질려 있습디다. 자기가 무슨 짓을 저질렀는지 잘 알고 그걸 우리가 안다는 사실도 알았으니까요. 그것만은 분명합니다."

"겁에 질렸다고요?"

"자기 물고기 얘기만 자꾸 반복하더군요. 분통을 터트리고 악을 써대면서요."

"아 네, 물론 그랬겠죠…." 레이가 오랜 세월에 걸쳐 그리도 꼼꼼히 기록했던 관찰기록장이 생각났다. 레이가 받았다는 상도. 호퍼 치료감호소에서 내가 물고기 사진을 건네자 손끝으로 그 사진들을 가만히 쓰다듬던 모습도.

"애지중지하던 물고기들 때문에 겁에 질렸을 거예요. 그런데도 당신은 레이가 세련되고 완벽한 문장으로 또박또박 진술을 했다고 주장하시네요."

"그를 진정시키려고 얼마나 애를 썼다고요. 물고기를 돌봐주겠다는 약속도 하고요. 우리가 무슨 괴물인 줄 아세요?"

"그가 자백을 하는 대가로 물고기를 돌봐주겠다고 제안했겠죠."

"말씀이 너무 지나치시네요." 빈터는 다시 시계를 들여다봤다. "이제 가 봐야 합니다."

"취조 내용은 녹음해 두셨나요?"

빈터는 불쾌하다는 듯 나를 쏘아봤다. "무슨 생각을 하시는지는 잘 알겠습니다. 내가 마음을 닫고 편협하게 굴고 있다고 생각하시죠? 하지만 이 사건에서만큼은 우리가 범인을 제대로 잡았다고 확신합니다. 변호사님 역시 맡은 임무에 충실하려고 이러신다는 건 알지만 사건을 맡을 때도 조금은 신중하실 필요가 있다고 충고 드리고 싶네요. 이번 사건은 파헤쳐봤자 순전히 시간 낭비예요. 물론 시간 따위엔 별로 개의치 않으시는 것 같지만요. 이런 일은 수임료를 얼마나 받으시나요?"

나는 간신히 평정심을 지켰다. 속으로는 경찰서 안의 기물들을 빈터의 머리에 집어던지는 상상을 하면서.

"틀림없이 상사께 총애를 받으시겠네요." 빈터가 나에게 마지막까지 쏘아붙였다.

"이번엔 빈터 형사님이 지나치신 겁니다."

"그러면 우리 비긴 셈이네요. 이제 진짜 가봐야겠습니다."

나는 일어서서 손을 내밀었다. "다음에 뵐게요."

"협박인가요?"

화가 나서 죽을 지경인데도 피식 웃음이 나왔다. "하시는 거 봐서요."

차를 몰고 집으로 돌아오는 길에 내가 뭣 하러 이런 일에 시간을 쏟아 붓고 있나 곰곰이 생각해보았다. 나는 무슨 근거로 레이가 결백하다고 굳게 믿고 있을까? 자기가 한 짓이 아니라는 그의 말만 듣고? 오로지 애런과 똑같은 눈과 머리카락을 가졌다는 이유로? 아니면 엄마의 잘못을 밝히려면 레이의 결백을 증명해야 하니까?

32

레이

내 여동생이라고 주장하는 이리나가 이제 내 변호인이 될 거라고 한다.

"그러면 그 여자는 앞으로 뭘 하는 거예요?" 나는 메드에게 물었다.

우리는 내가 행운목을 벽에 던져 박살내버렸던 그 사무실에 앉아 있었다. 이 치료감호소에서 내가 말을 걸고 싶은 사람은 여전히 메드밖에 없다.

나머지 사람들은 전부 나를 속였다. 지니와 그녀의 너무 시큼하고 끈적끈적한 빵도, 한크와 그의 번개 귀고리도, 나를 레이누스라 부르는 옛 룸메이트도, 나를 레인맨이라 부르는 렘브란트도. 내 방에 마약을 숨긴 범인은 바로 그들이다.

메드마저도 완전히 믿어도 될 사람인지 확신할 수는 없지만, 대화를 나눌 사람이 적어도 한 사람은 있어야 한다. 메이슨 홈의 교장선생님이 습관처럼 하던 말이다. "네가 사람을 잘 못 믿는다는 거 알지만, 속는 셈 치고 나를 한번 믿어봐. 믿을 사람이 적어도 한 사람은 있어야 하니까." 교장선생님은 결국 나를 속이지 않았다. 한 번도. 다른 애들이 나를 놀리지 못하게 막아주고 제빵 학교에 등록시켜 주었다. 천문관에 데려가기도 하고 늘 나를 다정하게 대해주었다. 이런 말도 자주 했다. "앞으론 다 잘될 거야, 레이." 하지만 잘된 적은 없었다.

"이리나는 살인 사건의 수사와 재판이 제대로 진행됐는지 밝힐 거예요." 메드가 아주 느릿느릿 말을 했다. "당신을 감옥에 갇히게 한 재판 말이에요. 당신이 이리나에게 도와달라고 부탁했죠, 기억나요?"

당연히 기억났다. 이젠 모든 게 지긋지긋했지만. "그러면 어떻게 돼요?"

"잘 모르겠어요. 이리나가 결국 무엇을 밝혀낼지에 달렸어요. 그건 그렇고 이제 당신 변호인이 됐으니 당신을 자주 찾아올 거예요. 어때요?"

나는 화분이 부딪쳐 시커먼 얼룩이 졌던 흰 석고 벽을 응시했다. 흔적은 전혀 남아 있지 않았다.

내 여동생이라고 주장하는 이리나는 나를 더 자주 찾아오고 싶어 한다. 물고기 사진을 또 가져오고 물고기 얘기도 계속 들려주겠지. 하지만 그건 흰 가운을 입지 않은 간호사 앞에서 컵에다 또 오줌을 받아야 한다는 뜻이기도 했다. 그리고 내 방에서 또 마약이 발견되어 징벌방에 감금될지도 모른다. 그러면 나는 또 죽을 만큼 갑갑해지겠지.

"뢰메르만 박사에게 계속 당신 짓이 아니라고 주장한다면서요. 그게 사실이라면 당신의 결백을 증명할 기회가 왔잖아요."

"그러면 어떻게 돼요?"

"집에 갈 수 있죠."

나는 언제나 친절해 보이는 메드의 얼굴을 바라봤다. 나는 치료받을 때 의사가 보여준 모든 얼굴들을 떠올렸다. 입이나 눈 모양을 보면 행복한 얼굴인지 아닌지 알 수 있다고 했다.

"뭐가 문제예요, 레이? 뭐가 두렵죠?"

"징벌방에 가고 싶지 않아요. 다시는요."

"전부 당신 하기에 달렸어요. 규칙을 잘 지키면 징벌방에 들어갈 이유가 없어요."

"아닌 거 같은데요? 그럼 지난번엔 왜 그랬어요? 아무 잘못도 없는데 징벌방에 왜 갔죠?"

"지니의 미리에 화분을 던졌잖아요."

"나한테 앞으로 정원 일을 못하게 했으니까요. 울타리 손질은 내 일이에요. 요즘 기분 좋은 일은 그것뿐이라고요. 물고기를 아직 데려오지 못하니까요. 여태 상의해본다, 생각해본다는 말 뿐이었어요. 몇 달이나 지났는데도 아직 대답을 듣지 못했어요."

메드의 얼굴에서 웃음기가 싹 가셨다. 심각한 표정이 되었다. 눈썹을 찌푸리고 입가가 굳어졌다. "레이, 그 마약 당신 거였나요?"

나는 탁자에 머리를 찧었다. "내가 몇 번이나 말했잖아요? 나한텐 마약이 없다고요! 나는 마약을 하지 않아요! 담배도 안 피운다고요. 아무도 나를 믿지 않는데 어떻게 여길 나갈 수 있어요?" 나는 숨 쉴 틈도 없이 속사포처럼 말을 쏟아냈다. 머리가 어질어질했다.

"진정해요. 그렇게 흥분할 거 없잖아요." 메드가 내게 숨 쉬는 시범을 보였다. "그래요. 훨씬 낫네요. 기분이 좀 나아졌죠? 누가 레이의 방에 몰래 마약을 숨겼을지도 모르겠네요. 처음이 아닐지도 몰라요. 직원들과 상의해서 어찌된 일인지 알아봐야겠어요."

"정말요?"

"그럼요. 다시 이리나 얘기로 돌아가죠. 다음엔 언제 만나는 게 좋겠어요?"

"또 컵에 오줌을 받아야 하나요?"

"그럴 수도 있어요."

나는 망설였다. 나는 흰 가운을 입지 않은 여자에게 다시는 고추를 보여주고 싶지 않았지만 물고기 생각도 해야 했다. 내 여동생이라고 주장하는 이리나에게서 물고기 얘기를 얼마나 듣고 싶은지도 생각해야 했다.

"면회 오는 사람이 있든 없든 가끔씩 가서 소변검사는 받아야 돼요. 이곳 사람들은 누구나 검사를 받게 돼 있어요."

나는 메드를 바라봤다. 남들이 다른 사람의 표정을 읽듯이 나도 그의 표정을 읽고 싶었다. 우리 엄마가 말하는 '정상적인 사람들'처럼. 로지타는 우리 엄마도 정상과는 거리가 멀다고 단정했고 엄마도 로지타가 정상이 아니라고 생각했지만. 어쩌면 내 여동생이라고 주장하는 이리나가 정상인지도 모른다.

"다른 사람이 당신 방에 마약을 숨겼다는 사실이 밝혀지면 약물 테스트를 자주 받지 않아도 돼요. 지난 번 검사 결과도 깨끗했잖아요?"

"몰라요."

"알잖아요. 그건 그렇고 당신 여동생, 참 괜찮은 분 같아요. 당신을 진심으로 돕고 싶어 해요."

"다들 그러던데요. 모두들 말로는 나를 진심으로 돕고 싶다고 해놓고 나한테 무슨 짓을 했냐고요."

메드는 웃었다. "나를 믿어요."

싫다고 해도 여기서 나갈 수는 없고, 좋다고 해도 여기서 나갈 수는 없고 나만 더 힘들어질 것이다. 그러나 이리나는 진짜 나를 도울 가능성이 있었고, 그건 내가 좋다고 해야만 가능했다. 어찌 됐든 위험이 따른다. 위험을 감수하는 건 질색이다.

하지만 나는 물고기를 생각했다. "좋아요. 내 여동생이라고 주장하는 이리나디리 오라고 하세요."

그날 오후에 나는 독방에 갇힌 이후로는 처음으로 작업장에 나갔다. 식물에 이름표 붙이는 작업은 전부 끝난 모양이었다. 그래서 투명 케이스에 공 CD 넣는 작업을 해야 했다.

나는 CD보단 식물이 좋았다. 식물들이 무엇을 원하는지 알 수 있어서 좋았다. 빛이 많이 필요한지 조금만 필요한지, 물을 매일 줘야 하는지 한 주에 한 번 줘야 하는지, 겨울에 바깥 추위를 견딜 수 있는지. CD는 별로 유용한 정보를 주지 않았다. 브랜드는 DTK였고 CD-RW, 4x-12x 고속, 80분/700MB라고만 적혀 있었다.

나는 앞에 CD 한 상자와 플라스틱 케이스 한 상자를 놓고 원형테이블에 앉았다. 한 시간에 최소 백 개를 넣어야 했다. 그러면 2유로를 받는다. 백 개를 채우고 나면 케이스 한 개당 추가로 2센트씩 받는다. 백 개를 채우지 못하면 돈은 한 푼도 받지 못한다.

작업장엔 한크와 내가 모르는 사람이 몇 명 와 있었다. 내가 징벌방에서 나온 이후로 한크는 내 옆에 앉으려 하지 않았다. 이유를 알 수 없었다. 한때는 우리가 '친구'라고 해 놓고. 지금은 언제 그랬냐는 듯이 날 외면하고 있다.

한크는 맹렬하게 케이스를 채우고 있었다. 녀석의 겨드랑이 밑이 축축하게 젖어 있었다. 한크를 생각하면 담배 냄새와 땀자국이 떠오른다. 녀석에게 가서 배신자라고 말하고 싶었다. 비열하고 치사한 배신자.

벽에 시계가 걸려 있었다. 30분간 일을 했지만 20개밖에 넣지 못했다.

"어쩐 일이야, 레인맨?" 렘브란트가 내 옆에 와서 앉았다. 나는 CD를 케이스에 넣으려고 했지만 손을 뜻대로 움직일 수 없었다. CD가 좀처럼 홈에 끼워지지 않았고 뚜껑도 제대로 닫히지 않았다. 억지로 시도하다가 힌지 하나를 뚝 부러뜨렸다. 나는 아무도 눈치를 못 챘길 바라며 부러진 케이스를 얼른 CD 더미에 올렸다.

"골방에서 재미 좋았지? 칠판에 낙서는 실컷 하셨나?"

나는 박스에서 CD 한 장을 꺼냈다. 이번에는 CD도 케이스도 부수지 않고 간신히 넣을 수 있었다. 진땀이 나기 시작했다. 조심하지 않으면 한크처럼 금방 셔츠에 땀자국이 나게 생겼다.

"이 자식 말이 없어졌네? 맘에 들어. 말 많은 인간들은 당최 믿을 수가 없거든. 쓸데없이 말이 많을수록 감추려는 게 많다는 뜻이지." 녀석은 CD를 케이스에 넣더니 윙크를 하며 내 무더기 위에 놓았다. "누가 널 엿 먹였을지 궁리하느라 머리에 구멍이 날 지경이지?"

"뭐라고?"

렘브란트가 내 쪽으로 몸을 숙였다. 면도 스킨 냄새가 났다.

로지타가 크리스마스 선물로 사 주었던 파란 병에 담긴 스킨과 냄새가 비슷했다. 로지타는 섹시한 향이라고 했다. 그녀는 내 목에 코를 박고 숨을 깊이 들이마셨다. "음, 좋은 냄새가 나요." 렘브란트가 내 옆에 앉아 있으니 나는 그때만큼 아찔한 기분이 들었다.

"나는 알아, 레이. 누가 너를 엿 먹이는지 잘 알지."

CD 케이스 하나가 또 부러졌다.

"말해 줄 수도 있지. 하지만 말을 안 할 수도 있어. 너 하기에 따라서." 녀석은 케이스 하나를 또 아무렇게나 채워서 내 더미에 놓았다.

나는 뭐라고 말해야 할지 알 수 없었다.

"나한테 알려달라고 애원해야지. 네 엄마가 가르쳐준 대로 예의 바르게."

내 손이 떨리고 있었고 등에는 땀방울이 흘러내렸다. 저 녀석이 뭘 원하는지 알 수 있다면.

렘브란트는 손을 뻗어 내 어깨를 건드렸다. 그러자 내 몸에 닭살이 돋았다.

"날 만나려면 어디로 와야 하는지 알지? 케이스는 좀 살살 다뤄야겠다." 녀석은 한크의 탁자로 가서 앉았다. 둘은 속닥거리며 낄낄대기 시작했다.

나는 작업에 집중하려고 애썼다. 더 이상 부러뜨리지 않게 조심하면서 91개째를 채웠다.

"아깝네." 작업장 감독이 말했다. "한 시간 더 해서 백 개를 채워 볼래요?"

"내 감방에 돌아가고 싶어요."

"당신 병실 말이죠. 그렇다면 내일 봐요. 내일 다시 도전해 봐요. 모레는 TV 리모컨을 조립해요. 그건 좀 더 잘 할지 모르겠네요."

33

이리나

레이가 살던 집 앞에 차를 댔다. 역시나 커튼이 쳐져 있었다. 지난번에 왔다간 후로 커튼은 한 번도 열리지 않은 것 같았다.

해가 쨍쨍했지만 바람은 몹시 싸늘했다. 나는 로지타와 안나의 집이었던 11번지 쪽으로 걸어갔다. 범죄 현장을 한번 살펴보고 싶었다. 앞마당은 레이네 집에 비해 훨씬 깔끔했다. 단정하게 깎은 상록수 울타리, 넝쿨 장미와 팬지. 집 주인이 무척 섬세한 사람 같았다.

꽃으로 장식된 문패에 존과 마지라고 적혀 있었다. 나는 초인종을 눌렀다. 전자 초인종인데도 구식 벨소리가 났다.

젖빛 유리를 통해 빨간 상의를 입은 금발 머리가 흐릿하게 보였다. 왠지 마지라는 이 여자는 어떤 손님이 찾아와도 따뜻하게 환대하면서 미소 띤 얼굴로 맞을 사람 같았다.

"안녕하세요." 그녀가 쾌활하게 말했다. "무슨 일이신가요?"

"네, 안녕하세요. 이런 아름다운 날 실례가 아닐지 걱정이지만 몇 가지 질문을 드리고 싶어서요."

"설문 조사요원이세요? 그러시다면…."

"아니에요." 내가 얼른 대답했다. "다른 일이에요."

"그래요?" 여자가 물었다. "애들 일인가? 뭐 문제라도 생겼나요?"

"아니, 그게 아니라요. 그냥 오래전에 있었던 일에 대해 여쭤

보고 싶어서요."

"우리 아이들은 프랑스 도르도뉴에서 캠핑 중이라우. 9개월 된 손자 노아랑 같이요. 아기를 텐트에 재우는 건 도무지 이해가 안 되지만 재밌긴 하겠어요, 안 그래요?"

나는 아기와 캠핑을 할 때의 위험성에 대해 토론할 생각은 없었다. 그래서 이렇게 말했다. "옛날에 이 집에 살던 사람들 얘긴데요. 로지타와 안나 안젤리라고."

마지는 실망한 기색이 역력했다.

"그 얘길 꺼내서 죄송하지만 제가 재심 청구를 준비하고 있어서요. 이웃 주민들의 진술이 필요하거든요. 부인을 포함해서요."

"난 모르는 일이에요."

나는 명함을 꺼냈다. 두꺼운 종이, 화려하게 장식된 글씨체, 바텔스의 취향이었다. 마지에게도 좋은 인상을 남긴 모양이었다. 명함 위로 향한 그녀의 눈길이 왼쪽에서 오른쪽으로 움직였다.

"그러면 좀 들어오세요." 그녀는 나를 위해 문을 활짝 열어주었다.

나는 그녀를 뒤따라 8년 전에 로지타와 안나의 시체가 발견된 현관으로 들어갔다. 바닥은 오크 널빤지 재질이었고 벽에는 필시 '토스카나의 석양' 따위의 컬러명으로 불릴 살구색 페인트가 칠해져 있었다. 이 집에서 일어난 무시무시한 범죄의 흔적은 전혀 찾아볼 수 없었다. 내가 대체 뭘 기대했는지? CSI 팀의 분필 표시라도 있을 줄 알았나?

마지는 나를 소파로 안내하더니 커피를 준비하러 서둘러 주방으로 들어갔다. 나는 주위를 둘러봤다. 거실은 별로 크지 않았지만 집 뒤편에 위치해 있어서 예쁜 정원이 내다보였다.

"참, 이런 우연이 다 있을까요." 마지가 주방에서 두 개의 기우뚱한 커피 잔과 쿠키 통을 예쁜 쟁반에 담아내오며 말했다. "겨우 2주 전쯤에 우리 집에 로지타 앞으로 온 편지가 도착했거든요. 봉투가 아주 크더군요. 남편 존한테 '이걸 어떻게 처리해야 될까요?' 하고 물어봤죠. 경찰에 알릴까 생각도 해봤어요."

그녀는 컵 두 개를 유리 테이블에 내려놓았나. 유리 상판 밑으로 '우리 정원에 사는 새'라는 제목의 책 몇 권이 보였다.

"대단한 우연이네요." 내가 말했다.

마지는 거실 한구석의 장식장 쪽으로 가서 봉투를 집어 들었다. "보이죠? 이거예요."

"누가 보냈죠? 혹시 아세요?"

마지는 내게 편지를 건넸다. 화려한 서체로 '벌리 앤 벌리 법률사무소'라고 적혀 있었다.

"광고물인가 봐요. 저 같으면 반송하겠어요." 내가 말했다.

"그럴까요?" 마지는 망설였다.

내가 보기에 그녀는 옳다고 믿는 대로 행동하는 사람 같았다.

"전 잘 모르겠네요."

"몇 가지 여쭤 봐도 될까요?"

"물론이에요." 마지는 안락의자의 한쪽 끄트머리에 앉았다.

"이 집에 언제 이사 오셨어요?"

"한 7년 전에요."

"그렇담 살인 사건 후에 이 집에 처음 이사 오셨네요."

"맞아요. 처음에는 좀 으스스했는데 세월이 좀 흐르고 나니 남편 존이 '이제는 그런 일이 있었다는 흔적도 남아 있지 않잖아.'라더군요."

"그러면…, 처음에는 흔적이 남아 있었나요?"

좀 어리석은 질문이었다. 나는 어차피 범죄 현장을 확인하려고 왔을 뿐인데. 그녀와의 대화에서 뭘 알아내려고 기대한 걸까? 마지는 로지타와 안나, 레이를 알지도 못한다. 경찰 보고서를 통해 이미 알고 있는 것 말고 그녀에게서 알아낼 수 있는 사실이 과연 있을까?

"경찰과 주택조합에서 집을 철저히 청소했어요. 그래도 콘크리트에 얼룩이 남아 있더군요. 그래서 곧바로 나무 바닥을 깔아 버렸죠." 마지는 내 쪽으로 몸을 기울였다. "나무 바닥 밑에는 아직 핏자국이 있다우. 그 생각은 웬만하면 안 하고 싶지만요."

"벽은요?"

"페인트칠을 다시 했어요."

나는 커피를 홀짝 마셨다. 마지는 얼른 깡통에서 쿠키 하나를 꺼내주었다.

"이웃들은요? 누가 살인사건에 대해 이야기를 해주던가요?"

"옆집 남자랑은 얘기를 안 해요. 우리랑은 좀…, 다른 사람이거든. 좀 무례하달까요? 이웃들과 절대 어울리지 않아요. 샤워하는 소리를 한 번도 못 들었다우. 집 안 환기도 전혀 안 시키는 모양이에요." 마지는 한심하다는 듯 고개를 절레절레 저었다. "누구한테 물어봐야 되는지 알려드려? 길 건너편에 사는 여자예요. 로지타를 아주 잘 알았대요. 남자를 엄청 밝혔다던데."

"그래도 꾸준히 만나는 남자친구가 있었잖아요?"

"그랬겠지. 고급 차를 타고 다니는 번듯한 남자였죠. 우리가 이사 온 뒤로도 그 남자가 이따금씩 찾아왔지. 차를 우리 집 앞에다 대고 안을 기웃거렸어요. 좀 무섭더라고."

"경찰에 신고했어요?"

"딱히 수상쩍은 행동을 하진 않았거든요. 그냥 염탐만 했어요. 그래도 영 꺼림칙하더구먼."

"로지타의 남자친구가 확실한가요?"

"맞은편에 사는 여편네가 그러데. 그 여잔 늘 밖을 지켜보거든요."

"그 남자한테 말을 걸어보신 적은요?"

마지는 고개를 저었다. "한번은 존이 밖으로 나가 봤더니 그 남자가 허둥지둥 줄행랑을 치더래요. 사실 우리가 처음 이사 왔을 때나 그랬지 얼마 후부터는 나타나지 않았어요."

"로지타가 '남자를 밝혔다'는 게 무슨 뜻인가요?"

마지는 어깨를 으쓱하더니 쿠키를 한 입 베어 먹었다. "물론 나도 전해들은 얘긴데, 여자가 꽤 헤펐다더라고요."

"그럼 또 다른 남자를 유혹했나요?"

"아, 그건 잘 몰라요."

더 이상 할 질문이 없어서 자리에서 일어섰다. 장식장에 놓여 있던 봉투가 눈에 들어왔다. "제가 우체국에 갈 일이 있는데, 가는 김에 이 편지 반송해 드릴까요?"

마지는 망설이는 눈치였다.

"그 사건으로 이미 마음고생은 할 만큼 하셨을 텐데요. 이 일만큼은 제가 대신 처리해드리고 싶어요."

"아까 어디서 왔다고 하셨죠?"

"법률회사요." 나는 그녀가 편지를 건네주지 않을까봐 힘주어 대답했다.

"참, 그랬지." 마지는 편지를 건네주었다.

"시간 내 주셔서 감사합니다." 나는 편지를 핸드백에 넣었다. 우리는 악수를 했다. 내가 차까지 걸어가고 나서야 문 닫히는 소리가 들렸다.

'맞은편에 사는 여편네'의 집은 20번지였다. 그 여자는 이미 주방 창가에 서서 밖을 엿보고 있었다. 한 손은 허리를 짚고 한 손은 담배를 든 채.

나는 호의적이면서도 당당한 표정으로 그녀의 현관문 앞으로 걸어갔다.

미처 벨을 누르기도 전에 문이 벌컥 열렸다. "언제 찾아오시나 했네." 이상하고 걸걸한 목소리였다.

"네?"

"이 동네 일이 어떻게 돌아가는지 가장 잘 아는 사람이 바로 나거든. 그래서 당신이 나를 곧 찾아오겠구나 했죠."

"이리나입니다." 나는 손을 내밀었다.

"헤랄디네예요. 일단 들어와요." 그 여자가 집 안으로 안내했다. 우리는 주방 창가의 체크무늬 식탁보가 씌워진 조그만 식탁에 앉았다. 매캐한 담배 연기와 청소용 세제 냄새에 눈이 따가웠다.

"집안일 할 때 외에는 늘 여기 앉아 있어요. 거실에 있을 때는 거의 없고요. 뒷마당에 뭐 볼 게 있겠어요? 집 앞쪽에 있어야 밖에서 무슨 일들이 일어나는지 알 수 있잖아요."

헤랄디네의 집은 로지타의 집 바로 맞은편이었다. 15미터 될까 말까한 거리. 구태여 쌍안경을 쓰지 않고도 집 안을 훔쳐볼 수 있을 만큼 가까웠다.

"그러니까 동네에 무슨 일이 일어나는지 정확히 아신다는 말씀이죠?"

"그럼요. 다 보고 있으니까." 헤랄디네가 자랑하듯 말했다. "당신이 지난주에 아이를 데리고 여기 다녀간 것도 알아요. 남자애 맞죠? 참 귀엽던데요. 집을 구경하거나 수도 검침을 하러 온 사람이 아니란 건 딱 알겠더라구요." 그 여자는 호호 웃었다.

"모든 사정을 파악하고 계시다니 참 대단하시네요." 나는 이 숨 막히는 공기 속에서 오래 버틸 수 있기를 바랐다. "저는 과거에 이 동네에 살던 레이 보렌스 씨의 변호인이에요. 로지타와 안나 살인 사건에 대해 좀 더 알고 싶어서요."

"그날 오전에 나는 시장에 갔어요. 사건이 일어난 시간에는 한 포기에 50센트 하는 상추를 사고 있었어요. 그래서 직접 목격하진 못했죠. 그래도 경찰을 부른 사람이 바로 나예요. 그 집 현관문이 열려 있는 걸 보고 뭔가 심상치 않은 일이 일어났구나, 직감했죠. 집 안에 들어가 봤더니 그 여자가 쓰러져 있더라고요. 여자랑 아이가요. 둘 다 칼로 여러 차례 찔렸더라고요. 그런 끔찍한 광경은 처음이었어요. 그 후로 한 달이나 잠을 못 잤다니까요."

헤랄디네는 담배에 또 불을 붙였다. 금색 플레이보이 로고가 박힌 까만 팩에서 꺼낸 유난히 기다란 담배였다. 밖에 한 노인이 지나가고 있었다. 그는 중절모에 손을 대며 경례를 했다.

"콜 노인이에요. 레이 보렌스의 옆집 사람이었죠. 저 노인 얘기도 들어봐요. 요새는 집을 자주 비우는 모양이지만요. 언젠가 나한테 레이가 집에서 가끔씩 발광을 하는 것 같다는 말을 한 적이 있어요. 동물처럼 울부짖는 소리가 들린대요."

"자주 그랬대요?"

"그 여자랑 어울리기 전에는 대체로 잠잠했대요. 하지만 일이 뜻대로 흘러가지 않으니까…."

"로지타를 별로 안 좋아하셨나 봐요?"

그녀는 눈을 부라렸다. "참 별난 여자였죠…. 죽은 사람 험담을 하면 안 되겠지만…, 뭐라고 해야 하나? 눈에 뵈는 게 없었어요. 자기가 제일 잘난 줄 알았지. 유부남이랑 눈이 맞아서 애나 낳고 복지 수당이나 받으며 사는 주제에. 그러면서 다른 남자들한테도 늘 살살 눈웃음을 치고 꼬리를 쳤죠. 우리 영감 조가 그 여자한테 홀리지 않은 게 천만다행이지. 그런 갈보는 한 트럭을 갖다 줘도 싫다더군요."

"그나저나 레이가 로지타를 죽였다고 생각하세요?"

"그러고도 남을 사람이죠. 한밤중에 이웃집 담장을 기웃거리고 다니더라니까. 한번은 내 남편이 레이와 마주쳤는데 그 뭣이냐…." 그녀는 양팔을 넓게 폈다. "이만한 전동 가위를 휘두르고 있더래요. 눈에 광기가 잔뜩 서려가지고. 알잖아요, 그 사람 가끔씩 그런 눈으로 쳐다보는 거. 우리 영감이 놀래서 심장이 멎는 줄 알았대요. 하지만 그 일 말고는 우리를 별로 성가시게 한

적은 없어요. 늘 일터에 있었으니까요. 한밤중에 빵집에 출근을
하고 오후만 되면 집으로 돌아왔죠. 저녁 여덟시쯤 집에 불이
완전히 꺼지고요. 무슨 삶이 그래요? 돌아버릴 만도 하죠."

그녀는 또 담배에 불을 붙였다. 나는 머리가 지끈지끈 아프기
시작했지만 그녀의 나머지 얘기를 간절히 듣고 싶었다.

"그 돈 많은 남자 있잖아요, 로지타의 애 아빠? 레이가 그 남
사 사동차 타이어를 갈가리 찢은 석이 있어요. 내 눈으로 전부
목격했죠. 정신 나간 사람 같더라니까요. 그런 모습은 처음이었
어요. 차에 달려들어 칼로 타이어를 미친 듯이 난도질하더라고
요! 그래놓고 갑자기 하던 짓을 뚝 멈추고 태연히 집으로 들어
가데요. 그래서 내가 조한테 말했죠. '두고 봐요, 앞으로 저 인간
이 얼마나 더 험한 짓을 할지 모르니까.' 결국 내 말이 씨가 되
고 말았죠. 하지만 따지고 보면 그 여자가 자초한 일 아닌가요?"

당신은 폐암을 자초하고 있군, 나는 생각했다.

헤랄디네는 창밖을 내다봤다. "결국 내가 며칠이나 밤잠을 설
쳤지 뭐예요."

"안됐네요."

"그냥 그 어린애가 참 안됐지. 귀여운 애였는데. 가끔씩 나한
테 손도 흔들어주고. 하지만 그런 엄마 밑에서 뭘 바랄 수…."

"레이와 로지타가 애인 사이였다고 생각하세요?"

"누가 알겠어요? 레이는 그 여자가 나타나기 훨씬 전부터 이
동네에 쭉 살았어요. 아무도 만나는 사람이 없었지. 물론 레이
엄마가 가끔씩 아들을 보러 찾아왔었죠."

나는 엄마가 여기, 이 동네를 찾아왔었다는 사실이 무척이나

새삼스러웠다. 아빠와 내가 절대 모르는 은밀한 생활이 있었다는 사실이.

"그 여자가 이사 와서 꼬리를 쳐대니까 레이는 금방 홀릴 수밖에 없었겠지. 그렇다고 둘이 같이 자는 사이였냐? 절대 아니라고 봐요. 서로 손을 잡는 것도 못 봤거든. 내가 알기론 밤을 같이 보낸 적은 없을걸요… 참 이해가 안 가요, 두 사람 사이 말이에요. 암만 봐도 전혀 어울리지 않는데."

헤랄디네는 다른 질문이 있으면 언제라도 찾아오라고 일렀다. 그리고 콜 노인도 꼭 찾아가봐야 한다고 당부했다. "혹시 쓸 만한 정보를 건질지 알아요?"

나는 헤랄디네에게 감사 인사를 하고 재빨리 그 집을 나갔다.

나는 신선한 공기를 애타게 들이마시며 길을 건넜다. 콜 노인의 초인종을 눌렀지만 반응이 없었다.

돌아서려고 보니 헤랄디네가 여전히 나를 지켜보고 있었다. 그녀는 '왜 그래?' 하고 묻는 듯한 몸짓을 했다. 나는 무시하고 싶었지만 마지못해 살짝 손을 흔들면서 그 여자가 우리 동네 주민이 아니라서 참 다행이라고 생각했다.

사무실로 돌아오고 한참 후에 비로소 핸드백에 들어 있던 편지봉투를 발견했다. 열쇠를 찾느라 가방을 뒤지다가 물티슈와 수첩 사이에 끼여 있는 봉투를 보았다.

물론 아무런 기대를 하지 않았다. 겉보기에는 딱 광고지 같았다. 굳이 우편물 수신자를 걸러내는 수고를 할 생각도 없이 무차

별 살포한 광고 전단. 하지만 편지 내용은 '어디에 있는 무슨 목재 농장에 당장 투자하세요. 백만 유로를 손에 쥐는 행운의 주인공이 됩니다!'가 아니었다.

영국 변호사들이 선호하는 거창한 법률 용어로 신중하게 작성된 편지였다. 로지타가 최근 영국에서 별세하신 작은 외할아버지의 전 재산을 상속받게 됐으므로 법률 사무소로 연락을 바란다는 내용이었다.

별 의미 없는 편지가 틀림없었다. 작은 외할아버지라는 사람이 유산이랍시고 남겨놓은 것도 빚뿐일 공산이 컸다. 나는 컴퓨터를 켜고 구글에서 그 작은 외할아버지의 이름을 검색해보았다. 리처드 안젤리. 검색 결과가 없었다.

나는 시계를 흘끔 봤다. 15분만 지나면 어린이집이 문을 닫는다. 그리고 어린이집까지 가는 데 최소 10분은 걸린다. 망할. 벌리 앤 벌리 법률 사무소에는 내일 연락해야겠다.

34
레이

　로지타는 운동복바지와 얼룩진 스웨터 차림으로 문을 열었다. 얼굴이 파리했고 눈 밑은 전에 없이 거무칙칙했다. 안나의 아빠를 기다릴 때는 한껏 치장하고 있더니. 그 자식은 자기 내킬 때마다 찾아오면서 로지타를 제대로 보살피는가 하면 절대 그렇지 않다.

　"안나랑 잘 놀았어요? 둘이서 뭐 했어요?"

　"어떻게 빅토르가 올 때마다 받아들일 수가 있어요?"

　"레이, 제발요. 지금은 그런 소리 하지 말아요." 로지타는 안나의 외투를 벗겨 옷걸이에 걸었다. "애, 오리한테 먹이 줬니?"

　안나는 그랬다고 대답했다. 이제는 TV를 보고 싶은 모양이었다.

　"그리고 이층으로 데려가잖아요. 왜 그래요?" 나는 거실로 들어가서 로지타가 안나에게 만화영화를 틀어주길 기다렸다가 물었다. "왜 당신 몸을 만지도록 허락하는 거예요? 그 자식이 잠지를 만졌어요? 그런 거예요?"

　로지타는 담배에 불을 붙이고 깊이 빨아들였다. "제발 그만해요, 레이. 피곤해 죽겠어요. 술 한 잔 하고 피자나 시키자고요. 와인 한 잔 따라 줄래요?"

　하지만 나는 로지타가 쉽게 말을 돌리도록 내버려둘 생각이 없었다. "왜? 왜 그 놈을 이층에 데려갔냐고요?"

"왜 당신이 아니라 그 사람을 이층에 데려갔느냐, 이 말인가요?"

나는 대답하지 않았다. 갑자기 주눅이 들었다.

로지타가 내게 다가왔다. 너무 가까운 것 같아 나는 한 걸음 뒤로 물러섰다. 내가 그녀보다 머리 하나는 더 컸지만. 내 얼굴에 담배 연기가 날아왔다. "당신이 원하는 게 그거예요, 레이? 당신만큼은 다를 줄 알았는데. 난 우리가 친구라고 생각했어요."

나는 숨을 제대로 쉴 수가 없었다.

로지타는 눈을 찡그리며 다시 내 얼굴에 대고 담배 연기를 뿜었다. 나는 그게 싫었다.

"그렇다면 나랑 같이 이층으로 올라가면 되겠네요. 당신이 그렇게 원한다면요. 어서 가요. 내 보지를 보여줄게요. 그게 원래 이름이에요, 레이. 잠지는 어린애들이나 쓰는 말이에요."

로지타는 담배를 재떨이에 비벼 끄더니 내 손을 잡고 이층으로 끌고 갔다. 나는 어쩔 줄 모른 채 그녀를 따라갔다. 심장이 너무 콩닥콩닥 뛰어서 두 집 건너 사는 노인네 귀에까지 들릴 지경이었다.

로지타의 침실은 짙은 보라색 벽의 신비스런 동굴 같았고 침대에는 매끄러운 검정 이불이 덮여 있었다. 온통 흰색밖에 없는 내 침실과는 딴판이었다. 엄마는 흰색이 깔끔하고 화사하다고 했는데.

"좋아요, 이제 누워요."

로지타는 나를 거칠게 침대로 밀었다. 고만한 덩치의 여자치고는 힘이 셌다. 나는 비틀대다가 균형을 잃고 뒤로 넘어졌다. 매트리스가 출렁거렸다.

로지타는 스웨터를 벗었다. 브라는 입고 있지 않았다. 그녀의 찌찌는 생각만큼 둥글지 않았다. 좀 뾰족한 모양이었고, 커다란 갈색 젖꼭지가 붙어 있었다. 그래도 나는 거기서 눈을 뗄 수 없었다. 내게 그걸 만지게 해줬으면 싶었다. 그리고 TV에서 본 것처럼 그녀가 내 몸을 만지고 내 고추를 입으로 빨아줬으면 했다.

"나 예뻐요, 레이? 당신이 보고 싶어 하던 게 이건가요?" 그녀는 자기 양손으로 찌찌를 잡고 주물렀다.

나는 말이 나오지 않았다. 목구멍이 꽉 막혀버렸다. 로지타가 손가락으로 쓰다듬자 젖꼭지는 단단해지기 시작했다.

"그리고 레이, 내 '잠지' 말이에요. 그것도 보여줘요?"

나는 두툼한 푸딩이 일렁거리듯 고개를 끄덕끄덕했다.

로지타는 바지를 잡아 내렸다. 발목까지 떨어졌지만 로지타는 바지에서 나오지 않았다.

나는 거실에 있는 사진이랑 별로 다르지 않은 그녀의 예쁘고 동그란 엉덩이를 보았다. 배 밑부터 다리 사이까지 가느다란 검은 털이 나 있었다. 두 개의 덮개와 그 사이에 솟아난 조그만 돌기도 보았다. 나는 실제로 본 적 없었던 것들을 전부 다 보았다.

침대에 누워 있던 나는 무거운 물건에 짓눌리는 느낌을 받았다. 닭살이 돋고 내 고추가 불끈거렸다. 나는 꼼짝도 못하고 로지타의 은밀한 부위만 뚫어져라 보았다.

"어떻게 해 줘요, 레이? 재미난 거 보여줘요? 내가 진동기로 자위하는 거 볼래요? 당신 얼굴 위에 앉아요? 뭐든 말만 해요."

화난 목소리였다. 그렇게 화난 로지타는 처음 보았다.

목구멍이 조여 들고 턱에 불편하게 힘이 들어갔다.

"나 만지고 싶어요, 레이? 원하는 게 그거예요?"

그녀는 발목에 걸린 바지 때문에 발을 질질 끌며 침대 옆으로 갔다.

"손 좀 내밀어 봐요. 어서 내 보시를 만져요. 만지고 싶었잖아요, 안 그래요?"

로지타는 바지를 걸친 채로 다리를 쩍 벌렸다.

나는 팔을 뻗었다. 내 손이 떨리고 있었다.

"얌전 떨지 말아요! 보지가 뭐 별거라고요. 모든 여자들이 갖고 있잖아요. 당신 엄마한테도 있어요. 당신이 어디서 태어난 줄 알아요?"

로지타는 내 손을 쥐고 자기 잠지에 갖다 댔다. 나는 눈을 감았다. 따뜻하고 카넬레 속처럼 부드러웠다. 내 손가락은 그 자리에 가만히 머무른 채 로지타의 몸속에서 팔딱이는 맥박을 느꼈다.

"여자를 어떻게 흥분시키는지 모르죠, 레이?" 로지타는 웃었다. 짧고 요란한 웃음소리였다. "알 턱이 없죠."

나는 눈을 떴다. 로지타가 내게 무엇을 원하는지 알 수 없었다.

"나를 애무해야죠. 내 보지부터 쓰다듬어 봐요, 부드럽게요."

나는 조심스럽게 덮개와 돌기, 작은 구멍 주위를 쓰다듬기 시작했다. 그 구멍이 커질 수 있다는 건 나도 안다. 굵은 막대기도 들어갈 수 있을 만큼. 그리고 고추도. 살이 돌고래 피부처럼 부드러웠다.

로지타는 눈을 감았다. "잘 하고 있어요, 레이. 느낌이 좋아요. 이제 내 보지에 손가락을 넣어줘요. 얼마나 축축해지는지 느껴 봐요."

내 손이 다시 떨렸다. 나는 구멍을 찾아서 손가락 하나를 가만히 밀어 넣었다. 구멍은 미끈미끈하고 좁았다. 로지타가 신음 소리를 냈다.

나는 얼른 손가락을 뺐다. "아파요?" 내 목소리가 평소랑 다르게 들렸다. 거칠고 쉰 소리였다.

"아니에요, 이 멍청이. 계속해요."

로지타의 보지 구멍 속은 축축했고 바깥쪽보다 더 따뜻했다. "손가락을 위아래로 움직이다가 내 클리토리스를 만져 봐요."

나는 손가락을 깊이 밀어 넣어 따스한 피부의 울퉁불퉁한 표면 위에서 위아래로 움직였다. 로지타는 거기서 내 손가락을 빼내더니, 이제 내 손을 쥐고 자기가 원하는 곳으로 가져갔다. "이걸 클리토리스라고 해요, 레이. 생물 시간에 배웠을 거예요. 여길 문질러 봐요."

나는 손가락으로 돌기 위를 문지르기 시작했다. 손가락이 축축해서 한결 매끄럽게 움직였다. 로지타는 숨을 거칠게 헐떡거렸다. 내 고추가 견딜 수 없이 아렸다.

"이제 손가락으로 클리토리스 주위를 쓰다듬어 봐요. 더 세게요. 레이, 내가 절정을 느낄 수 있게요."

나는 로지타의 얼굴을 보았다. 게슴츠레 뜬 눈과 벌어진 입을 보았다. 로지타는 그 입으로 내가 한 번도 들어본 적 없는 야릇한 소리를 냈다.

로지타는 내 손을 자기 몸에 밀착시켰다. "멈추지 말아요, 레이. 계속 해요."

나는 그녀가 바라는 대로 돌기를 앞뒤로 계속 문질렀다. 그러자 로지타는 비명을 내지르며 내 손을 자기 잠지에 세게 눌렀다. 그녀는 엉덩이를 앞으로 힘껏 밀면서 또 한 번 비명을 질렀다.

그녀의 다리 사이에서 많은 일이 일어났다. 근육이 움츠러들면서 아까보다 더 따뜻하고 축축해졌다.

그게 끝이었다. 로지타는 비명을 멈추고 내 손을 치웠다. 숨만 헐떡일 뿐 아무 소리도 내지 않았다.

그러다 로지타는 목을 가다듬고 무뚝뚝하게 말했다. "처음 치곤 나쁘지 않았어요."

그녀는 다시 바지를 끌어올리기 시작했다.

나는 아직 힘없이 침대에 누워 있었다. 내 고추가 당장이라도 터질 것 같았다.

로지타는 침대를 돌아내려가 얼룩진 스웨터를 집어들었다. "나는 아래층으로 내려갈래요. 침대 옆에 화장지 있어요."

로지타는 내게 눈길도 주지 않고 돌아섰다. 계단을 내려가는 그녀의 발소리를 들으며 나는 바지의 지퍼를 내리고 손으로 용두질을 시작했다.

35

이리나

"원래 활달한 편은 아니었지만 징벌방에 갔다 온 이후로 말수가 부쩍 줄었어요." 메드가 말했다. "일대일로 상담할 때도 정신은 엉뚱한 데 가 있고요."

"어쩌다 그리됐을까요?"

우리는 상담실에 앉아 있었다.

메드는 레이를 면회하기 전에 내게 레이의 현재 상태를 설명하겠다고 제안했다.

"어릴 때 형성된 자기방어기제 때문이에요. 주위 환경이 안전하지 못하다고 느낄 때마다 자기만의 작은 세계로 숨어 들죠."

"하지만 여기서는 안전하다고 느껴야 하지 않나요? 치료며 상담이며, 온갖 도움을 받고 있잖아요?"

"그래서 저도 무척 유감입니다."

그 말은 틀림없는 진심이었다. 메드는 입에 발린 말은 거의 하지 않는 사람 같았다. 새삼 내가 아는 이들 중 진심으로 친절한 사람은 거의 없다는 생각이 들었다. 나 역시 남들에게 까칠할 때가 얼마나 많은지.

"이 치료 시설이 어떻게 운영되는지 설명해드려야 무엇을 기대하실 수 있는지 이해하시겠죠. 물론 일부 재소자들에겐 어떤 치료도 소용이 없어요. 이를테면 사이코패스들은 교화하기가 사실상 불가능하죠. 나이가 들면 테스토스테론 수치가 떨어지면서 성질이 조금 수그러드는 정도예요." 메드는 잠시 내 손 위에 자기 손을 놓았다. "레이가 사이코패스란 뜻은 아니에요. 그런 부류와는 거리가 멀죠. 그러니 걱정 말아요."

나는 고개를 끄덕였다. 메드가 나와 신체 접촉을 하는 게 자연스러운 걸까? 이 사람은 다른 환자의 가족들에게도 똑같이 할까, 아님 나한테만 이럴까? 우리가 특별한 사이라고 생각하는 걸까?

"사이코패스가 기적적으로 개과천선한 것처럼 보인다면 틀림없이 처벌을 벗어나려고 수작을 부리는 거예요. 그들은 남을 해치는 게 왜 나쁜지도 잘 모르죠. 감옥에서 풀려나면 다음번엔 더 완벽한 범죄를 꾸미려고 머리를 굴릴걸요. 다행히 치료 효과를 보는 재소자들도 있긴 해요. 언젠가는 평범한 삶으로 돌아갈 수 있는 사람들이죠."

"제가 보기엔 레이도 그 부류 같은데요."

메드는 잠시 말이 없었다. 틀림없이 내게 듣기 좋은 말을 하려는 건 아니었다.

"레이가 이곳의 엄격한 규칙에 잘 적응하고 있는지 모르겠어요. 제 견해를 뒷받침할 공식적인 자료는 없지만 제가 관찰한 바로는 규칙이 역효과를 낼 수도 있더군요. 여기 처음 왔을 때는 비교적 멀쩡하던 환자들이 몇 달 지나면 오히려 상태가 악화되기도 하더라고요. 적절한 병동에 배치되고 나면 안전하고 체계적인 치료를 받을 수 있지만 환자의 상태를 판단하는 데 시간이 꽤 걸리는 터라 안타깝게도 너무 늦어버리는 경우가 있어요."

레이가 회복될 가능성이 없다는 말만큼은 절대 듣고 싶지 않
았다.

"그러니까 이곳이 레이에게 적합하지 않다는 말씀이네요."

"그런 뜻은 아니에요. 별다른 대안이 없어서 문제죠. 형기를
다 채우더라도 밖으로 내보내기 적절치 않은 환자도 있어요. 그
때는 어찌해야 할지 난감하죠."

매력적인 눈으로 그윽하게 바라보는 메드의 시선에 나는 몹시
당황했다.

"미안해요, 계속 제 말만 했네요. 처음 레이를 만났을 때 어떤
느낌을 받으셨나요?"

"대하기가 쉽지 않았어요. 왠지 끌린다는 느낌은 있었지만요.
제 아들이 레이와 똑같이 생겨서인지는 몰라도…."

"아드님이 몇 살인가요?"

"네 살쯤 됐어요. 그 애 아빠랑은 같이 살지 않고요." 내가 메
드한테 이 말을 왜 했을까?

"좋네요." 메드가 말했다. "물론 두 분이 같이 살지 않는 걸 말
하는 게 아니라 어린 아들이 있어서 좋으시겠다고요."

얼굴이 붉게 달아오르는 것을 느끼며 나는 짐짓 침착하게 말
을 이었다. "레이가 저지른 끔찍한 범죄에 대해 잘 알고 있어요.
하지만 면회하면서 보니까 그런 잔인한 짓을 할 만한 사람이 못
되는 것 같았어요. 너무 순진해빠졌던데요."

"저도 레이가 본바탕이 착한 사람이라고 생각해요."

"제 생각도 그래요. 이런 말하면 저를 비웃으실지 모르겠는
데…, 레이가 결백할 가능성도 있지 않을까요?"

"자꾸 같은 질문을 하시네요."

"그것 봐요. 제 말을 진지하게 받아들이지 않으시잖아요."

메드는 활짝 웃었다. 치아가 예뻤다. "당연히 진지하게 듣고 있어요."

이제 내 얼굴은 홍당무처럼 새빨개졌겠지. 메드가 눈치채지 말아야 할 텐데.

"저도 레이가 결백하다고 생각하고 싶지만 이런 시설에 이유도 없이 들어오는 건 아니잖아요. 레이는 국내 최고의 정신과 의사들에게 철저한 정신감정을 받았어요. 그들이 정신 치료감호소에 감금돼야 한다고 판단했다면 틀림없이 레이한테 심각한 문제가 있는 거예요."

"물론 레이에겐 문제가 있어요. 제 말은 레이가 온전히 정상이라는 뜻이 아니에요. 하지만 판사들의 실수로 잘못된 선고를 받을 가능성은 늘 있잖아요. 레이에게 그런 일이 일어났다면 그는 아무 잘못 없이 감옥에 보내진 걸로도 모자라 평생 정신병원에 갇혀 살게 됐잖아요."

메드는 흥미롭다는 듯 입가에 미소를 지었다.

"그럴 가능성도 있잖아요? 네?"

얼굴이 못 견디게 화끈 달아올랐다. 이 남자 앞에만 서면 대체 왜 이럴까?

"좋아요. 인정할게요. 얼마든지 가능한 일이에요. 이론상으로는요." 메드는 시계를 들여다봤다. "잠시 기다리고 계세요. 가서 레이를 데려올게요."

어쩌면 나는 헛된 백일몽을 쫓고 있었는지도 모른다. 어리석은 몽상. 온 가족이 재회해 언제까지나 행복하게 사는 꿈. 크리스마스 만찬 식탁에 레이, 애런, 엄마와 함께 앉아 있는 내 모습까지 이미 그려보았다. 안 될 것 없지 않나?

복도에서 들리는 발자국 소리에 나는 벌떡 일어섰다. 겨드랑이가 축축했다. 땀냄새를 풍기면 안 되는데.

레이가 먼저 들어오고 메드와 경비원이 뒤를 바짝 따랐다.

나는 최악의 상황을 대비해 마음의 준비를 했지만 레이는 지난번과 다름이 없었다. 입고 있는 옷마저 똑같았다. 그는 내 눈길을 피한 채 면회실의 노출된 벽에만 관심을 보이고 있었다.

"우리 악수할래요?" 내가 물었다.

"안 하시는 편이 좋습니다." 구석에 서 있던 메드가 말했다. "두 분 사이에 신체 접촉이 없었다는 사실을 경비원과 제가 확인하면 레이가 약물 테스트를 다시 받지 않아도 되거든요."

그의 목소리는 담담하고 사무적이었다. 당연히 그래야겠지.

"알겠어요." 나는 자리에 앉았다.

"앉아요, 레이." 메드가 말했다.

레이는 로봇처럼 뻣뻣하게 앉았다.

침묵.

"잘 지내요?" 내가 물었다.

"별로요." 레이는 여전히 나를 볼 생각은 않고 양손을 꼼지락거리고 있었다.

나는 어깨 너머로 뒤쪽에 앉아 있는 메드를 보았다. 그는 격려하는 듯 고개를 끄덕였다.

"무슨 문제 있어요?"

"다들 나를 못 잡아먹어서 안달이에요. 언제까지 이렇게 나를 괴롭힐지 모르겠어요. 내가 죽어야 끝날까요?"

"나는 레이 편이에요." 내가 말했다. "내 말 들었어요? 나는 레이 편이라고요."

그는 고개를 끄덕였다. 내 말귀를 알아들었다는 뜻인지 내가 하는 소리를 들었다는 뜻인지는 알 수 없었지만.

"오빠를 돕고 싶어요. 오빠 일을 나랑 상의해보면 어떨까요? 그래도 괜찮겠어요?"

반응이 없었지만 나는 밀어붙이기로 했다. "사건 파일을 읽어봤어요. 솔직히 오빠의 결백을 증명할 뚜렷한 단서를 찾기는 어려웠어요."

역시 반응이 없었다. 설상가상으로 레이는 내 존재에 더 이상 관심을 보이지 않는 것 같았다.

"레이가 날 도와야 해요. 변호인으로서 진심으로 오빠를 대변하고 재심 청구를 돕고 싶지만 오빠의 협조가 꼭 필요해요."

"뭐라고요?"

딱 한 단어였지만 그가 반응을 해줘서 고마웠다.

"재심이요. 법원에 오빠 사건을 다시 검토해달라고 요청하는 거예요. 그러려면 '새로운 증거'가 필요해요. 재심에서는 입증 책임이 전환되거든요."

너무 어려운 말을 썼나 싶었다. 레이의 얼굴을 봐도 내 말을 알아들었는지 전혀 알 수 없었다. 그가 알아듣거나 말거나 말을 계속했다.

"첫 재판에서는 검사가 오빠의 유죄를 입증해야 했어요. 하지만 이번에는 반대예요. 오빠가 무죄라는 사실을 우리 쪽에서 증명해야 돼요. 다만 기존 법원 기록에 있는 증거를 제시해서는 안 돼요. 그러니까, 전혀 새로운 주장을 해야 되고 내가 지금 그걸 검토하고 있어요. 하지만 오빠가 도와주지 않으면 찾을 수가 없어요."

"아."

레이는 양손을 사방으로 휘젓기 시작했다. 애런이 신이 났을 때 양손을 사방으로 파닥거리듯이. 레이의 손을 잡고 그 짓을 멈추게 하고픈 충동을 간신히 억눌렀다.

"오빠가 진짜 결백하다면 여기서 나갈 수 있어요. 내 말 알아들었어요?"

나도 모르게 자꾸만 메드를 흘끔흘끔 돌아봤다. 그는 우리의 대화에 열심히 귀를 기울이고 있었다.

"네."

"오빠는 할 말 없어요?"

나를 보는 레이에게서 또 익숙한 모습을 찾아냈다. 엄마와 애런을 꼭 닮은 눈.

"물고기가 보고 싶어요."

"좋다는 뜻으로 받아들일게요."

그는 고개를 끄덕였다.

"물고기 사진 몇 장을 또 가져왔는데 나중에 줄게요. 먼저 사건 얘기부터 해야 하니까요. 그럴 수 있죠? 로지타와 안나가 살해당한 날 무슨 일이 있었는지 말해 줄래요?"

그의 눈에 두려움이 떠올랐다.

"힘들면 다른 질문부터 시작해도 되고요."

그는 격렬하게 고개를 끄덕거렸다. 어린 아이처럼.

"로지타의 친구는 누구였나요? 찾아오는 사람이 있었어요?"

"있었어요." 그는 갑자기 볼멘소리를 냈다.

"누구였어요?"

"안나의 아빠요."

"빅토르 말이죠. 그 사람을 별로 안 좋아하나 봐요."

"그 자식은 내 친구인 척하면서…."

"그가 어쨌는데요?"

"로지타를 제대로 보살피지 않았어요."

이제 그는 잔뜩 화가 난 모습이었다. 눈은 분노로 이글이글 타올랐고 당장이라도 폭발할 사람처럼 보였다. 그가 뵈르얀 식칼을 휘두르는 모습이 눈에 선했다. 단 몇 분 전에 메드와 나는 그가 여린 사람이라는 데 의견을 같이했는데 지금의 그를 보니 그렇게 단정하긴 어려울 성싶었다.

나는 핸드백에서 수첩을 꺼내 빅토르라는 이름을 썼다. "그 사람이 어떤 점에서 로지타를 제대로 보살피지 않았나요?"

"로지타와 가족이 되려고 하지 않았어요."

"무슨 뜻이죠?"

"로지타의 집에 카펫을 깔아주지 않았고 소파도 옷도 사 주지 않았어요." 레이는 갈수록 열을 내며 씩씩거렸다.

"너무 화가 나면 잠깐 쉬었다 해도 돼요, 레이. 괜찮아요?" 내 뒤에 있던 메드가 물었다.

"괜찮아요." 레이가 대답했다.

나는 눈썹을 치켜 올리며 펜을 잡았지만 마땅히 기록할 내용이 없었다. 나는 메드를 돌아봤다. "계속 해도 괜찮을까요?"

"아마도요."

"좋아요, 레이. 빅토르와 로지타가 행복하게 잘 지냈나요?"

레이는 어깨를 으쓱하며 고집스럽게 반복했다. "로지타를 제대로 돌보지 않았어요."

"그 사람 자동차는요? 오빠가 타이어를 찢었다는 게 사실이에요?"

"네." 왠지 자랑스러워하는 것 같았다.

"왜 그랬어요?"

"다시는 오지 말라고요."

"그래서 효과가 있었나요?"

레이는 대답하지 않았다. 나는 막다른 길에 다다른 듯한 느낌을 받았다.

"그리고 또 누가 있었죠? 로지타의 양아버지는 그녀를 찾아온 적 있나요?"

"가끔씩요. 와서 집을 손봐주고 갔어요."

"그 사람은 어땠나요?"

레이는 이번에도 어깨를 으쓱했다. "늙었어요. 하얗게 센 머리를 묶고 다녔어요."

"로지타가 양아버지에 대해 말해준 적 있나요? 공격적인 사람이라든지? 아니면 금전 문제가 있다든지?"

"그건 왜요?"

"로지타가 작은 외할아버지한테서 거액을 상속받았거든요. 그런 얘기는 안 해주던가요? 영국에 부자 친척이 있다고?"

"아니요. 그게 양아버지랑 무슨 상관이에요?"

"그 양아버지가 그 돈을 몽땅 차지하게 됐으니까요."

레이는 그 연관관계를 이해하지 못하는 모양이었다. 그래서 그냥 넘어갔다.

"다른 친구는 없었나요?"

"없었어요."

"누구나 친구가 한두 명씩은 있잖아요?"

"나는 없어요."

나 역시 이렇다 할 친구가 없다는 생각이 들었다. 레이도 나도 엄마의 사회성은 물려받지 못한 모양이다. 나는 친구들과 골프 라운드를 나가거나, 동창회나 디너파티에 참석하거나, 전화통을 붙들고 한참 수다를 떠는 일이 없다. 나도 노력은 해봤다. 심지어 학생 때 여학생 사교클럽에도 가입했다. 클럽 동지들과 '히로인'이라는 단어가 수놓인 남색 조끼를 입고 행진에 참가하기도 했다. 시간이 지나고 나니 그때 일만 생각하면 온몸이 오글거린다. 당시에 그런 활동들은 내게 어딘가에 소속되었다는 느낌을 주었다. 그러나 소속감은 기분 좋은 느낌이어야 하거늘 기억에 남는 것은 조직의 쓴맛뿐이었다. 까딱 잘못했다가 쫓겨날지도 모른다는 불안감에 늘 시달려야 했다.

"다른 사람은요?"

"없어요."

"그렇다면 일이 쉬워지겠네요."

"무슨 뜻이에요?"

"로지타가 어떤 사람인지 알아내려고 많은 사람을 만나지 않아도 된다는 뜻이에요."

"아."

"오빠랑 로지타는 어땠나요? 좋은 친구 사이였나요?"

표정이 어두워지더니 레이는 입을 꾹 다물었다.

그가 입을 열기를 기다리다가 그냥 다시 질문을 던졌다. "로지타의 집에 자주 놀러갔었나요?"

"네."

"그래요? 놀러가서 뭘 했어요?"

"이야기요."

"무슨 이야기요?"

레이는 어깨를 으쓱했다. "아무 이야기나요."

나는 한숨을 쉬며 시계를 들여다봤다. "이래선 아무것도 알아낼 수 없잖아요, 레이. 로지타 얘기를 하기가 힘들다는 건 이해해요. 하지만 나를 도울 생각이 있으면 입을 열고 가끔씩이라도 쓸 만한 말을 해줘야 한다고요."

나는 수첩을 도로 가방에 집어넣으며 생각했다. 됐어, 이쯤하자. 자기가 결백하다고 주장하면서 나한테 사건의 진실을 밝힐 수 있는 정보를 아무것도 내놓지 않는다면 나도 더 이상 방법이 없다. 그렇다면 바텔스에게는 뭐라고 해야 하지? '참 착한 사람 같았어요.'라고밖에 할 수 없나?

"진짜로 내가 한 짓이 아네요." 그가 갑자기 말을 꺼냈다. "그냥, 나는 표현하는 데 서툴러요. 로지타랑 안나에 대한…" 그의 목소리가 갈라졌다. "감정이라면요. 나는 감정표현에는 서툴러요."

나는 눈을 감았다. 이 사람 나를 좀 다룰 줄 아네.

"그들을 죽이지 않은 거 확실해요? 실수로도요?"

레이는 고개를 끄덕였다. "이미 죽어 있었어요. 진짜예요."

그를 보니 나와 시선을 교환하려고 무진 노력을 하고 있다는 것을 느낄 수 있었다. 그래서 내가 그를 믿었는지도 모른다. 아무 근거 없는 느낌에 불과했지만 그 순간 나는 그가 진실을 말하고 있다고 확신했다. "좋아요." 내가 말했다. "오늘은 여기까지 해요. 모레 다시 찾아올 테니까 그때는 로지타가 죽은 날에 대해 자세히 얘기해줘야 돼요, 알겠죠?"

레이는 알았다고 대답하고 물고기 사진을 보여 달라고 요구했다.

"당연히 그래야죠." 나는 사진을 경비원에게 넘겨주며 말했다. "물고기들은 다 건강해요. 엄마가 여과기를 새로 바꿨고요."

"한니발이랑 킹콩은 어디 있어요?"

올 것이 왔다.

"그 애들은 사진 속에 없던가요?" 내가 조마조마한 심정으로 물었다.

레이는 고개를 끄덕였다.

"미안해요. 다음에는 그 애들 사진을 가져 올게요. 약속해요, 알았죠?" 그 애들이 죽었다는 말은 차마 할 수 없었다.

"잘 했어요." 메드가 말했다. "진짜로 잘 했어요."

우리는 끝없이 이어진 치료감호소의 복도를 천천히 걸었다.

"그렇게 생각하세요? 하지만 레이한테 얘기하느니 차라리 석상한테 얘기하는 쪽이 쉽겠어요."

"의사한테도 별로 말을 안 해요. 원래 말이 없는 편이죠."

"엄마한테 오빠가 늘 이랬는지 물어보고 싶어요. 하지만 엄마는 레이 얘기는 도통 안 하려고 하죠."

"그리 이상한 반응은 아니에요. 여기 환자들은 대부분 가족과 관계가 껄끄러워요. 서로를 수치스럽게 여기기도 하고요."

나는 엄마를 떠올렸다. 자기 아들하나 제대로 건사하지 못한 걸 수치스럽게 여겼을지도 모른다. 하지만 레이를 메이슨 홈 기숙학교에 갖다버리고 그렇게 금방 팔자를 고친 건 이해할 수 없었다. 말 그대로 아들을 제거하고 새 출발을 했다.

"말씀이 없으시네요." 메드가 말했다. 우리는 어느새 출구에 도착해 있었다.

"이런저런 생각 좀 하느라고요."

"이해합니다. 존재도 모르고 살던 오빠가 툭 튀어나온 것도 황당한데 어머니의 속을 모르겠다는 생각까지 들 테니까요."

나는 놀란 눈으로 그를 보았다.

"맞아요."

"저한테 그 얘기를 더 털어놓고 싶으시면 어디로 저를 찾아와야 하는지 아시죠?" 그는 내가 의뢰인을 대할 때 하듯 사무적인 미소를 지었다.

"네, 고맙습니다."

36

레이

이층에서 거실로 내려갔다. 로지타는 안나에게 팔을 두른 채
소파에 앉아 TV를 보고 있었다. 둘은 말도 제대로 못하는 토끼
를 닮은 노란 괴물에 정신이 팔려 있었다. 나는 이 '피카추'인가
뭔가 하는 녀석과 커다란 눈이 툭 불거진 녀석의 친구들을 참
을 수 없었다. 보기만 해도 머리가 지끈지끈했다.

층계 마지막 칸에 도달한 나는 뭘 어떻게 해야 할지 몰라 그
자리에 엉거주춤 서 있었다. 로지타의 행동은 정상이 아니었다.
나도 그쯤은 분명히 안다. 나를 '멍청이'라고 멋대로 불러놓고 자
기는 미친 짓을 했다. 로지타에게 한 마디 해야 하나? 어쩌면 그
럴 수가 있냐고 따져야 하나? 아니면 화난 티를 내야 하나? 어
찌 해야 할지 알 수 없었다.

나는 마흐레트가 빵집에서 한 말을 떠올렸다. "육감대로 행동
해야 돼. 자기가 뭘 원하는지는 육감이 가장 잘 알거든." 그때
내 육감은 고추가 아프다고 말해주었다. 그게 대체 무슨 의미일
까?

나는 발가벗은 로지타의 사진을 보았다. 그녀의 다리 사이에
무엇이 숨어 있는지 알고 나니 더 애가 타고 혼란스러웠다.

"레이?" 로지타가 내 쪽을 돌아보지도 않은 채 말했다. 머리도
까딱하지 않았다. "이제 집에 가야죠." TV에는 삐죽삐죽한 노란
괴물과 뺨이 발그레한 녀석의 하얀 친구들이 용을 물리치고 있

었다. 괴물의 손가락 끝에서 번개가 나왔다.

"내일 봐요." 로지타가 말했다.

나는 입을 열고 입술을 움직였지만 내 입에서는 엄마가 늘 내게 하던 잔소리가 튀어 나왔다. "말을 할 때는 사람 얼굴을 봐야죠!"

"지금 뭐라고 했어요?"

"내 말 들었잖아요."

대화를 할 때는 상대의 눈을 봐야 한다. 그래야 옳다. 나는 엄마 집에서 살던 어린 시절에 이 말을 귀에 못이 박히도록 들었다. 학교 상담 선생님도 늘 같은 말을 했다. 로지타도 그런 말을 한 적이 있다.

"레이, 진정해요!"

이제 로지타는 몸을 돌려 나를 보았다. 그녀는 바지를 벗기 전보다 훨씬 핼쑥해 보였다. 이제는 입술까지 하얗게 질렸다.

"내가 말할 때 당신 눈을 안 보면 당신은 내 턱을 치켜 올리잖아요. 그래놓고 지금은 나한테 말을 하면서 한심하게 포켓몬이나 보고 있잖아요." 내가 말했다.

"당신이 내 가슴만 쳐다보는 게 싫어서 턱을 치켜 올린 거예요."

잠시 둘 다 말이 없었다.

로지타는 한숨을 쉬었다. "레이, 미안해요, 아까처럼 하는 게 아니었는데. 제발 그냥 집에 가 줘요. 내일 만나서 같이 커피나 마시면 모든 게 제자리로 돌아갈 거예요."

"안 갈래요."

로지타가 몸을 완전히 내 쪽으로 돌리는 바람에 안나가 앞으로 고꾸라질 뻔했다. 그녀의 눈이 내 눈을 뚫어지게 바라봤다.

"눈은 영혼을 비추는 거울이야." 마흐레트는 그 말도 즐겨 했다. 하지만 영혼 따위는 보이지 않았다. 내 눈엔 짙은 갈색만 보였다.

나는 다른 사람과 눈을 마주치기가 늘 힘들었지만 그 날은 몇 시간이라도 그대로 있을 수 있을 것 같았다. 실제로 몇 시간이나 서로를 노려보고 있었는지도 모른다.

마침내 내가 승리했다.

"알아서 해요. 거기에 있든 말든 난 상관 안 해요." 로지타는 TV 쪽으로 몸을 돌려 소리를 키웠다.

나는 손으로 귀를 막았다. 멍청한 피카추와 친구들의 새된 목소리에 미쳐버릴 것만 같았다. 일부러 다른 생각을 하려고 밖을 내다봤다. 밖은 이미 어둑어둑했지만 거리의 가로등 불빛 덕분에 뒷마당은 환했다. 뒷마당 한구석의 폭포가 조그만 연못으로 떨어져 내리고 있었다. 작은 새들이 멱을 감고 안나가 물을 찰방거리며 물놀이를 할 수 있을 만큼 얕은 연못이었다.

지난 여름 일이 생각났다. 나는 등이 쑤시는데도 날마다 퇴근 후에 로지타의 정원에서 일을 했다. 로지타를 위해 완벽한 정원을 꾸며주고 싶었다. 그녀가 울적할 때 밖을 내다보며 기분을 풀기를 바랐다. 그리고 로지타와 같이 있고 싶어서이기도 했다. 그녀는 주로 집 안에 머물러 있었지만 날씨가 좋으면 밖으로 나와 비키니 차림으로 안락의자에서 일광욕을 했다. 그때는 참 행복했는데.

어느 날 나는 우리 엄마가 로지타의 마당 바로 앞에 서 있는 것을 발견했다. 작은 나무를 심고 있는데 엄마가 내게 소리쳤다. "레이! 거기서 뭐 하는 거냐?"

엄마 때문에 깜짝 놀라서 나는 삽을 손에서 떨어뜨렸다. "오신다고 말씀 안 하셨잖아요."

"꼭 말해야 하니? 왜 네 집에 있지 않고?"

"우리 집 정원 일을 도와주고 있잖아요." 어느새 밖으로 나온 로지타가 말했다. "레이가 어머니 주소를 알았다면 어머니 정원 일도 해 드렸겠죠. 아시겠지만 정원 일엔 꽤 소질이 있네요." 로지타는 핫팬츠 차림에 모자를 쓰고 있었다. 챙이 아주 넓은 모자였다. 로지타는 그 모자가 '제니퍼 로페즈 스타일'이라고 했다. 무슨 뜻인지는 모르겠지만.

"내 아들과 단둘이 얘기하게 자리 좀 비켜줄래요?"

로지타는 양손을 허리에 얹었다. "레이는 지금 바쁘잖아요. 그리고 여긴 내 뒷마당이라고요."

"얘, 어서 가자." 엄마가 내게 말했다. "이딴 일에 티격태격할 시간 없다."

"나는 시간 많은데요." 로지타가 말했다. "당신의 그, 뭐랄까, 부모로서의 독특한 교육관에 대해 늘 한마디 하고 싶었어요."

"얼씨구! 자기는 네 살이나 된 애를 온종일 TV 앞에 앉혀 놓고 아직도 유모차에 태우고 다니면서 어지간히 엄마 노릇 잘 하는 줄 아나보네."

"어쩌면 그리 잘 아실까?" 로지타가 말했다. "대단하시네. 착한 아들 레이가 미주알고주알 고해바쳤나보네요. 그나저나 왜 아들 보러 자주 찾아오지는 않으시는지? 가엾은 레이는 엄마 전화번호도 모르나보던데. 진짜 그런가요?"

"이런 얘기는 할 가치도 없지. 남의 일에 감 놔라 배 놔라 하느니 가서 직장이나 찾아보지 그래? 레이, 어서 가자."

나는 삽을 헛간에 갖다놓고 엄마를 따라가려 했지만 로지타가 나를 막았다. "제 정신이에요? 당신 엄마 대답을 들어야겠어요. 어떻게 레이에게 주소도 전화번호도 안 가르쳐 줄 수 있죠? 어떻게?"

"레이!"

나는 엄마의 그 말투를 잘 알았다. 마지막으로 경고하는 말투였다. 지금 엄마 말을 듣지 않으면 늘 그랬듯이 내 엉덩이를 찰싹 때리겠지. 내 딴에는 한다고 해도 엄마가 나를 때릴 일은 종종 일어났다. "너 때문에 미치겠다, 레이!" 엄마는 이렇게 고함을 치곤 했다. "대체 널 어떻게 해야 하니?"

기숙학교에서는 자신을 통제하는 법을 가르쳐주었다. 우리는 스톱워치를 가지고 연습했다. 그림을 그리다가 스톱워치가 울리면 그대로 멈춰야 했다. 다시 시작했다가 또 멈춘다. 다시 시작하고 또 멈춘다. 그것을 자꾸만 반복한다.

"당신 못 가요." 로지타가 말했다. "당신 엄마가 대답을 할 때까지 못 가요. 내 말 알아들어요?"

나는 엄마를 보다가 로지타를 보다가 다시 엄마를 보았다. 둘다 잔뜩 화가 나 있었다. 눈썹은 내려가고 입술은 일자였다. 어떻게 해야 하지? 스톱워치 훈련도 지금은 아무 소용이 없다. 이럴 땐 어떻게 행동해야 하나?

문득 한 가지 방법이 떠올랐다. 달아나는 것. 나는 거실로 달려 들어갔다.

안나가 "레이!" 하고 반갑게 인사했다.

복도를 지나 현관문으로 나가 골목까지 달렸다. 나는 내친김에 빵집까지 달려가 쓰레기통 옆에 풀썩 주저앉았다. 그러곤 새벽 세 시가 되어 일을 시작할 수 있을 때까지 그대로 앉아 있었다.

다음 날 오후에 집에 돌아와서야 물고기 돌보는 걸 잊었다는 생각이 퍼뜩 떠올랐다. 처음 있는 일이었다. 나는 마음이 진정될 때까지 물고기 이름을 불렀다. 그런 다음 안나에게 마들렌을 전해주러 갔다.

"오늘도 정원에서 일할 거예요?" 로지타가 물었다.

"내일 할래요."

그 후 몇 주간 엄마는 연락이 없었다. 마침내 엄마가 다시 찾아왔을 때는 정원 일도 다 끝났을 무렵이었다. 엄마는 내가 늘 앉아 있던 빨간 커튼 뒤, 주방 창가 옆에서 나를 발견했다. 엄마를 만나서 반가운지 아닌지 헷갈렸다.

엄마는 집에 들어와서 식탁에 새 식탁보를 깔고 소파 쿠션을 정리하고 화분의 위치를 바꾸었다. 그러더니 나한테 차를 한 잔 달라고 했다. 엄마가 오실 줄 알았다면 집에 타르트를 몇 개 가져왔을 텐데. 엄마한테 내놓을 거라곤 하루 묵은 브리오슈 하나뿐이었다. 나는 거기 버터를 펴 바른 다음 엄마의 반응을 기다렸다.

엄마는 표정을 조금도 바꾸지 않은 채 빵을 한 입 베어 씹어 먹었다.

"그 여자 못쓰겠더라." 엄마가 브리오슈를 우물거리며 말했다. "너를 등쳐먹고 있는 거야. 네 속을 태우면서 가진 걸 남김없이 쪽쪽 빨아먹고 나면 뻥 차버릴걸? 그러면 넌 완전히 폐인이 돼서 다른 시설에 들어가야 되겠지. 너도 그러기 싫지?"

"우리는 가족이나 다름없어요."

"네 가족은 나다. 듣고 있니, 레이? 네게 가족은 엄마밖에 없어."

"하지만 엄마는 나한테 등을 돌렸잖아요." 엄마한테 그런 말을 한 건 처음이었다.

"뭐라고?" 엄마는 잠시 말이 없다가 얼굴이 벌게졌다. "어디서 그딴 소리를 지껄여? 내가 여기 왜 온 줄 알아? 이렇게 널 찾아왔잖아?" 엄마는 뺨 위로 눈물을 줄줄 흘렸다. "사랑한다, 레이야. 너를 진심으로 사랑하는 사람은 엄마뿐이라는 걸 잊으면 안 돼."

나는 내가 왜 그러는지도 모르면서 로지타의 층계 맨 아래 칸에서 귀를 막고 서 있자니, 결국 엄마 말이 맞는지도 모른다는 생각이 들었다. 이제는 지루한 토크쇼에 정신이 팔려 있는 로지타의 뒤통수를 보며 나는 그녀를 해치고 싶다는 충동에 사로잡혔다.

마흐레트가 자주 하던 말이 또 생각났다. '네 육감을 따라라.'

하지만 나는 남을 해치는 게 옳지 않다는 사실을 잘 알고 있었다. 나는 정상이 아니었지만 그렇다고 미친놈도 아니었다.

나는 귀에서 손을 떼고 말했다. "물고기를 돌보러 가겠어요."

아무도 대답하지 않아서 나는 그냥 그 집을 나왔다. 심지어 현관문도 닫지 않았다. 로지타가 직접 닫도록 내버려두었다.

37
이리나

"로지타가 살아 있었으면 백만장자가 됐다는 거 알아?"

엄마는 주방에 서서 캐서롤을 준비하고 있었다. 애런은 물고기를 보며 소파(당연히 다시 보호 덮개가 덮여 있었다)에 앉아 있었다.

위트레흐트에서 전해온 소식에 따르면 킹콩과 한니발의 죽음은 정체가 불분명한 미생물 때문이라고 했다. 연구소에서는 사람을 보내 물 샘플을 채취하고 다른 물고기들을 점검했다. 물고기의 사망 원인으로서는 무척이나 독특한 사례가 틀림없었다.

내 말은 엄마에게서 아무런 반응도 이끌어내지 못했다. 엄마는 찐 감자를 고른 두께로 저민 다음, 내열 유리 접시에 담아 가지와 토마토로 장식하고 있었다. 엄마가 자주 만드는 요리였다. 무사카(다진 고기, 가지, 양파, 토마토 등을 켜켜이 놓고 맨 위에 치즈나 요구르트, 베사멜 소스 등을 얹은 그리스 요리-옮긴이)랑 좀 비슷하달까? 비슷하다고 하면 엄마는 펄쩍 뛰었지만.

"로지타의 엄마한테 영국에 사는 삼촌이 있었는데 양계업으로 떼돈을 벌었나 봐. 로지타한테 2백만 파운드를 남겼대."

"그런 걸 눈먼 돈이라 하잖니." 엄마가 쌀쌀맞게 대꾸했다. "다른 얘기 좀 하면 안 되겠니?"

"아니, 왜?"

엄마는 캐서롤에 치즈 가루를 신경질적으로 팍팍 뿌렸다.

"아직 얘기가 안 끝났잖아." 내가 밀어붙였다. "이 사건을 조사하기 시작한 지 얼마 되지도 않았는데 구미당기는 정보들이 쏟아져 나오고 있네. 결국 로지타의 2백만 파운드를 누가 상속하게 됐는지 알아? 보기를 세 개 줄게."

엄마는 캐서롤을 오븐에 밀어 넣고 문을 쾅 닫았다. "지금 수수께끼 놀이할 기분 아니다. 이런 얘기 할 기분도 아니고."

"그 여자 양아버지야. 원래는 딸 안나가 몽땅 상속받아야 하는데 그 애도 죽었잖아. 그러면 다음 순위 법정 상속인은 로지타의 어머니인데 역시 세상을 떠났지. 그럼 누가 남겠어? 로지타의 양부야. 로지타의 엄마와 법적으로 혼인관계였으니 모든 재산이 그에게 넘어간다고. 횡재 만났지!"

"그럼 그 남자랑 결혼하지 그러냐."

"나보단 엄마 또래야. 내 말은 로지타의 죽음으로 이득을 보는 사람이 있었다는 뜻이지. 레이가 로지타를 죽이지 않았을 가능성은 낮지만 레이를 위해 사건의 전말을 다시 되짚어볼 필요는 있지 않겠어?"

엄마는 거실로 들어갔다. 갑자기 애런의 장난감을 분주하게 정리하기 시작했다.

"나는 실제로 무슨 일이 있었는지 알고 싶었던 거야. 그게 뭐 잘못이야?"

엄마는 황당하다는 듯 나를 쳐다보더니 레고를 손으로 퍼 올려 정해진 통에 담기 시작했다.

나도 옆에 쭈그리고 앉아 엄마를 도왔다. "그나저나 엄마는 로지타에 대해 뭐 좀 아는 거 있어?"

"이리나…, 그 얘긴 할 만큼 했잖니. 다른 얘기 좀 하자."

"왜 이래, 나 좀 도와 달라구. 그 여자 만난 적 있지? 길 맞은 편에 사는 여자 말로는 엄마가 레이 집에 꽤 자주 찾아갔다던 데."

"몇 번 보긴 했지."

"그런데?"

"무슨 말을 듣고 싶은 거냐? 약아빠진 여우 같은 년이지. 어떻게 하면 레이한테서 원하는 걸 빼낼 수 있는지 잘 아는 년이었어."

"예를 들면?"

엄마는 성가셔 죽겠다는 듯 한숨을 내쉬며 일어섰다. "말했잖아. 이런 얘기 할 기분 아니라고. 그렇게 자꾸 레이, 레이 할 거면 다시는 여기 오지 마라."

엄마는 찬장을 열고 접시를 꺼냈다.

"내가 자꾸 캐물으니까 짜증날 만도 해. 하지만 엄마가 왜 나한테 레이 얘기를 한 번도 안 했는지 정도는 설명해줄 수 있잖아? 왜 더 이상 레이와 얽히기를 싫어하는 거야? 어찌됐든 레이는 엄마 아들이잖아…."

엄마는 내 쪽으로 몸을 홱 돌렸다. "내가 군이 설명해야 될 이유가 어딨니, 이리나? 내가 레이 때문에 어떤 일을 겪어야 했는지 넌 모른다. 절대 알 수 없지."

"그러면 말해 주면 되잖아. 엄마가 대답해줄 때까지 계속 못 살게 굴 거야."

엄마는 여봐란 듯이 한숨을 푹 쉬었다.

"그럼 엄마가 얼마나 힘들었는지 얘기해줘. 레이는 어떤 아이 였어?"

엄마는 허리에 양손을 얹었다.

"레이는 브레이크가 고장 난 폭주 기관차 같은 애였지. 아무리 잘해주려고 마음을 다잡아도 애가 너무 구제불능이라 나로선 도저히 감당이 안 되더라. 늘 물건을 부수고 여덟 살이나 될 때까지 집 안 도처에 똥을 싸고 몇 시간이나 벽에 제 머리를 쿵쿵 찧고…." 엄마는 외우기라도 한 듯이 레이가 부린 말썽들을 줄줄 토해냈다.

"엄마 참 힘들었겠다." 그 말은 진심이었다.

엄마는 한결 차분해진 목소리로 말을 이었다. "무슨 짓을 저지를지 예측할 수 없는 애였지. 귀가 찢어지는 비명 소리를 한참이나 듣고 있자면 정말이지 미치고 펄쩍 뛰겠더라. 들짐승이랑 한집에 사는 기분이었다. 물론 얌전할 때도 있었지. 몇 시간씩 앉아서 레고를 갖고 놀기도 했고 그림 그리는 것도 좋아했어. 예쁜 새, 우주선 그림을 놀랍도록 세밀하게 그렸지. 하지만 이제 크레용을 치울 때가 됐다고 하면 대번에 난리가 났어."

애런은 아직도 멍청하고 공허한 눈으로 수족관만 응시하고 있었다. 나는 은하수 너머 수백만 개의 항성과 그 주위를 도는 행성 사이에서 떠다니고 있는 애런을 상상했다.

"다른 애들이랑도 얼마나 투닥거렸는지 몰라. 레이를 놀리기라도 하면 큰일이 벌어졌지. 그 애가 얼마나 사나웠는지 상상도 못 할 거다. 내가 몇 번이나 여기저기 머리를 조아리며 사과를 해야 했는지도 모를 거야. '애를 좀 엄하게 대해야지.' 네 외할아버지가 그러시더구나. '단단히 버릇을 고쳐야 해. 말을 안 들으면 호되게 매질을 하라고.' 이웃들은 이렇게 수군거렸지. '엄마 혼자 키우는 애들이 다 저렇지.' 나는 끊임없이 애런을 벌주고, 꾸중하고, 애원도 하고, 눈물로 호소하고, 구슬리기도 하고, 무시도 하고, 뺨을 때리기도 하고, 심하게 두들겨 패기도 했지…. 내겐 그저 감당하기 힘든 악몽이었어."

엄마 애기가 왠지 낯설지 않아서 묘하게 마음이 불편했다. 남들이 아무리 좋은 뜻으로 충고를 해도 나 역시 그런 말을 들을 때마다 육아에는 완전한 무능력자라는 자괴감에 휩싸이곤 했는데.

"더 이상은 못 버티겠다 싶을 때 그 애를 메이슨 홈 기숙사에 보냈어. 문제 아동 기숙학교 말이야. 그러니까…." 엄마는 고통스럽게 울음을 삼켰다. "개를 죽인 사건이 있고 나서…."

엄마한테 그 애기를 직접 들으니 빈터 형사에게 듣던 때랑은 사뭇 다른 느낌이었다. 나는 엄마의 말 속에 감춰져 있는 두려움과 수치심, 좌절감을 생생히 느낄 수 있었다. 애런이 그런 행동을 한다면 나는 어떤 심정일까?

"이웃집 개였어." 엄마가 말을 이었다. "섬뜩했지. 그 애한테 뭔가를 죽일 능력이 있다는 것도 괴로웠지만 제가 뭘 잘못했는지 전혀 모른다는 사실이 훨씬 걱정스러웠어. 그때 난 레이가 사회에 위협이 되는 존재라는 걸 깨달았지. 더 이상 내 힘으로는 책임질 수 없는 애가 된 거야." 엄마는 내게 희미한 미소를 지었다. "여기까지야, 이제 할 말은 다 했다."

엄마와 나는 평소에 신체접촉이 거의 없는 편이었다. 그런데 그 순간 엄마는 내게 팔을 둘렀고 우리는 그대로 서로를 부둥켜안았다. 조금 어색했지만 우리는 한참을 그 상태로 껴안고 있었다.

"뭐하고 있쩌?" 소파에 웅크리고 있던 애런이 물었다.

엄마와 나는 민망한 짓을 하다가 들킨 사람들처럼 재빨리 서로에게서 몸을 뗐다.

"곧 저녁을 먹을 거야, 우리 애기."

엄마가 애런에게 다가가 손으로 머리를 쓸어주면서 말했다. 나한테는 애정표시 하는 걸 그렇게 어색해하면서 애런에게는 그토록 스스럼없이 친밀감을 표시하는 엄마가 나는 늘 의아했다.

"물고기들은 뭐 하고 있니?"

"금성이 이상한 짓을 해." 애런이 말했다.

금성은 몸 앞쪽은 자홍색, 등은 밝은 노랑인 브라질 바슬렛 종이었다. 금성은 짝꿍 땅콩과 함께 산호와 말미잘이 와글와글 붙어 있는 플라스틱 동굴에서 주로 노닐었다. 색깔은 화사했지만 금성은 좀처럼 눈에 띄지 않는 조그만 물고기였다.

그런데 지금은 입을 크게 벌리고 수면으로 떠올라 있었다. 킹콩도 저런 행동을 했었는데. 금성이 아직은 살아 있지만 언제까지 버틸 수 있을지 알 수 없는 상황이었다.

"저런, 가엾어라." 엄마가 말했다. "어떻게 해야 되지?"

"물에 항생제 투입했어?"

엄마는 고개를 젓고는 진열장 쪽으로 걸어갔다. "내일 잊지 않고 위트레흐트에 전화하게 메모 해둬야겠다. 요새는 머리가 몸에 붙어 있지 않다면 머리도 떼놓고 다닐 판이야. 뭐든지 깜박 깜박하네."

"물고기를 다시 돌볼 수 있게 되면 레이가 참 기뻐할 텐데."

"이걸 보고도 그런 소리를 하니? 이렇게 거대한 수조를 감옥에 어떻게 넣으려고?" 엄마는 번쩍이는 금장 펜을 내려놓았다.

"조만간 나올 가능성이 있잖아."

"아직도 그 허황된 짓을 계속 하겠다고 우기는 거냐?"

"응."

"그래봤자 헛수고라는 거 잘 알 텐데."

"내가 맡는 사건 대부분이 헛수고로 끝나, 엄마."

주방에서 '땡' 소리가 났다. '무사카와는 전혀 딴판인' 캐서롤이 완성되었다.

38

레이

"옆에 앉아도 될까요?"

지니가 나를 보며 물었다. 입꼬리가 올라가고 눈가에 살짝 주름이 진 걸 보니 친절하게 보이려고 애쓰고 있었다.

모두가 나를 쳐다봤다.

나는 지니가 나를 혼자 내버려뒀으면 싶었다. 자기랑 얘기하기 싫은 걸 모르나? 나는 더 이상 누구와도 얘기하고 싶지 않았다. 내 여동생이라 주장하는 이리나, 그리고 누구에게나 믿을 사람이 필요하기 때문에 믿기로 한 메드를 제외하면. 하지만 메드는 이미 야말 옆에 앉아 있었다.

엄마도 얘기하고 싶은 사람에 속하는 것 같다. 엄마를 본 지 참 오래됐다. 감옥으로 나를 찾아 온 엄마를 만난 게 마지막이었다. 엄마는 그때 이렇게 말했었다. "철부지처럼 굴지 마, 레이. 너 밖에서보다 여기서 훨씬 잘 지내고 있잖니. 엄마가 네 걱정을 훨씬 덜었잖아."

내가 아무 말도 하지 않으니 지니는 당연히 내 옆에 앉아도 된다고 생각한 모양이다. 나는 빵에 소시지를 넣어 샌드위치를 만들었다. 여전히 식사 시간이면 나는 내가 앉아 있는 식탁 끝으로 전달된 쟁반에 남아 있는 음식만 먹어야 한다. 그나마 마음에 드는 음식은 초콜릿 스프레드밖에 없다.

"나한테 삐쳤나 봐요, 그쵸?"

나는 한입 가득 빵을 우물거리며 고개를 끄덕였다.

"전혀 위로는 안 되겠지만 당신을 징벌방에 보내고 나서 나도 마음이 힘들었어요. 그땐 당신이 너무 난폭하게 행동해서 어쩔 수 없었어요."

나는 지니가 눈치를 채고 입을 닫길 바라면서 창밖으로 시선을 돌렸다. 벽에 조그만 울새가 앉아 있었다. 여기서는 흔히 볼 수 없는 새다. 사실 이곳 앞뜰에도 찾아오는 새는 거의 없다. 여긴 새들조차 꺼리는 곳인가 보다.

참새와 박새, 울새가 떼 지어 모여들던 우리 집 뒷마당이 생각 났다. 그러자 내 물고기들도 생각났다. 물고기를 너무너무 데려오고 싶었다.

"내 말 듣고 있어요?"

유리벽으로 머리를 들이받는 금성, 토성, 킹콩, 프랑수아가 눈에 선했다. 그 애들의 머리가 투명한 벽에 부딪힐 때마다 희미한 통통 소리가 들렸다.

"레이?"

통통 소리가 점점 커지고 물고기들이 내 머릿속을 뱅뱅 돌기 시작했다. 그 애들은 밖으로 나가고 싶어 했다. 밖으로.

나는 어느새 소리를 지르고 있었다. 아니 울부짖었다고 해야 하나? 어쨌든 내 목구멍에서 무시무시한 소리가 나왔다.

"진정해요." 까마득히 먼 곳에서 지니의 목소리가 들리는 것 같았다. 그 여자가 내 팔에 손을 올려놓았지만 나는 거칠게 뿌리쳤다. 날 건드리는 게 싫었다.

경고음이 울렸다. 싸움이 벌어지거나 리키가 TV에 물건을 집어던지기 시작하면 어김없이 경고음이 울리기 시작한다. 몇 초 뒤에 문이 벌컥 열리더니 경비원 둘이 황급히 안으로 들어왔다.

그들은 내 양팔을 등 뒤에서 비틀어 몸을 억지로 굽혔다. 탁자 위에 굵은 물방울이 똑똑 떨어졌다. 내 눈에서 떨어진 눈물이었다. 나는 울고 있었다. 슬플 때 하는 행동이었다. 그 사실을 깨닫자 이상하게 마음이 고요해졌다. 어느새 나는 고함을 멈추고 콧물만 훌쩍거리고 있었다.

"일어나." 경비원 한 명이 내 팔을 잡아당겼다. 아팠다. 엄청. 나는 그가 시키는 대로 따르는 수밖에 없었다.

"기다려요." 메드가 다가와서 내 얼굴 앞에 뭔가를 흔들어댔다. 흰 냅킨이었다. "코 풀래요, 레이?"

나는 고개를 끄덕였다.

"잠깐만 놔 줘요. 얼굴 좀 닦게."

경비원들은 메드의 지시를 따랐다.

나는 손수건을 받아 눈가를 두드린 다음 코를 풀었다. 머리가 약간 어질했지만 일단 울음은 그쳤다.

"이미 진정된 것 같네요." 메드가 경비원들에게 말했다. "그 사람 여기 두고 가요. 징벌방으로 데려가는 건 아무 의미가 없겠어요. 어쨌든 도와주셔서 감사합니다."

"메드." 지니는 내가 도저히 해석할 수 없는 말투로 말했다. "당신 왜 그래요?"

"나중에 얘기해요."

경비원들은 아무 말 없이 그곳을 나갔다. 그때 렘브란트가 제안 했다. "메드한테 박수를 쳐 주자고." 모두들 박수를 치기 시작했다.

나도 왠지 박수를 받는 기분이었다.

메드는 내가 그날 하루 종일 방 안에 머무르면서 마음을 추스르도록 배려해주었다. 문이 잠겨 있지 않아서 나는 원할 때마다 밖으로 나갈 수도 있었다. 잠시 물고기 사진들을 살펴보다가 지난번에 벽에 붙여둔 사진 옆에다 압핀으로 꽂았다. 처음에는 이름 순서로 정리했다가 다시 색깔 별로 분류했다.

물고기 사진을 배열하는 방법을 고민해야 해서 저녁 식사를 건너뛰기로 했다. 메드는 내 방으로 식사를 가져다주겠다고 제안 했지만 나는 배가 고프지 않았다.

"내일은 평소대로 식당에 가서 식사를 해야 돼요." 메드는 이렇게 말하고 가버렸다.

한 시간쯤 지났을 때 문을 두드리는 소리가 들렸다. 안경 쓴 사회복지사였다.

"안녕하세요, 레이."

나는 벽에 붙은 사진을 재빨리 뗐다. 안경 쓴 사회복지사가 무슨 짓을 할지 알 수 없었다.

"내가 메드를 교대했다고 알려주러 왔어요."

"네."

나는 그가 나가기를 기다렸다. 그러나 그는 내 방으로 들어와서 문을 닫았다. 나를 또 억지로 방에서 끌어낼까봐 침대 모서리를 양손으로 꽉 잡았다.

안경 쓴 사회복지사가 내 옆에 앉았다.

나는 그에게서 조금 떨어진 곳으로 자리를 옮겼다. 여전히 침대 틀을 움켜잡은 채. 아홉 살 때 나를 메이슨 홈에 떼 놓으려는 엄마 손을 꼭 움켜잡았듯이. '저것 봐, 레이. 탁구대도 있어. 여기선 재밌게 놀 수 있을 거야.'

"그래…" 그가 말했다.

"그래…" 내가 따라 했다.

"이제 괜찮아요?"

나는 고개를 끄덕였다.

"징벌방 일은 이제 다 잊었어요?"

나는 고개를 끄덕였다.

"당신 방에서 마약이 발견되다니, 이상하죠?" 사회복지사는 턱을 긁적였다. "마약이 어쩌다 이 방에 들어왔는지 알아요?"

나는 고개를 저었다.

"모른다고요?"

"몰라요."

"확실해요?"

나는 고개를 끄덕였다.

"잘됐네." 그는 일어서서 문을 열다가 마음이 바뀐 모양이었다. "아무도 그 얘기를 안 해주던가요?"

나는 고개를 끄덕였지만 그 순간 한 가지 기억이 떠올랐다. 내게 마약 얘기를 꺼낸 사람이 있었다. 렘브란트.

안경 쓴 사회복지사가 다시 문을 닫았다. "헷갈리는 모양인데 잘 좀 생각해봐요."

나는 침대 틀을 놓았다. 내 손은 금방 제멋대로 움직이기 시작했다. "날 좀 내버려둬요!" 내가 소리를 질렀다.

경고음이 울렸다. 밤이 되었으니 1분 뒤에 감방 문이 잠긴다는 신호였다.

사회복지사의 눈이 안경 뒤에서 깜박거렸다. "레이 보렌스, 앞으로 쭉 지켜보겠어요. 허튼짓 할 생각 말아요, 알겠죠?" 그는 감방을 나갔다.

평소와 달리 오늘은 문이 잠기자 안도감이 밀려왔다.

39

이리나

일체의 사건기록도 레이와의 대화도 큰 도움이 되지 않았다. 갑자기 말문이 유창하게 트일 거라고 기대하진 않지만 레이가 다음에는 좀 더 적극적이기를 바랐다. 이제 사건에 새로운 각도로 접근할 필요가 있었다. 우선 로지타의 양아버지부터 찾아가 볼 생각이었다.

오스카 콜의 이름은 사건기록에 등장하지 않았다. 하지만 그는 로지타를 아주 잘 아는 사람이었고, 사건이 일어나고 8년 후에야 실현되긴 했어도 확실한 범행 동기가 있었다.

그 사람에 대한 레이의 설명은 꽤 정확했다. 60대 후반의 오스카 콜은 뒷머리는 길게 기르고 앞머리는 짧게 잘랐다. 한평생 궐련을 달고 살았는지 피부는 거칠고 누르스름했다. 나는 집 밖에서 장작을 패고 있는 그를 발견했다.

"소식 들으셨어요?"

노인은 반응하지 않았다. 아무 대답 없이 도끼를 쥔 손에 힘을 주며 뚱한 표정으로 나를 노려보았다.

"꽤 많은 돈을 상속받으셨을 텐데. 아닌가요?"

"나한테 원하는 게 뭐야? 기부금을 뜯어내러 왔다면 번지수를 한참 잘못 찾았어."

그가 도끼를 공중으로 쳐들었다가 나무토막을 힘껏 내리찍자 내 외투 앞섶에 나무 부스러기가 마구 튀었다.

나는 한 걸음 뒤로 물러났다.

"로지타와 안나에 대해 여쭤보러 왔어요. 저는 레이 보렌스의 변호인입니다."

"레이 보렌스라."

"그 사람 아시죠?"

"착한 청년이었는데."

나는 기분이 한결 가벼워졌다.

"착한 청년이라고요?"

여태 레이에 대해 좋은 말을 해 주는 사람을 만나길 애타게 기다렸다. 남자한테 차이고 나서 하염없이 전화통 옆에만 붙어 있는 여자애처럼. 마침내 전화기가 울린 것이다.

"그랬지. 두 사람을 찔러 죽이기 전까지는 그런 줄로만 알았지."

"그렇죠." 역시나 잘못 걸려 온 전화였다. 또 실망.

콜은 조그만 농가에 살았다. '움막'이라고 해야 더 정확한 표현이겠지만. 이엉을 얹은 지붕에는 구멍이 숭숭 나 있었고 목조 부위는 페인트칠이 시급했다. 마당에는 1960년대 이후로 손도 대지 않은 듯한 기계류가 잔뜩 널려 있었다.

그는 모탕에 나무토막을 또 올려놓고 도끼로 내리쳤다. 콜의 꾀죄죄한 작업복과 대조적으로 도끼는 유독 반짝거리고 깨끗하다는 점이 인상적이었다. 나무토막은 단방에 둘로 쪼개졌다.

"레이를 좋게 말하는 분은 처음이에요."

이번에도 그는 대답이 없었다.

"그래도 재밌네요. 레이 보렌스를 '착한 청년'이라고 부르시다니요." 나는 다시 그를 떠보았다.

"그런 짓을 하지 말았어야지. 지금 와서 이런 말 해봤자 아무 소용없지만. 로지타가 그 청년 애간장을 태운 건 사실이야. 제 엄마를 닮아가지고. 모녀가 남자 등골 빼먹는 데는 아주 선수 야."

무슨 말을 해야 할지 난감했다. 그런데 마침내 콜의 혀가 풀린 모양이었다.

"내 말 오해는 하지 마. 둘 다 괜찮은 여자들이야. 하지만 그런 여자들은 떠돌이 개를 다룰 때처럼 요령껏 다뤄야 해. 안 그러면 무슨 꼴을 당할지 몰라. 나를 사랑해줄지, 떠나버릴지, 물어버릴지, 손을 핥아줄지 알 수 없다고…. 그건 그렇고, 벌써 한겨울 날씨네." 그는 멈추지 않고 말을 이었다. "지구가 점점 뜨거워진다고들 하는데 내 뼛골 시린 거 보면 그렇지도 않은 모양이야."

"집 안에 벽난로 있어요?"

"장작 난로."

"그러면 아늑하겠네요."

"난방비가 절약되니까 쓰는 거지. 아늑하고 말고는 상관없어."

"로지타의 어머니가 돌아가신 이후로 쭉 혼자 사셨나요?"

"그런 셈이지. 늘 혼자는 아니었지만. 노상 축 처져 있는 남자는 매력이 없다며? 처음에는 정말로 슬퍼서 정신을 못 차렸어. 특히 로지타랑 안나가 죽고 나서. 그럴 때는 주위에 있는 여자들이 남자를 보살피고 다독이지. 애플파이를 구워주고 술을 따라준단 말이야. 몇 시간이고 앉아서 얘기를 들어주기도 하고. 내가 같은 얘기를 자꾸만 반복하다보면 여자들은 어느 타이밍에서 눈물을 훌쩍여야 하는지도 알게 되지. 하지만 한 달쯤 지나면 여자들은 이제는 좀 잊어버리라고 재촉하기 시작해. 울고불고 하는 건 그만둘 때가 됐다고. 그때부터는 나랑 좀 재미를 보고 싶어 하는 거야. 하지만 어디 그럴 기분이 들어야 말이지." 그는 자기 말을 강조하려는 듯 침을 탁 뱉었다. 누르스름한 침 덩어리가 내 스웨이드 부츠에서 30센티미터도 안 되는 곳에 착지했다.

"그나저나 레이가 로지타와 안나를 왜 죽였다고 생각하세요?"

오스카 콜은 모탕에 도끼를 내려놨다. "이미 말했잖아. 로지타가 그 청년을 회까닥 돌게 만들었다고. 남자 홀리는 재주가 여간내기가 아니었어. 그 청년을 손바닥 위에 놓고 갖고 놀았을걸. 어떻게 해야 새 소파, 새 TV를 뜯어낼 수 있는지 훤히 알았다고. '옆집 이웃이 해준 선물이에요.' 로지타가 방긋방긋 웃으며 그런 소리를 할 때마다 나는 충고했지. '세상에 공짜는 없어. 네가 저 녀석을 발정 난 수고양이로 만들고 있잖아.' 그 앤 깔깔 웃기만 하더군. 자기한테 물건을 안 사주면 레이는 달리 돈 쓸 데도 없다고 우기더군. '가끔씩 머리나 쓰다듬어 주면 돼요. 그것만으로도 감지덕지죠.'" 콜은 고개를 절레절레 흔들었다. "딱 지 어미마냥 뭐든 넙죽넙죽 받을 줄만 알아. 보답 같은 건 아예 바라지도 못하지."

"레이랑 로지타가 별로 로맨틱한 사이는 아니었나 봐요."

"로맨스 따위가 뭐라고. 나이 들어보면 다 알게 돼."

"돌아가신 부인께 삼촌이 있는 거 아니셨어요? 리처드 안젤리라고?"

"딱 한 번 만난 적이 있지. 우리 결혼식 날. 엘리사는 그 분과 별로 교류가 없었어. 크리스마스 카드를 주고받는 정도였지."

"로지타는요? 그 분을 알았나요?"

"로지타도 우리 결혼식에 왔으니까 거기서 만나봤겠지. 하지만 가족끼리 별로 끈끈한 집안은 아니더군. 솔직히 내 아내도 로지타와 별로 교류가 없었어. 아내가 그 꼬마의 존재를 알았다면 얘기가 달라졌겠지만. 아마 어린 손녀를 자랑하고 싶어서 안달이 났겠지."

"리처드가 부자란 사실을 아내분이 아셨나요?"

"삼촌이 돈이 많다고 나한테 말한 적은 있어. 하지만 그게 전부야." 그가 태연하게 대꾸했다. 너무 태연한 거 아냐?

"실제로 재산이 상당했잖아요."

오스카 콜은 다시 도끼를 집었다. 엄지와 검지 사이에 점 세 개를 찍은 문신이 있었다. "그렇더군."

"그 돈을 농장 수리하는 데 유용하게 쓰실 수 있겠어요."

"그렇겠지."

그는 모탕에 또 나무토막을 올려놨다. 대화가 다 끝났다고 생각하는 게 분명했다. 나무 조각이 사방으로 튀기 시작했고 노인의 이마에는 땀이 송골송골 맺혔다. 나를 없는 사람 취급하고 있었다. 다시 노인의 입을 열게 하려면 다른 솔깃한 주제를 찾아야 했다.

"혹시 로지타를 미워하는 사람이 있었나요?"

그가 도끼질을 멈추지 않아서 나는 목소리를 높여서 반복했다. "로지타를 미워하는 사람이 있었나요?"

효과가 있었다. 그는 도끼를 내려놨다. "아직도 안 갔어?"

"네. 로지타한테 적이 있었는지 알고 싶어서요."

"음." 그는 코를 만지작거리기 시작했다. 손에 있는 점 세 개가 다시 눈에 띄었다. "별로 남들에게 호감을 주는 편은 아니었어. 그렇다고 적이라고까지 할 만한 사람이 있었던 것도 아니고."

"친구는요? 로지타랑 친하게 지내는 사람은 있었나요?"

"별로 없었어. 빌헤미나 거리로 이사 가던 날만 해도 그래. 도와주러 온 사람이 있었을 것 같아? 전혀. 나 같은 늙은이라도 없었으면 어쩔 뻔했어? 집에 수리할 곳이 생겨도 그 애는 나밖에 부를 사람이 없었지."

"친구도 없고 적도 없었다는 뜻이네요. 오스카 콜 씨는 주로 집 안 잔손질을 도와주러 그 집을 찾아가셨고요. 로지타를 찾아가는 사람이 또 있었을까요?"

"물론 레이가 있었고. 그리고 그 썩을 놈 있잖아. 빅토르라고."

"안나의 아빠 말씀이시죠."

"여자를 임신시켜놓고 나 몰라라 하는 놈한테는 아빠라는 말도 가당찮아."

"그래도 로지타를 보살폈잖아요? 가끔씩 찾아가기도 하고요."

콜은 요란하게 코웃음을 쳤다. "보살피기는 개뿔. 돈이 펑펑 남아 돌아도 제 여자한테는 인색하기 짝이 없었지. 말도 말아. 우리 시대엔 꿈도 못 꿀 일이었는데."

"다른 사람이 그 둘을 죽였을 가능성은 없나요?"

오스카가 가소롭다는 듯이 피식 웃었다. "왜 소설을 쓰고 그래? 틀림없이 레이 보렌스 짓이야. 의심의 여지가 없다고." 그는 도끼를 주워 다시 미치광이처럼 장작을 패기 시작했다. 그가 식칼을 휘두르는 모습도 어렵잖게 상상할 수 있었다. 그는 살인을 저지를만한 사람일까? 상속받을 가능성도 희박한 유산이 하늘에서 뚝 떨어지기를 바라며 냉혹하고 치밀하게 살인을 계획할 위인이 될까? 그럴 가능성이 아예 없지는 않다. 그렇다면 그는 실로 어마어마한 인내심의 소유자다. 자그마치 8년을 기다리다니! 더구나 더 이상 팔팔하지도 않은 나이에.

나는 그의 손에 찍혀 있던 점 세 개를 눈여겨봤다. 과거에 다룬 범죄 사건에서 같은 종류의 문신을 여러 차례 목격한 적이 있다. 그 문신의 해석은 다양하다. 대체로 '경찰을 엿 먹어라'라는 뜻으로 알려져 있다. 재소자들은 감방에서 서로에게 그 문신을 해 준다고 한다. 그렇다면…, 콜도 옥살이를 한 전과자라는 뜻인가?

40
레이

로지타의 층계 가장 밑 칸에 몇 시간이나 서 있다가 나는 결국 집으로 돌아갔다. 가자마자 물고기부터 살폈다. 그 애들은 늘 빠릿빠릿하게 물속을 헤엄쳤다. 그것만 보고 건강하다고 단정할 수 없지만 나는 그 애들이 행복하다고 확신했다. 늘 곁에서 돌봐주는 사람이 있으니까. 그 사람이란 다름 아닌 나다.

혹시나 해서 모든 수치를 확인했다. 그날 아침에도 이미 확인했고 출근하기 전에 한 번 더 확인할 예정이었지만. 그래야 마음을 놓을 수 있다. 나는 샤워를 하고 잠자리에 들었다.

평상시에는 새벽 세 시 정각에 일어나지만 그날은 자정을 좀 넘은 시간에 잠에서 깼다. 로지타의 집에서 고함 소리가 들렸기 때문이다. 소리는 로지타의 침실에서 났다. 나는 그들이 뭐라고 떠드나 들으려고 유리컵 하나를 꺼내 벽에다 갖다 댔다.

"정신 나갔어? 어떻게 집사람한테 까발릴 수가 있어! 어쩌자고! 너 때문에 내 입장이 얼마나 곤란해진 줄 알아?" 안나 아빠의 목소리 같았다. 한밤중에 그 자식의 차가 집 밖에 주차돼 있던 것도 처음은 아니었다. 로지타한테 듣기로 그 자식의 아내는 가끔씩 아이들을 데리고 친정에 가는데, 그때마다 빅토르가 로지타의 집에서 밤을 보낸다고 한다.

로지타가 뭐라 대드는 소리가 들렸다. 소리를 죽여 나지막이 속삭이는 소리였다. 그래서 귀를 아무리 유리에 딱 붙여도 알아들을 수 없었다.

"잡소리 집어치워!" 빅토르는 고함을 쳤다. "네 년이 뭘 어쩌겠다고? 나가 죽어버려. 너랑은 오늘부로 끝이야! 내일 예정대로 휴가를 떠나고 나면 우리 사인 완전히 끝나는 거야, 알아들어?"

다시 로지타의 목소리가 들렸다. 그녀는 울먹이고 있었다. 하지만 무슨 말인지 똑똑히 들리지 않았다. 이제는 빅토르의 말소리도 훨씬 낮아졌다.

나는 유리컵에 대고 한참 귀를 기울였다. 하지만 두 사람이 주고받는 말을 더 이상 알아들을 수 없었다. 그러다가 계단을 내려가는 발소리와 현관문이 쾅 닫히는 소리가 들렸다. 창밖을 내다보니 빅토르의 볼썽사나운 차가 거리를 빠져나가는 모습이 보였다. 로지타는 아직도 울고 있었다.

문득 이 싸움이 좋은 징조라는 생각이 들었다. 기막히게 좋은 징조.

이제 로지타와 안나, 내가 가족이 되는 걸 누구도 방해할 사람이 없다. 우리는 이미 가족이나 다름없지만. 로지타도 직접 그렇게 얘기했고 다른 증거도 얼마든지 있다. 나는 날마다 그 집에 놀러간다. 로지타의 잠지도 만져봤다. 안나도 나를 좋아한다. 이제 우리는 진짜 떨어질 수 없는 사이가 됐다.

너무 설레서 다시 잠을 이룰 수가 없었다. 나는 평소보다 훨씬 일찍 빵집에 나가 크루아상을 평소보다 훨씬 많이 구웠다.

"토요일이라고 착각했나?" 사장님이 물었다.

퇴근 후에는 안나에게 줄 마들렌을 골랐다. 이번에는 종이봉투에 빨간 리본도 묶었다. 축하할 일이 생겼으니까. 내 발걸음도 평소보다 훨씬 가벼웠다. 나는 우리 집 앞까지 깡충깡충 뛰어갔다. 그리고 안나와 로지타네 초인종을 눌렀다.

한참을 기다렸다. 로지타가 욕실에 있나 싶었다. 잠시 후에 다시 벨을 눌렀다. 그리고 또 한 번 더. 아무 반응이 없었다. 나는 마들렌 봉투를 문손잡이에 걸어두고 우리 집으로 갔다.

로지타는 왜 하필 오늘 같은 날 집에 없을까?

나는 방문을 발로 걷어차고 엄마가 갖다 놓은 꽃병을 바닥에 내동댕이쳤다. 그래도 화가 풀리지 않았다. 나는 분통을 삭이려고 애썼다. 물고기의 이름을 몇 번씩 읊조렸더니 좀 마음이 누그러졌다. 펄떡이던 심장도, 핑핑 돌던 머리도 차분해졌다. 나는 맛있는 걸 먹기로 했다.

전날 양젖 치즈와 잘 어울리는 무화과 빵을 집에 가져왔다. 치즈를 썰다보니 벽을 통해 무슨 소리가 들린 것 같았다. 아주 멀리서 들리는 듯이 희미한 소리였지만 알아들을 수 있었다. "보라돌이, 뚜비, 나나, 뽀…."

아는 노래였다. 맛있는 무화과 빵을 한입 베려던 순간, TV가 켜져 있으면 로지타와 안나가 틀림없이 집에 있겠다는 생각이 번뜩 들었다. 로지타가 문을 일부러 열어주지 않았다는 뜻이었다.

나는 로지타네 집 뒷마당으로 연결되는 작은 문을 타고 올라가 그 집 창문을 들여다봤다. 로지타가 안나와 나란히 소파에 앉아 있었다. 로지타는 운동바지와 민소매 셔츠 차림에 발은 맨발이었다. 손에는 담배를 들고 있었다. 내내 그 자리에 앉아 있었던 모양이다. 그런데도 내게 문을 열어주지 않다니. 안나는 마들렌을 베어 먹고 있었고 빨간 리본은 안나의 발치에 떨어져 있었다.

그 순간 로지타가 나를 발견했다. 나랑 눈이 마주치자 로지타는 놀랐는지 소파에 담배를 떨어뜨렸다. 내가 사준 소파에. 로지타는 불붙은 담배를 집더니 떨어뜨린 위치에다 그것을 비벼 끄기 시작했다. 안나도 나를 보았다. 입모양으로 '레이!'라고 말하면서 내게 손까지 흔들었다.

나는 창밖에 그대로 서 있었다. 어찌해야 할지 알 수 없었으니까. 로지타는 소파에서 벌떡 일어나 뒷문 쪽으로 걸어갔다. 그래서 그녀가 나를 집 안에 들여줄 줄 알았다. 로지타는 문을 끼익 열고 고개를 내밀었다.

"여기서 뭐 해요, 레이? 단 하루도 날 그냥 내버려둘 수 없어요?"

나는 숨을 깊이 들이마시며 벼르던 말을 쏟아낼 준비를 했다. 내가 오래 기다린 순간. 희망하고 꿈꾸던 순간이 마침내 찾아왔다고 알리고 싶었다.

"가족이 되려고 왔어요. 당신이랑 안나랑요."

로지타는 잠시 아무 말도 하지 않았다. 그러다 갑자기 웃음을 터뜨렸다.

내가 웃긴 얘기를 한 것도 아닌데.

좀 진정을 하고 난 다음 로지타는 이렇게 말했다. "왜 이래요, 레이! 진짜 우리가 가족이 될 수 있다고 생각해요? 정말이지, 어떻게 그런 생각을 하게 됐어요? 당신은 착하고 다정한 사람이에요. 어제는 별로 다정하지 않았지만요. 층계 밑에 버티고 서서 안 가겠다고 고집을 피웠잖아요. 그래요, 내 잘못도 있었다는 거 인정해요. 하지만 지금 당신은 억지를 부리고 있어요. 우리는 이웃이에요. 친구라고도 할 수 있겠고요. 하지만 가족이 된다니요? 절대 있을 수 없는 일이에요."

"당신 입으로 그렇게 말했잖아요." 나는 로지타를 껴안으려고 문 앞으로 다가갔다. 서로 좋아하는 사람들은 끌어안고 입을 맞추는 법이니까.

로지타는 몸을 뒤로 확 뺐다. "꿈도 꾸지 말아요!" 그녀는 내 면전에서 문을 쾅 닫고 잠근 다음 커튼을 거칠게 잡아 내렸다.

나는 노란 커튼을 뚫어지게 바라봤다.

빵 반죽 속의 건포도처럼 로지타의 말이 내 머릿속을 둥둥 떠다니고 있었다. 나는 불현듯 끔찍한 진실을 깨달았다. 로지타가 나를 속인 것이다. 그녀는 우리가 거의 가족이나 다름없다고 했다. 하지만 '거의'라는 말은 몇 발짝 떨어져 있다는 뜻이다. 그리고 그 몇 발짝이라는 것은 절대 좁혀지지 못한다. 오늘도, 내일도, 영원히 좁혀질 수 없다.

머릿속이 또렷해졌다. 이제 어떻게 해야 할지 알 것 같았다.

41

이리나

두 번째로 찾아갈 사람은 빅토르였다. 끈질기게 설득한 끝에 간신히 만날 약속을 잡을 수 있었다. 자기 집에 전화해서 이 일에 대해 물어봐도 되겠냐고 협박 아닌 협박을 한 것이 주효했다. 결국 그는 출장 중인 영업사원이나 불륜 커플들이 주로 이용하는 고속도로 휴게소에서 만나자고 제안했다.

휴게소 테이블에는 담홍색 식탁보가 깔려 있고 조그만 화병에는 아주까리 잎에 싸인 거베라 데이지가 꽂혀 있었다. 삭막한 분위기를 조금이나마 무마하려는 안쓰러운 시도였다.

로지타가 빅토르한테 왜 매력을 느꼈는지는 알 만했다. 잘생겼다고 하긴 뭣하지만 수컷 냄새를 물씬 풍기는 남자였다. 회계사치고는 나쁘지 않았다. 키가 크고 체격이 건장했으며, 회색 수트에 줄무늬 실크 넥타이를 맨 사람으로서는 보기 드물게 머리를 기르고 있었다.

"전화상으로도 말씀드렸지만 더 이상 할 말이 없습니다. 제가 아는 사실은 전부 경찰에 얘기했어요. 이런 식으로 허비할 시간도 없고요."

"경찰에 말씀하셨다고요? 이상한데요…."

그는 짜증을 굳이 감추려고도 하지 않았다. "이상하다니 무슨 뜻입니까?"

"빅토르 씨 진술이 수사 기록에 남아 있지 않았거든요."

"그게 어쨌다고요?"

나는 그가 입을 열 때까지 미심쩍은 눈초리로 그를 계속 노려봤다. "살인이 일어난 시간에 나는 가족들과 크레타 섬에 있었어요. 사건은 신문에서 보고 알았습니다." 그가 침을 꿀꺽 삼켰다.

"아직 크레타에 있을 때 아셨나요, 아니면 집으로 돌아오신 이후에 아셨나요?"

"그리스 낚시 마을의 카페에 있을 때였어요. 우연히 3일 지난 신문을 읽다가 알게 된 겁니다."

"얼마나 놀라셨을까요." 나는 아내와 아이들에게 둘러싸여 있을 때 신문에서 애인에 대한 끔찍한 소식을 발견하는 빅토르를 머릿속에 그려 보았다. "비통하셨겠네요."

그는 눈에 띄게 동요하고 있었다.

"물 한 잔 갖다 드릴까요?"

그는 고개를 끄덕였다.

물을 갖고 돌아왔더니 빅토르는 반듯하게 다림질된 하늘색 손수건으로 코를 풀고 있었다. 요새도 손수건을 갖고 다니는 사람이 있나 싶었다. 린넨 손수건을 쓴다는 것도 놀라웠지만 그걸 다림질하는 데 시간과 정성을 쏟았다는 사실도 놀라웠다.

"미안합니다." 빅토르가 말했다. "얘기하기가 힘드네요."

"이해해요. 그런 비밀을 오랜 세월 혼자 간직하셨다니 맘고생이 심했겠어요."

"네." 그의 눈이 다시 촉촉해졌다. "지난 일을 굳이 이렇게 파헤치셔야겠어요?"

"죄송해요. 맘 편히 말씀해주세요. 제가 빅토르 씨의 진술이 왜 공식 기록에 없는지에 대해 여쭤봤잖아요."

"그냥 빅토르라 불러주세요." 그는 눈물 젖은 눈으로 미소를 지었다. "처음에는 경찰을 찾아갈 생각이 아니었어요. 아내 밀리 때문이었죠. 괜히 내가 경찰에 찾아갔다가 내게 애인과 아이가 있는 걸 알게 되면 얼마나 가슴이 찢어지겠어요."

나는 공감한다는 뜻으로 낮은 소리를 냈다. 바텔스는 이렇게 말하곤 했다. "대화 상대의 신뢰를 얻으려면 적절한 순간에 적절한 추임새를 넣어야 해."

"하지만 몇 주쯤 지나자 더 큰 후회가 밀려들더군요." 빅토르가 말을 이었다. "만약 내가 살인 사건의 빠진 퍼즐 한 조각을 쥐고 있다면 어쩌나? 그래서 경찰을 찾아갔지만 저한테 큰 관심을 보이지 않았어요. 그냥 내 얘기를 듣고는 그걸로 끝이었죠. 진술서에 서명을 해야 되냐 물어도 이미 해결된 사건이라고 하더군요."

나는 눈썹을 치켜 올렸다. "그랬군요."

"워낙 뻔한 사건이었으니까요. 레이 보렌스가 범인이죠. 그 인간 정상도 아니잖습니까."

"빅토르 씨의 차 타이어를 훼손한 적도 있었죠?"

"네. 로지타한테도 그 사람 조심하라고 누누이 일렀어요. 특히 내 차를 박살내고 난 다음에요. 미친 듯이 차를 망가뜨리는 모습을 보니 소름이 쫙 끼치더라고요. '위험한 인간이야. 멀리 해야 돼.' 내가 이렇게 주의를 줘도 로지타는 곧이 듣지 않더군요. 그 미치광이가 자기 친구라면서…. 친구라니요! 보통사람들이랑 많이 다르지만 마음이 착한 사람이라더군요. 그렇지 않다는 건 충분히 증명된 셈인데요. 로지타가 칼에 몇 번이나 찔린 줄 아세요? 자그마치 스물한 번이에요."

"왜 로지타가 그를 친구로 생각했을까요?"

그는 어깨를 으쓱했다. "나한테 질투를 일으키려고요. 내가 그런 놈한테 질투라도 느낄 줄 알았나 봐요. 그 인간이 안나한테 줄 역겨운 케이크를 들고 찾아오는 모습이 아직 눈에 선하네요. 하루도 빼놓지 않고 케이크를 하나씩 갖다 줬어요. 참 대단하죠? 가끔 안나를 돌봐주기도 했어요. 나는 영 꺼림칙했지만 로지타 말로는 애한테 해코지를 할 사람은 아니라더는군요. 지금 와서 생각해보면…." 그는 다시 코를 팽 풀었다.

"천천히 말씀하세요."

"좀 힘드네요."

"이해합니다."

"제길, 내가 원래는 이렇게 감정적인 인간이 아니란 말입니다."

"회계사라면 감정을 배제하는 데는 도가 트셨겠죠."

그는 소리 내어 웃었다.

"혹시 로지타를 미워하는 사람이 있었나요? 아님 빚이 있다거나?"

빅토르는 잠시 생각하다가 고개를 저었다. "로지타는 어디로 튈지 모르는 여자였어요. 때로는 시한폭탄 같았죠. 그렇다고 딱히 미워하는 사람이 있었으리라는 생각은 안 드네요."

"말씀이 잘 이해가 안 되네요. 시한폭탄 같다는 건 무슨 뜻이죠?"

그는 우물거렸다. "알잖아요. 다혈질이라고 해야 하나. 라틴계 기질 말이에요."

"'어디로 튈지 모른다'는 말은 뭔가 구체적인 이유가 있어서 하신 말씀 같은데요."

"아니, 그렇진 않습니다."

"로지타처럼 괄괄한 여자라면 절대 정부 노릇에만 만족할 리 없었을 텐데요?"

빅토르가 지금껏 내게 조금이나마 마음을 열었다 쳐도 이 한마디로 전부 끝장이었다. 그의 마음속 철문이 철커덩 닫혔다. "이런 질문이 그 사건과 무슨 관계가 있는지 모르겠네요. 도대체 뭘 알고 싶은 겁니까?"

"로지타 안젤리의 주변 인물들을 잘 알고 싶어서요. 빅토르 씨도 그 중 하나고요."

"당신이 레이 보렌스의 변호인이라는 사실을 잊을 뻔했네요. 그 사람한테 안부나 전해주세요. 시설에서 나오면 각오하라는 말도 꼭 전해주시고요."

나는 다시 빅토르의 입을 열게 하려고 황급히 머리를 굴렸지만 그는 이미 자리에서 일어서 있었다. 그는 내게 손을 내밀며 말했다. "가 보겠습니다."

나는 어쩔 줄 모른 채 그 자리에 남아있었다. 내가 그의 아픈 곳을 찌른 것이다. 로지타 같은 여자가 남의 세컨드로 만족할 리는 없었다. 그녀는 누구에게나 일 순위가 되지 않고는 못 견디는 여자였다. 그게 아니라면 빅토르 말마따나 그의 질투심을 유발하려고 수를 쓸 이유도 없었을 테지.

나는 종업원에게 계산서를 부탁하고 지갑을 꺼냈다. 문득 한 가지 생각이 머릿속을 스쳤다. 로지타는 빅토르의 아내에게 그들의 관계에 대해 폭로하겠다고 빅토르를 협박하지 않았을까? 충분히 그랬을 법하다.

42

레이

이리나가 물었다. "엄마랑 같이 살던 시절에 엄마가 오빠를 어떻게 대했어요?"

"화를 많이 냈어요." 나는 그렇게 대답했다. "거의 항상 화를 냈어요."

이리나는 웃었지만 나는 이유를 알 수 없었다. 나를 놀리고 있나?

"엄마가 뭣 땜에 그리 화를 냈을까요?"

나는 어깨를 으쓱했다. "나는 그런 얘기는 잘 못해요."

"무슨 뜻이에요?"

"자꾸 나한테 감정에 대해 얘기하라고 다그치잖아요. 난 감정 표현엔 서투르다고요. 그것도 몰라요?"

이리나는 다시 까르르 웃었다. "골치 아프게 해서 미안해요. 그러면 내 얘기 좀 해 줘요? 난 오빠 여동생이잖아요."

나는 거절하고 싶었지만 학교에서 상담 선생님이 했던 말을 떠올렸다. '남들에게 늘 관심을 표현해야 한다.' 그래서 나는 고개를 끄덕였다.

"엄마가 나한테는 그리 자주 화를 내지 않았어요. 무관심해서였을까요? 나를 일거리로만 대하는 기분이었어요. 그래도 다행히 내겐 아빠가 있었죠." 이리나는 잠시 말을 멈추고 이마를 찌푸렸다. "아빠는 10년 전에 돌아가셨어요. 오빠의 아버지는 누군지 알아요?"

나는 몸에 열이 났다. 너무 더워서 숨이 가쁠 지경이었다. "스웨터 벗어도 돼요?" 나는 메드에게 물었다.

"왜요?" 그가 물었다.

"여기 있으니까 답답해요."

"괜찮겠어요?" 메드가 이리나에게 물었다.

"그럼요."

나는 스웨터를 벗고 흰 러닝셔츠 차림으로 이리나 맞은편에 앉았다. 조금은 나아졌지만 역시나 더웠다.

"오빠 아버지 얘기를 하고 있었잖아요." 이리나가 말했다. "아버지가 누군지 알아요?"

나는 이를 악물고 좌우로 갈았다. 으득으득 소리가 났다.

"엄마가 아버지 얘기를 안 해 주던가요?"

왜 모두들 내가 대답할 수 없는 질문을 할까? 아빠라고는 본적도 없는 내게 아빠가 누구냐고 묻다니. 내가 엄마한테 한 번도 직접 물어본 적이 없는 줄 아나? 내가 바본 줄 아나?

"미안해요." 이리나가 말했다. "그만 캐물을게요, 알겠죠? 난 언제나 뭔가 좀 이상하다는 생각을 하면서 살았어요. 돌이켜보면 그렇게 생각한 것도 무리가 아니었어요. 이를 테면 엄마는 이따금씩 정원 전시회 같은 데 간다며 외출을 하면서 아빠는 절대 따라 나서지 못하게 했죠. 그리고 엄마한테는 비밀 서재가 있었어요. 혹시 알고 있었어요? 엄마 집에는 내가 절대 들어가서는 안 되는 방이 있었다고요. 그 방에 기웃거렸다간 호되게 꾸지람을 들었죠."

이리나는 내 어깨 너머로 면회실 안에 있는 뭔가를 보고 있었다. 고개를 돌려 그녀의 시선을 따라가 보니 구석에 앉아 있는 메드를 향하고 있었다. 왜 그랬을까?

"그리고…." 이리나가 말했다. "여기 소장님께 오빠 감방에 어떻게 마약이 반입됐는지 조사해달라고 부탁했어요."

"병실 말씀이죠." 구석에 앉아 있던 메드가 말했다. "여기선 병실이라고 부른답니다."

"참, 그랬죠." 이리나도 갑자기 더워지는 모양이었다. 이리나는 단정한 바지 정장에 흰 블라우스를 받쳐 입고 왔다.

'오호, 멋 꽤나 부리셨네.' 로지타는 바지 정장을 입은 여자들을 보면 그렇게 비아냥거리곤 했다. 로지타는 이리나 같은 사람들을 좋아하지 않았다. 오지랖 넓은 이웃들은 너그럽게 참으면서도 옷을 번듯하게 차려입는 사람을 보면 입을 삐죽거렸다. "그런 사람들은 늘 자기가 남들보다 훨씬 잘난 줄 안다니까요. 이유가 뭘까요? 은행에 예금이 많아서일까요? 몸에 걸친 진주가 진짜여서일까요? 그래봤자 가짜랑 구분도 못할걸요. 그건 깨물어봐야만 알 수 있으니까요. 엿이나 먹으라 그래요."

이리나도 자기가 남들보다 훨씬 잘난 줄 아는지 궁금했다.

"여하튼…." 이리나가 말을 이었다. "오빠 병실에서 발견된 마약은 오빠와 관계가 없을 거라고 설명했어요. 오빠 같은 사람이 마약을 할 리도 없고 팔 리도 없다고 했죠. 소변 검사에서 양성이 나온 적도 없고 사회복지사들도 오빠가 마약을 한다는 정황은 발견하지 못했대요. 안 그래요?"

"맞아요."

"그렇죠. 진실이 무엇인지 철저히 조사해달라고 요구했어요. 곳곳에 감시카메라가 붙어 있으니까 밝혀내기가 별로 어렵지 않을 거예요. 마약이 발견된 날 이전에 오빠 감방, 아니, 병실에 들어갔던 사람을 전부 파악할 수 있어요. 그 기간에 오빠 병동에서 마약을 한 사람이 있는지도 밝힐 거고요. 이 일을 철저하게 파헤칠 생각이에요."

이리나는 팔짱을 끼고 괴상한 표정으로 나를 보았다. 입은 웃으려 하는데 눈은 거부하고 있었다. 사람들이 웃을 때는 눈이 조금 찌그러지는데 이리나는 눈을 동그랗게 뜨고 있었다.

"지금 어때요?" 내가 물었다.

"무슨 뜻이에요?"

"지금 기분이 어떻냐고요? 화났어요? 슬퍼요? 무서워요? 행복해요?"

"이건 단호한 표정이에요." 이리나가 대답했다.

"아."

"나 빅토르를 만나봤어요."

"안나의 아빠요."

"맞아요. 로지타와 안나의 죽음을 아직도 슬퍼하고 있어요."

"둘이서 크게 다퉜어요." 내가 말했다. "로지타가 죽기 이틀 전에요. 빅토르가 한밤중에 그 집을 박차고 나가서 다시는 돌아오지 않았어요."

이리나는 눈을 가늘게 뜨며 탁자 위로 몸을 숙여 내 쪽으로 다가왔다. "뭣 때문에 싸우던가요?"

"로지타가 누구한테 무슨 얘기를 했대요. 빅토르가 그렇게 소리를 질렀어요. 한밤중에 벽을 통해 소리가 들렸어요."

내 말을 듣자 이리나의 얼굴에 화색이 돌았다. 이리나는 몸을 더 가까이 기울였다. "확실해요?"

나는 고개를 끄덕였다.

"그것 때문에 싸웠다는 얘기죠?"

나는 고개를 끄덕였다.

"재밌네요."

이번에는 고개를 끄덕이지 않았다.

"빅토르가 하는 이야기가 좀 앞뒤가 안 맞는다는 느낌을 받았거든요. 로지타가 빅토르의 아내에게 두 사람 관계에 대해 불겠다고 협박했을까요?"

"그걸 내가 어떻게 알아요?"

나는 혹시 거미가 있나 해서 흰 벽을 살살이 훑기 시작했다. 한 마리 잡으면 방으로 데려가 애완동물로 키울 생각이었다.

이리나는 다시 의자에 기대앉았다.

"쉽지 않겠지만 로지타와 안나가 죽은 날에 대해 꼭 말해주셔야 돼요. 오빠가 두 사람을 가장 먼저 발견했잖아요, 그렇죠?"

다시 몸에서 열이 나기 시작했다. 러닝셔츠만 입고 있는데도 등에서 땀이 줄줄 흘렀다. "네." 나는 간신히 대답했다. "맞아요."

"그들을 어떻게 발견했죠?"

"문이 열려 있길래 집 안으로 들어가 봤어요. 가니까 바닥에 쓰러져 있었어요."

"이미 죽어 있었고요?"

342

그 피바다가 다시 머릿속에 떠올랐다. 나는 도리질을 쳤지만 피바다는 머릿속에서 떨쳐지지 않았다.

"레이?" 메드가 물었다. "질문 알아들었어요?"

"네." 나는 기어들어가는 소리로 대답했다. "이미 죽어 있었어요."

"집 안에 들어가기 전에 또 무엇을 봤나요? 혹시 골목에 누가 있었나요? 이웃이든, 아는 사람이든, 낯선 사람이든요?"

나는 생각을 하려고 머리를 쥐어짰지만 누군가의 맞은편에 앉아 있으니 1999년 5월 17일에 일어난 일이 좀처럼 떠오르지 않았다. 한밤중에 깜깜한 내 방에 있을 때면 그리도 생생하게 기억나더니.

"없었어요." 하지만 확신할 순 없었다. "없었던 것 같아요."

이리나는 수첩에 뭔가를 기록했다. 이 대화가 힘들어지기 시작했다. "내 방으로 돌아가고 싶어요."

"제발, 조금만 더 있다 가요."

나는 이리나의 질문에 전부 대답하겠다고 마음을 다잡았다. 그러나 머릿속의 반죽 기계가 생각들을 몽땅 뒤섞어버렸다.

"시간이 됐네요." 구석에 있던 메드가 말했다. "레이가 너무 스트레스를 받을까 걱정이네요."

"아, 알겠어요. 그러면 안 되죠."

나는 일어섰다. "잘 가요, 이리나."

경비원에게 이끌려 밖으로 나가면서 이리나가 메드에게 하는 말을 들었다. "레이가 처음으로 내 이름을 불렀어요."

43

이리나

"어이, 이리나!"

내가 알기로 요즘 세상에 사람을 보고 '어이' 하고 외치는 사람은 매우 드물다. 그래서 엄마 친구 중 한 분이 나를 불렀겠거니 짐작했다. 점심시간을 이용해 애런과 내가 좋아하는 간편한 영양식인 볼로냐 스파게티 재료를 사러 슈퍼마켓에 와 있었다. 우리는 한 주에 최소 두 번은 저녁에 볼로냐 스파게티를 먹었다.

고개를 돌려보니 린다 아줌마였다. 아줌마는 감자 봉지를 든 채 맹렬히 손을 흔들고 있었다. 나랑 겨우 3, 4미터나 될까 말까 한 거리에서.

"이렇게 반가울 데가!"

"안녕하세요, 린다 아줌마. 여기서 장을 보실 줄은 몰랐네요."

린다 아줌마는 바이텐벨데르트에 있는 엄마 집에서 모퉁이만 돌면 보이는 집에 살고 있었다. 하지만 시내에 있는 이 슈퍼마켓은 아줌마의 동네에서 한참이나 떨어져 있다.

"다운증후군 아동들한테 손가락 그림 수업을 하러 가는 길이지 뭐니." 아줌마는 윙크를 시도했지만 나머지 눈까지 같이 감겼다.

"그래요?"

"네 엄마가 말 안 하든? 나 지적 장애인들한테 미술과 공예를

344

가르치잖니. 매주 수요일 오후마다."

"우리 엄마는 나한테 아무것도 말을 안 해줘요. 꼭 해야 할 말이 아니라면요."

"어쩌겠냐. 너희 두 사람 다 성격이 좀 드세야 말이지. 넌 엄마가 널 힘들게 한다고 생각하겠지만 네 엄마도 너 때문에 힘들 때가 심심찮게 있어. 나야 네 엄마한테 늘 너 같은 딸 둬서 행복한 줄 알라고 노래를 부르지. 카를라는 로테르담에 뚝 떨어져 살면서 늘 바빠 죽겠다고 엄살이거든. 솔직히 좀 서운하긴 해."

"카를라는 어떻게 지내요?"

"잘 지낸다더라! 나한테 할머니 소리 듣게 해줄 생각이 전혀 없는 거 같아서 좀 아쉽다만. 지금이 너무 행복해서 애를 가질 생각이 안 든다나 뭐라나."

"그럴 만도 하겠어요."

"너는 어떻게 지내? 한시도 가만히 못 있고 늘 바쁘게 뛰어다니지? 너 어릴 때도 똑같았다. 네 엄마한테 애가 뭘 저리 꿀벌마냥 발발거리냐고 그랬었는데."

그 표현이 마음에 들었다. 나는 먹고 살려고 아등바등하는 궁상스런 싱글맘이 아니다. 부지런한 꿀벌일 뿐!

"카를라 어릴 때는 내가 쫓아다니면서 뒤치다꺼리를 해야 했지만 넌 원래부터 워낙 당찬 애였잖아. 카를라 낳고 나서부터 나는 늘 육아에 찌들어 살았지만 애거사는 달랐어. 아이가 생겨도 전혀 달라진 게 없었지."

"저희 엄마랑 알고 지낸 지 얼마나 되셨어요?"

린다 아줌마는 얼굴을 찌푸리며 슈퍼마켓의 타일 천장을 올려다봤다. "못해도 35년은 됐지 싶다. 네 엄마가 바이텐벨데르트로 막 이사 왔을 때였어. 아는 사람이 네 엄마 이웃집에 살았거든. 그 사람은 몇 년 전에 죽었는데…, 참, 너한테 지루한 옛날 얘기를 시시콜콜 늘어놓을 필요는 없겠지? 암튼 그 친구의 생일 날 네 엄마를 만났어. 그때만 해도 애거사는 동네에 아는 사람이 하나도 없었지. 나는 결혼 후에 일을 그만뒀고 말이야. 그 시절엔 다들 그랬으니까. 그래서 서로가 눈에 들었나봐. 카를라와 네가 집을 떠난 이후로는 모여서 카드놀이를 시작했어. 그건 한참 후의 일이지만 말이야."

"당시에 엄마가 아빠를 만나고 있었나요?"

내가 335 곱하기 6893이 얼마인지 묻기라도 한 듯 린다 아줌마의 이마에 고랑이 한층 깊어졌다. "아니, 내가 애거사를 처음 만났을 때 네 아빠는 아직 애거사 인생에 없었단다. 바이텐벨데르트에 이사 오고 6개월쯤 지났을 때 네 아빠가 나타났으니까. 네 엄마가 얼굴을 붉히면서 하던 말이 아직도 생생하다. '린다, 나 저 남자랑 결혼할까봐. 나를 살뜰하게 보살펴줄 남자가 틀림없어.'"

나도 어느새 린다 아줌마처럼 얼굴을 찌푸리고 있었다. "그러니까 처음에 엄마는 바이텐벨데르트에서 있는 다른 집에 살았다는 뜻이네요."

"아니야…!" 린다 아줌마가 과장된 몸짓을 했다. "그때 이미 지금 사는 저택을 소유하고 있었어. 당시만 해도 대단한 일이었지. 남편도 없는 여자가 자기 집을 소유하는 거 말이야. 모두들 네 엄마를 은근히 부러워했단다."

나는 엄마가 바이텐벨데르트의 집을 무슨 돈으로 구입했을지 의구심이 생겼다. 요즘 그런 집은 백만 유로를 호가한다. 엄마가 비서 학교를 다녔다는 사실은 알았지만 한 번이라도 직업을 가졌다는 말은 들어본 적이 없다. 나는 당연히 아빠가 그 집을 샀으리라고 넘겨짚었는데. 엄마도 혹시 로지타처럼 어딘가에 살던 부유한 삼촌이 돌아가시면서 알짜배기 재산을 뭉텅이로 상속받기라도 했나? "그 돈이 어디서 났을까요?"

린다 아줌마는 어깨를 으쓱했다. "저금한 돈이 있었겠지."

"저금할 돈은 또 어디서 났대요?"

"나한테 물어 뭐 하겠니. 네 엄마한테 듣기론 처녀 때 좋은 직장을 다녔다더라."

좋은 직장을 다니면서 동시에 어린 자식을 키웠다고? 나로서는 믿기 힘든 소리였다.

"아무래도 수상한데요." 내가 말했다.

"좀 이상하긴 하지. 하지만 세상 일이 원래 다 그런 거 아니겠니. 나이가 든다고 다 아는 건 아니란다." 아줌마는 시계를 힐끔 들여다봤다. "이런, 벌써 시간이 이렇게 됐나? 가봐야겠다. 꼬마 친구들이 나를 목 빠지게 기다리게 할 순 없지."

아줌마가 작별 인사를 했다. "이만 총총."

60세 이상 어르신들은 저렇게 인사를 하나? 그러고는 감자 봉지를 움켜쥔 채 채소 코너를 성큼성큼 지나갔다.

셀러리 한 묶음과 스파게티 소스 한 병, 유기농 햄버거 속 200그램, 파르메산 치즈 가루 한 봉지를 장바구니에 급하게 집어넣던 나는 린다 아줌마가 레이를 알고 있을지 궁금해졌다. 하지만 왠지 잘 모를 것 같다는 예감이 강하게 들었다.

　사무실로 돌아와서 등기소에 연락을 했다. 일 분 만에 답변이 돌아왔다. 엄마는 그 집을 1971년에 15만 길더에 구입했다. 전액 현금으로 대출 없이. 분명 당시에도 어마어마한 금액이었을 텐데.

　"우리 복덩이!"

　나는 바텔스가 들어오는 줄도 미처 몰랐다. 그는 예고도 없이 내 방에 불쑥불쑥 찾아오는 습관이 있었다. 볼 일이 있으면 나를 자기 사무실로 부를 일이지.

　바텔스는 내 책상 끄트머리에 걸터앉아 다리를 꼬았다. 빨간 양말을 신고 있었다.

　"보렌스 일은 어떻게 돼 가?"

　"그러니까…."

　"어서 말해봐. 누구를 만나봤고, 수사 기록에 뭐라고 돼 있었고, 사건에 대한 인상이 어땠는지?"

　"만나는 사람마다 하는 얘기들이 대체로 일관성이 있었어요. 하나같이 비슷한 말을 하더라고요. 레이 보렌스한테 정신 장애가 있고, 옆집에 사는 여자가 그를 실컷 이용하다가 차버려서 눈이 뒤집힌 모양이라더군요. 레이가 직접 자백한 적은 없지만 범행 사실을 인정하는 듯한 발언을 했었고요. 살해 동기도 있었고 그가 현장을 어슬렁거리던 모습도 목격된 데다, 어쩌면 살인 무기가 자기 소유 물건이었다는 사실도 인정한 셈이에요. 결국 결정적인 정보는 아무것도 없었습니다."

"지금까지 누구를 만나봤지?"

"희생자의 이웃들이랑 친구, 친척들…."

"또?"

"로지타의 양부라는 사람이 좀 수상쩍었어요. 장물 거래랑 마약 밀매로 징역을 산 적도 있더군요. 로지타와 안나가 죽은 덕분에 그 사람이 사망한 아내의 삼촌이 남긴 막대한 재산을 차지할 수 있었고요. 역시 살해 동기가 될 수 있겠죠. 시간차가 너무 크다는 점이 맘에 걸리지만요. 살인을 한 다음 가만히 손 놓고 삼촌이 죽기를 이제나저제나 기다렸다는 뜻이니까요. 진짜 그런 짓을 했다면 혀를 내두를 만큼 멀리 내다봤다는 얘기죠."

"그렇군."

"그리고 피해자의 애인 빅토르라는 사람이 있어요. 레이 보렌스가 그러는데 살인이 일어나기 얼마 전에 빅토르와 로지타가 크게 다퉜대요. 빅토르가 로지타에게 '어떻게 그 사람한테 까발릴 수가 있어?' 같은 취지의 말을 했다는군요. 로지타가 두 사람의 관계를 빅토르의 아내에게 폭로했는지도 모르죠. 역시나 그럴듯한 살해동기로 볼 수 있어요. 살인사건 당시에 빅토르가 크레타에서 휴가를 보내고 있었다는 점이 걸리긴 합니다만."

"사람을 썼을 수도 있지."

나는 어깨를 으쓱했다. "그럴 수 있겠네요."

바텔스는 내가 애런과 동물원에 갔을 때 찍은 사진을 들고 자세히 들여다봤다.

"어떻게 생각해? 아직도 레이 보렌스가 결백하다고 생각해? 그렇게 생각할 근거가 한 가지라도 있나?"

"레이 보렌스 본인의 주장을 제외하고 말씀이죠?"

바텔스는 고개를 끄덕이며 사진을 내려놓았다.

"솔직히 전혀 없습니다. 레이는 비흡연자인데 살인자가 아이 시체에다 담배를 비벼 껐다는 사실 말고는요. 그렇다고 그것이 판을 뒤집을만한 증거도 못 되고요."

"맞아." 바텔스가 말했다. "당신은 어떻게 추정하고 있어?"

"아직은 생각이 명확하게 정리가 안 되네요."

바텔스는 펄쩍 뛰며 고개를 세차게 흔들었다. "아니! 생각을 말하는 게 아냐. 직감 말이야! 레이 보렌스를 보면 당신의 감각들이 어떤 말을 해 주냐고?"

"혼란스러울 뿐이에요." 나는 맥없이 대답했다.

"이제 우리 직원 전원이 이 일에 매달릴지, 아님 깨끗이 포기할지 결정할 시기가 됐어. 당신 말을 듣고 보니 후자를 선택하는 수밖에 없겠군."

나는 주저했다. 레이가 내 오빠라서 그의 사건에 예외적으로 많은 시간을 투입한 사실이 드러나면 내 입장은 매우 난처해진다. 그래도 곤경에 빠진 레이를 나 몰라라 하고 싶지는 않았다. 빅토르가 로지타의 사망 직전에 그녀와 대판 싸웠다는 사실을 알게 돼서가 아니다. 포기는 나중에라도 얼마든지 할 수 있어서다.

"빅토르를 한 번 더 찾아가 볼 생각입니다. 강력한 동기도 있고, 방금 말씀하셨듯이 꼭 자기 손으로 사람을 죽일 필요도 없었을 테고요. 청부살인도 가능했을 겁니다."

"내가 사건 기록을 직접 확인해봐도 되겠나?"

"그렇게 해 주세요."

"나를 믿어. 설사 이 사건이 땅띔조차 못한다 해도 당신한테 책임을 묻지 않겠어. 재심이 원래 가장 이기기 어려운 소송이란 건 누구나 알잖아. 재소자의 결백에 의심의 여지가 없어도 승리한다는 보장은 없어. 나도 예전에 새로운 증거가 없는 재심 사건을 맡은 적이 있어. 살인이 일어나던 시간에 용의자가 트램(노면전차-옮긴이)을 타고 있었기 때문에 살인 현장에 물리적으로 나타날 수가 없었지. 그를 본 목격자도 있고 도장 찍힌 트램 티켓까지 증거로 제시되었어. 그 모든 증거가 법원 기록에 명백히 표시되어 있었는데도 재심을 개시할 수조차 없었지."

"네?"

"법률상 재심 개시 요건인 새로운 증거가 없었기 때문이야. 내 나름대로 새 목격자를 찾는 광고도 내고 별별 노력을 다 했지만 새롭게 제시할 증거가 없으면 아무 소용이 없어."

"압니다."

"그래, 당신도 잘 알겠지. 최대한 신속히 검토해보고 내 의견을 알려주겠네."

"감사합니다."

44

레이

로지타가 내 눈 앞에서 커튼을 내린 날 밤, 나는 잠을 이루지 못했다. 로지타 때문에 속이 상해서라기보다 엄마가 나를 메이슨 홈에 데려간 날이 생각나서였다.

우리는 작은 여행 가방에 내 소지품을 챙겼다. 일주일 치의 속옷, 바지 세 벌, 티셔츠 다섯 장과 스웨터 두 벌, 그리고 조류 도감이었다. "나머지는 다음에 언제든지 갖다줄 수 있어, 레이."

가방 크기 때문에 나는 메이슨 홈에서 금방 집으로 돌아가리라는 희망을 품었다. 엄마는 내가 레고 테크닉 세트나 화석 컬렉션 없이는 못 산다는 걸 잘 알았으니까.

하지만 엄마한테 그곳에 얼마나 있어야 되냐고 묻자 엄마는 나와 눈을 마주치려 하지 않았다. 길만 내려다보면서 엄마는 이렇게 말했다. "모르겠다."

나는 나이에 비해 덩치가 컸다. 자동차 조수석에 앉아도 될 만큼 컸다. 내게 정신 지체가 있다는 사실을 사람들이 잘 눈치채지 못한 이유도 그 때문이다. 엄마가 이웃 사람에게 그렇게 말하는 것을 들었다. 엄마는 나중에 내게도 그렇게 설명했다. 나를 본 사람들은 전부 내가 다 큰 앤 줄 알지 속에 아주 어린 애가 살고 있는 건 모른다고.

내 가족은 엄마였지만 엄마는 내가 메이슨 홈도 가족처럼 사랑하게 될 거라고 했다. 그러면서 안락한 기숙학교와 다양한 식단, 마당에 있는 그네를 열심히 칭찬하기 시작했다.

엄마는 내 물건을 보관할 수 있는 캐비닛에 가져온 여행 가방을 넣었다. 한때는 자물쇠가 딸려 있었지만 남자아이들이 하도 열쇠를 잃어버리는 바람에 학교에서는 더 이상 캐비닛 열쇠를 나눠주지 않는다고 했다.

"나중에 엄마한테 작별인사를 할 때 울고불고 하면 안 된다." 메이슨 홈 내부를 구경시켜 주던 간호사가 말했다. 그 여자는 이제부터 내가 엄마가 아닌 자기 관리 하에 있다는 걸 과시하듯 내 어깨에 팔을 둘렀다. 나는 어깨를 꿈틀거려 얼른 그 여자의 팔을 떨쳤다.

"이제 곧 출구에 도착할 거야. 거기서 엄마를 꼭 안아 드리고 손을 흔들면서 인사를 해야 돼. 다 큰 어른처럼 말이야, 알겠지? 엄마를 실망시키지 마라, 레이."

나는 엄마가 내 정신 지체에 대해 간호사에게 설명하기를 기다렸지만 엄마는 그리하지 않았다. 대신 이렇게 말했다. "귀엽네요. 저기, 아이들이 색칠한 작은 미나리 화분들이요."

간호사는 빙긋 웃었다. "여기 아이들은 만들기를 자주 한답니다. 미나리는 빵에 넣어 먹으면 맛있죠. 건강하기도 하고요."

"균형 잡힌 식단은 무척 중요하죠. 레이는 채소를 별로 좋아하지 않지만요. 전 레이한테 고기를 주기 전에 늘 건강한 음식부터 먼저 먹인답니다."

"주방에 그 얘기를 전달할게요." 간호사가 말했다.

"레이에게 음식 준비를 거들게 하는 것도 좋아요. 정원에서 채소를 돌보게 하거나요." 엄마 목소리가 평소와 달랐다. 엄마 얼굴을 보니 입술은 가는 일직선이 되었고 눈을 자꾸만 깜박거렸다.

우리는 출구에 도착했다.

그때까지도 나는 엄마가 나를 내버리고 갈 리 없다고 굳게 믿었다. 그냥 '마지막 경고' 같은 것인 줄만 알았다. '이번엔 널 집에 데려갈 거야. 하지만 다음번에 또 말썽을 피우면 영원히 여기서 살 줄 알아.'

"이제 작별인사를 해야지."

엄마는 양손으로 내 머리를 잡고 입에다 뽀뽀했다. 그러고는 두 팔로 나를 껴안았다. 너무 세게 끌어안아서 숨이 막혔다. 엄마의 가슴이 위 아래로 들썩이고 있었다.

"힘드실 거예요." 간호사가 말했다. 그 여자는 엄마 등을 토닥거렸다.

엄마가 나를 한참이나 꼭 안고 있길래 나는 엄마가 나를 버리지 않을 줄 알았다. 하지만 결국 엄마는 나를 떼 놓았다. 엄마의 뺨엔 검은 얼룩이 졌고 눈은 시뻘갰다.

"이제 가시는 게 좋겠어요." 간호사가 말했다.

엄마는 입을 벌려 뭐라 말을 했지만 소리가 나오지 않았다. 엄마는 등을 돌리고 고개를 푹 숙인 채 주차장 쪽으로 성큼성큼 걸어갔다.

엄마는 한 번도 뒤돌아보지 않았지만 나는 계속 손을 흔들었다. 차 앞에 이르러서야 엄마는 내 쪽을 보며 소리쳤다. "얌전히 굴어야 해, 레이. 알겠지? 착한 아이가 되어야 해!"

나는 착한 아이였다. 울지 않았으니까. 간호사도 내게 착한 아이라고 했다.

밤에 침대에 눕자 비로소 눈물이 줄줄 흘렀다.

나는 메이슨 홈에 차차 적응했다. 나를 괴롭히거나 놀리는 아이들에게도. 아무 일 없이 지나가는 것처럼 보이는 날이 오히려 더 힘들었다. 그런 날 나는 엄마가 아늑하고 재밌는 곳이라고 했던 휴게실에 넋 놓고 앉아있기만 했다. 도대체 무엇이 아늑하고 재미있다는 얘긴지 도저히 이해할 수 없었다. 꽃무늬 쿠션과 차 한 잔, 쿠키 한 개가 나를 행복하게 해줄 수 있는 것도 아닌데.

45

이리나

폭스바겐과 낡은 사브의 물결 속에서 재규어는 단연 돋보였다. 빅토르는 아직 이 브랜드에 충성하고 있었다. 그의 새 재규어는 베이지 가죽 시트가 장착된 최고급 모델이었다. 뒷좌석에 구겨서 던져놓은 바람막이 재킷만 제외하면 차는 방금 딜러의 손에서 넘겨받은 듯 티끌 하나 없이 깨끗했다.

이 남자 여간 깔끔한 성격이 아닌 모양이었다. 나는 내 차 바닥에 굴러다니는 초코바 포장지, 빈 주스 팩, 바나나 껍질을 떠올렸다. 이 남자와 나는 참으로 극과 극이다. 심지어 나는 재규어가 아니라 낡아빠진 폭스바겐 골프를 탄다.

이렇게 깔끔한 성격 덕분에 그렇게 오랜 이중생활이 가능했을 거란 생각마저 들었다. 외도의 증거를 철저하게 인멸했을 테니까.

"할 말은 이미 다 했잖습니까?" 빅토르는 자동차 열쇠를 빼든 채 나를 쌩하니 지나쳤다.

"과연 그럴까요?"

"분명히 말씀드릴게요. 이미 하고 싶지 않은 말까지 털어났어요. 더구나 내겐 당신 조사에 협조해야 할 의무도 전혀 없고요. 질문을 더 하시려거든 제 변호사하고 이야기하세요." 그는 자동차 열쇠의 잠금 해제 버튼을 눌렀다. 재규어의 헤드라이트가 켜졌다.

나는 그가 차를 타지 못하도록 운전석 문을 막아섰다.

"제발 나를 좀 내버려 둬요."

"저도 그러고 싶지만 몇 가지만 더 여쭤볼게요. 로지타가 아내분께 빅토르 씨와의 관계와 안나의 존재에 대해 폭로하겠다고 협박했죠?"

"그게 어쨌단 말입니까?"

"대답을 안 하시면 아내분께 직접 여쭤볼 수도 있어요."

"그러지 말아요."

"그럼 대답하셔야죠?"

"로지타는 단 하루도 나를 협박하지 않은 날이 없어요. 로지타가 제멋대로이긴 했지만 진짜 폭로할 생각은 없었을 겁니다."

"그래요? 그러면 로지타가 죽기 직전에 크게 다툰 이유는 뭔가요? 그 일 때문 아니었나요?"

"기억이 안 나요."

"의아하네요. 대체로 사람들은 말다툼한 기억은 쉽게 잊지 못하는데요. 특히나 자기 정부가 그 일 후 이틀도 안 되어 살해당했다면요. 로지타는 밀리에게 당신과의 관계를 다 불어버리겠다고 협박했어요, 그렇죠? 그래서 당신 입장이 참 난처하게 됐고요."

"왜 이러는 겁니까? 로지타를 죽였다고 나를 고발이라도 하려고요? 내 아이를 내 손으로 죽였다고요? 상상이 너무 지나치시네요."

"어쨌든 빅토르 씨는 로지타가 밀리에게 입이라도 뻥긋 할까

봐 늘 조마조마했겠죠. 참 꼴 사나웠겠네요. 그래서 손에 직접 피를 묻히지 않고 다른 사람에게 살인을 의뢰했겠고요."

"비키세요. 마지막 경고예요." 그는 바지 주머니에서 휴대폰을 꺼내 번호를 눌렀다. "안전요원에게 끌려 나가고 싶지는 않겠죠? 역시 꼴 사납기는 마찬가지일 텐데요."

"좋아요, 갈게요."

그는 휴대폰을 치웠다. "감사하군요."

한 노인이 주차장에서 우리 옆을 어슬렁어슬렁 지나갔다. 스리피스 정장 차림에 지팡이를 들고 있었다. 그는 우리를 빤히 바라봤다.

"안녕하세요, 베숍 씨." 빅토르가 아는 체를 했다. 베숍? 혹시 피터의 아버지인가? 노인의 얼굴을 찬찬히 살피던 나는 그를 우리 사무실에서 몇 번 본적이 있다는 사실을 깨달았다. 그는 마르타를 만나러 왔었다. 빅토르가 그의 회계사였나?

"이런, 이런, 숙녀분께 그렇게 무례하면 쓰나, 빅토르." 그는 나를 힐끔 바라봤다. "특히나 이렇게 매력적인 여성분한테."

"안녕하세요, 베숍 씨." 내가 인사했다.

그는 걸음을 멈추고 인상을 쓰며 내 얼굴을 들여다봤다. "우리가 아는 사이던가?"

"바텔스 앤 마르타에서 일하고 있습니다. 거기서 절 보신 적 있으실 거예요."

그가 손을 내밀었다. "앙트완 베숍이오."

"이리나입니다."

그는 절대 잊지 않겠다는 듯 내 이름을 몇 번이나 중얼거렸다.

그러더니 다소 뜬금없이 "그럼 잘 가요, 이리나, 빅토르." 하고 인사했다. 그는 빅토르에게 고개를 까딱 하더니 가던 길을 갔다.

"아직도 안 갔어요?" 빅토르가 으르렁거렸다.

이미 주차장은 텅 비어 있었다. 빅토르로서는 잽싸게 내빼는 것이 최선이었을 것이다.

46
레이

　나는 새벽 3시 15분에 피곤한 몸을 이끌고 빵집으로 출근했다. 로지타의 집은 깜깜했다. 내려진 주방 커튼을 보니 전날 일이 생각났다. 내가 보기 싫어서 내 얼굴 앞에서 커튼을 홱 잡아당기던 로지타가 떠올랐다.

　나는 입술을 세게 깨물었다. 모반죽이 나를 기다리고 있었다. 크루아상 사백 개를 구워야 했고 12가지 식빵과 타르트도 만들어야 했다. 마들렌은 잊어버리기로 했다. 다시는 누구를 위해서도 마들렌을 굽지 않겠다고 결심했다.

　나는 우선 불을 켜고 오븐을 예열했다. 그런 다음 보온 찬장에서 모반죽을 꺼냈다. 평소에는 일하는 내내 반죽에게 말을 걸었다. "내 귀염둥이, 간밤에 잘 잤니? 기분은 좋니?" 그 아이의 냄새와 질감을 보면 늘 대답을 알 수 있었다.

　하지만 그날 아침에 나는 도저히 반죽과 대화를 나눌 기분이 아니었다. 나는 열두 가지 식빵을 만들 재료를 섞기 시작했다. 잡곡빵, 갈레트(둥글고 납작한 반죽에 잼, 견과, 고기, 치즈 등을 얹은 빵 – 옮긴이), 호밀빵, 바게트 등등. 다음은 재료를 검사하고 빵을 굽는 작업이었다. 이른 아침 내내 신선한 빵반죽이 오븐으로 들어갔다. 얼마 후면 살짝 시큼하고도 달콤한 갓 구운 빵 냄새가 주방을 가득 채우겠지. 몸에 익은 손놀림과 내가 직접 구운 익숙한 빵 냄새는 내게 안정감을 주었다.

6시 30분에 사장님이 오셨을 때 작업은 순조롭게 진행되고 있었다. 백 개의 크루아상이 완성되었고 앞으로 몇 시간에 걸쳐 나머지 빵들을 만들어야 한다. 그러고 나서는 다음날을 준비하면 된다.

사장님과 나는 말을 많이 나누지 않았다. 듣는 사람이 아무도 없어도 끊임없이 재잘대는 마흐레트가 있을 때와는 분위기가 딴판이었다. 사장님과 나는 아침 인사를 나눴다. 유리벽 밖으로 빵을 진열대에 놓고 금전출납기에 동전을 채우는 사장님이 보였다.

첫 손님이 갓 구운 크루아상과 초콜릿 빵을 사러 오자 로지타가 오늘 혹시나 빵집에 들르지 않을까 하는 기대가 생겼다. 빵집에 찾아온 로지타와 함께 커피 한 잔을 마신다면 모든 게 다시 괜찮아질 텐데. 아직 화가 풀리지는 않았지만 나는 희망을 가졌다. 메이슨 홈에서 몇 날이고 몇 달이고 몇 년이고 엄마가 나타나서 나를 다시 집에 데려가리라는 희망을 버리지 않았듯이. 희망이 얼마나 부질없는 것인지도 모르고.

가게 문이 열린 순간부터 자꾸만 창밖을 내다보느라 빵 만들기에 집중할 수가 없었다. 그러다 다음 크루아상 한 판을 오븐에 너무 오래 넣어두고 말았다. 빵의 완성을 알리는 신호음을 얼핏 들은 듯도 했지만 크루아상을 꺼내야 한다는 생각은 미처 하지 못했다.

주방으로 달려온 사장님을 보고서야 나는 주방에 매캐한 연기가 가득 찼다는 사실을 깨달았다. "레이! 무슨 일이야?" 사장님은 오븐 문을 열어보더니 비명을 질렀다. "뭐야! 타이머도 안 맞춰 둔 거야?" 사장님은 새까매진 크루아상 구이판을 황급히 꺼냈다.

나는 다리가 후들거리기 시작했다.

"자네 왜 이래? 어디 아파? 집에 가서 쉴래?"

"아니요." 18년이나 빵집에서 일했지만 조퇴를 한 적은 한 번도 없었다. "그냥 일할래요."

"그러면 하는 일에 신경 좀 쓰라고. 가게 안에 탄내가 진동하잖아."

나는 얼굴에 찬물을 뿌리고 심호흡을 했다. 집중해야 돼. 나는 중얼거렸다. 일에 집중해야 돼. 피에르가 입버릇처럼 하던 말이 생각났다. '와인 만드는 거랑 똑같아. 시간과 온도가 관건이지. 시간과 온도.'

나는 크루아상 50개와 바게트 20개를 겨우 구워냈다. 보기에도 평소처럼 완벽하지 않았다. 살짝 덜 익은 감이 있었고 모양도 제각각이었다. 사장님은 눈썹을 치켜 올렸지만 아무 말도 하지 않았다.

오전 10시 무렵부터는 다음날을 위한 크루아상 반죽을 준비하기 시작했다. 나는 보온 찬장에서 모반죽을 꺼냈다. 그 아인 그날따라 지쳐 보였다. 아침 일찍 밥을 줬지만 기운이 나지 않는 모양이었다. 희끄무레하고 납작했으며 시큼한 냄새가 났다. 잘된 반죽 특유의 새콤한 향기가 아니라 불쾌한 냄새였다.

"너 왜 이러니?" 내가 속삭였다. "우리 귀염둥이, 무슨 문제 있니?"

나는 눈을 감고 대답을 기다렸다. 내가 보온 찬장의 온도를 잘못 맞췄나? 얘가 아직 배가 고픈가? 산도를 낮춰야 하나? 나는 눈을 뜨고 반죽을 꼼꼼히 살폈다. 설탕. 갑자기 생각이 났다. 설탕을 더 줘야 한다. 나는 설탕 두 큰술을 뿌려 반죽을 보온 찬장에 되돌려 놓았다.

하지만 그 후에도 반죽이 회복되지 않을까 걱정되어 일이 손에 잡히지 않았다. 이런 상태의 모반죽으로는 크루아상 반죽을 만들 수 없었다. 그 총중에도 로지타가 올지도 모른다는 생각에 가게 문에서 눈을 떼지 못했다.

로지타는 11시가 돼서도 나타나지 않았고 모반죽의 상태는 한층 더 엉망이 됐다. 심하게 쪼그라들어서 호흡을 제대로 못하고 있었다. 매장을 내다보니 사장님과 여직원이 부자 동네에서 온 손님들을 분주하게 응대하고 있었다. 내가 주방에서 혼자 어떤 소동을 벌이고 있는지는 꿈에도 모르는 것 같았다.

우리 애기, 나는 애원했다. 나를 버리지 마. 제발 내 곁에 있어 줘. 내 뺨에 눈물 한 방울이 또르르 흘렀다. 하지만 닦아낼 정신이 아니었다. 물, 단백질, 염분, 칼륨, 리소자임 등의 성분이 모반죽으로 떨어졌다. 반죽은 몇 초간 힘겹게 버텼다. "안 돼!" 나는 외쳤다. "안 돼! 안 돼!" 나는 눈물을 줄줄 흘리며 눈에 띄게 꺼져 가는 그 아이를 속수무책으로 지켜보고 있었다. 울음을 그칠 수도, 모반죽을 구해줄 수도 없었다. 온몸이 마비된 기분이었다. 제때 정신만 차렸으면 그 애를 살릴 수도 있었을 텐데. 하지만 나는 넋 놓고 가만히 서있기만 했다.

어느 정도 마음이 진정되자 나는 앞치마를 벗었다. 길게 줄을

선 손님들 사이를 뚫고 매장 출구로 나갔다. 사장님이 내게 호통을 쳤다. "지금 어디 가는 거야?" 나는 사장님에게 아무 말도 할 수 없었다.

우리 집 앞 골목은 조용했다. 다들 이 동네에 매주 한 번씩 서는 장에 간 모양이었다. 5월인데도 하늘은 끄무레하고 바람은 쌀쌀했다. 외투를 깜박 잊고 빵집에 걸어놓고 나왔지만 가지러 돌아갈 기분이 아니었다.

집 앞 골목으로 들어서니 로지타와 안나의 집 현관문이 열려 있었다. 나는 메이슨 홈의 상담 선생님이 가르쳐 준 현명한 교훈들을 머릿속으로 떠올렸다. 예를 들어, 마주 오는 사람과 눈이 마주쳤을 때는 길을 비켜 주는 것이 최선이다.

로지타의 현관문 쪽으로는 가지 말았어야 했다. 그때까지도 나는 모든 게 오해였다는 희망을 버리지 못하고 있었다. 로지타가 나를 집 안으로 맞아들이고 우리가 다시 가족이나 다름없는 사이가 되리라고 믿었다. 그 집 앞 덤불을 지나가다가 바닥에 떨어져 있는 마른 가지 몇 개를 뚝뚝 밟았다. 이제 모반죽이 죽었으니 로지타의 정원을 가꾸어줄 시간이 얼마든지 있는데.

"로지타?" 불러도 대답이 없었다. 역시나 내게 대답을 하기 싫은 모양이었다. 내 희망은 금세 분노로 바뀌었다. 나한테 거짓말을 한 걸로도 모자라 이젠 나를 없는 사람 취급하다니. 하지만 나는 없는 사람이 아니다. 이렇게 보란 듯이 찾아왔다. 로지타도 나를 그리 쉽게 없애버리진 못할 것이다.

나는 현관문을 천천히 밀었다.

47

이리나

최근에 애런은 어린이집에서 큰 저지레 없이 얌전히 지내고 있다. 비록 페트라, 마이케를 비롯한 배꼽 뚫은 여자애들과 나의 사이는 심각하게 냉랭해졌지만. 이제는 나한테 차 한 잔 하겠냐고 묻지도 않는다. 애런의 알림장에 적힌 글도 눈에 띄게 짧아졌다. 전에는 애런이 한 귀여운 짓이나 재밌는 일화를 적어서 보내더니 요즘은 딱 사무적인 말뿐이었다. 이를테면 '별 일 없었음. 단, 간식 시간에 포크와 스푼을 바닥에 집어던졌음.'

반면 나는 꿋꿋이 애런과 체험 동물원에 놀러갔을 때의 일을 시시콜콜 설명하거나 '애런이 얼마나 재밌게 놀았나 몰라요! 어제는 그렇게 신이 나서 집에 돌아왔답니다.' 같은 낯 뜨거운 문장을 적어서 보냈다.

엄마가 애런을 돌봐주는 날은 늘 내게 반가운 휴식시간이었다. 엄마 집에 가 보면 둘이서 소파에 앉아 책을 읽거나 '아기 북극곰이 날고 싶어 하네' 따위의 놀이를 하고 있었다. 엄마는 내가 외투를 벗고 앉아서 먹기만 하면 되게끔 저녁상을 준비해 놓고 기다렸다. 식사시간에는 늘 유쾌한 수다를 주고받았고 저녁 일곱 시쯤이 되면 나는 애런을 차에 싣고 내 집으로 돌아왔다. 하지만 내가 레이라는 비밀을 밝혀 낸 이후로 잡담은 싹 자취를 감춰버렸다. 알아내야 할 진실이 산적해 있는데 한가로이 날씨 얘기나 할 수는 없는 노릇이니까.

"이번 주엔 참 재밌는 일이 많았어." 나는 돼지고기 구이와 감자튀김, 당근, 완두콩을 먹으며 말을 꺼냈다.

"또 시작이네." 엄마는 이렇게 말하며 나이프로 고기를 맹렬하게 썰었다.

"레이가 그곳에서 얼마나 힘들게 지내는지 알아? 사회복지사 말이 레이가 치료감호소에 영 적응을 못한다던데."

"너 엄마가 어제 손톱 감염 때문에 병원에 갔던 건 아나 모르겠다?" 엄마가 목에 핏대를 세웠다. "의사가 연고를 처방해주면서 하루에 두 번씩 바르라더라."

"다행히 레이는 조만간 다른 병동으로 옮긴대. 거기 가면 좀 안정을 되찾을 수 있으려나? 늘 그렇지 않았어, 엄마? 레이는 어릴 때부터 늘 엄격한 관리가 필요했잖아?"

"그래서 오늘 약국에 갔었다. 애런을 데리고. 수납하는 여자가 나한테 이러더라. '손톱 무좀은 어떻게 치료해야 하는지 아시죠?' 그래서 내가 '미안한데 이건 그냥 염증이에요. 목소리를 좀 낮춰요. 만천하에 공개할 생각이 아니라면요.' 그랬지."

"엄마, 내가 이야기하고 있잖아."

"나도 너한테 이야기하고 있잖니." 엄마가 나를 경멸 어린 눈초리로 보고 있었다.

"더 먹을래." 애런이 말했다.

엄마는 당근과 감자튀김을 애런의 접시에 덜어 모조리 으깼다.

"엄마랑 있을 때는 어쩌면 이리 잘 먹지? 나는 한 입 먹이려면 얼마나 진을 빼야 하는데."

"원래 그런 거 아니겠니. 엄마 노릇은 한마디로 모순 그 자체야. 육아에 도가 틀 무렵에는 아이들이 다 커서 집을 나가 버려. 그리되면 그간 습득한 지식과 노하우는 아무 쓸모가 없어지지."

"그래서 여러 문화권에서 할머니가 주로 육아를 도맡나 봐. 엄마도 그럴 생각 있으면 언제든지 얘기해."

"하! 꿈도 꾸지 마라."

"그래도 도와주는 사람이 있으면 훨씬 나을걸. 늘 혼자서 이것저것 다하느라 끙끙대지 않아도 되고 육아의 고충을 상의할 수도 있잖아? 가끔씩 숨 돌릴 여유도 생기고 말이야. 애를 떼놓고 헬스장에 가면 스트레스도 덜고 몸매 관리도 할 수 있지. 물론 엄마가 가장 잘 알겠지. 양쪽으로 다 경험이 있으니까. 나를 키울 땐 아빠가 있었지만 레이를 키울 땐 엄마 혼자였잖아? 아니었나? 그나저나 레이의 아버지는 누구야?"

엄마는 입술을 오므렸다.

"왜, 화제가 맘에 안 들어?"

엄마는 냅킨을 집어 애런의 입을 닦기 시작했다. "이렇게 착할 수가, 접시를 다 비웠네, 우리 애기. 이제 가서 놀거라."

애런은 의자에서 내려왔다. "할머니 무릎에 앉아도 돼?"

"오냐, 물론이지." 엄마는 양 팔을 벌려 애런을 자기 무릎에 앉히고는 꼭 끌어안았다.

그런 두 사람을 보고 있자니 복잡한 감정이 밀려왔다. 첫 아이는 멀리 떠나보내고 세상에 없는 사람 취급했다. 둘째 아이에게도 정을 쏟지 않고 완벽만을 강요했다. 그래놓고 손자는 저리 예뻐하다니. 나는 엄마가 애런 때문에 짜증을 내는 모습은 거의 본 적이 없다. 그래서 기뻤지만 한편으로는 서운하기도 했다.

"레이 아버지는 누구고 지금 어디 있어?" 말을 뱉고 보니 내 의도보다 훨씬 신랄한 말투였다.

"업어 줘, 할머니." 애런이 말했다.

엄마는 입 안에 버터를 바른 듯 간드러지는 목소리로 동요를 부르기 시작했다. 애런이 좋아서 깍깍거릴 때까지 무릎을 아래위로 까딱거리면서.

나는 약이 올라서 접시를 벅벅 문지르기 시작했다.

"바닐라 푸딩 좀 갖다 줄래?" 엄마가 등 뒤에서 소리쳤다.

"망할." 나는 냉장고에다 대고 으르렁거렸다.

"아빠 만나기 전에 엄마는 무슨 일을 했어?" 주방에서 함께 접시를 닦으면서 다시 말을 꺼냈다.

"한동안 비서로 일했지." 마지못해 하는 대답이었다.

"나한테 그런 얘기 한 번도 안 해준 거 알아? 어떤 사무실에서 일했는데?"

"그런 얘기 한다고 뭐가 달라져?" 엄마는 걸레에 녹색 비누를 묻혀 타일을 우악스럽게 문지르기 시작했다. "우리가 정상적인 대화를 나눠본 지가 언젠지 기억도 안 난다. 요즘 너 입만 열었다 하면 날 취조하려고 들잖니. 그나마 내 얼굴에 스포트라이트를 안 비추는 게 고마울 지경이다, 얘."

"엄마 생각이 틀렸어. 이런 게 바로 정상적인 대화라구. 엄마와 나 사이에 정상적인 대화가 뭐겠어? 의미 있는 얘기를 나누는 거잖아. 슈퍼마켓 할인쿠폰이나 린다 아줌마의 쌍꺼풀 수술 얘기밖에 안 하는 게 오히려 비정상이야."

"너 방금 뭐랬어?"

"엄만 진지한 얘기는 절대 하려고 들지 않아. 지금도 마찬가지지. 난 지금 엄마 인생에서뿐만 아니라 나한테도 중요한 진실들을 밝히려고 하고 있잖아. 엄마는 진짜 어떤 사람이야? 내가 지금 어떤 사람을 상대하고 있는지 도통 모르겠이."

엄마는 걸레를 내 쪽으로 밀치더니 저쪽으로 가버렸다. "나머지는 네가 해라."

나는 주위를 살펴봤다. 주방은 이미 얼룩 하나 없이 깨끗했다.

48

레이

"좋은 소식을 갖고 왔어요."

나는 마음을 다잡았다. 남들한테 좋은 소식이 알고 보면 내게
는 최악의 소식이었던 경우가 적지 않았다. 하지만 메드의 반짝
이는 눈을 보니 이번엔 진짜 같았다.

"조만간 새 병동으로 옮기게 됐어요. 거긴 레이랑 잘 맞을 거
예요. 뢰메르만 박사님이 레이 씨랑 그 일을 상의하시겠대요. 나
도 같이 가 줄게요."

나는 고개를 끄덕였다. 누구나 믿을 사람이 한 명은 있어야 하
고, 내게는 메드가 있었다.

"비밀 얘기 하나 해줘요?" 메드는 몸을 숙여 얼굴을 내 코앞
에 갖다 댔다. 나는 그것이 불편했다. "새 병동에 가면 지금보다
큰 병실에서 지내게 돼요. 그러면 방에 무엇을 둘 수 있는지 알
아요? 보기 세 개 중에서 맞춰 봐요."

내가 세상에서 가장 원하는 물건을 감히 입 밖에 꺼낼 수가
없었다.

메드는 양손으로 헤엄치는 물고기를 흉내 내기 시작했다. "난
레이한테 아무 귀띔도 안 한 거예요, 알았죠?"

메드는 휴게실을 나가 사회복지사들의 사무실로 갔고 나는
그곳에 혼자 남아 여느 때처럼 창가에 서 있었다. 물고기라니!
진짜 내 물고기를 데려올 수 있다는 뜻이었을까?

나는 두 손을 머리 위로 들어 올려 방금 골인을 한 축구 선수처럼 휴게실 안을 뛰어다니기 시작했다. 신나서 환호하며 방 안을 왔다 갔다 했다.

리키가 손으로 귀를 막으며 투덜거렸다. "야, 그만 좀 해!"

그러자 메드가 사무실 밖으로 고개를 내밀며 말했다. "레이, 기분 좋은 건 알지만 소리를 조금만 낮춰줘요, 일겠죠?"

"최선을 다할게요." 나는 대답했다.

"아무한테도 말 하면 안 돼요. 알죠?"

"네."

뢰메르만 박사는 새 병동으로 옮기면 무엇이 달라지는지 설명해주었다. 그곳은 '자폐증 병동'으로 감정 표현에 서툰 사람들을 위한 곳이라고 했다. 나처럼.

그곳에서는 엄격한 일과를 따라야 하고 꾸준히 치료를 받아야 한단다.

"좋아요!" 나는 이렇게 외치고 싶었다. "이제 내 물고기 얘기를 해 줘요!" 그러나 옆에서 메드가 지켜보고 있어서 꾹꾹 참아야 했다.

"입소 상담 때 레이 씨가 요청한 사항이 있었죠." 뢰메르만 박사가 말했다. "방에 수족관을 두게 해달라고요."

나는 몸을 앞으로 기울였다. "그래서요? 그래서요?"

"그 요청을 수락하기로 결정했습니다."

"물고기를 데려올 수 있다는 뜻이에요." 메드가 내게 눈을 찡긋 했다.

"다만…." 뢰메르만 박사가 말했다. "수조 크기를 생각하지 않을 수 없어요. 너무 크다면 약간 작은 사이즈를 들여야 할 거예요. 그래도 되겠어요?"

나는 고개를 끄덕였다. "프랑수아! 마리아! 한니발! 킹콩! 칠리! 토성! 금성! 땅콩! 건포도! 마지!"

"그래요." 뢰메르만이 말했다. 그는 뿔테 안경을 쓰고 공책에 뭔가를 적기 시작했다. "레이 씨는 다음 주 화요일에 방을 옮길 거예요. 원한다면 오늘 메드랑 같이 가서 새 병실을 미리 구경해도 돼요. 그렇게 할래요?"

"새 방에 가서 수족관을 어떻게 놓을지 생각해봐요." 메드가 덧붙였다.

나는 말로 표현할 수 없는 행복감을 느꼈다. 기쁨을 주체하지 못하고 메드에게 팔을 두르고 그의 어깨에 머리를 기댔다.

"잘됐네요." 뢰메르만 박사가 빙긋이 웃었다.

메드는 내 등을 토닥거렸다. "레이가 좋아하는 걸 보니 나도 기뻐요."

자폐증 병동은 오리엔테이션 병동과 별반 달라 보이지 않았다. 파란 천에 가느다란 빨간 줄무늬가 있는 소파와 의자도 똑같았고 옹이가 많은 참나무 커피 테이블이며, 노란 폴리에스테르 카펫도 같았다. 심지어 화분도 똑같은 위치에 놓여 있었다.

여기 환자들은 대부분 치료를 받거나 일을 하러 갔다고 자폐증 병동의 사회복지사가 말해 주었다. 그는 턱수염을 길렀고, 깊고 차분하면서 낭랑한 목소리를 지닌 나이 많은 남자였다. 휴게실에 가 보니 환자가 두 명밖에 없었다. 일과 사이에 잠깐 휴식을 취하는 중이라고 했다.

그들은 인사를 하지 않았다. 우리가 거기에 있는지도 모르는 듯했다. 둘 중 한 사람은 소파에 앉아 이끼에 관한 책을 읽고 있었다. 나머지 한 사람은 1천5백 조각짜리 퍼즐에 열중하고 있었다.

퍼즐이 있다니 마음에 들었다.

"오리엔테이션 병동보다는 이곳 생활이 훨씬 자유로울 거예요." 새 의사가 내게 일러주었다. "하지만 천천히 적응해가야겠죠. 처음 몇 주는 우리가 레이 씨의 행동을 면밀히 관찰할 예정이에요. 그래서 여기서 생활하는 데 아무 문제없겠다 싶으면 좀 더 자유를 줄 거예요. 혼자서 도서관이나 매점에 갈 수도 있고요."

"내 감방을 보러 가도 돼요?"

"병실 말이죠. 미리 알려드리는데 지금은 제대로 정리가 안 된 상태예요. 페인트칠을 하고 가구도 새로 들여놔야 해요."

우리는 작은 덧문이 붙은 철문이 줄지어 늘어선 복도를 지나갔다. 내 감방은 맨 끝에 있었다. 사회복지사가 암호를 입력하자 문이 벌컥 열렸다.

나는 휑한 방에 들어섰다. 땀냄새가 코를 찔렀고 한쪽 벽엔 커다란 얼룩이 져 있었다. "아직 청소가 안 된 상태예요." 사회복지사가 말했다. "아까 말씀드린 대로요."

나는 빈 방을 걸어보았다. 한쪽 벽에서 반대쪽 벽까지 정확히 여덟 걸음이었다. 전보다 세 걸음이나 늘었으니 방이 확실히 커진 셈이다. 새 방은 훨씬 넓은 데다 한쪽 벽에 밖이 내다보이는 창문도 나 있었다.

"어때요?" 메드가 물었다.

"근사해요." 내가 말했다.

"당연히 레이 씨가 들어오기 전에 청소를 마칠 거예요. 저런 것도 없애고요." 사회복지사는 내가 미처 못 봤을세라 벽에 있는 커다란 얼룩을 가리켰다.

"잘됐네요." 메드가 말했다. "침대를 이쪽에 갖다 놓으면 저쪽에 수족관을 설치할 공간이 생기겠어요."

"참, 그렇죠. 저도 그 얘기 들었어요." 새 사회복지사가 말했다. "해수 수족관 맞죠? 어떤 물고기 키워요?"

"이것저것요. 엔젤피시, 닥터피시, 흰동가리, 베도라치…."

"여기 물고기를 키우는 환자가 한 명 더 있어요. 그릇에다 금붕어 딱 두 마리 키우는 게 전부지만요."

메드는 시계를 흘끔 보았다. "이제 돌아가야겠어요, 레이. 내 교대시간이 다 끝나가네요."

나는 지저분한 빈 방을 한 번 더 둘러봤다.

나쁘지 않다고 생각했다.

49

이리나

바텔스가 같이 폰델 공원에 나가서 잠깐 걷자고 제안했다. "오늘 기분이 싱숭생숭해서 가만히 앉아 있지를 못하겠네. 게다가 바지가 꽉 끼기 시작하는데 다이어트는 영 내키지 않고."

그는 숨을 씩씩대면서 수사 보고서를 읽고 무슨 결론을 끌어냈는지 이야기를 시작했다. 나는 힘겹게 그를 따라갔다.

"목격자 수도 너무 적고, 당신 말마따나 레이 보렌스가 자백을 강요당한 게 분명해. 수사관들은 자기네들 보고 싶은 것만 보는 법이니까." 바텔스가 팔을 크게 휘저으며 말했다. "범죄자 변호인들은 그 점을 명심해야 돼."

나는 동의의 뜻으로 고개를 주억거리다가 커다란 물웅덩이를 밟을 뻔했다.

"그렇지만 로지타 모녀 살인 사건에 레이 보렌스가 관여했다는 뚜렷한 증거도 상당히 많더구먼. 우선 그는 틀림없이 살인 현장에 있었어. 피해자의 집에서 그의 집까지 핏자국이 이어져 있었다니까."

바텔스는 갑자기 우뚝 서서 멈추더니 몸을 굽혀 양손을 허벅지에 놓은 채 숨을 헐떡였다.

"속도를 좀 늦춰야겠어요. 운동은 자기 체력에 맞게 해야 하잖아요." 내가 제안했다.

"안 돼." 바텔스는 다시 몸을 일으켰다. 그의 얼굴은 벌겋게 달아올랐고 머리카락은 바람에 헝클어져 민머리 부분이 훤히 드러났다. "내일은 운동화를 가져와야겠네. 이제부터 날마다 당신이랑 나랑 같이 걷는 거야."

"대단한 결심 하셨네요."

"날 놀리는 건가?"

"그럴 리가요."

바텔스는 다시 속도를 높였다. 간만에 해가 났지만 공원에는 사람이 거의 없었다.

"살인 무기도 그래. 이케아 칼 말이야. 감식 보고서에서도 살인에 쓰인 흉기가 레이 보렌스의 칼이라고 단정하진 못하더군. 네덜란드 과학수사 연구소에서는 그 확률을 72퍼센트로 보던걸. 그 정도 가능성일 뿐 백퍼센트 확신은 아니라는 뜻이잖아. 칼에서 희생자의 DNA 흔적도 발견되지 않았다지. 물론 그럴 수도 있어. 레이 보렌스가 칼을 철저히 문질러 씻었다면. 나는 고객들한테 늘 강철 수세미를 쓰라고 조언하지." 바텔스는 자신의 농담에 내가 웃어줄 때까지 잠시 기다렸다.

"요즘이야 이케아 제품이 도통 쓸 만한 물건이 아니라는 사실을 모르는 이가 없지. 회테크뇌테 스탠드가 왜 그렇게 싼지 알아? 한 시간이나 줄을 서서 그 물건을 구입해도, 딱 하루 반 2시간 3분 45초만 지나면 고장나버리거든. 그따위 칼로 사람을 스물한 번이나 찔렀다는 건…, 인간의 몸은 60퍼센트가 물이지만 엄청나게 단단한 뼈와 질긴 힘줄 등도 있는데…." 바텔스가 숨을 너무 헐떡여서 그의 말을 알아듣기가 어려웠다.

"좀 천천히 걸어요." 내가 제안했다. "그래야 제대로 얘기를 나눌 수 있겠어요."

"…가당치도 않아. 어쨌든 그딴 칼을 그런 식으로 사용했는데 긁힌 자국 하나 없을 수는 없어. 끝이 구부러지거나 칼날이 무뎌지거나 했어야지. 일단 이케아 칼로 그렇게 사람을 도륙낼 수 있는지 시험을 의뢰해봐야겠어. 하지만…."

그는 나를 보며 인상을 찌푸렸다.

"그 칼이 살인 무기로는 쓰일 수 없다는 사실을 우리가 증명했다고 치자고. 그래도 보렌스가 범죄 현장에 나타났다는 문제를 해결해야 돼."

"그 칼에 다른 잔여물이 남아 있었대요. 복잡한 화학물질이었는데 그게 어떤 물질인지는 제가 미처 조사하지 못했네요."

"아, 그거. 내가 과학수사 연구소의 지인한테 물어봤어. 가황 고무라더군."

"뭐라고요?" 나는 걸음을 멈췄다.

"뭐해?" 바텔스가 속도를 조금도 늦추지 않은 채 말했다. "계속 걸어야지."

나는 몇 걸음을 달려 겨우 그를 따라잡았다. "자동차 타이어에 쓰이는 물질요?" 내가 물었다.

"자동차 타이어, 고무시트, 케이블…."

나는 다시 멈춰 섰다. "역시 그랬군요."

이번에는 고맙게도 바텔스가 나를 기다려주었다. 그의 얼굴은 시뻘겋게 상기되어 있었다.

"살인이 일어나기 얼마 전에 레이 보렌스가 로지타의 남자친구가 타고 온 자동차 타이어를 난도질한 거 아세요? 그 고무가 타이어에서 나왔다면 그 칼은 절대 살인 무기가 될 수 없어요."

"왜지?"

"피해자들 DNA가 전혀 검출되지 않을 정도로 칼을 빡빡 씻었는데 어떻게 고무 잔여물이 남을 수 있겠어요? 그것 역시 씻겨 나갔어야 하지 않나요?"

"그럴 법하네." 바텔스가 말했다. "그래도 알 수 없어. 고무 잔여물이 얼마나 단단히 붙어 있었는지 모르잖아. 아무리 문질러도 떨어지지 않을 수도 있지. 더구나 그런 건 새로운 증거 축에도 들지 못해."

"왜죠?"

짜증이 났는지 바텔스는 고개를 절절 흔들며 다시 출발했다. 다행히 걸음 속도는 크게 줄었다.

"이리나…, 모르겠어? 이미 법원 기록에 포함된 내용이잖아. 피고 측 변호인이 자세히 따지고 들지 않았을 뿐이지. 멍청한 짓을 저지른 셈이지. 보렌스한텐 참 애석한 일이야. 지금은 우리한테도 마찬가지고. 아니, 나는 보렌스가 범죄 현장에 나타났다는 사실에 더 관심이 있어. 거기 가서 뭘 했을까?"

"그것도 아직 파악하지 못했어요. 그 사람이 너무 말을 아끼더라고요."

"내가 한번 찾아가볼까?"

"그러실 것까지 없을 텐데요. 유난히 말수가 적은 사람이에요. 자기 담당 의사한테도 무슨 일이 있었는지 통 얘기를 안 한대요. 자기가 결백하다는 말만 되풀이하고 있어요."

바텔스는 내 얼굴을 빤히 뜯어봤다. "내가 레이 보렌스 씨를 찾아가는 걸 꺼리는 다른 이유가 있나?"

나는 얼굴이 달아오르는 것을 느꼈다. "무슨 말씀이시죠?"

"아무것도 아냐."

나는 레이가 내 오빠라고 고백하는 편이 나을지 잠시 고민했다. 바텔스가 이미 알고 있을 가능성도 있다. 그렇다면 어떻게 알게 됐을까? 나는 안전한 쪽을 택하기로 마음먹고 부러 쾌활하게 말했다. "이유야 수두룩하죠. 잘 아시잖아요."

"걱정 말아. 내가 당신 오빠의 재심 청구에 협조하지 않겠다는 뜻은 아니니까." 바텔스가 심드렁하게 말했다.

나는 말문이 막혔다. 이미 짐작은 했었지만. "어떻게 아셨어요?"

바텔스는 자상한 아버지처럼 내 어깨에 손을 얹었다. "자, 이제 사무실로 돌아가자고." 몇 발짝 옮긴 다음 그는 손을 뗐다. "그 이름을 듣는 순간부터 알았어."

"보렌스요?"

"그래."

"바로 아셨다고요?"

"물론이야." 그는 무척 의기양양해 보였다.

나는 상관관계를 찾으려고 머리를 쥐어짰지만 딱히 떠오르는 생각이 없었다. "하지만 저랑 다른 성이잖아요. 그렇담 제 엄마를 아신다는 말씀이세요?"

"그 질문엔 대답을 할 수가 없네. 고객의 비밀이라서."

"아, 이런! 우리 엄마 처녀적 이름은 대체 어떻게 아세요?"

"나나 마르타나 변호사 생활을 무척이나 오래 했지. 그간 쌓아 온 인맥이 상당하다고."

"그래서 우리 엄마를 아신다고요."

"직접 알진 못하고. 당신 어머니를 아는 사람을 내가 아니까…."

나는 얼마 전에 마르타랑 나눈 알쏭달쏭한 대화를 떠올렸다. 그 여자가 뭐라고 했더라? 선택의 여지가 없어서 나를 채용했다고 했었는데. 우리 엄마가 그 일과 관계가 있나? 아니, 그건 말도 안 된다.

"말씀해주세요. 이러지 마시고요."

"새 고객이 당신의 이부형제라는 사실은 쉬쉬하지 말았어야 했어. 그때 당신이 뭐랬더라? '회사 명성에 도움이 될 일이에요.'라고 했던가? 아무튼 나는 당신이 내게 직접 털어놓기를 여태 기다리고 있었다고."

내가 이 말에 뭐라고 대꾸할 수 있을까?

우리는 말없이 사무실까지 걸어갔다.

들어가기 직전에 바텔스가 말했다. "하지만 자네를 용서해야겠지." 그가 한숨을 내쉬었다. "또 한 번 용서해야지 어쩌겠어." 내가 바텔스 앤 마르타에서 일하는 내내 거짓과 기만만 일삼았다는 투였다.

"그래서 어떻게 할까요?" 나는 계단을 올라가야 하고 바텔스는 왼쪽으로 돌아 자기 사무실로 가야 하는 지점에 이르렀을 때 내가 물었다.

"그대로 밀어붙여. 당신의 고무 이론에는 과학수사 연구소의 협조를 받아서 힘을 실어줄 테니까. 당신도 보렌스가 사건 당일에 대해 남김없이 털어놓도록 잘 구슬려 봐. 범죄 현장에서 뭘 하고 있었는지, 평소에는 오후 세 시 이전엔 퇴근을 안 하면서 왜 하필 그날만 일터를 일찍 나섰는지 반드시 알아내야 해."

"레이 보렌스한테서 정보를 얻어내기가 예사로 힘든 일이 아니에요. 제가 하는 말의 절반쯤은 아예 이해를 못하더라고요."

"그깃도 우리가 극복해야 할 장애물 중 하나야. 아무래도 이 일에 시간과 에너지를 더 쏟아 붓기 전에 내가 그 사람을 직접 만나봐야겠어. 당신보다 내가 그 사람에게 쉽게 다가갈 수 있으리라고는 생각하지 않지만 이 사건을 다른 관점으로 바라보는 것도 나쁘지 않을 테니까. 특히 당신 같은 경우는 이 일을 너무 감정적으로 대할 위험이 있잖아. '가족을 위해 변호하지 않는다'는 우리 회사 규정에는 다 그럴만한 이유가 있지."

"다음번에 저랑 같이 가실 수 있게 조치해 둘게요." 내게 말했다.

"좋아." 바텔스는 힘차게 고갯짓을 하며 저만치 멀어졌다.

5.0

레이

아침 식사 시간이었다. 평소에는 단체 식사 시간이 싫었지만 곧 물고기를 데려올 수 있다고 생각하니 뭐든 못 참을 게 없었다.

"다른 레인맨들이랑 같이 살게 됐다며?" 지난 며칠간 렘브란트는 자꾸만 내 옆에 와서 집적거렸다. 평소에 나는 그 녀석이 말을 걸어도 반응하지 않았지만 이번에는 고개를 끄덕였다.

"우리 친구 스테폰이 큰일이군." 녀석은 안경 쓴 사회복지사 쪽으로 고갯짓을 했다. "이제 약을 어디다 숨겨야 하나? 하지만 앞으로 또 다른 호구를 찾겠지. 내 말 무슨 뜻인지 알아?"

안경 쓴 사회복지사가 우리 쪽을 보고 있었다. 둥근 안경테 뒤에서 그의 눈이 가늘어졌다.

렘브란트는 계속 속닥거렸다. "자기 얘기 하는 줄은 알고 있네. 우리 입모양을 읽으려고 교활한 돼지 눈깔을 하고 있어."

"식탁에서는 잡담 금지예요." 안경 쓴 사회복지사가 말했다. "무슨 여학생 기숙학교도 아니고."

"제기랄! 여기 직원놈들 전부 지긋지긋해. 안 그래, 레인맨?" 녀석은 팔꿈치로 내 옆구리를 찔렀다. 나는 잔뜩 얼어붙은 채 공장 빵으로 만든 땅콩버터 샌드위치만 뚫어져라 쳐다봤다. "말이 나와서 얘긴데 우리 예쁜이 사회복지사는 근무 시간이 언제지? 네가 떠나게 됐으니까 내가 넘겨받아도 되겠지? 나한테 훈

수 한마디 해 줄래, 레인맨?"

"그렇게 추잡한 소리나 자꾸 지껄이면 신상에 좋을 것 없어요. 첫 번째 경고예요." 안경 쓴 사회복지사가 말했다.

"뭐 때문에? 내가 뭘 잘못했다고!" 흑인 카우보이는 억울하다는 듯 양손을 위로 쳐들었다.

"내가 무슨 말을 하는지는 당신이 잘 알 텐데."

"진정해, 친구. 난 싸울 생각 없으니까." 렘브란트는 사회복지사가 옆에 앉은 한크를 돌아보며 말을 걸 때까지 기다렸다가 내게 더 바짝 다가왔다. "내가 너라면 저 인간이 너한테 한 짓을 되갚아주겠어. 저 자식이 너를 제대로 엿 먹였잖아. 설마 쥐구멍에 갇히는 게 좋았던 거야, 레인맨? 종이 팬티에 자지가 쓸리니까 짜릿짜릿하던가?"

렘브란트는 샌드위치를 한입 베어 입을 쩍 벌린 채 씹어 먹었다.

나는 반대쪽으로 고개를 돌렸다.

"다른 병동으로 옮기고 나면 복수는 물 건너가는 거잖아."

나는 식사시간이 어서 끝났으면 싶었다. 하지만 안경 쓴 사회복지사는 바구니에서 빵 한 조각을 더 꺼내고 있었다. 최소 5분은 더 앉아 있어야 한다는 뜻이다.

"네가 어떻게 해야 되는지 알아?"

치즈 냄새가 나는 렘브란트의 입김이 내 얼굴로 날아왔다. 나는 녀석에게서 몸을 최대한 멀찍이 떨어뜨린 채 내 물고기를 생각하려고 애썼다.

"저 자식한테 따져야 돼. 네놈이 한 짓을 다 안다고 큰 소리를 쳐야지. 그러면 저 자식이 어떻게 나오는지 두고 보라고."

금성, 토성, 한니발, 킹콩, 땅콩, 건포도, 칠리.

"렘브란트. 두 번째 경고예요. 식사 시간에 수군거리지 말라고 분명히 얘기했죠. 경고를 한 번만 더 받으면 병실에 감금될 줄 알아요."

"아, 그래?"

렘브란트가 일어섰다. 모두 씹던 동작을 멈췄다. 리키 혼자 평소처럼 빵을 뜯어 작품을 만드는 데 열중하고 있었다. 오늘 작품은 버터와 젤리를 바른 크리스마스트리였다.

렘브란트는 갑자기 바지를 내리고 고추를 꺼냈다. "어쩌려고? 내 좆이라도 빨겠다고?" 녀석은 거무튀튀한 물건을 앞뒤로 흔들기 시작했다. "내 크고 시커먼 좆이나 빠지지."

"죽고 싶어 환장하셨네." 새로 온 사회복지사가 말했다. 몇 번 본 적 없는 사람이었다.

"빨고 싶어 죽겠지? 얼마나 큰지 잘 보라고. 네 팬티 속에 들어 있는 보잘것없는 물건이랑은 천지차이지." 렘브란트는 내 자리에서 한 뼘도 안 되는 위치에 서서 고추를 흔들어댔다. 뭐 좋은 구경거리라고 다른 녀석들은 환호하기 시작했다.

나는 식탁 밑으로 몸을 수그렸다.

"마지막 경고예요. 당장 바지를 올려요. 그래도 말을 안 들으면 보안요원을 부를 겁니다. 그러면 어찌 되는지 알죠?"

"좆까, 이 새끼야." 렘브란트의 목소리가 또 들렸다. 식탁 밑에 숨어서 보니 녀석은 바지를 다시 올리고 있었다.

"그래야지." 안경 쓴 사회복지사가 말했다. "어쨌든 오늘부터 일주일간 외출금지예요. 식사시간 끝!"

나는 그 자리에 가만히 웅크리고 있다가 다들 식탁을 떠난 다음에야 밖으로 나왔다.

설거지 당번이라서 빈 접시를 주방으로 가져가 식기세척기에 넣어야 했다. 남은 음식물은 냉장고나 식품 보관 신반에 도로 넣었다. 어느 순간 나는 주방에 혼자 있지 않다는 사실을 깨달았다. 안경 쓴 사회복지사가 들어와 있었다. 렘브란트가 고추를 휘두르기 전에 그에게 본때를 보여주라고 한 말을 그가 엿들었을까봐 걱정이었다. 나는 남은 빵을 허둥지둥 빵 통에 넣으며 바쁜 시늉을 했다.

"아침 먹을 때 뭐라고 쑥덕거렸어요?"

또 곤란한 일이 닥쳤다. 나는 그가 어서 나가길 바라면서 다시 물고기 생각을 하려고 애썼다.

"어디서 못들은 척해요? 렘브란트 녀석이 하는 말은 전부 허튼소리라는 것쯤은 알고 있죠?"

나는 냉장고를 열고 치즈와 버터를 넣었다.

"어쨌거나 그 때문에 여기 들어온 건 아니에요. 오늘 면회 올 사람이 있다고 전해주러 왔지."

이리나를 애타게 기다린 건 아니지만 반가운 소식이었다. 이제 물고기를 데려오게 됐다고 이리나한테 말해주고 싶었다. 이리나도 틀림없이 기뻐하겠지.

"당신 어머니 말이에요. 여기 처음 오시죠?"

나는 얼어붙었다. 들고 있던 잼 병이 손에서 미끄러졌다. 그것이 바닥 타일에 떨어지자 빨간 잼이 사방으로 튀었다.

"놀라셨나? 왜죠?"

나는 지난번 엄마가 감옥으로 나를 찾아왔을 때를 떠올리며 말없이 빨간 난장판만 내려다봤다.

"이게 마지막이야." 엄마가 말했다. "더 이상 너를 보러 올 수 없어. 널 볼 때마다 괴로워서 견딜 수가 없구나." 그때 엄마는 울지도 않았고 나를 안아주지도 않았다.

"내 말 알아들었어요?" 안경 쓴 사회복지사가 내 팔을 툭툭 쳤다.

긴 침묵이 이어졌다. 나는 어떻게 해야 할지, 무슨 말을 해야 할지 알 수 없었다.

그는 목청을 골랐다. "좋아요. 그럼 11시에 데리러 오죠. 어질러 놓은 건 깨끗이 싹 치워야 해요, 알겠죠?"

51

이리나

엄마는 매주 수요일 밤 7시 30분부터 10시 30분까지 집에서 몇 블록 떨어진 노인복지관에서 브리지 게임을 했다. 그 브리지 클럽은 재미난 이름을 갖고 있었다. '회색 두뇌들'이라고. 회원들의 머리색을 뜻하는 동시에 뇌세포의 젊음을 유지하기 위해 브리지를 한다는 점을 강조하는 명칭이었다. 엄마는 지금까지도 머리를 염색한다. 자기는 죽는 날까지 금발을 유지하겠다나. 심지어 내게 엄마 시신을 관 속에 넣기 전에 뿌리 염색을 해주겠다는 약속을 강요했다.

바이텐벨데르트에 있는 엄마 집에는 현관에 조명이 하나 설치돼 있고 거실에 작은 램프가 놓여 있었다. 집에 아무도 없다는 사실을 널리 선전하고 싶으면, 배를 항구로 인도하는 등대처럼 램프 하나만 딱 켜놓으면 된다. 물론 나는 그 점을 엄마한테 수차례 지적했지만 엄마는 아무리 방 한구석에 놓인 작은 램프라 해도 불이 켜진 걸 보면 도둑들이 감히 집 안에 침입하지 못한다고 주장했다.

애런은 브리시트에게 미리 부탁했다. 그게 과연 잘하는 짓인지 확신은 없었지만. 지난번에 브리시트에게 애런을 맡겼다가 다음날 아침에 보니 아이 머리에 껌이 붙어 있었다. 하지만 브리시트는 이번에는 절대 애런에게 껌을 주지 않겠다고 엄숙히 맹세했고, 엄마의 집에 침입할 계략을 꾸미고 있는 마당에 엄마에게 애를 맡길 수는 없는 노릇이었기 때문에 선택의 여지가 없었다. 브리시트는 내 부탁을 흔쾌히 들어주었다.

나는 애런을 일찌감치 침대에 눕히고 눈을 스르르 감을 때까지 자장가를 천 곡쯤 불렀다. 그 애가 쭉 잠들어 있기만을 바랄 뿐이었다. 브리시트는 좋은 친구지만 애 보는 데는 영 젬병이었다.

문에 열쇠를 끼우면서 어깨 너머를 힐끔 돌아봤다. 개를 데리고 지나가는 남자가 있었지만 나한테 신경은 쓰지 않았다. 나는 재빨리 문을 따고 집 안으로 들어갔다.

마음이 초조했다. 엄마가 브리지를 하다가 도중에 집에 돌아올 가능성은 희박하긴 해도 아예 없지는 않았다. 내가 와 있는 걸 보면 뜨악할 텐데.

엄마가 레이나 레이의 아버지에 대해 입도 뻥긋할 생각이 없어 보였기 때문에 나는 직접 파헤쳐 보기로 했다. 지난번 수색 땐 레이가 목적이었다. 이번에는 레이의 아버지에 관한 자료를 찾아내고 싶었다.

물론 내 소리를 들을 사람은 없었지만 나는 까치발로 거실을 지나 엄마의 조그만 책상에 손전등을 비쳤다.

어둠 속에서 수족관은 으스스한 분위기를 풍겼다. 해저 동굴처럼 방에 푸르스름한 빛을 드리우고 있었다. 아무것도 모르는 물고기들은 조용히 헤엄을 치고 있었다.

나는 서랍을 열고 내용물을 살펴봤다. 엄마의 은행 계좌 입출금 내역서, 각종 보증서, 가스, 수도, 전기요금 고지서, 고무밴드와 클립이 담긴 상자, 신경안정제 처방전, 암스텔벤의 거리 지도, 버스 티켓과 아빠의 옛 동료가 2년 전에 보낸 엽서. 엄마의 주소록을 훑어봤다. 모르는 이름이 너무 많아서 한층 더 어리둥절해졌다.

곧이어 주방 서랍과 엄마의 서재에 있는 서류 뭉치를 뒤져보려던 찰나, 책상 위에 놓인 금색 만년필이 내 눈길을 사로잡았다. 엄마가 그 펜을 사용하는 건 자주 봤지만 그 순간 문득 그것이 피터가 쓰던 펜과 닮았다는 사실을 깨달았다. 나는 손전등을 비추며 펜을 돌려보다가 거기에 새겨진 각인을 발견했다.

'베숍 조선(造船)'.

엄만 이 물건을 어떻게 손에 넣었을까? 사은품으로 막 나눠주기엔 상당히 비싼 펜이었다. 누가 엄마한테 선물한 것이 틀림없었다. 나는 엄마의 주소록을 다시 살펴보기로 했다.

빅토르의 주차장에서 만난 노인의 이름이 뭐였더라? 나는 A에서 그의 이름을 찾았다. 앙트완. 성은 없고 달랑 이름뿐이었다.

"아하."

나는 탄성을 질렀다. 엄마가 아는 앙트완이 과연 몇 명이나 될까? 나는 휴대폰을 꺼내 그 번호를 눌렀다. "베숍 조선입니다. 저희 회사의 근무시간은….".

엄마가 앙트완 베숍과 아는 사이라니? 베숍 일가는 꽤 오래전부터 바텔스 앤 마르타의 단골 고객이었다. 엄마가 앙트완 베숍에게 부탁해 바텔스 앤 마르타 로펌이 나를 채용하게끔 손을 썼을까? 내가 사는 곳에서 엎어지면 코 닿을 데 있고 파트타임 근무를 할 수 있는 완벽한 직장. 되짚어보니 내가 제시받은 채용 조건은 터무니없이 훌륭했다. 애런을 갖기 전에도 경쟁력 있는 회사 측에서 헤드헌터를 통해 내게 접근하는 일은 드물었다. 임신한 이후로는 그런 제안이 아예 끊겨버렸다.

당시에 엄마는 내게 직장을 옮기라고 종용했다. 그래서 마지못해 이력서를 몇 개 내긴 했지만 젊은 싱글맘에게 파트타임 일을 주려고 기다리고 있는 법률 회사는 이 나라에 어디에도 없었다. 그런데 놀랍게도 출산휴가를 내기 직전에 바텔스에게서 연락을 받았다. 마침 파트타임으로 일할 주니어 변호사를 찾고 있다면서. 나는 너무 기쁘고 안도한 나머지 뭔가 이상하다는 생각을 하지 못했다. 직장 동료들은 무척 부러워했다. "법률 회사에서 파트타임 일을 구했다고? 그게 정말이야? 도저히 믿기지 않는다."

곰곰 생각할수록 확신은 더욱 커졌다. 이 직장을 제의받은 것이 우연일 리는 없다. 마르타도 힌트를 주었고 바텔스는 우리 엄마랑 한 다리 걸러 아는 사이다.

그러자 이런 의문이 들었다. 엄마는 앙트완 베숍을 어떻게 알게 됐으며 무슨 사이길래 그에게 그런 무리한 부탁까지 할 수 있었을까?

애런을 브리시트의 손에 맡긴 두 시간은 큰 사고 없이 지나갔다. 애런이 잠깐 잠에서 깼을 때 브리시트는 주스를 먹였다고 한다. 나는 감격했다.

"지금으로선 추측밖에 할 수가 없어." 엄마 집을 나와 브리시트에게 말했다. "문제는 엄마가 그를 어떻게 아느냐 하는 거야.
내 생각에는…."

"…앙트완 베숍이 레이의 친부일지도 모른단 말이지?"

"믿기 어렵지만 그쪽으로 윤곽이 잡히고 있어. 너 앙트완이라
는 사람에 대해 아는 거 있어? 전에 뭐랬더라 네 장래 '시댁 식
구'에 대해 조사를 좀 했잖아?"

브리시트는 양손을 관자놀이에 올렸다. 그러면 생각이 잘된다
나. 그리고 눈을 감았다.

"앙트완 베숍이라…." 그녀는 몇 번 중얼거렸다. "원래 그 사람
성은 베숍이 아니야."

"뭐야?"

"원래 다른 성을 썼지. 블루멘벨튼인가 뭔가. 여하튼 그건 중
요하지 않고. 그 사람은 결혼하면서 아내 성을 따랐대."

"그렇군! 틀림없이 그럴만한 이유가 있었겠지?"

"그 이유가 뭘 거 같아? 바바라 베숍과 릴리안 베숍의 친정
아버지인 포프 베숍 있잖아. 베숍 그룹의 창립자 말이야. 그 양
반이 가업을 물려받으려면 사위들도 자기 성을 따라야 한다고
우겼나봐."

"그렇구나…."

"이제 생각나네." 브리시트가 관자놀이에서 손을 떼며 말했다.
"내 기억으론 앙트완이 원래 베숍 회사의 직원이었는데, 포프 베
숍 회장의 강권으로 회장 딸인 바바라 베숍이랑 결혼하게 됐
대."

"진정한 사랑이네."

"그래, 진정한 사랑." 브리시트가 맞장구를 쳤다.

"베숍 조선을 통째로 지참금으로 가져오는 여자를 누가 거절할 수 있겠어?"

"나 같아도 거절 안 해."

"우리 엄마는 옛날에 비서로 일한 적이 있어. 어쩌면 그 회사에서 근무했을지도 모르겠네. 거기서 앙트완 베숍을 만났을지도."

"그럼 이제 어떻게 할 거야? 어머니한테 따질 거야? 앙트완한테 협박이라도 할 거야?"

"둘 다 해야지."

"그러고 보니 참 묘하다." 브리시트가 말했다. "만약에 앙트완이 레이의 생부라면 레이는 오줌싸개 피터와 이복형제란 뜻이잖아."

나는 양손으로 머리를 싸쥐고 끙끙거렸다.

"걱정 마. 적어도 피터랑 너 사이엔 혈연관계가 없잖아." 브리시트가 달래는 투로 덧붙였다.

다음 날 아침 9시 30분에 앙트완의 비서와 통화를 할 수 있었다.

"베숍 씨는 화요일과 수요일에만 출근하십니다. 죄송합니다만 다음 주에 다시 전화를 주셔야겠네요."

"긴히 드릴 말씀이 있어요." 내가 재빨리 말했다. "바텔스 앤 마르타의 이리나 변호사가 중요한 일로 연락을 기다린다고 전해 주시면 감사하겠어요."

"메모해 두겠지만 확답은 못 드리겠네요. 베숍 씨 뜻에 달린 일이라서요."

"그렇겠지요."

앙트완 베숍은 그날 당장 내게 연락을 주었다. 통화는 짧았다. 내가 뭘 원하는지 미처 말을 꺼내기도 전에 그가 선수를 쳤다.

"이 일에서 당장 손 떼."

"무슨 말씀이시죠?"

"내 말이 무슨 뜻인지는 잘 알 텐데. 조금이라도 사리분별이 된다면 당장 이 일에서 물러나야지."

"이런! 이렇게 길길이 뛰시는 걸 보니 당신이 레이 보렌스의 아버지라고 결론을 내려도 되겠군요."

"결론 내리고 자시고 할 거 아무것도 없어." 그는 으르렁거리며 전화를 끊었다.

52

레이

면회실에 들어온 엄마는 아무 말도 하지 않았다. 내게 고개만 까닥하고 곧장 맞은편 의자에 앉았다. 맨 먼저 엄마의 빨간 스웨터에 꽂힌 커다란 금빛 꿀벌 브로치가 눈에 띄었다. 그리고 지난번보다 엄마의 머리가 좀 짧아졌다는 것 정도. 곱슬곱슬한 머리카락이 엄마의 얼굴을 감싸고 있었다. 손을 뻗어서 만져보고 싶었다.

엄마는 손깍지를 낀 채 탁자 위에 팔꿈치를 내려놨다. "엄마가 왜 왔나 궁금하지?"

문득 내가 떨고 있다는 걸 깨닫고 손이 들썩거리지 않도록 허벅지 밑으로 밀어 넣었다. 엄마가 나를 안아줄까? 내가 엄마 아들이고, 같이 살지는 못해도 엄마는 늘 내편이라고 말해줄까?

"네 동생 만난 거 안다." 엄마는 조금 웃었지만 진짜 웃음 같진 않았다. "그 애가 네 소송을 도와주려고 머리를 싸매고 있는 것도 알아."

나는 고개를 끄덕였다. 이리나. 내 누이동생.

"그 때문에 할 말이 있어서 이렇게 찾아왔다." 엄마는 검은 테두리가 있는 파란 눈으로 나를 냉정하게 바라봤다. 엄마는 내 덩치가 크다고 속은 적이 없다. 내 속에 얼마나 작은 사람이 있는지 잘 알고 있다.

"그런데 우선 다른 얘기부터 해야겠다. 네 방 안에 수족관을 들여놔도 된다는 게 사실이니?"

"네! 다음 주에요." 갑자기 불안해지기 시작했다. "수족관을 가져올 수 있어요, 엄마, 그렇죠?"

엄마는 빙긋 웃었다. "물론이다, 얘야. 당연히 수족관을 가져올 수 있어. 착하게 굴고 규정을 어기지 않으면."

"그렇게 하고 있어요. 진짜로요."

"그래. 노력하고 있는 거 안다, 레이."

"네." 나는 다리 밑에서 손을 뺐다. 손은 내 무릎에 얌전히 놓여 있었다.

"그런데 네가 따라야 할 새 규칙이 몇 가지 생겼다. 네가 아직 모르는 규칙이야."

"네?"

"커피 좀 갖다 주시겠어요?" 엄마는 안경 쓴 사회복지사에게 부탁했다.

"그러죠." 그는 경비원과 함께 방을 나갔다. 나는 좀 놀랐다. 메드는 면회 온 사람들에게 마실 걸 갖다 준 적이 없는데. 그리고 면회실을 떠난 적도 없다.

"새 규칙이란 게 말이다, 레이." 엄마가 천천히 말을 꺼냈다. "이제부터 아무한테도 네가 결백하다는 말을 안 하는 거야."

나는 내 귀를 의심했다. "하지만 나는 결백하다고요, 엄마!"

"새 규칙은 말이야." 엄마가 낮은 소리로 또박또박 반복했다. "네가 살인을 했다고 말하는 거야. 그래야 물고기를 데려올 수 있어. 알겠지?"

나는 고개를 저으면서 혹시 몰라 두 손을 다시 다리 밑으로 밀어 넣었다.

"레이, 넌 로지타와 안나를 죽였다. 지금 네 동생한테 보내는 편지에 그 얘기를 적어야 돼. 네 동생한테 쓸데없는 뒷조사 좀 그만하라고 말하는 거야. 그 애를 앞으로 다시는 만나지 않는다면 더 좋고." 엄마는 수첩과 펜을 꺼내 내 앞에 내려놨다. "엄마가 말한 대로 적어라."

"싫어요." 내가 말했다. "내가 한 짓이 아녜요. 진짜 아니라고요! 그리고 이리나한테 편지도 쓰고 싶지 않아요. 이리나가 나를 계속 도와주길 바란다고요."

엄마는 나를 냉랭하게 쏘아봤다. "알겠다, 그럼. 나도 이러기 싫지만 어쩔 수가 없구나." 엄마는 허리를 굽혀 가방에서 뭔가를 꺼냈다. 쿠키 통이었다.

안경 쓴 사회복지사는 어디 갔을까? 경비원은?

엄마는 뚜껑을 열고 꽁꽁 언 아이스 팩을 꺼냈다. 그 밑에는 아기고양이 무늬 종이 타월에 싸인 물체가 있었다. 엄마는 종이 타월을 펼쳤다. "네가 자초한 일이다."

칼에 잘린 물고기가 바닥으로 떨어졌다. 몸이 양쪽으로 벌어져 있었지만 나는 그것을 곧바로 알아봤다. 한니발이었다. 그 애의 내장이 밖으로 드러나 보였다.

엄마가 다음 종이 타월을 펼치자 다른 물고기가 나왔다. 킹콩이었다. 역시 배가 갈라져 있었다. 나는 차마 볼 수가 없었다. 킹콩은 안 돼! 내 늠름한 킹콩, 안나한테 사 준 킹콩이!

"이제 내가 말한 그대로 받아 적어라. 안 그러면 네 수족관에 물고기가 한 마리도 남아나지 못할 줄 알아." 나는 엄마가 진심이라는 걸 알았다. 최후의 경고였다.

무슨 뜻인지 생각도 하지 않고 엄마가 불러주는 대로 받아 적으면서 나는 애써 울음을 참았다. 킹콩! 한니발! 내가 가장 아끼는 예쁜 물고기들. pH가 딱 알맞고 날마다 정확한 시간에 정확한 양의 밥이 나오는 완벽한 세상에서 평화롭게 헤엄을 치던 아이들.

"여기 있습니다."

안경 쓴 사회복지사의 목소리가 들렸다. 그를 뒤따라 경비원도 들어왔다. 엄마가 내게 편지에 서명을 시킨 직후였다.

나는 편지 끝부분에 이름을 썼다.

안경 쓴 사회복지사는 탁자에 놓인 죽인 물고기를 보고 눈을 치켜뜬 채 헛기침을 했다. 엄마는 그것들을 얼른 종이 타월로 감아 통에 도로 넣었다.

"다 끝나셨나요, 보렌스 부인?" 안경 쓴 사회복지사가 물었다.

"네, 끝났어요." 엄마 목소리가 정상으로 돌아와 있었다. 엄마는 수첩을 들고 맨 위 장을 찢었다. "편지가 완성됐어요." 엄마가 사회복지사에게 종이를 건넸다.

나는 입을 열고 고함을 질렀다. 탁자를 두 주먹으로 쾅쾅 내리치면서. "안 돼! 안 돼! 안 돼!"

"진정제 좀 먹여야겠어요." 엄마가 말했다. 엄마는 일어서서 내 어깨에 손을 얹었다. "잘 한 일이야. 엄마를 믿어, 레이. 며칠 뒤에 수족관이 들어오면 이 일은 다 잊게 될 거다."

엄마가 면회실을 나가고 안경 쓴 사회복지사가 뒤를 따랐다.

경비원은 내가 한참 울부짖도록 내버려두다가 내 어깨를 두드렸다. "이제 소리 좀 낮춰요."

그리할 수 없었다. 메이슨 홈에서 치료를 받으면서 배운 방법을 써도 마찬가지였다. 먼저 코로 깊이 들숨을 쉰다. 그 다음 입으로 날숨을 쉰다. 나는 마음을 진정하려고 애쓰면서 그 과정을 몇 번 반복했다. 효과는 몇 초밖에 가지 않았다. 나는 다시 주먹으로 탁자를 내려치면서 악을 쓰기 시작했다.

"그만해!" 경비원이 나를 잡고 흔들기 시작했다. "그만해, 이 미친놈아!"

나는 고개를 끄덕이며 멈추려고 했지만 흥분이 쉬 가라앉지 않았다.

경비원이 내 얼굴을 찰싹 때렸다. 그의 손이 날아오는 것도 미처 보지 못했다. 내 머리가 뒤로 꺾이고 맞은 부위로 양손이 올라갔다.

"그래요." 그가 말했다. "이제 병실로 데려다줄게요."

53

이리나

"도저히 이해가 안 돼요." 나는 메드에게 말했다.

메드는 내게 가까이 다가와 손을 잡았다. 내 전화를 받자마자 달려오다니 참 다정한 사람이었다. 우리 집 거실의 얼룩투성이 소파에 앉아 있는 그를 보니 좀 낯설긴 했지만. 애런은 벌써 자러 가고 없었다. 다행히 오늘은 찡찡대지 않고 금방 곯아떨어졌다.

"왜 레이가 나를 만나지 않으려고 할까요?"

"그렇죠. 뭔가 이상하네요."

"병동에 사고라도 있었나요? 아님 의사랑 치료 중에 무슨 일이 있었을까요?"

"제가 알기론 없습니다. 오히려 다른 층으로 옮기게 됐다고 뛸 듯이 기뻐했는데."

"어느 층으로요?"

"자폐증 병동이요. 거기서는 좀 더 맘 편히 지낼 수 있을 거예요. 동료 환자들도 혼자 있기 좋아하는 조용한 사람들이고, 레이가 방에 수족관도 들여놓을 수 있게 됐으니까요."

"잘됐네요! 그런데 어쩌면 그 때문에 그런 편지를 썼는지도 모르겠어요. 물고기를 돌려받게 됐으니 이제 더 이상 자유의 몸이 될 필요가 없다고 느꼈을지도 몰라요."

"아마도요. 하지만 그게 당신과 연락까지 끊은 이유는 못 되잖아요? 제가 보기엔 여동생이 찾아오기를 손꼽아 기다리는 것 같던데."

그 말이 칭찬이라고 할 수는 없었지만 나는 얼굴이 화끈 달아올랐다. 그래서 나는 레이가 쓴 편지를 다시 한번 꼼꼼히 읽었다. 역시나 납득이 되지 않았다. 여태 자기가 결백하다고 주장해놓고 느닷없이 수첩 한 장을 찢어서 그 위에 살인을 했다고 버젓이 고백하다니.

"내가 뭘 잘못했을까요?"

"그럴 리가요. 지금껏 정말 잘 하셨어요. 레이에게 다가가는 방식도 좋았고요. 레이한테는 힘든 일이었을 텐데도 당신 말에 공감하고 질문에 대답하려고 무척 애를 쓰던걸요. 몇 달 동안 레이를 찾아온 사람은 당신이 유일해요. 레이도 고마워하고 있을걸요. 나를 믿어요."

"그래도 결국 실패했잖아요."

내 의도와 달리 과장된 목소리가 나왔고 민망하게 눈에 눈물까지 고였다. 메드의 앞에서 청승맞게 질질 짜는 모습만은 절대 보이고 싶지 않았는데.

메드는 격한 감정에 휩싸인 사람들을 다룰 줄 알았다. 그는 고개를 저으며 내 팔을 토닥였다.

"절대 실패하지 않았어요. 왜 그런 생각을 해요?"

나는 한숨을 쉬었다. "그냥 좀 지쳤나봐요."

"누군들 안 그렇겠어요? 당신이 하고 있는 일들을 생각해 보세요. 혼자 감당하기엔 너무 많잖아요…. 제가 차라도 한 잔 만들어 드릴까요?"

"고마워요!" 갑자기 내지른 탄성에 둘 다 무척 당황했다.

나는 다시 얼굴로 피가 쏠리는 것을 느꼈고 메드는 갑자기 내 시선을 피했다.

"아, 미안해요." 내가 황급히 덧붙였다.

그는 목청을 가다듬었다. "아니, 괜찮아요. 제가-."

그 순간, 나는 몸을 앞으로 기울여 그의 뺨에 입을 맞추었다. 무슨 생각으로 그랬나 모르겠다. 처음으로 그의 목소리에서 감정의 동요를 느껴서인지, 아니면 다시는 그를 못 볼지도 모른다는 아쉬움 때문인지.

잠시 우리는 서로를 멀뚱히 바라봤다.

그러다 갑자기 메드는 나를 껴안고 입을 맞추었다. 참 기분 좋은 키스였다. 그와 몇 번 더 키스를 나누고 나자 여러 해 만에 처음으로 삶에 찌든 싱글 워킹맘이 아닌 딴사람이 된 듯한 기분이 들었다.

"엄마?" 둘이 동시에 고개를 들어보니 애런이 곰 인형을 안고 앞에 서 있었다. "뭐 하고 있쩌?"

나는 당황해서 할 말을 잃었다. "어…, 그러니까." 입 밖으로 이런 소리만 나왔다.

"네가 애런이구나." 메드가 말했다. "아저씨는 메드라고 해. 엄마한테 차를 끓여드릴 거야. 너도 뭐 좀 마실래?"

애런은 말이 없었다. 메드를 빤히 뜯어보기만 했다.

메드는 일어서서 아주 자연스럽게 주방으로 들어갔다. 잠시 후에 그는 찻주전자와 머그 두 개, 사과주스 한 잔을 엄마가 지난번 스파 여행 때 사 온 흉측한 플라스틱 쟁반에 담아 왔다.

"여기 있다." 메드는 애런에게 주스를 건넸다.

애런은 컵을 받아들었다. 소파에서 내 옆에 앉아 내 팔을 어깨에 얹은 채 음료를 마시는 것이 아주 행복해 보였다.

"자폐증 병동이라고 하셨죠? 그렇담 레이한테 사회 불안 장애가 있다는 뜻인가요?" 나는 다시 대화를 이어보려고 그렇게 물었다.

"그렇게 볼 수도 있어요. 자폐증이 워낙 복잡한 증상이라서요. 최근 연구에 따르면 자폐증이 있는 사람들은 보통 사람들과 달리 정보를 제대로 걸러내지 못한대요. 시계 째깍거리는 소리, 이웃집 TV가 방방 울리는 소리, 저 쿠션의 선명한 색깔, 저 화병에 정확하게 꽃 스물세 송이가 꽂혀 있다는 사실 등등을 끊임없이 의식해야 한다면 어떨지 한번 상상해보세요."

"스물일곱 송이야." 애런이 스물세 송이가 아니라고 바로 잡으며 말했다. "이제 자러 갈래."

애런은 일어서서 침대 쪽으로 돌아갔다. 나도 따라가서 애런을 도로 눕혀주었다. 메드에 대해 뭐라고 얘기를 해 줘야 하나 잠시 고민했지만 애런은 이미 눈을 꼭 감은 채 깊고 고르게 숨을 쉬고 있었다.

거실로 돌아갔더니 메드는 다시 소파에 앉아 있었다. 나는 그의 옆에 앉았다.

"미안해요." 내가 말했다.

"착한 아이 같아요." 메드가 말했다.

그는 내게 다가와 뺨을 쓰다듬었다. "나 원래 누가 부른다고 냉큼 달려가는 사람 아니에요."

"당연히 그래야죠."

"내가 당신을 많이 좋아하나 봐요." 메드가 말했다. 우리는 다시 입을 맞추었다.

"웃긴 게 뭔 줄 아세요? 레이가 결백하다는 구체적인 증거가 전혀 없었다는 거예요. 아무리 여러 사람을 만나보고 많은 사실을 밝혀도 모든 정황이 오히려 레이를 범인으로 지목하고 있었어요. 그런데 제가, 아니 제 상사가 기껏 유력한 단서를 찾아냈더니 레이가 마음을 바꾸는 바람에 지금까지의 노력이 수포로 돌아가게 생겼어요."

"아직 레이가 결백하다고 믿죠?" 메드가 내 머리를 쓰다듬었다.

"네, 그래요. 레이가 내게 거짓말을 했으리라고는 상상이 안 돼요. 거짓말을 할 줄도 모르는 사람 같거든요. 당신은 어떻게 생각하세요?"

"거짓말이 아니라 진짜 자신이 결백하다고 믿고 있는지도 몰라요. 하지만 잠시만 곰곰 생각해보면 그가 범인이어야 앞뒤가 맞잖아요? 발달 장애가 있는 남자와 그를 등쳐먹은 이웃, 최근까지도 아들을 괴롭히고 있는 비열한 엄마까지."

"무슨 뜻이에요? 엄마는 최근 몇 년간 레이랑 연락을 딱 끊고 지냈어요."

"최근에 레이를 찾아왔었습니다."

"네? 왜 저한테 말씀 안 하셨죠?"

"아니, 레이 엄마가 레이를 찾아온 게 뭐 특별히 이상한 일인가요?"

"모든 게 이상해요. 그나저나 우리 엄마가 그렇게 몹쓸 사람이라는 건 어디서 들었죠? 누가 귀띔해줬나요?"

메드는 어깨를 으쓱했다. "제 동료 스테폰이 그런 식으로 말하던데요."

"그 사람이 정확히 뭐라던가요?"

"어, 글쎄요. 미안하지만 두루뭉술한 내용밖에 기억이 안 나요. 레이의 엄마가, 물론 당신 어머니기도 하지만, 못돼 처먹은 잡년이라던데요…. 죄송해요."

"그 사람은 무슨 근거로 그렇게 생각했을까요?"

"스테폰은 아마도 레이를 만나러 왔을 때 옆에 있었겠지요."

"그러니까 왜 그 사람이 우리 엄마를 잡년이라고 생각했냐고요? 남들 앞에서는 틀림없이 반듯하게 행동했을 텐데?"

"사실 그 얘기를 자세히 듣진 못했어요. 그 동료와 별로 가까운 사이는 아니거든요. 하지만 스테폰의 눈치를 살펴보니 당신 어머니가 나쁜 소식을 가져온 것만큼은 확실했어요."

엄마가 대체 어떤 행동을 했길래 그 사람에게 그런 인상을 남겼는지 의문이었다. 엄마는 평소 흠잡을 데 없이 처신하는 사람인데. 이번엔 가면을 제대로 쓰지 못했나?

"엄마가 레이한테 나를 다시는 만나지 못하도록 협박했을까요?"

"그럴 수도 있겠네요."

"그 면회 기록이 남아있나요? 보안 카메라가 곳곳에 설치돼 있잖아요?"

"안타깝게도 모든 영상은 24시간 뒤에 삭제됩니다."

나는 소파에서 황급히 내려왔다. 머릿속이 혼란스러웠다. 엄마와 레이 사이에 무슨 일이 있었던 게 틀림없었다. 나는 내 휴대폰을 집어 메드의 손에 쥐어줬다.

"영상을 확보하기 위해 보안과에 전화 좀 해 주실래요?"

"이미 늦었어요. 그래도 소용없다고요."

"그래도 전화를 해 주세요. 아직 테이프를 보존하고 있을지도 몰라요."

통화는 몇 분이 걸렸다. 메드는 상황을 설명했고 상대편에서 들리는 말은 '네, 알겠어요.', '그러니까….', '좋습니다.' 등등이 전부였다.

그가 전화를 끊자 나는 잠시도 참지 못하고 물었다. "뭐라던가요?"

"소파에 일단 앉아요." 그가 말했다. "억세게 운이 좋으시네요."

"정말요?" 나는 메드의 옆에 앉았다.

"스테픈이 마약 밀거래에 관여한 정황이 있어서 그 사람 행적을 조사하고 있나 봐요. 그래서 스테픈이 등장하는 테이프는 전부 보존해두었답니다."

"진짜 잘됐네요! 언제 가지러 가면 돼요?"

"그게 좀 문제예요. 밖으로 유출은 못 할 겁니다. 대신 그들이 테이프를 검토하고 있을 때 우리가 우연을 가장해 보안과에 들르면 돼요."

"최곤데요!" 나는 비명을 지르다시피 했다.

"왜 그렇게 좋아해요? 솔직히 나는 당신이 뭘 찾으려고 그러는지 잘 모르겠어요."

"레이가 나랑 말을 하지 못하도록 엄마가 술수를 부렸을 거예요. 테이프를 보면 무슨 일이 있었는지 정확히 알 수 있겠죠."

"테이프에 소리는 녹음되지 않는데요."

"그러면 독순술 하는 사람을 고용해야죠."

"아무도 당신을 못 말리겠네요."

54

레이

　나는 수족관 앞에 앉아 물고기를 보고 있었다. 금성과 땅콩은 이따금씩 동굴에서 머리를 쏙 내밀었다가 다시 안으로 숨었다. 마지는 조그맣게 원을 그리며 뱅글뱅글 돌았다. 프랑수아와 칠리는 9년 전에 마지막으로 봤을 때보다 덩치가 부쩍 커졌다. 물고기의 수명이 꽤 길어서 다행이다. 우린 앞으로도 여러 해를 함께할 수 있다.(이 책에 나오는 흰동가리는 수명이 약 13년이고, 복어나 돔류는 십 년에서 수십 년까지 산다고 알려져 있다.-편집자)

　"곧 익숙해질 거야." 나는 그 애들에게 말했다. "처음엔 힘들겠지만 두고 봐. 결국엔 여기서 사는 것도 좋아질걸."

　자폐증 병동의 사회복지사가 원한다면 하루 종일 방 안에 있어도 좋다고 허락했다. 이번에는 내가 마지막으로 물고기를 지켜보던 그날처럼 나를 억지로 끌어내지 않겠지. 나는 물고기의 이름을 외치며 경찰차에 태워지던 순간을 떠올렸다.

　내가 로지타와 안나를 발견한 후에 일어난 일이다. 문을 열고 현관에 쓰러져 있는 두 사람을 발견했을 때 나는 내가 본 것을 생각하지 않으려고 애썼다. 죽은 채 꼼짝 않고 누워 있는 두 사람을.

　"안녕, 안나. 안녕, 로지타." 나는 조용히 말을 걸었다. "우린 거의 가족이나 다름없었잖아요, 안 그래요?" 당연히 그녀는 아무 대답도 하지 않았다. 천장을 노려보며 누워 있기만 했다. 결국 나를 영원히 따돌릴 방법을 찾은 것이다. 그렇게 생각하니 너무 슬펐다.

나는 로지타를 만져보았다. 움푹한 쇄골을 손가락으로 쓸어보았다. 세상에서 가장 아름다운 공간이었다. 그녀의 피부에는 아직 온기가 남아 있었다. 그 자리에 한참을 앉아 있던 나는 어느 순간 갑자기 콧구멍을 자극하는 피 냄새를 느끼고 구역질을 했다.

나는 우리 집으로 달아났다. 현관에 들어서니 내가 놔두지 않은 쓰레기 봉투가 눈에 들어왔다. 물 흐르는 소리도 들렸다.

"레이!"

엄마가 물을 쓰고 있었다. 엄마는 나를 보고 놀라고 나도 엄마를 보고 놀랐다. 엄마는 뭔가를 싱크대 안에 떨어뜨리고, 행주로 손을 닦았다.

"여기서 뭐 하니?" 엄마가 물었다.

나는 엄마를 보며 뭔가 말을 하고 싶었지만 할 말을 찾지 못했다.

"왜 빵집에 있지 않고?"

"이젠 일을 못해요." 내가 말했다.

"온몸이 피투성이구나."

"엄마, 내 옷을 입고 있네요." 이상했다. 엄마는 자기 몸에 너무 큰 청바지와 스웨터를 입고 서 있었다.

"엄마 옷을 더럽혀서 말이야. 널 놀래주려고 몰래 찾아왔는데 옷을 버려서 씻고 있단다."

"아, 그래요?" 뭐가 뭔지 알 수 없었다.

"아니 이런, 바닥에 핏자국 좀 봐!" 엄마는 현관으로 달려가 문을 열었다. "맙소사, 너 저 집에서 여기까지 발자국을 쭉 남겨 놨구나. 이를 어쩌나!" 엄마는 주방으로 돌아가 아까 싱크대 안에 떨어뜨렸던 뭔지 모를 물건을 신문지로 싸기 시작했다.

"너 왜 일터에서 일찍 나선 거야? 오늘은 빵집에 쭉 있어야 한단 말이야. 이를 어쩌나, 레이!"

엄마는 눈물을 글썽였다. 엄마는 싱크에서 신문지로 싼 뭉치를 집어 들고 현관으로 나갔다. 뒤따라가서 보니 엄마는 그것을 쓰레기 봉투에 던져 넣고 있었다.

"오래 있진 못하겠구나. 미안하다. 엄마가…." 엄마는 잠시 말을 잇지 못했다. "네가 여기 나타나면 안 되는 거였는데." 엄마는 고개를 세차게 흔들었다. "이제 엄마는 널 돕지 못할 것 같다. 미안하지만 너 알아서 해야겠구나." 엄마는 쓰레기봉투를 들고 거실을 지나 뒷문 쪽으로 갔다. "이제 가야겠다. 미안하구나. 일이 이렇게 되기를 바란 건 아닌데."

밖으로 나가기 전에 엄마는 몸을 돌려 내 어깨를 잡았다. "오늘 엄마를 본 건 아무한테도 말해선 안 된다. 알겠지, 레이? 누가 뭐라고 묻더라도 입을 꾹 닫고 있어야 한다."

엄마 손에 잡힌 팔이 아팠다. 엄마는 힘이 무척 셌으니까.

"날 보렴, 레이. 엄마 말에 집중해. 사람들이 와서 너를 잡아갈 거다, 레이. 그런 일이 없기를 바라지만 다 네가 자초한 일이야. 넌 오늘 아침엔 집에 오지 말았어야 했어. 만약에 네가 사람들한테 엄마가 여기 왔다고 얘기하면 엄만 네 물고기를 돌봐줄 수 없어. 그러면 물고기들한테 어떤 일이 생기는지 알지? 넌 여기서 엄마를 본 적 없는 거다. 엄마 이름도 입 밖에 내선 안 돼. 그럴 수 있지?"

엄마가 가고 나서 나는 수족관 앞으로 갔다. 거기에 앉아 마음이 진정되기를 기다리며 물고기 이름을 불렀다. 그러자 엄마 말처럼 사람들이 와서 나를 끌고 갔다.

이제 내 방에 물고기들을 데려 왔으니 그 애들의 이름을 자꾸만 부를 필요가 없어졌다. 나는 마음이 편안해졌다. 이제 내게 더 이상 나쁜 일은 일어나지 않겠지. 드디어 내 삶에도 평화가 찾아왔다.

나는 눈을 지그시 감고 웅웅대는 펌프 소리에 귀를 기울였다. 우리 집에서는 수족관이 아래층에 있어서 침대에 누워 있을 땐 그 소리를 감상할 수 없었다. 이제는 수족관이 내 침대에서 1.5m도 안 되는 거리에 있으니 물고기들과 나는 언제나 서로를 바라볼 수 있다. 나는 수족관 장치들이 내는 소음이 좋았다. 수족관이 드리우는 은은한 빛도 좋았다.

언젠가 아커 씨가 한 말이 생각났다. 수족관 조명은 화창한 날 대양 표면에서 5m 깊이까지 물을 뚫고 들어온 햇빛과 비슷하다고. 나는 보통 빛보다 수족관 조명이 훨씬 맘에 들었다. 다시는 커튼을 열지 말아야겠다.

55

이리나

엄마 집에 와서는 초인종을 누르지 않는 습관이 생겼다. 지난 번 방문 때와 차이가 있다면 지금은 훤한 대낮이라는 점뿐이다. 나는 열쇠를 문구멍에 끼우고 문을 밀어서 열었다.

그 순간 엄마가 외치는 소리가 들렸다. "누구예요?" 엄마의 목소리에 깃든 불안을 감지하자 왠지 통쾌했다.

현관을 지나 거실로 들어갔더니 엄마가 조금 전까지 읽고 있었을 신문을 옆에 펼쳐둔 채 소파에 앉아 있었다. 엄마는 소스라치게 놀라며 나를 올려다봤다.

"누가 집에 불쑥 쳐들어오니까 별로지, 엄마?" 내가 말했다. "집에 혼자 있고 찾아 올 사람도 없는데 문구멍에 열쇠 돌아가는 소리가 나면 꽤나 섬뜩할 거야. 혹시 엄만 그런 감정도 못 느끼나? 엄마한테 감정이란 게 있기나 해?"

"어머나, 이리나." 엄마는 과장된 몸짓으로 가슴팍을 손으로 눌렀다. "너 땜에 간 떨어질 뻔했다! 도대체 무슨 생각으로 벌건 대낮에 여기 들이닥치는 거냐? 내가 들어오기 전엔 초인종 누르랬지?"

"알지. 사실 엄마에 대해 내가 좀 많이 알잖아."

"뭐래니? 또 시작이야? 이제 좀 그만할 때도 되지 않았니, 이리나? 네 허튼소리는 들을 만큼 들었다. 그러니까 여기서 좀 나가 주면 고맙겠다. 지금 당장."

주방에서 뭔가를 옆으로 밀치는 듯한 소리가 들렸다. 나는 잔뜩 긴장한 채 귀를 쫑긋 세웠다.

잠잠했다. 내가 잘못 들었나? 오랫동안 수족관이 차지하고 있던 빈 공간이 눈에 들어왔다. 수족관의 윤곽이 아직 선명히 남아 있어서 벽에 페인트칠을 다시 해야 할 것 같았다.

"잘된 일 아냐, 엄마? 레이가 수족관을 옆에 둘 수 있게 된 거?"

대답이 없었다.

"결국 레이에게 수족관을 돌려주셨네. 엄마도 그 물고기들을 무척이나 아꼈잖아. 특히 그 죽은 애들. 그나저나 참 궁금하다. 위트레흐트 연구소 사람들을 어떻게 구워삶았길래 그 애들을 되돌려 받았을까? 대체 어떤 구실을 댔을까? 뒷마당에 묻어주고 조그만 비석이랑 꽃을 놓고 싶다고 하셨나?"

"무슨 뚱딴지같은 소리야?"

엄마는 신문을 들고 읽는 시늉을 했다. 하지만 엄마의 눈은 신문지 위를 공허하게 맴돌고 있었다.

"아님 사실대로 얘기했나? 아들을 속이려면 그 가엾은 물고기들이 필요하다고?"

엄마는 신문을 내렸다.

"너 진짜 해도 해도 너무 한다. 그런 소리는 이제 지겹다. 네가 아무리 내 혈육이라도 당장 내 집에서 나가지 않으면 경찰을 부를 테다."

"그래, 엄마는 자기 혈육도 서슴없이 고발하는 사람이잖아. 이제 나도 잘 알지."

"당장 경찰을 부르겠어." 그래놓고 엄마는 꿈쩍도 하지 않았다.

"어서 해봐. 경찰이 나타나기 전에 우리 대화나 좀 하자구. 지난 몇 달 동안 내가 엄마에 대해 재밌는 사실들을 몇 가지 알게 됐으니까 그 신문 좀 내려놔 봐. 엄마한테 아들이 있고 그 아들한테 아버지가 있지. 그 아버지 이름은 앙트완 베숍이고. 엄마가 임신하니까 앙트완 베숍은 근사한 보금자리를 마련해줬지, 아마. 그리고 이건 엄마한테 고마워해야 할 일인데, 내가 임신했을 때도 그 사람이 호의를 베풀어줬잖아. 나한테 완벽한 일자리도 마련해주고 말이야. 그렇담 여태 두 사람이 연락을 주고받았다는 뜻인가? 아직도 만나는 사이야?"

"그만해라." 엄마가 말했다. "당장 그만하라고."

"미안하지만 싫은데. 이건 애거사 보렌스의 은밀한 사생활 가운데 극히 일부에 불과하잖아."

"네가 상관할 일 아니잖아."

"엄마가 잘못 생각하고 있어. 그건 내 일이라고. 내가 엄마 딸이라서가 아니라 레이가 내 오빠라서야."

"그렇게 연민에 휩쓸릴 것 없어. 넌 레이를 잘 몰라."

"그렇긴 하지. 그리고 또 내가 뭘 깨달았는지 알아? 엄마나 로지타나 거기서 거기라는 사실이야. 엄마도 유부남한테 빠져서 어린 나이에 애를 배 놓고 그 여자를 그렇게 업신여겼어?"

"멋대로 넘겨짚지 마."

"그러면 왜 평생 단 한 번도 내게 진실을 말해주지 않았어? 대체 무슨 짓을 한 거야? 정신 치료감호소 직원한테 뇌물을 먹이고, 환자를 협박하고? 그것도 다 처벌받을 수 있는 범죄야. 감옥에 갈 수도 있다고, 엄마. 그건 그렇고, 앙트완 베숍이랑 아직도 만나고 다녀?"

입을 움찔거리는 모양새를 보니 엄마는 죽도록 화가 난 것 같았지만 그래도 대답을 했다. "그래."

"어디서, 언제, 얼마나 자주 만나?"

"예전만큼 자주는 아냐. 그래도 연락은 하고 있지." 엄마는 눈에 띄게 주눅이 들었다.

"아빠랑 결혼 생활을 할 때도 그 작자랑 자고 다녔어?"

"그랬다." 엄마는 적대적으로 턱을 쳐들었다.

나는 다정했던 아빠를 떠올리며 잠시 할 말을 잃었다. 아빠는 엄마를 공주처럼 떠받들면서 엄마의 터무니없는 요구까지 다 들어주었는데. "참 능력도 좋으시네. 이 관계를 몇 년이나 끌어 온 거야?"

"45년이지." 엄마가 당당하게 대꾸했다.

"엄만 미쳤어! 대체 무슨 생각을 한 거야? 그 작자가 회사를 포기하고 엄마랑 함께 살 줄 알았어?"

"아니. 절대 그럴 사람이 아니란 건 알고 있었다."

"그런데도 그 인간을 계속 만났다고? 도대체 왜?"

"사랑하니까." 엄마가 쏘아붙였다.

나는 머리를 절레절레 흔들었다. "엄마가 누구를 사랑할 수 있다는 걸 믿을 수가 없네. 레이를 내다버렸지, 나한테는 애정 표시 한번 한 적 없지, 엄마를 사랑하는 남편을 그렇게 오랜 세월 속였지… 참, 애런이 있었네. 그나마 애런은 진심으로 사랑하나?

그것도 아니라면 엄만 로봇이나 다름없지."

엄마는 아무 반응을 보이지 않았다. 눈도 깜박이지 않았다. 나는 엄마 얼굴을 후려갈기고 싶은 충동을 느꼈다. 힘껏.

"좋아, 그럼 아무 말 하지 마. 말 안 해도 충분히 알만 하니까." 나는 심호흡을 하고 단어 하나하나를 또박또박 말하기 시작했다. "레이 사건을 내가 계속 파헤치지 못하도록 막은 이유는 엄마를 곤란하게 할 진실들이 밝혀지는 게 두려워서였겠지. 앙트완 베숍과의 불륜이라든지. 하지만 나는 단지 그 이유뿐일까 의심이 들기 시작했어. 알잖아, 뵈르얀 칼로 사람을 죽이는 게 어디 쉬운 일이겠어? 이케아 물건 품질이야 뻔하잖아? 응용과학연구소에서 실험해 본 결과 그 칼로 누군가의 가슴을 스물한 번이나 찌르는 건 불가능하다는 결론이 나왔어. 일고여덟 번 찌르고 나면 칼날이 부러져버리거든. 그건 그렇고, 레이의 칼은 그 전에 이미 제 역할을 다했어. 빅토르의 재규어 타이어를 갈가리 찢는 데 쓰였으니까. 아니다, 엄마. 살인에 쓰인 무기는 뵈르얀과 크기와 형태가 유사한 최고급 주방용 칼일지도 몰라. 과학수사 연구소에서는 그것을 정확히 뷔스토프 사의 23cm 길이 코르동블루 쉐프 나이프로 보더군. 강철 한 조각으로 단조해서 절대 부러지지 않는 칼 말이야. 그런데 그 보고서를 읽으니까 문득 떠오르는 생각이 있더라. 제길, 내가 아는 사람 중에도 그런 최고급 독일제 칼을 갖고 있는 사람이 있는데."

엄마는 미동도 없이 소파에 앉아 있었다.

"엄마가 왜 그걸 내다버리지 않았나 모르겠어. 도저히 이해가 안 돼. 하지만 버렸다면 엄청난 낭비겠지. 같은 걸 새로 사와야

했을 테니까. 그게 얼마라더라, 80유로? 엄마가 지금껏 그 물건
으로 피망이랑 토마토, 부추를 썰어서 딸이랑 손자한테 먹인 걸
생각하면…, 진짜 역겹다!"

엄마는 눈도 깜짝하지 않고 그 자리에 앉아 있었다. 나는 엄
마 얼굴 앞에서 손가락으로 딱 소리를 냈다. "정신 차려, 엄마.
아직 끝나지 않았어. 이제 엄마한테 이유를 들어야겠어. 내가
밝히지 못한 건 딱 그거 하나야."

"이쯤 하자. 이제 그만하자고." 엄마 목소리가 아니었다. 남자
목소리였다. 나는 몇 초간 상황을 파악하지 못하다가 놀라서 펄
쩍 뛰었다. 하마터면 유리 커피 테이블 위로 나자빠질 뻔했다.

앙트완 베숍이 뷔스토프 사의 23Cm 길이 코르동블루 쉐프
나이프를 들고 주방에서 나왔다.

"이게 문제의 그 칼인가?"

나는 내가 떨고 있다는 사실도, 여기, 엄마 집에서 앙트완 베
숍을 보고 얼마나 놀랐는지도 들키고 싶지 않았다.

"네, 그거네요. 끝이 살짝 구부러진 거 보니까 확실하네요."

앙트완 베숍이 내 쪽으로 다가왔다. 달아나야 하나 잠시 고민
했지만 노인네가 진짜 나를 공격하리라는 생각은 들지 않았다.
더구나 우리 엄마 면전에서. 나는 가만히 서 있기로 했다. 침착
하자. 정신 똑바로 차리자. 겁먹어봤자 하등 좋을 거 없다.

"이유가 뭐예요? 이유나 얘기해줘요." 내가 말했다.

"잘 들어, 이리나. 네 엄마는 살인자가 아니다. 해야 할 일을
했을 뿐이다."

"무슨 소리예요? 그럼 로지타가 죽어 마땅한 사람이란 뜻인가

요? 그러면 그 어린 여자애는요? 곱슬곱슬한 금발의 '천사 같은 안나는요?"

엄마는 내 지적은 싹 무시해버리고 말했다. "로지타가 우리를 협박했어. 그냥 뒀다간 여러 사람의 삶을 엉망으로 만들었을 여자야. 나나 앙트완, 앙트완의 가족을 곤경에 빠뜨리고 회사까지 말아먹을 년이었어! 그러지 못하게 막아야 했다. 하지만 내가 가장 걱정스러웠던 건…." 엄마는 감정에 북받친 시늉을 하며 잠시 뜸을 들였다. "…내가 가장 걱정한 건 그 더러운 갈보 년이 레이의 애간장을 태우는 거였어. 딱 보니까 레이가 회까닥 도는 건 시간문제겠더라. 넌 레이를 잘 안다고 생각하겠지만 절대 그렇지 않아. 그 애가 이성을 잃으면 어떻게 되는지 몰라서 그래. 그런 일이 일어나도록 두고 볼 수는 없었다."

"그렇담 레이를 위해서 한 일이란 소리네? 언제부터 그렇게 레이를 생각했다고? 정신병원에 갇힌 게 레이한테 차라리 잘됐단 뜻이야? 더군다나…." 내 목소리가 떨리고 있었다.

"그만해!" 앙트완 베숍이 내 앞에서 위협적으로 칼을 휘둘렀다. "네 엄마가 이 일에서 물러나라고 몇 번이나 당부했을 텐데도 기어이 밀고 나가더군!"

살해되기 직전의 로지타도 바로 이 칼끝을 응시하고 있었으리라는 생각이 스쳐갔다.

나는 침착하게 말을 이어야 했다. "엄마 얘기 재밌게 들었어. 그래도 아귀가 맞지 않는 구석이 하나 있네. 왜 레이한테 죄를 뒤집어 씌웠지?"

엄마는 고개를 저었다. 그러면서, 굳이 너그럽게 봐 준다면 슬퍼 보인다고도 할 수 있을만한 표정을 지었다. "그럴 의도가 아니었어. 나는 레이가 엮여 들어가지 않도록 최선을 다했다."

"그 담배자국 말이지?" 내가 말했다. "이런, 진짜 구역질 난다."

"어쩔 수 없었어, 이리나. 레이가 그 때문에 더 흉악한 인간으로 비난받을 줄은 진짜 몰랐다. 그날따라 일터에서 일찍 돌아올 줄 어떻게 알았겠니? 그 앤 조퇴한 적이 한 번도 없는 걸. 하지만 어쨌든 레이는 그 시설에서 잘 지내고 있잖아? 이젠 물고기도 가져갔으니 맘 편히 잘 살 거야."

"반면에 너는 말이야." 앙트완 베숍이 끼어들었다. "너무 주제넘는 행동을 했어. 딱 로지타처럼 우리를 곤란하게 하고 있으니 더 이상 선택의 여지가 없다."

그는 와락 달려들어 뒤에서 내 목을 졸랐다. 나이에 어울리지 않는 어마어마한 괴력이었다. 내 목구멍에 구부러진 칼끝이 느껴졌다.

싸늘한 금속이 피부를 파고들었다. 최근에 날을 세웠는지 힘을 많이 주지 않아도 내 목을 뚫을 수 있을 것 같았다. 나는 앙트완의 손아귀를 빠져 나가려고 몸을 비틀었지만 떨쳐낼 수 없었다.

나는 엄마 쪽을 보았다. 설마 이런 일을 두고 볼까? 그래도 난 엄마 딸인데. 엄마의 빌어먹을 딸인데!

하지만 엄마는 태연하게 앞만 응시하고 있었다.

"엄마?" 나는 홍등가의 마약 밀매소에서 어찌할 바를 모르던 열다섯 소녀로 되돌아갔다.

"엄마?"

"난 너한테 몇 번이나 애원했다, 이리나. 진즉에 이 일에서 손을 뗐어야지."

그제야 내가 진짜 위험에 처했음을 깨달았다. 여기를 벗어나야 한다. 나는 양쪽 팔꿈치로 베숍의 갈빗대를 밀쳤다. 그는 꿈쩍도 하지 않았다. 칼날이 내 목을 더욱 깊이 파고들 뿐이었다. 목에 미지근한 액체가 흘러내렸다. 칼날이 몸을 뚫고 들어오자 심장이 세차게 뛰었다.

"움직여. 주방으로 이동해. 네 엄마의 거실을 엉망으로 만들면 안 되잖아. 어서 움직여." 앙트완 베숍이 말했다.

나는 애가 타서 엄마를 바라봤다. 이 사람을 말려야 하는 거 아닌가. 그 순간까지도 나는 내가 죽도록 엄마가 구경만 하지는 않으리라 믿었다. 마지막 순간에 틀림없이 끼어들겠지. 판잣집에서 그랬듯이. 하지만 엄마는 꼼짝하지 않았다.

앙트완이 나를 앞으로 떠밀었다.

"엄마?" 나는 간청했다. 목 메인 소리로 울먹이면서. "뭐라고 말 좀 해! 이렇게 내버려둘 거야?"

"닥쳐." 베숍이 내 정강이를 걷어찼다. "원망하려면 네 자신을 원망해."

나를 구해주리라 믿으며 엄마를 간절히 바라봤다. 당연히 나를 구해줄 것이다. 엄마의 입이 조금 열렸다가 다시 닫혔다.

나는 주방으로 떠밀리고 있었다. 안 들어가고 버티려 했지만 앙트완은 칼을 겨눈 채 나를 억지로 자기 앞으로 밀었다. 이 칼이면 순식간에 내 멱통을 긋고 동맥을 절단할 수 있을 것이다.

그러면 나는 1분도 안 되어 숨이 끊기겠지.

애런은 누가 돌봐줄까? 레이는 어떻게 될까? 내 몸 전체가 부들부들 떨리고 있었다.

영원처럼 느껴지는 시간이 지난 후 엄마가 입을 열었다. "안 돼요, 앙트완." 울음기가 섞여 알아듣기 힘든 목소리였다. 하지만 엄마는 분명히 말했다. "그만해요."

내가 바라던 한마디였다. 베숍이 나를 붙잡고 있던 손에 잠시 힘이 풀렸다. 나는 그 순간을 놓치지 않고 그의 발을 힘껏 밟고 그의 손아귀에서 벗어났다. 그런 다음 그의 사타구니를 걷어찼다. 그는 상처 입은 짐승처럼 울부짖으며 앞으로 고꾸라졌다.

나는 잽싸게 현관문을 나와 거리로 달려 나갔다.

단 몇 분 만에 경찰이 도착했다. 엄마도 앙트완도 달아나려고 하지 않았다.

나는 길 건너편에 서서 두 명의 경찰관에 이끌려 경찰차를 타는 엄마를 지켜봤다. 엄마는 늙고 연약해 보였다. 내가 모르던 엄마의 모습이었다. 짧은 순간 우리의 눈이 마주쳤다. 하지만 엄마는 분하다는 듯 고개를 싹 돌렸다. 차문이 닫혔다.

"괜찮아요?" 내 옆에 서 있던 경찰이 물었다. "곧 구급차가 도착해서 치료를 해 줄 거예요. 목에 상처가 꽤 심하네요."

나는 대답하지 않았다. 솔직히 상처 난 것도 의식하지 못했다.

56

레이

수면에서 5m 아래의 풍경은 내 수족관과 비슷하다고 아커 씨가 말했다. 다만 모든 것이 내 수족관보다 훨씬 컸고 훨씬 더 멀리까지 볼 수 있었다.

나는 헤엄을 치면서 머릿속으로 물고기에게 이름을 붙이기 시작했다. "얘, 작은 제브라피시야. 그렇게 날쌔게 달아나도 네가 다 보인단다! 널 한크라 부를래. 그리고 거기서 산호를 뜯어먹고 있는 파랑비늘돔아, 네 이름은 렘브란트야."

그곳으로 옮겨간 이후로 나는 날마다 스쿠버다이빙을 했다. 다이빙 강사가 시계를 가리키며 시간이 다 됐으니 수면으로 돌아가야 한다는 신호를 보낼 때까지 물속에 머물러 있었다.

물 밖으로 나가는 것도 나쁘지 않았다. 이리나, 메드, 애런이 다이빙 용품점에서 나를 기다리고 있었으니까.

우리 네 사람은 해변까지 같이 걸어갔고 거기서 나는 애런과 함께 성을 만들었다. 옛날에 안나랑 했던 것처럼. 다른 점이 있다면 레고가 아닌 모래로 성을 짓는다는 것뿐이었다. 그런 다음 나는 메드와 함께 패들볼(라켓으로 공을 벽면에 번갈아가며 치는 경기-옮긴이)을 하거나 내 여동생이 확실한 이리나와 만 한가운데 있는 고무보트까지 헤엄쳐 갔다.

이리나와 나는 다리를 물속에 담근 채 나란히 앉아 지는 해를 바라봤다. 태양은 순식간에 물속으로 사라졌다. 이리나는 하루 중 이맘때를 '마법의 시간'이라고 부른다고 알려주었다.

나는 물었다. "우리는 이제 가족이야?"

이리나는 엄마랑 똑같지만 좀 더 다정한, 검은 테두리가 있는 맑은 파란 눈으로 나를 바라봤다.

"내 생각에 가족은…, 아빠와 엄마, 그 아이들을 말하는 것 같아. 우리는 그런 사이가 아니잖아. 혈육이긴 하지만."

나는 시선을 발끝으로 떨어뜨렸다.

그러자 이리나가 말했다. "내가 뭘 그리 복잡하게 설명했지? 당연히 우리는 가족이야. 보통 가족과는 다르지만 우리는 서로에게 속해 있잖아. 오빠 생각은 어때?"

나는 목을 가다듬었다. "나는 늘 가족에 속하고 싶었어."

"나도 그래." 이리나가 말했다. "나도 마찬가지야."

옮긴이 김효정

연세대학교에서 심리학과 영문학을 전공했다. 글밥 아카데미 수료 후 현재 바른 번역 소속 번역가로 활동하고 있다. 옮긴 책으로는 『당신의 감정이 당신에게 말하는 것』, 『상황의 심리학』, 『최고의 교육은 어떻게 만들어지는가』, 『어떻게 변화를 끌어낼 것인가』, 『야생이 인생에 주는 서바이벌 지혜 75』, 『누군가는 알고 있다』, 『스토커』 등이 있다.

옆집의 살인범

초판 2018년 7월 1일 초판 1쇄
저자 마리온 포우
옮긴이 김효정

출판사 도서출판 북플라자
주소 경기도 파주시 서패동 파주출판단지 471-1
전화 070-7433-7637
팩스 02-6280-7635
홈페이지 www.book-plaza.co.kr
오탈자 제보 book.plaza@hanmail.net
영화판권 문의 book.plaza@hanmail.net

ISBN 978-89-98274-99-3   03850